007 JAMES BOND 明日帝国

[美] 雷蒙德·本森 (Raymond Benson) 著

陕西师范大学出版社

第一章　跳蚤市场

白茫茫的大雪将这个地区完全覆盖了，可以说，这里已经完全没有了所谓的旅行安全，但是这却丝毫没有影响一些人在这里进行某些重大的贸易。他们分别从欧洲和中东的各个地方奔赴到这里，在这儿洽谈着他们生意，不停地讨价还价，他们的希望，无非是能够给自己的“大本营”买回一些称他们心的廉价东西。

开伯尔山口[①]上有个已经废弃多年的非常简易的停机场，因为它恰好处在巴基斯坦和阿富汗两国的边界上，所以就成为了一些人最理想的交易场地。开伯尔山口四周都在兴都库什山脉[②]所属的萨菲德库赫群山中，只有一条非常狭窄的小路横穿而过，直通向停机场，也就是说，只有通过这条蜿蜒的小路，旅客们才可以穿越这片神奇而又令人生畏的地区。其实在历史上，开伯尔山口是个有很大来头的地方：早在公元前十五世纪，波斯王大流士一世[③]就曾经亲自率领他的军队，通过这个山口而远征印度，后来英国还曾统治过这里，R·吉卜林[④]还曾经在他的诗里记录过在不列颠统治期间的这个地区，这个山口位于海拔 3500 英尺高的地方，它的形成要归功于两条小河，是它们在页岩和石灰岩构成的悬崖上不断流淌、冲决才形成了这个山口。很多年以前，人们曾经沿着当年沙漠商旅队伍留下来的足迹，在山口外修起了一条路面非常粗糙的公路，还在山口通向巴基斯坦的方向开通了一条铁路，这条铁路共穿过了 34 条隧道和 94 座桥梁的涵洞。

---

①开伯尔山口(Khyber Pass)是兴都库什山脉最重要的山口，位于阿富汗和巴基斯坦的边境线上，是南亚、中亚、西亚以及地中海地区往来的交通要道。山口海拔 1100 米，全长 53 公里。

②兴都库什山脉(Hindu Kush)是亚洲中部的著名山系，全长约 1600 公里，宽约 320 公里，绝大部分在阿富汗境内。

③大流士一世 (Darius I)公元前 558- 公元前 486 年，古波斯帝国国王，在位期间对内推行奴隶制改革，对外实行扩张政策，发动了希波战争。

④R·吉卜林(Rudyard kipling，1865-1936)，英国著名小说家、诗人、散文家，曾经在 1907 年获得过诺贝尔文学奖。

山口附近有一大片被座座群山环绕的高原台地，这么一大片空地要做简易停机场使用实在是绰绰有余，也真是因为这一点，恐怖主义团体才看中了这个得天独厚的地方，他们每两个月就要到这个地方举行一次所谓的“聚会”，其实就是进行黑市军火交易。也恰恰只有在这个时候，各个恐怖主义团体之间才能暂时地宣告停战一段时间，一旦团体之间的复仇行动被取消，他们之间的猜忌、疑虑等等都会被抛到角落里。每到这个时候，这个“聚会”就会变成一个有宗教狂、杀人犯、利欲之徒、恐怖主义团体成员、反动组织成员和投机商人参加的盛大聚会，也就是一个完全由反动组织和恐怖分子控制、掌握的跳蚤市场。只要你能出得起高昂的价钱，在这里就没有你买不到的东西：大到匈牙利迫击炮、飞毛腿导弹、直升飞机，带有支轴、装满燃料、可以随时起飞的米格–29战斗机，小到美国的AK–47冲锋枪、各种各样的手榴弹和化学武器。但是，惟一让人感觉美中不足的就是，组织这场交易的团伙还应该发给每个到这里的“顾客”一张市场平面图，上面应该标明每个“公司”的名称以及广告标志，这样，“顾客”们到这里进行交易的时候就能一目了然地知道谁在卖什么货。而且，还有人建议最好能添几个播音员，当然要漂亮妞，她们就负责不时地公布一下这个市场里的“交易信息”。

从这个交易场所开始营业以来，始终没人仔细计算过到底有多少客人来光顾，但是有些人估计最少也有100人，当然，这其中的一部分人是通过中介的介绍才来的，还有一部分人是到这里旅游的客人。这个军火交易市场被一个组织结构相当严密的恐怖团体操纵在手中，这个团体对外不露面，十分神秘，他们会在交易开始之前向参加交易的每个组织或个人收取事先规定好数额的报酬。很多人都说这个神秘的组织是来自德国的，但是也有人说这个消息不一定确切，其实人们也不关心这个消息是否准确，只要这个交易市场的组织者能够为他们提供足够的安全保障，“客人”们就会非常乐意到这个市场里来购买他们需要的东西。只要他们在市场里看到那些虎视眈眈的警卫和架设着格林式红外机枪的雷达，他们的心里就会感到很踏实。在这种情况下，参加黑市交易的人们就可以毫不担心他们的交易会被一些因素干扰，他们就可以肆无忌惮地喧闹着讨价还价了。这才真正是用钱能够买到的、最好的安全保障。

但是，恐怖分子们也许还被蒙在鼓里，他们不知道尽管有这些看似非常严密的保卫措施，“安全”也已经被打破了。现在，这个跳蚤市场完全被英国军方的精锐部队以及情报机构秘密监视起来了，并且已经有一名英国谍报人员带着他的隐形摄像机来到了这个市场。

英国情报组织M16的女首脑M此时正和她的参谋长比尔·坦纳、俄国的陆军上将布哈里将军、英国海军上将若尔迪克将军，还有其他几个英军高级官员坐在英国国家安全部军情室的超大监控器前。此前，布哈里上将就一直被英国情报组织邀请待在英国情报机构的总司令部里，当然，这显然不符合若尔迪克将军的本来意愿，但是M却坚持说，布哈里将军安安稳稳地待在军情室里就可以看到正在那个交易市场发生的一切。鼎鼎大名的M16的首脑竟然是一个女人，这让很多英国军方的权威人物都感到有些不习惯，这里面就包括若尔迪克将军。

英国国家安全部的军情室是洞穴式的，面积非常大，其形状是六边形的，每面墙壁上都装有和电影屏幕差不多大的监视屏，这些屏幕把在这里工作的英国国家安全部的男女情报人员们环绕起来，造型甚为独特。中间的地面上堆放着一堆东西，都是计算机、办公桌、电话和其它与外界联系的通讯线路网络。这个军情室里的工作人员是英国保卫系统的顶尖部队，很多重大决议都是在这个军情室做出的，而且，一旦英国的情报工作发生某些非常严重的情况，国防大臣本人将会出现在这间军情室里。

其实按照常理来讲，一小股恐怖分子在阿富汗这样的地方组织黑市本来是一件无足轻重的事情，但是，一位俄国的陆军上将能够被允许进入英国的这个神秘的地方直接观测，这个奇怪的现象本身就足以说明，恐怖分子的作为已经引起了英国军方的担心。现在，一旦M16外勤谍报人员发回的消息真的能够证明武器交易确实存在，那么，海军上将若尔迪克将军就会马上命令英国皇家海军的主力部队——“柴郡号”出发，以最快的速度巡查阿曼湾。若尔迪克将军已经做好命令军舰在阿曼湾发射巡航导弹的准备，他们希望能通过这种有效的方式结束这种隔两个月就要举行一次的军火交易。

比尔·坦纳已经是秘密工作的老手儿了。其实早在M16的前一个上司——麦尔思·迈瑟威先生在任的时候，他就已经是参谋长了。麦尔思·迈瑟威先生是在两年前退休的，随后，他的职务就被现在这个让人头疼的女首脑继承。参谋长相对于英国人来说身材比较矮小，但是他的反应却是非常机警敏锐的。他手里紧紧握着对讲机，正在和秘密监测点操纵摄影机的情报人员联络，并且还不时地用一支红色钢笔在比真人还要大的图像上划出他感兴趣的部分，然后再将一些信息报告给周围那些人。

“和我们猜测的一样，这就是一个各国恐怖分子定期聚在一起，非法交易的集会。”参谋长比尔·坦纳斩钉截铁地说，“在这个市场里，我们发现了一架法国A-17战斗直升机，还有一枚中国长征飞行导弹，一对俄罗斯发动机……”

“这些东西肯定是他们非法得来的。”俄国陆军上将布哈里打断了坦纳的报告，他的声音里明显带有一丝紧张。

“另外，我觉得这些包装箱里的武器看起来非常像美国造的来福枪，还有这些东西，很像智利地雷和德国炸药。”坦纳没有因为布哈里的话而停下来，他继续阐述着他的想法。他看了一眼女首脑M，同时扬了扬自己

那浓密的眉毛,“瞧,这是一个多么有意思的大家族。”

M 若有所思地眯起了她的眼睛,问:“知道他们每个参与者的情况吗?”

参谋长坦纳转身对着他的对讲机开始喊话:“黑车呼叫白马,请回答,请你把镜头迅速对准市场右边的那些人,听到吗?”

电视图像马上就掉转了方向,镜头开始摇转,这时,屏幕上出现了一个军火商人的样子,军情室里的所有人全都聚精会神地盯着屏幕。坦纳按动了桌上的一个电钮,计算机马上开始加速运转,它开始执行预先输入的面部搜索程序。屏幕上数以千计的人物样貌在瞬间匆匆略过,最后定格在一个男人面部的特写镜头上,同一时间,这个男人的全部档案也出现在面部特写的旁边。

坦纳迅速地浏览了一下屏幕,概括了这个男人档案上的重要信息:“古思特夫·迈弗茨,曾经是东德国家安全委员会的谍报员。现在,他是德黑兰城外大名鼎鼎的恐怖组织‘自由骠骑兵’的成员,现在为他们工作。”画面上的男人脸型略长,头发呈浅黑色,鼻梁上还架着一副黑框眼镜,两颊略微有些凹陷。

摄影镜头继续移动,开始搜索下一个目标,它对准了市场上另外一张脸,然后计算机里的面部搜索程序再一次开始它的特技摄影。

“伊藤佐治,日本著名的化学专家,曾经因为有名的东京地铁袭击案被警方通缉。他目前正在为扎伊尔反政府武装工作。”屏幕上的伊藤佐治是一个身材矮小、面部瘦削的日本人,他的头发很短,并且已经开始有了脱发的征兆。他嘴边夸张地留着两撮满洲式的小胡子,看起来非常狡猾。

然后,摄像机的镜头又对准了四个正在高声砍价的男人,他们正坐在一个用板条箱临时搭成的桌子旁边。这四个人中,有三个是东欧人,但第四个人——一个大概五十出头、体型笨重,模样乖戾,还续有胡须的男人——却非常像是一个印度人,或者是巴基斯坦人。他身着笨重的长袍,脖子上还戴着厚厚一大圈围巾,一顶俄罗斯式样的皮帽子盖住了他的两只耳朵。要是一头公牛也能长出一副络腮胡,那么可能它的样子会跟眼前出现的这个男人一模一样。从屏幕上可以看见,这个人做了个手势,好像非常不耐烦,他的贴身保镖看到手势,马上打开了一只摆满了现金的公文包。坦纳赶紧把这个人的照片输入计算机的面部搜索程序认读,很快,屏幕上就出现了这个人的所有档案材料。

“没错,就是他,亨利·卡布塔。这个人几乎参与了近期发生的所有技术性的恐怖行动。早在 1967 年的时候,他曾经差不多劫掠了加州的整个伯克利市,此后,他的大名就经常出现在美国联邦调查局的通缉名单上。说起来,他曾经还是个有名的激进主义分子,后来不知是什么原因使他成为了无政府主义者，现在他只为金钱工作。”

从屏幕上看去，只见卡布塔付了一大箱子的现金，然后从卖主手中得到了一个小小的、长方形的红色匣子。卡布塔打开那个红匣子，但是匣子盖挡住了里面的东西，军情室里的观察者们看不见匣子里到底是什么。

“该死的，难道你就不能把镜头探到匣子内部吗？你这样我们什么都看不到。”M 着急且粗暴地对参谋长说。

坦纳听到 M 的呵斥，赶快转动摄像机的镜头，正巧卡布塔恰好在此时转身和旁边的一个人说话，于是匣子里的东西就完完全全地暴露在监控器的镜头面前了。

“到此为止吧，先生们！”M 突然直起身来宣布，“从现在开始，我们要为那个匣子里的东西在外面奔波一段时间了，我们决不能把它交给美国中央情报局去处理。”

若尔迪克上将不以为然地耸耸肩，他其实对秘密侦查所得到的材料毫无兴趣。若尔迪克不愧是英国皇家海军的上将，他本人恰恰是英国皇家海军的缩影——一个完全缺乏幽默感的人，他喜欢那种井然有序的生活方式，而且他也从不允许他身边的每个人忘记秩序。若尔迪克现如今已经五十出头了，他的个子高高的，肩膀很宽，体格健壮，脸上永远是一副一成不变的表情——总是愁眉苦脸的样子。他的这副尊荣让女首脑 M 不止一次在背后评价他说：“这个海军上将看上去就像患有长期便秘。”

若尔迪克上将此时转向他的俄国同行布哈里问道：“将军，看到市场里那个雷达控制着的格林式机枪了吗？”

布哈里上将点了点头：“看见了，不仅如此，除了这个雷达，几乎所有近距离雷达都配上了类似的武器。”这个俄国陆军将军的英语非常好，而且，虽然他今年已经六十岁了，但是相貌依然相当英俊，而且看上去精力充沛，让人觉得他的年龄要比实际年龄年轻很多。布哈里非常有智慧，他的观察力和判断力总是那么明智，让人不由得发出惊叹的声音。就在前一天晚上，M 还和参谋长坦纳评论过现在军情室里的这些人，M 一向很挑剔，但是唯独对布哈里的评价却相当高。虽然她能明确的感受到布哈里其实和在座的其他人一样，对她持有保留态度。布哈里粗暴地认为军情室根本就不是女人待的地方。

“他们交易的这些武器足可以再发动一次世界大战，”布哈里充满忧虑地补充说，“或者，至少也能在某一个地方发动一次武装政变。”

“现在的这些情况，还有其他可能会引发的意外情况，都促使我们必须马上执行我们的 B 行动方案，您认为呢？”若尔迪克上将反问道。他对坦纳说：“马上通知你派去的人，让他以最快的速度撤回来。”

“我觉得您这样做是非常正确的，”布哈里慢条斯理地说，“到目前为止，我们的海军舰队依然被大雾阻挡，处在一种进退两难的境地，而且要

是等到云开雾散，这个——该怎么称呼它呢，交易会吗？——到时肯定早就已经结束了。”

“没想到您也这么认为，那简直太好了。”若尔迪克表现的非常激动。不管怎么样，他现在已经下定决心，要好好行使一下自己的权力。他快步走向那部内部专用的红色电话，但是 M 仍然在思考着什么，她觉得还有必要再说点什么。

“将军，我敢非常肯定地说，这绝对是一起军事事件，绝对的——”

“是的，你说得非常正确，M，但是请务必相信我——”若尔迪克将军稍微停顿了一下，然后对着电话下达了他在心中酝酿已久的命令：“皇家海军‘柴郡号’——”

“黑车呼叫白马，黑车会叫白马！”坦纳对着头上佩戴的耳机大声喊话，“黑色国王准备选择海上行动方案，明白吗？”

“请您放心，其实我们和您一样非常关心市场周围的那些村庄，”若尔迪克耐心地对 M 说，“但是要知道，这些村庄离那个市场最少还有 2 英里远，而巡航导弹的最精确范围决不会超过两码。”

布哈里将军紧紧地盯着 M，开玩笑地问：“您难道很担心这些危险的恐怖分子的安危吗？夫人？”

M 转头瞪视着布哈里：“你错了，先生，我真正关心的是，我们现在完全了解那儿的情况，所以我们才会派人去。”

若尔迪克重新拿起红色电话的话筒，大吼：“黑色国王现在呼叫白色棋象，听我的命令——开火！”

在将近 2500 英里以外的地方，英国皇家海军“柴郡号”此时已经收到了若尔迪克将军的电话命令。英国皇家海军“柴郡号”是一艘公爵级 23 型驱逐舰，舰上安装有八个麦克道尼·道格拉斯猎鲸式双轨地对地导弹发射架和一个发射地对空导弹的 10 模量 26GWS 英国空中海狼超低甲板发射架。就在几小时前，“柴郡号”接到若尔迪克将军电话命令的时候，正在阿拉伯海上执行着巡逻任务。现在，它已经向北开拔到阿曼湾，已完全处于高度战备状态。

船舱里，船长正在聚精会神地收听着海军内部的通讯联络系统，在接到命令以后，他马上向操作室发出了清晰而洪亮的口令：“注意，现在开始检查武器，准备发射。听我倒计时：五、四、三、二……”

此时，在甲板上的发射架已经旋转到最合适方位，随着一声巨响，导弹在瞬间被发射了出去。

“报告，导弹已发射完毕！”发射官在第一时间对着军舰通讯装置大声报告。

而在安全部的军情室里，所有的观察者现在都在看一副完全不同于刚才的电视画面，画面显示的是导弹发射的轨迹以及它的运行情况，而且，军情室里的观察者们还能同步收听到“柴郡号”内部通讯装置中的所有对话。布哈里将军完全被眼前的景象惊呆了，他马上意识到，等他回国后，必须向俄罗斯总统报告，以提高本国军情室的技术水平。

“报告，现在距离击中目标的时间，还有4分钟8秒。”“柴郡号”发射室在向安全部的军情室报告。这艘巡洋舰目前距离开伯尔山口的那个秘密军火基地差不多有800英里。

比尔·坦纳赶紧对着自己头上佩戴的耳机呼叫：“白马！白马！再过4分钟，导弹就要落地，现在命令你马上离开那里！”

这时，不知是从耳机里传来了什么消息，让一向沉着冷静的参谋长坦纳皱起了眉头。他摘掉耳机，快步走到显示着恐怖分子军火市场图像的监控器，此时的画面里，有一辆吉普车挡在了一架米格飞机的前面。

参谋长重新带好耳机，对着上面的话筒说：“我看见了，真该死！我明白它是什么了，好了，”坦纳停顿了一下，接着说，“不要再管这些了！现在你必须马上从那儿撤出来，马上——不！千万不能再等了，不能再等了！”

M感觉到坦纳的声音里明显带有惊慌，她快步走到了坦纳的身边，眼睛紧紧地盯住屏幕里的吉普车，但是此时，其他人却一直忙着看另外一个屏幕上刚刚发射的导弹的飞行轨迹，他们根本就没精力注意这幅仅仅与他们相隔两英尺的画面。

“柴郡号”上的导弹发射官再一次向军情室报告：“现在距离导弹命中目标还有4分钟。”

若尔迪克将军微微把头转向M：“一切都好，结局就会好，不要——”

“我命令，停止发射！”M抬起头，斩钉截铁地说。

军情室里的所有人都被惊呆了，若尔迪克将军连怒气都发不出来了。这个时候，他不情愿地转头看了看M，发现她此时正死死地盯住大屏幕。

屏幕上，吉普车此时已经开走了，露出了它身后米格飞机的机翼。直到这个时候，军情室里的所有人都看到了他们最出色的野外侦查行动员——詹姆斯·邦德007刚才所看到的情景，他们现在终于明白为什么邦德始终不肯从那儿离开了。

“上帝哪！”海军上将若尔迪克紧张地咽了口唾沫，他喃喃自语道：“难道这就是——？”

坦纳了解地点点头，说：“是的，毫无疑问，就是一个苏制SB-5核鱼雷！”而这个让人难得一见的装置此时就固定在米格飞机的大机翼上。

布哈里将军此时震惊的表情更加肯定了坦纳接下来的判断：“在座的各位应该都知道，这种武器可是价值连城啊！”

M终于发话了，她大声咆哮道：“够了，马上命令‘柴郡号’，要他们中途放弃导弹！”

坦纳马上对着耳机上的话筒说：“干得非常好，白马，我们已经看到它

了，太漂亮啦！但是你现在必须马上离开这个鬼地方，马上！”若尔迪克将军赶快跑到电话旁，再一次拿起红色内部专用电话：“请注意，皇家海军‘柴郡号’紧急命令！”他突然停顿了一下，转向布哈里将军问道：“导弹不会自己在空中爆炸的，是这样，没错吧？”

布哈里将军无所谓地耸耸肩：“它可能真的会自己爆炸的，这可没准！再说，即便它自己不会爆炸，着落点也会留下相当多数量的钚元素，这种化学元素会使土地看上去很黑，就像被烤焦的烤肉一样，另外这种放射性元素还污染周围的山地，雪原、供水系统，等等。”

“还有附近的那个村子！”参谋长坦纳突然想起了最重要的问题，他赶紧提醒道：“现在能把它尽快疏散吗？”

“疏散——?”布哈里马上瞪大了眼睛：“您不是在开玩笑吧?在3分钟之内，把这个小村子从大山的中间疏散掉？”

若尔迪克将军对着手中的电话话筒大吼：“黑色国王呼叫白色棋象，黑色国王呼叫白色棋象，现在我命令，放弃导弹！马上放弃它！”

此时，在“柴郡号”巡洋舰的指挥间里，舰长重复着若尔迪克将军的命令：“马上放弃导弹！”

“柴郡号”巡洋舰发射官接到命令后，马上按动了操作盘上导弹发射装置的放弃钮，但是却没有任何反应。

“报告长官，我刚才按动了导弹自毁装置，但是已经不管用了，导弹目前已经到达了开伯尔山口上空！”

霎时间，安全部的军情室好像变成了蜂房，骚动个不停，所有人好像在瞬间都换乱了，他们四处乱撞，大声地叫着，喊着，拼命抢夺着电话。

“不会的，你们再试一次！”若尔迪克将军对着红色电话机的话筒，大叫：“再试一次！”

坦纳意识到事情的严重性，他赶紧通过耳机上的话筒对他的野外情报员大喊：“白马！白马！你怎么还在那儿？”

M静静地坐在椅子上，在她周围，那些曾经接受过严格军事训练而此时却陷入极度恐慌中的人们在跑来跑去，她紧紧地注盯着监控器，但是脸上还是依然保持她惯有的平静——这是一种非常不平常的平静，因为她刚才已经和参谋长坦纳了解了一些在场的其他人所不知道的情况。

突然，她趁人不备，悄声地对参谋长坦纳说：“记住，那个摄像机从现在开始，再也不会有人操纵它了。”

“好吧，这至少说明他现在已经离开那个地方了。”

“现在你该相信他的厉害了吧——他总是出现在让你意想不到的地方。”

两个恐怖组织的护卫正坐在火堆旁取暖，他们根本就没意识到，其实自己已经离死神不远了。这两个人都是恐怖组织从欧洲不同地区招募到的新成员,他们也是在这次军火交易市场上才第一次正式露面。其实,对于恐怖分子来说,最重要的事情就是让他们的每一个成员都不会受到追踪。如果不是身后那些具有毁灭性杀伤力的武器,他们看起来倒像是在火堆旁相依取暖的流浪汉。

其中有一个人总是回头看他身后威严耸立的群山,他嘴里始终都叼着一根烟。突然,他的面前出现了一个金黄色的赫尔牌打火机,勤快地为他点着了烟。这个护卫深深地吸了一口烟,然后眼睛往上一瞥,正想看看到底是哪个好心的朋友帮他点着了手中的烟,可是他还没来得及看清站在他面前的这个人到底是何方神圣,就被对方一拳打倒在地,晕了过去。

詹姆斯•邦德非常敏捷地捡起了被他打晕的护卫的枪,同时又抬起手打晕了第二个护卫。

"恶习!"邦德冲着第一个被他打晕的护卫骂道。

他已经没有多少时间可以用了。如果他现在还想活着离开这儿的话,他就不能停下来研究自己的多种作战方案,他现在最主要的任务就是马上选定一个最有效的方案,并且毫不犹豫地执行它。他给自己下达了死命令,那就是必须把米格飞机上那个价值连城的核鱼雷带到那个正在飞来导弹的射域之外。

邦德将打火机倒转过来,拧亮了一个极其隐蔽的开关,这里有一个非常小的液晶显示器,它已经在邦德拧亮它的一瞬间开始倒计时——五、四、三……

邦德迅速地将打火机扔到了一堆汽油桶的旁边,然后飞快地逃离了现场。就在两秒钟后,Q 提供给他的这个最新研制出来的便携式轻型燃烧弹就迅速爆炸,整个军火交易市场顿时陷入了极端混乱中。

这时,有辆运输车恰好经过邦德身边,这是一辆有八个车轮的长板载重卡车,邦德发现这上面载满了飞毛腿导弹。汽车司机反应相当快,他看见前方有物体爆炸,马上就掉转车头,避免了使车上的武器与燃烧的大火相遇。此时,邦德突然纵身一跳,恰好在自动雷达急转过来、格林式机枪转动着指向爆炸方向以前,跳上了那辆载重卡车。只见他刚一离开,一阵枪弹就雨点般密集地倾泻在他刚才栖身的地方。

这个时候,他听见坦纳焦急地在耳机里催促他:"马上离开那儿,詹姆斯,听到没有,马上……"

此时的军火交易市场完全陷入了一种疯狂之中。所有的买主、卖主,还有护卫们都绕着燃烧的大火漫无目的地狂奔。当运送飞毛腿导弹的载重卡车加快速度从人们身边飞驰而过时,谁也没有注意到,有一个人正站在卡车的一侧。

此时,那个亨利•卡布塔紧紧抱住他刚刚用一大箱子钞票换来的小红

匣子，他狂躁不安地四下张望，努力寻找着他的贴身保镖，可是却怎么也找不到，真不知道他们都跑到哪儿去了？要知道，他可是等了很长时间才搞到现在抱在自己怀里的装置，他可不想在这个时候让整个计划都成为泡影。

邦德看似漫不经心地又从包裹里拽出另外一套装置，然后把它扔在运送飞毛腿导弹的卡车的一侧。其实，他爬上这辆卡车只是为了能让车把他带到米格飞机的所在地，所以，卡车刚一到目的地，他就赶紧跳下卡车，离开了。

几秒钟后，邦德扔在卡车上的那套装置爆炸了，不仅如此，它还引爆了车上的飞毛腿导弹。巨大的火苗开始向四处快速蔓延，要不了多久，整个军火秘密交易市场就会被大火吞没。

卡布塔的两个贴身保镖在慌乱之中跳上一辆正在行驶的吉普车，他们一上车就把车上所有的人包括司机全都扔了下来。然后他们掉转了汽车的行驶方向，飞速地将吉普车开到自己的主人面前。卡布塔由于被这场大火吓得不轻，导致他精神极度紧张不安，现在变得就好像是一个白痴，他花了很长时间才爬上这辆吉普车。

“赶快离开这个鬼地方，快点！”卡布塔大声叫喊着。吉普车像火箭一样飞速驶出火海，窜上了公路，把疯狂和混乱远远地甩在了身后。

大概还有两分钟，巡航导弹就会到达交易市场，邦德眼看时间已经来不及了，于是他加快速度，滚到一个距离他最近的米格飞机下，他发现这架飞机正好配有核武器。在飞机下，有个飞行员正在检查机身上的子弹洞，这个飞行员转身的速度稍微慢了一点，邦德把握时机，迅速地从他身下打出一记又猛又准的拳，猛击他的双脚，随后又跳起来，狠狠地踢中了他的脑袋。做完这一系列动作，邦德抓起一顶飞行帽，以最快的速度爬上了米格飞机，然后纵身跳进驾驶舱，这中间他几乎没有停下来思考。不巧的是，飞机舱里还有个副驾驶员，他此时就坐在邦德的身后，面对这个入侵者，他大声吼叫着，与此同时，他抄起一把玛卡洛夫手枪，并且还扣动了扳机，但是邦德没有给他开枪的机会，他一转身，用飞行帽猛击他的面部，副驾驶员应声晕倒在了座位上。

邦德没耽误一点时间，他迅速系上飞行帽，然后查看了一下控制板，以便让自己能够熟悉一下这架战斗机的驾驶系统。其实，他早在 80 年代初期就通过了所有飞行训练的课程，并且取得了非常好的成绩，但这毕竟是很久以前的事了。在 3 秒钟内，曾经所有的训练科目又都鲜活地再现在邦德的脑海中：这种飞机的飞行范围应该为 715 英里，并且可以携带满满一飞机导弹、火箭。这种飞机最大的特点就是在机翼与机身连接的地方，都会配有一挺机枪。它还拥有一个雷达，这个雷达可以帮助飞机俯瞰机身下的飞行器或导弹。这种飞机的最高时速可以达到每小时 1450 英里。邦德在心中暗暗希望自己脑中的数据是准确的，他没有耽误时间，直接点燃了飞机引擎，同时按动控制器，关闭了飞机的两个座舱盖。

大约在 50 英尺以外，还有一架米格飞机，机舱里的飞行员非常困惑地看着在他眼前发生的这一切。“这个混蛋，居然敢来偷米格飞机！他疯了吗?? 这简直就像是在开玩笑……”

于是，这架米格飞机也启动了。

邦德驾驶着飞机滑向临时起跑线，一些恐怖分子看到这种景象，也明白了正在发生什么事情，他们开始向邦德驾驶的米格飞机扫射。

邦德不停地旋转着机身，希望飞机的强气流能冲击到追踪在后的吉普车和车上的那些恐怖分子，事实正如他所料，那些恐怖分子和吉普车就像是苍蝇一样，被气流吹到了一边。随后邦德用机翼下的机枪对准了附近的几个弹药堆和火箭丛，并且开了枪。瞬时间，这里也变成了一片火海，这篇火海无疑是一道最有效的保护屏障，它使得恐怖分子不能靠近邦德的飞机。

邦德再次开动了飞机，使它尽可能地以最大的速度在跑道上滑行。他抬起头看了看天空，他觉得从现在开始，每一时刻他都可能看到飞来的导弹。

他相信，那枚巡航导弹此时一定就在他面前的云层以外，正飞速地、照直向他飞来。现在对于他来说，时间实在是太关键了，邦德努力使节流杆的长度保持在一个合适的位置，而就在这时，那枚巡航导弹恰好笔直地与他的飞机擦身而过。随后邦德推动机身前面的控制器，好让飞机的轮子能在导弹开始袭击的一瞬间离开地面。

在邦德经历的这惊险的两分钟里，英国安全部军情室里的气氛异常紧张，并且整个室内非常安静。屋内的人屏住呼吸紧盯着监控器。摄像机的镜头始终都没又从静止的画面前移动走，米格飞机在图像上留下了非常耀眼的光芒。这些英国情报部门以及军方的精英们都没有办法将视线和米格飞机机翼上的核鱼雷联系起来，他们现在惟一所能做的，就是耐心地搜索和等待，除此以外，他们别无选择。他们静静地听着发射官宣布导弹爆炸倒计时的低沉声调。突然间，屏幕上的所有景物全部陷入了让人感到惊心动魄的爆炸之中，随后，显示屏上的画面全部都消失了，屏幕上变成一片雪花。

被巡航导弹袭击的地方，此时已经变成了一座人间地狱：汹涌的火球聚成一股股火浪将整片房屋吞没，随后又滚过简易的停机场。邦德驾驶着米格飞机逐渐升高时，他几乎每一分都有被火浪追上的危险。他尽力将节流杆推到了最大极限，这样能提高飞机的上升速度。当飞机最终冲破了层层火浪的包围、飞上晴朗的天空的时候，邦德感到了一种前所未有的兴奋。

他坐在驾驶舱中，长长地舒了一口气。此时他才感觉到自己的心脏都在剧烈地跳动着，而且肾上腺还在不断抽搐。没错，他终于大功告成了，他正在把一个价值连城的苏制核鱼雷从那个鬼地方带出来，想想都兴奋。他现在真想诅咒那个下命令向交易市场投导弹的海军上将，不过，在诅咒之前，他必须要考虑的问题是：现在要去哪儿……他对飞越全程然后直接回到“柴郡号”的这个想法根本不感兴趣，他现在只想找点酒喝，在白沙瓦①就有一个好酒馆……而且，那儿的女老板本人就是一道让人垂涎的美味儿……

这时，恐怖分子已经追上来了，随即邦德听到了追踪者撞上米格飞机的声音，他迅速回头看了一眼飞机后面的地方，只见后面有一架米格飞机始终在后面紧跟着他，现在已经追上了他的机尾，并且追踪者为了能歼灭邦德的飞机竟然向邦德发射了连珠炮般的致命射击，好在邦德熟悉特技飞行，他运用这项技能把飞机一会儿拉到左边，一会儿又转回右边，成功地避开了尾随而来的飞行员那准确得惊人的射击。

邦德刚刚解决掉飞机后面的麻烦，更难解决的一个新麻烦又产生了：之前被邦德打晕瘫倒在邦德身后的那个驾驶员已经开始苏醒了，他醒了好长一段时间才明白刚才究竟发生了什么事。于是，他用尽全力向邦德发起了攻击：他先抄起手边的一根金属绞索，紧紧地绕在了眼前这个敌人的脖子上，并且狠狠地拉紧了手中的绞索。顿时，邦德感到了一阵窒息，同时他还听到一个纤细而又刺耳的声音，作为一名接受过飞行训练的情报人员，他非常清楚这个声音的出现意味着什么——追踪的米格飞机开始向他发射自动热搜索导弹了。

邦德一边用尽全身力气挣脱着脖子上被扭紧的绞索，一边把节流阀踢到自己的面前，同时拉起了操纵杆。米格飞机马上就进入了一种脊背翻转的倒式飞行，后面飞机发射的自动热搜索导弹紧贴着邦德的飞机一闪而过。现在邦德面临的最大的问题是：他是否能在身后那个人将他勒死以前，将飞机开到他想去的地方……

在后面追踪邦德的飞机驾驶员看着自己发射的搜寻导弹从高处滑过，没有击中它的目标，他开始愤怒地大声咒骂。当他冷静下来的时候，他才惊愕地发现，前面的那架飞机完全消失了，那个偷飞机的贼已经从他的视线里逃走了，他不仅不在前面，就连左边或右边也没有，他究竟跑到哪儿去了？

为了不被追踪而来的米格战斗机的飞行员发现，邦德刚才趁其不备，

---

①白沙瓦(Peshawar)，巴基斯坦西北部的一座城市，西北边境省首府，是著名的经济、文化中心。

将飞机恰好移到了后面那架飞机的正下方，和追踪者保持着一样的速度。现在他已经没有精力去管那个追踪他的飞机了，他现在在拼命对抗着脖子上痛苦的钳子般的紧勒，他竭尽全身所有的力量，想着面前那个标明“副驾驶员弹射座位”的红色按钮伸出手臂。终于，在他耗费尽了全身的最后一点力量的时候，他轻轻触动了按钮。

突然，座舱盖的后半部分在瞬间爆裂般地开启，副驾驶员还没有来得及反应，就像子弹一样被射向了空中，他撞进了上面的那架米格飞机的“腹部”，最后整个身体喷射进这架飞机的副驾驶座位。飞行员听到后面的声音，马上转过身来，眼前的景象让他简直不敢相信自己的眼睛。

这是这个飞行员看到的最后一幕，因为由于这个“人体导弹”的“加入”，这架米格战斗机受到了致命的创伤，随着“人体导弹”的破舱而入，他在一瞬间就爆炸了，化作了千万块碎片。

邦德活动了一下自己的脖子，然后把自己飞机的节流杆重新踢向到前方，同时小声嘀咕着："真是个多管闲事的讨厌鬼。"

他为自己选定了一条最佳航线，然后发动米格飞机的补燃器，把它安置好。完成这些后，邦德打开了收音装置的控制钮，通过头上戴的对讲机向军情室喊话："白马呼叫黑车——"

军情室里，坦纳迅速地拔掉了对讲机上的耳塞，好使邦德的声音能够通过扬声器传送到军情室所有人的耳中。

"——我现在正在返回'堡垒'，你告诉黑色国王，白马非常想把整个棋盘都推到他的棋象身上。"

若尔迪克上将的脸顿时变得通红变红了，而军情室里的其他人则拼命忍住自己的大笑，甚至在这场异常严峻考验的全部过程中始终保持着镇定与冷静的M，也放任自己露出了一个微笑。

第二章　海上幽灵

在这片浩瀚无垠的宇宙空间里，星罗棋布地排满了各种各样的人造卫星，它们都在围绕着地球周而复始地旋转着，并且每个人造卫星都有着自己于众不同的功能，它们都承担着自己的使命。其中，有几类最基本的卫星：帮助信息传送的通信卫星，有助于航空航海的导航卫星，还有用于收集情报的侦察卫星，以及观测天气的气象卫星。每颗卫星都有其所属的

国家，有时也可能属于某个实力很雄厚的跨国公司。

很多新闻报道和商业活动都是依靠通信卫星才可以正常活动的，没有它们，现代文明也许真的会瘫痪。通信卫星能够满足世界范围内的联合播音以及电视转播，同时还能服务于电话业务。五、六十年代初期，第一代通信卫星被发射到了太空，从那时起，国际远距离卫星通信网络就在不断向前发展，并且有效地缩短了世界各国人民之间的距离。如果没有这种通信卫星，那么人们就不可能看到关于海湾战争最新进展的实况转播，也不会有对正在地球另一端举办的体育运动会的及时报导。

在过去的三十年里，通信技术在迅速发展的同时，也推动了各国之间政治关系的改善。所以，人类要感谢通信卫星，因为正是有了它们，一个国家的人民才能深入地了解另外一个国家的文化。正因为有了通信卫星，地球上东西方之间的"高墙"才会被拆毁，东西方之间的障碍也逐渐被消除。想想看，如果没有通信卫星，人们也许仍然会时刻生活在恐怖之中，时刻担心着另一个敌对国家的军事力量、政治意图。

在宇宙中，有几颗通信卫星全部属于一个非常有名的新闻机构，CMGN——卡夫新闻报业集团广播电视联合公司。CMGN 是世界第二大新闻机构，它的知名度和影响力与目前处于第一位的 CNN 几乎是不相上下。CMGN 的大名几乎全世界人们都知道，因为不管怎么说，CMGN 已经打破了新闻界的纪录——CMGN 报道的新闻具有很高的时效性，可以说，在这方面，CMGN 的成绩远远超过其他任何一个广播网。CMGN 在创建之初就提出了一个口号："把明天的新闻，提前到今天！"由于 CMGN 的覆盖率相当得广，几乎遍及全球的所有国家和各个角落，如今，他们的这个口号，已经变为全体 CMGN 工作人员努力奋斗的目标，并正逐渐成为现实，就连来自对西方怀有偏见的国家的人都会不假思索地在 CMGN 的摄影机前驻足微笑，他们乐意向全世界描述他们的人生哲学，以及他们对资本主义的不屑一顾，还有就是他们在最近一次扣押人质的紧急情况下所做出的决定。

此时，一颗 CMGN 的通信卫星正在悄悄朝着东南亚上空移动，希望能够第一时间欣赏到一幕即将在中国南海上上演的悲剧。

中国南海被皎洁的月光笼罩着，海面上发出一种幽灵般苍白的光亮。一切事物在月光的照耀下都失去了原来的颜色，在强烈的光照对比下，每个置身于月光中的人都仿佛成了大屏幕上黑白影片里的角色。如果要是夜晚在海面上航行的话，总会有一种说不出来的感觉，在这样的氛围下，大多数旅客都会安静下来。比如说，此时此刻，游艇上的情人们或许会躺在甲板上，把他们的臂膀勾在一起，安静地欣赏夜晚的天空；渔夫们也许会握着手中的钓杆，轻松地入睡。在正常情况下，大多数人都会在这样平静无风的水面上舒适地进入美丽的梦乡。

然而，在如此美好的夜晚，却有人不能惬意地享受——英国皇家海军“戴维沙尔号”的海员们就非常不喜欢海面上如此的平静，他们也不喜欢天上那明亮的月亮，他们没有心情顾虑这些，因为他们此时正处于高度戒备状态。

这天晚上，一艘 23 型爵士级巡洋舰——英国皇家海军“戴维沙尔号”正在海上执行从菲律宾到香港的例行巡逻。突然，天空中出现了两架中国米格 21 战斗机，它们瞄准舰艇，从船尾朝着船弓猛地擦了过去。就在这个时候，从中国方面传来了让人疑惑不解的航海信号。

“戴维沙尔号”的舰长，海军上校李察德·戴迅速跑到舰桥舱里同他的大副、海军少校皮特·休姆碰头。

“现在我命令，全速航行，方位 127 度。”舰长向操舵手下达了命令。

“舰长先生，我觉得我有点不明白，”休姆少校有些为难地说：“他们刚才说我们进入了中国领海，可是，我们根本就没进入中国水域，我们离他们那儿还远着呢！”

一种能测定地球表面水域的导航卫星是轮船在海面上航行时所必须要依赖的。“海军之星”全球方位系统在 1989 年曾经发射过一颗导航卫星，这颗导航卫星可以不间断地向海面上正在航行的轮船播报方位和时间信息。在地球的周围，一共有 22 颗这样的导航卫星在工作着。它们被明确规定，用于军事用途的波段不能超过几英尺，而用于非军事用途的波段则大概有 300 英尺。在“海军之星”导航卫星的指示下，“戴维沙尔号”在地图上的位置完全不需要怀疑。

一个信号兵走进舰桥舱，交给舰长他们刚收到的第二份来自中国的讯息。戴舰长看了看讯息，疑惑地说：“他们有没有搞错？竟然要我们——听我命令，马上进入作战岗位！”

休姆马上对舰长的命令做出了回应：“是，长官，马上进入作战岗位。”说完，休姆少校揿动了一个按钮，进入作战状态的警笛随即尖锐地回响在船的周围。

戴舰长转过身面向信号兵：“请按照我的意思答复中国官方，我是英国皇家海军‘戴维沙尔号’巡洋舰，之前我们没有进入贵国所指出的海域，我们现在正在公海上航行，距离贵国的领海海域还有 75 英里。我保证，‘戴维沙尔号’是不会进入中国领海的，也不会在中国的任何港口停泊。但是，贵国刚才的行为已经违反了国际法。”

舰长说完后，信号兵马上转身开始完成他的任务。戴舰长拿起身边桌上的话筒给操作舱打了个电话：“我要你们再次确认一遍我们现在所在的位置。”

操作舱的基层作战指挥官接到舰长的命令以后马上查看了一下显示

器，显示器上面能够显示出来自远程、中程、近程三种方位的导航卫星定位信息。信息表明，目前舰艇的行驶一切正常。这些信息不可能会出现错误，信息的可信度相当高，根本不需要怀疑。

“是的，舰长，”基层作战指挥官报告：“我刚才再次确认了一遍，轮船正按照预先设定的方向行驶，一切正常，我们目前正处于准确的导航定位。”

戴舰长听到作战指挥官的报告后，慢慢地放下电话，喃喃自语道：“让我们停到他们港口？真是太可笑了，这算是对我们的威胁吗？”

戴上校今年已经四十四岁了，他已经在皇家海军中服役了二十多年。他知道自己身为一艘正规军舰舰长所承担的责任，同时他还对远东复杂的政治情况有着非常深刻的了解。这个老牌海军会说好几种东方语言，他还曾经在香港度过了他海军生涯中的一半时间。他非常清楚，中国人的性格是非常强硬的，但是他也决不想任由他们摆布。

“戴维沙尔号”现在正在加大航行速度，戴舰长企图迅速穿过这片海域。但是，就在此时，那两架中国的米格飞机再次出现在空中，它们再次咆哮着从军舰上空一闪而过。坐在驾驶舱中的中国飞行员正在接收来自本国飞行基地的命令。他们认为，这艘英国军舰刚才的辩解是根本没有价值的。他们觉得英国海军就是正在进行着一种间谍行为。

刚刚向中国官方传送完信号的信号兵突然转身对着戴舰长大声疾呼：“报告长官，刚才中国官方的信号说，他们坚持认为我们距离中国海岸线只有 11 英里，说我们目前正处在他们的领海范围内。他们说，如果我们不马上掉转方向进入一个中国港口停泊的话，他们就要向我们开火！”

戴舰长听完信号兵的报告，他已经完全被激怒了，他大声吼叫道：“马上告诉他们，‘戴维沙尔号’目前正在公海航行，根本没有侵犯他们的领海，如果我们遭受到攻击的话，我们就将奋起自卫！然后，你再把刚才我们和中国官方的对话重复一遍报告给英国海军部，记住，十万火急！”

这艘巡洋舰依然在开足马力急速向前行驶，所有人现在都在为奋起自卫做着准备，根本没有人注意到有个黑色的阴影正悄悄出现在英国军舰的后面。不，不是没有注意到，应该是没有看到，没有人能看见它，因为这是一艘装备了先进技术的隐形船。这艘隐形船拥有双层舰壳、两个特大浮筒还有一个非常奇特的平滑舱面，并且整个船身被漆成了暗黑色，在夜晚根本就看不到它。这艘隐形船就像是一个来自于海底深处的幽灵，它无论在什么情况下都可以隐蔽自己，并且还能非常自由地袭击一切它感兴趣的猎物。两个浮筒牵引着隐形船的船舱，使它能自始至终都悬浮在水下。在轮船底部还有一个能够自由开启或者关闭的舱口，这个舱口可以任由一个更小一点儿的船舶自由出入。

即使在科技相当发达的今天，用隐形技术建造的轮船其实并不是很多，而且更加没有一条隐形船是像这条船这样制造的。这艘拥有奇异外形的隐形船，仿佛就是一只巨大无比的无尾乌贼鳍刺。它那异常宽阔低平的侧翼，可以有效地防范敌方雷达的追踪。轮船的表层是由一种雷达无法穿透的化合物制成的，并且上面还覆盖着一层可以吸收雷达辐射的隐身涂层材料。没有雷达会在碰到这艘轮船时做出反应，除非是因为船体外壳上出现了裂缝。

在悬浮的隐形船船体下方，两个浮筒之间的地方有一扇门，这扇门悄悄地打开了。一种被专业人士称为“海洋无名物”的装备从这扇门里被悄然发射。当“海洋无名物”的所有部分都被浸没到水面以下后，它就像一条会游动的蛇一样，飞快地射向了前方的英国皇家海军“戴维沙尔号”。从技术上来讲，这就是一个和发动机差不多大小的钻头装置，它的四周都装配有旋转切刀，并且在水底还能闪闪发光，而这个钻头装置的前面装有电视摄像机，这就好像蛇的眼睛。那些锋利的切刀由三个连锁式链头联结在一起，形状就像是旋转的齿轮。这个新奇的怪物后身还有一个能够变换方向的喷水管，它可以不停地排出废水。“海洋无名物”还装备有一个硕大的、装满炸药的钻针，它可以随意袭击其它在海上航行的船体，并且还可以钻进轮船内部，让它们爆炸轰毁。

此时，德国人斯塔夫正在隐形船的舰桥舱里注视着操作台上的监控器，他在时刻观测“海洋无名物”启动旋转的情况。只见“海洋无名物”被发射出隐形船以后，它四周的的切刀便开始以飞快的速度旋转，船舱的进水口发出巨大的吼啸声。当“海洋无名物”像一道闪电飞离舱口射向那艘英国军舰的时候，旋转轴上的金属导线就像天女散花一样一圈圈地展开，在“海洋无名物”的身后形成了一条金属丝制成的牵索。斯塔夫此刻的心情非常激动，他满怀欣喜：简直太棒了！只要接下来的一切都能够按计划进行，他就可以得到一笔非常丰厚的奖金，也许还能拍出一盘让自己闻名世界的摄像带。老板非常喜欢他的摄像带。他记得他最后一次制作的摄像带是关于一个菲律宾妓女的，但是那只是一个瞬间的经典，它不能被拿到市场上，然后出售给那些对暴力色情片非常感兴趣的家伙，而这仅仅因为这个摄像带结尾部分的暴力实在是有点太过分了。这一直让斯塔夫觉得很扫兴。

这三十五岁的德国男子身材非常高大，体格很雄健。他的外貌总是给人一种不安的感觉，但这并不是说他缺乏一定的魅力。事实恰恰相反，他那一头金黄色的头发，还有他蔚蓝色的眼睛以及宽阔的双肩，雄壮的体魄，一切的一切看上去都是那么的完美，但打破他本身这种美感的，就是他那好像能洞穿一切似的蔚蓝色眼睛所散发出来的诡谲奇异的闪光。这种闪光最起码能说明，在他的头脑中一定存在着某种非常疯狂的欲望。

斯塔夫觉得他应该向他的老板提一个建议，那就是赶快撤换掉这艘

“海豚2号”隐形船的舰长。就他个人的品味而言，这个舰长似乎太有些神经质了。斯塔夫一向欣赏那种非常自信且无畏的人，但是这个舰长却总是在干活间隙从操作间里回头偷偷看他，他的举动让人感觉他好像怕自己一旦做错了什么事，斯塔夫也许就会用枪对准他的后脑勺。事实上，船上的每个人都非常害怕斯塔夫，这一点斯塔夫自己也非常清楚。船上的所有海员，包括德国人、泰国人和两个越南人，都非常听话地执行斯塔夫的每一个命令。

斯塔夫非常满意自己在组织中的强人地位，这似乎能让他感到一些快意。他喜欢有事没事就把两只手弄得很脏，还喜欢以一种粗鲁残暴的方式为人处事。这种对暴力近乎疯狂的嗜好曾经使他在监狱里待了整整八年。后来在监狱中，斯塔夫又被加判了二十年徒刑。要是没有他的老板，相信他一定会被关在监狱里和那些倒霉的失败者一起腐烂了。虽然斯塔夫在监狱里待了那么多年，但是他并不是失败者，因为每次他出手，都从来没有输过。他可以不动声色地忍受着来自各方面的打击和各种各样的伤痛，但是，当他休息够了，他就会像猛虎一样，用非常有力的回击和他的敌人进行彻底清算。对于斯塔夫来说，暴力并不是一种苦痛或是折磨，暴力在他眼中是一种无上的狂喜。

而此时的“戴维沙尔号”里是一片慌乱，船上的人们正在慌张地跑进跑出。他们刚才已经在雷达上探测到了那个“海洋无名物”，但是他们却对他无能为力，因为他们还不能准确地识别它。

“报告长官！”当戴舰长和休姆少校疾步走进操作舱的时候，领航员马上冲到他们面前向他们高声报告：“目前发现一个鱼雷向我方袭来，方位为114，测距为8000。”

“航向马上脱离114，马上。”戴舰长冷静地回答。

基层指挥官迅速地扫了一眼操作盘上的雷达，顿时他的脸上现出一副非常困惑的表情：“报告长官，海面上什么也没有。”没错，就是这样……，他们在扫描仪上根本看不到有什么东西正想他们袭来，因为此时，攻击者已经距离他们不到几英里了。

休姆说：“肯定是那两架中国米格飞机干的，一定是他们刚才投下的鱼雷。”

“戴维沙尔号”在水中突然一个猛转弯，可是“海洋无名物”也跟着迅速转向，依然死死地咬住这艘舰艇。“海洋无名物”逐渐加快了自己的速度，眼看着它距离英国军舰的舰壳已经越来越近了……

“报告长官，鱼雷目前已经改变航向，仍然跟在我们后面。”领航员焦急地报告。

“马上转帆，躲开鱼雷打击！”基层指挥官大声命令着。

两秒钟内，每个人都屏住了呼吸。

突然，“海洋无名物”猛地撞在了轮船上，一股强烈的颠簸顿时震动了整个“戴维沙尔号”。底舱的动力室里，由于过于强劲的震动，致使发动机被抛到了地板上。海员们惊慌地抬头仰视四周的舱壁，发现舱壁都在剧烈地颤抖。紧接着，舱壁上慢慢出现了一个极其细小的圆孔，一小股水流通过小圆孔慢慢流到船舱里。随后，“海洋无名物”直接刺破了已经脆弱不堪的船舱，随着“海洋无名物”的刺入，一道凶猛的洪流霎那间涌入船舱。

此时，船舱里的紧急状态指示灯亮了，这就说明操作舱的主要动力现在已经进入全面瘫痪的状态。休姆马上向舰长报告说：“报告长官，电机已失灵！C 甲板已经开始大面积进水！”

整个军舰开始沸腾起来，船上的海员们都在尽自己最大的努力挽救这个危险的局面。一些水手奋力冲进餐厅抢出条板把舱口紧紧地堵住。无论怎么说，餐厅垮了还可以再修一修，但是最重要的问题是，“海洋无名物”现在已经穿透舱体，成股的海水正从缺口汹涌地流入舱内。

在 B 甲板上，海员们分别冲过去关掉舰道上的各个防水闸门，而另外一些人希望能在海水汹涌地袭来之前，跑上通往舰艇最上面的舷梯。但是他们敏捷的动作比起凶猛的海水还是太慢了，巨大的海流好像凶猛的野兽一样扑向海员，并且把他们击倒在地，并随之将海员们卷了出去。

斯塔夫站在隐形船的舰桥上观赏到了这一幕，他的脸上露出了令人难以察觉到的微笑。就在这个时候，那两架中国米格战斗机又重新飞回到“戴维沙尔号”的上空。斯塔夫耐心等待着机会的来临，直到两架飞机飞到了恰当的位置，他才向水手下达了命令：“我命令，向第一架飞机开火，”紧接着，他又喊道：“再打第二架！”

就在斯塔夫刚刚下打完命令的时候，两个小型自动热搜索导弹同时从隐形船的甲板上腾空飞起，一同射向那两架中国米格战斗机……

此时的“戴维沙尔号”操作舱里是一片沸沸扬扬，舱内充斥着闪光灯、警笛和紧急呼救的信号。

“报告长官，动力推进系统失灵，发动机室目前与我们失去联络。”

“报告长官，据测算，我们的尾翼下沉了 14 度。”领航员报告。

戴舰长在这个时候表现得相当冷静，他只用两秒钟就做出了一个重要的决定：“命令所有船上人员，马上离开军舰。”轮船还在不停地猛烈倾斜，但是舰长还是努力撑住了自己的身体：“信号兵，马上向海军上将报告，就说我们被中国鱼雷击中，现在正在下沉。然后给出我们现在的准确方位。”

信号兵点点头：“是，长官！我马上发出信号”在说这句话的同时，信号兵的手伸向了操作键盘，也就是在同一时间，休姆突然在舱内发出了一声大叫：“我们的船沉了！”

紧接着，舱内的所有的灯都灭了。

“戴维沙尔号”的船尾已经被海水给淹没，但是它的船弓仍然露在海面以上，但是它很快就翻转过来，垂直地竖起在海面上。现在已经没有时间供水手们启动救生艇了，他们只能披上救生衣，纵身跃入冰冷的海水中。轮船在以惊人的速度下沉，这种速度比任何人想象得都要快。

戴舰长尽可能地留在原地监督着船员们的疏散，直到最后，他自己不得不穿上救生衣，跟在自己的下属身后跳进了水中。

五分钟以后，“戴维沙尔号”完全消失在了海面上，什么都没有留下。现在的海面上只漂浮着一层平滑的油膜，还有一小队在海水中凄凉地漂游着的英国皇家海军船员。他们现在离岸边是那么的远，就连他们自己也意识到现在他们是完全孤单无靠，也许过不了多久就会默默死在这片一望无垠的大海上。此时的月光照耀在海面上，映出了一张张显得非常绝望的脸。

突然，他们的头顶上出现了一个黑色的阴影，并且这个阴影还挡住了他们头顶上的月光，可是这些刚刚死里逃生的海员们并没有意识到将要发生什么事情。他们努力向上望着，仔细地盯住头顶上那看似相当笨重的暗黑色船体。这恰恰是“海豚 2 号”隐形船用它的躯壳罩住了这些现在正处于绝望中的人们，他们正渐渐游进了隐形船船底的两个浮筒之间。

斯塔夫慢慢地走到处于隐形船左舷的浮筒旁边，他随手拿起一挺配有长子弹带的机枪，“砰”地一声关上了后膛。他的下属就站在他的旁边，手里还举着个摄像机，并且把摄像机的镜头对准了那些可怜的、漂浮在海水中的英国海员。斯塔夫站在那儿等了一会儿，这是他杀人前的习惯，他要先慢慢品味一下预想中杀戮的快乐，然后才会扣动机枪的板机。机枪喷出一股猛烈的火舌，在救生艇前的一片海面形成了环形扫射。已经失去斗争能力的英国海员们全部都惨死在了斯塔夫的机枪扫射下，前后还不到一分钟。而整个屠杀过程都被斯塔夫助手的那架摄像机拍摄了下来。

当那些被斯塔夫的机枪打成筛子的海员们沉入海底的时候，从隐形船的舰壳一侧出来了六个潜水员，他们静悄悄地相继潜入水中。这些潜水员随身带着各种器材以及用于水下照明的电筒，其中有一个潜水员背后还背着一架水下摄影机，这六个人中只有一个人随身携带着武器，因为这时的他们已经不用担心会再遇到设么敌人了。

潜水员们一直在沿着“海洋无名物”的金属拉链游，一直游到了“戴维沙尔号”，此时的“戴维沙尔号”早已经伴随着那一声巨响沉在了海底，在它的陷落点旁边，就是一道极深的海沟。这个黑色的庞然大物，此时已经没有了往日的光亮，看上去就像是水下海底群山的峰脊。六名潜水员依靠着“海洋无名物”链索的指引，他们很快就穿过了舱壁上的大洞进入到了军舰内部，他们在一点一点游向目的地。

六名潜水员在破败不堪的舰体内部游弋着，直到其中的一个人抬起手做了一个手势，这是在提醒其他人一定要紧跟在他身后，他们整齐地游动着穿过了一个舱门，接着又进入了一间满是又长又大黑色物体的巨大船舱。那个打头的人打开了他的手电筒，漆黑的船舱内马上就有了一丝光亮，随后他向他的一个同伴点了点头，那个人便立即开始了工作。

这个人打开了一个便携式的电气喷灯，他对准导弹发射台的支撑板开始喷射起来。电器喷灯中的电石气非常轻松地切断了金属夹板，“戴维沙尔号”随船携带的七颗空对空巡航导弹中的一颗就被卸了下来。

15 分钟以后，他们便成功地卸下了全部七颗空对空巡航导弹。六名潜水员随即带着巡航导弹离开了破损的沉船，重新游回了“海豚 2 号”。当他们的身影刚刚清晰地显现在海面上时，“海洋无名物”的金属链锁就被拉紧了。它慢慢地从自己洞穿的“戴维沙尔号”残骸中探出头来，缓慢地滑回原处。

东南亚的夜空下，漆黑的海面上没有了往日的平静，却多了一份阴沉。刚刚在这里发生的所有事情看起来可能更像一盘录像——一盘在两个庞然大物之间演绎的色情加暴力的录像。

汉堡的夜晚依然是那么美丽，灿烂的灯火把皎洁的月光都比得暗淡了下去。那栋高耸的摩天大楼就好像是一个有力的证据，它述说着在已经过去的五十年中，这座城市是怎样成为德国最大、最繁忙的海港。在第二次世界大战的战后重建中，汉堡逐渐成为了德国的文化中心，取得了长足进展。尽管这个城市曾经一度有一个粗俗的称号——“海员之城”，但是那又有什么关系呢？它还曾经是“披头士四人爵士乐队”在成为世界级的超级巨星前最初发迹的地方。这座城市坐落在易北河和奥斯特河的北岸，它以前是一座非常美丽的历史名城，当然现在仍然是，但现在它又多了一个名号——著名的国际商贸中心。就是因为这一点，卡夫新闻报业集团广播电视联合公司才会把自己的总部从西半球的伦敦迁到汉堡。在中国 1997 年 7 月 1 日收回香港的行使主权之后，卡夫报业在东半球的总部就从港岛迁到了越南的西贡。

CMGN 新的综合大楼还没有对公众开放，CMGN 的工作人员准备举行一个规模宏大的开业典礼。CMGN 的工作人员们为这个开业典礼已经手忙脚乱地在大楼里准备了很多天了。到时候，全世界所有知名的新闻媒体都会出席，同时还会有很多世界名流、达官贵人以及王室成员来祝贺 CMGN 新综合大楼的开业典礼。这个时候，综合大楼的地面正在被抛光，墙壁上的涂料正在被风干，开业典礼所要用到的食品已经全部准备就绪，所有家具也都被重新安排了位置。这对于 CMGN 来说的确是一个非常重大的节日，要知道在那座新月形砖体大楼前台的后面，是一个闻名于世界

的大型新闻机构，它就是 CMGN 全球通信网络的中枢神经。

刚过午夜，大多数 CMGN 的工作人员都相继结束了辛苦一天的工作，回到了家中，只有少数几个工作人员还在大楼里继续着自己未完成的工作。专心致志的他们谁都没有发现，此时正有两名男子偷偷潜入了巨大的环形工作间。这个环形工作间可是 CMGN 综合大楼的核心部位，现在的这里还是一片晦暗，只有两个计算机控制台在工作。与周围环境极不协调的是，一条巨大的红色绸带横贯在环形工作间的中央，它正悄悄等待着爱若特·卡夫明天晚上在成百上千人面前开启新集团总部的时刻。

此时的卡夫神情严肃地站在一个工作着的电脑控制台前，他的表情使他显得略微有些疲惫不堪。由于他信不过任何人，数不清的运筹安排不得不靠他自己亲自动手，工作到现在，已经让他精疲力竭了。然而，在面对着眼前的电脑监控器时，他却表现得极度清醒，他的精神保持着高度紧张，让人感觉有些焦心如焚。

亨利·卡布塔是卡夫秘密雇佣的工作人员，此时他正坐在操作整个新闻中心控制系统的一台电脑前。卡夫现在非常相信卡布塔，因为卡布塔在此前拥有着极高的声望，他无疑是全世界最有才能和技术的恐怖分子。凡是电子领域内的东西，他可以说是无所不能。如果不是他曾经犯过罪，在他的身上有犯罪记录，卡夫倒非常愿意把他请到 CMGN 做他的正式员工。然而，卡夫却不能这样做，他只能把卡布塔小心地放在幕后，给他最周到的保护。

爱若特·卡夫的身材很高大，相貌相当出众。虽然他已经年近五十，但是身材依然保持得非常好，而且也许是年龄的关系，他的举止投足间总是能显出一派高贵典雅的贵族风度。尽管卡夫现在已经开始微微有些脱发的征兆，但是他的身上还是有一种超凡脱俗的魅力，这种魅力总是能吸引围绕在他周围的人们。他身上那种颐指气使的派头，让他变成了永远的命令者，而他周围的人则都是听众。如果不是他那一头银发，卡夫绝对可以算是一个非常英俊的男人。他之所以会给人以这种感觉，主要是因为他的样貌和那天鹅绒般柔软的声音。卡夫的好声音是在他青年时代练就的，那个时候的他还在一家电视台当节目主持人，也是从那个时候起，他逐渐对新闻事业产生了兴趣，直到今天，他终于拥有了自己的新闻机构……

卡夫现在总是为自己目前所拥有的声望和财富感到骄傲。但是就在半个世纪以前，也就是他刚刚来到这个世界上的时候，命运好像就和他开了一个恶毒的玩笑。卡夫是一位大亨的私生子，也就是说他根本继承不到大亨的任何财产，而且他从来没有见过自己的亲生母亲，他的生母是一个德国妓女，在生卡夫的时候因为难产死去了。卡夫是在香港一个贫穷的中国家庭里长大的。他后来之所以能够摆脱自己不幸的命运，成为一个优秀的电视节目主持人，并最终继承了父亲的事业，成为报业巨头，完全凭借着他那与生俱来、残忍无情的决断。有人曾推测，他父亲的自杀也许和卡夫的成功有着很大的关系，但是到目前还没有任何证据能够证明这一点。

一项成功往往会引出另一项发展。很明显，卡夫是一个非常精明的商人。他的决策极富有远见性，他投资的全球海军方位系统 GPS，在其成为权威性的卫星导航体系之后，便为卡夫获得了非常可观的利润。他手下的的工程师们则把最新型的技术全部应用到通信卫星上，这就使得 CMGN 成为了海湾战争实况转播的新闻机构。短短几年的时间，卡夫把 CMGN 建成了一个覆盖全球的空中新闻帝国。

但是，这也仅仅是个开始。

卡夫的身体情况还比较好，只是他长期被一种病痛折磨着，这种病就是 TMJ——间断性下颚关节综合症。如果卡夫对某一个问题感到有些难办或是紧张，这种疼痛就会出现：他的下颏肌肉开始出现疼痛，耳中还会伴有嗒嗒的轰鸣声，要是这时他咀嚼食物或者是把嘴张大，他就会产生一种痛苦烦躁的感觉。他的私人医生曾经解释说，这种疾病出现的主要是因为他经常在睡眠时紧咬牙关，并且还不断地磨牙——还有一方面的原因是他长期精神压力过重。这位医生建议卡夫晚上睡觉的时候在上牙膛上戴一个塑料保护槽，但是卡夫非常讨厌这种做法。而且由于卡夫一直有忍受痛苦的爱好，所以他就不再去就医了，就这样在日常生活中静静地忍受这种长期的病痛。

卡布塔按下他面前的三个监测器电钮。其中一个监视器上马上出现了斯塔夫——那个残暴的德国杀手的面孔。

他此时正站在中国南海上的隐形船里。

“完成任务，非常完美。”斯塔夫笑着对摄像机说，“虽然我还没时间看录像带，但光是通过取景器看，我就敢保证它绝对是最棒的。”

在第二个监测屏上则出现了六名潜水员向“戴维沙尔号”游去的画面，卡夫完全被摄像带的质量震惊了，他不敢相信在水下拍摄出来的画面仍然是如此的清晰，画面的光线非常柔和，完全像是用昂贵的水下电影装置拍摄出来的效果。第三个监视屏显示出的画面是那些游在水中的英国海员被机枪扫射的情景。

斯塔夫还在继续向卡夫汇报着：“画面色彩可能有点绿了，要不然它就太完美了——瞧，那个人还以为他能逃走！追上他，干掉他，哈哈哈！”

卡夫觉得斯塔夫对自己的工作有点过于得意了，但是他又不得不承认，斯塔夫确实是一个有价值的雇员。

卡夫和卡布塔坐在监测屏上就看到了全部画面，包括六名潜水员游到“戴维沙尔号”的残骸里，拿出七个巡航导弹中的一个的画面。他们还看到了英国海员在水面上一个接一个地死去。两人都在心里感叹：真是无与伦比的杰作！

卡夫兴奋地对着监视屏旁边的话筒说:“斯塔夫，干得非常漂亮，我们全看到了。现在，你可以好好地睡上一觉了。”

斯塔夫听完哈哈大笑:“好好睡上一觉?您不是在跟我开玩笑吧?经过这么难得的夜晚，我现在只想去开一场舞会，好好庆祝一下，哈哈哈!”

卡夫不以为然地耸了耸肩，他完全能够想象得到斯塔夫将会怎么打发他的舞会时间。每次斯塔夫去参加舞会或者酒会，在他身后都会留下几具伤筋断骨的尸体。

“这次的录像带您还要吗，老板?”斯塔夫问。

“不，这次不需要。”卡夫说。

卡布塔转过身来到另外一个电脑键盘前。他慢慢地坐下来，小心地从操作盘上拿下一个和尺子差不多大小的正方形装置。这个装置很小，可以完全被卡布塔握在手中。他先把这个装置小心翼翼地放到他在那个军火交易市场上买到的红色长方形匣子里。接着，卡布塔站起来，向卡夫走去，这时的卡夫正一动不动地盯着已经是一片漆黑的监测屏，他好像在仔细回顾着刚才看到的画面。

“看，多棒!”卡布塔高兴地说，“看看我说什么来着，嗯?我简直就是个天才”

卡夫冷静地看了他一眼，抬起手对着红匣子做了个手势，说:“去把那东西藏到一个安全的地方，然后再把刚才监视屏上的东西全部都删掉。我不想在这里留下任何痕迹。”说完，他抬头正好看见卡布塔在他的座位上留下了一个饮料包装盒还有一包薯片的残渣，卡夫觉得他简直就是一个十足的邋遢鬼。

“被人看到又怎么样? ……”

卡夫用尖利的眼神狠狠地瞪了卡布塔一眼，打断了接下来还想说的愚蠢的话。卡布塔知道卡夫那凶狠目光的含义，于是识相地闭了嘴。爱若特·卡夫在 CMGN 中以“冷眼”闻名，如果要是他对某个人做出这样的眼神，那么就说明他的指令必须马上办，不容置疑。

“好吧，我马上就去处理。”卡布塔说完就转身开始他的工作，但是心里还是有点不舒服的感觉。

通过话筒，卡夫再一次向他在野外执行任务的下属下达了命令:“斯塔夫，现在你再把带子放一遍。”

卡夫坐在监视屏前静静地观赏着，注视着，当那些英国水手被机枪扫射的镜头再次出现的时候，卡夫的目光简直都要把监视屏给穿透了。接着，他又让斯塔夫把录像带从头放了一遍。

这个时候，卡夫突然转头对卡布塔一字一顿地说道:“你确实是个天才。”

卡布塔听到这句话，脸上露出了微笑，他觉得他的老板终于对他满意了。

第三章　叛国之谜

在中国南海上的那场惨案发生前的整整48小时，中国北方某市军事基地的警卫门前出现了一辆吉普车，门口担任警卫任务的中国武警战士仔细检查了吉普车司机以及车上另外一位年轻女子的证件，他们的手续都符合规定，吉普车被引进了军事基地的大门。

吉普车穿过营房和障碍跑训练场，直接向指挥楼开去，林晚坐在吉普车上，她的眼睛始终在朝车窗外看。今天的阳光非常灿烂，照的人的眼睛有点睁不开。林晚打开随身的手提袋，拿出了一副大太阳镜戴到了脸上。

吉普车停在指挥楼前，林晚用熟练的普通话告诉司机在车里等她，她一会儿就会出来。林晚对中国各地的方言都非常熟悉，她小的时候一直是在广州生活的，所以那时的她是满口粤语，但是现在她已经完全进入了军事和政治舞台，所以说好普通话在此时就变得极为重要了。

林晚灵活地跳下吉普车，快步向指挥楼走去。站在大楼门前的警卫也被她的容貌吸引了，差一点儿就忘了自己此刻正在执行警戒任务。林晚知道，作为一个女人，自己还是很有魅力的，即使她现在穿的这身紧梆梆的军装，也丝毫没有遮盖住她的妩媚。和很多中国女子一样，林晚的身段相当娇小，但是这种身材穿在军装里则会显得更加修长。身着戎装的林晚看上去有一种高傲自信的气度，军装在她身上就像她的职业一样，对她非常合适。

林晚有一头非常漂亮的长发，头发从头顶中间分开，自然向两边垂下去，一直垂过肩头。林晚的脸型是线条非常柔和的鹅蛋脸，一双黑亮的杏核眼使她看上去更亲切。她那娇巧玲珑的小嘴，微笑起来就好像能溶化了人的心。她体型偏瘦，但是却苗条挺秀，在军装的映衬下显得婀娜刚健，恰到好处。

其实很多男人都觉得林晚总是一种过于强悍形象，所以她的爱情生活也因为这一点多多少少受到了影响，因为林晚的性格决定了她是那种喜欢进攻的女性。要知道在中国，这样的性格并不多见，传统观念认为，女性就是天生的顺从者和被动者，而林晚显然不符合这样的标准。不久前，林晚刚刚和她的未婚夫分手。本来他们准备再过一个星期就结婚了，可是

林晚却突然莫名其妙地发了脾气，羞辱了她的未婚夫，于是他就在一气之下收拾东西，离开了他和林晚在上海共有的那套小公寓，他们之间的事情就这样结束了。但在林晚的内心深处，她对此甚至还有点高兴，因为她根本无法想象自己结婚以后会是什么样子。她所从事的侦警生涯已经占据了她生活的全部，而且林晚现在渐渐发现，工作带给她的快乐远远超过了她二十八年人生旅途中的其它一切事情所带来的乐趣。

林晚摘下脸上的太阳镜，向门口的武警战士还敬了一个军礼，然后大步走进大楼。她向登记处负责登记访客的军官出示了自己的证件，登记完毕后，一名卫兵将林晚引进了一扇大门，然后走过了一段通道。

当他们穿过另一扇大门的时候，他们可以明显地感觉到就在不久以前，大楼里刚刚发生过什么事。一些带枪的卫兵站在新建的通道两侧，而在通道尽头的办公室里，一些士兵正紧张地工作。林晚被带到了这间办公室里，她看到有几个士兵正在那儿翻箱倒柜、拆卸家具，还有几个士兵正在清查着所有的文件，并且还仔细地检查了墙壁以及窗户。

给林晚引路的卫兵提示她等一等，然后转身走到室内的一位将军身边，说了些什么，这位将军正站在房中监督着士兵们的工作，听到卫兵的话，那位将军马上转过脸来，看着林晚。林晚赶紧走到他面前，向他敬了一个标准的军礼。

卫兵在一旁介绍说："这是林晚上尉。"然后又向林晚介绍："这位将军姓欧。"

"欢迎你，林上尉。"将军用标准的普通话说，"非常高兴能够在这里再次见到你，我想你已经知道了事情的全部经过，现在有很多情况还需要我们一点一点去猜测，也正像你看到的这样，我们现在正清查那个叛徒的办公室，但是很可惜，直到现在，我们还一点头绪都没有。林上尉，请跟我来。"

林晚快步跟在将军的后面走出房间，他们穿过走廊来到了另外一间临时办公室。将军比划了个手势，示意请她坐下。

"林晚同志，我想在北京，你的上级已经给你介绍过情况了，对吗？"

"是的。"林晚回答。

"那么请说说你现在都了解了哪些情况呢？"

"据我所知，技术装备库的一名管理员失踪了，他叫常斌。现在军方已经确信他偷走了对我军十分重要的军事秘密。"

"那么，你知道他偷走的是什么军事秘密吗？"

"当然，"她回答，"我军新近研发的一种低辐射雷达技术。"

"你知道这种技术对于我们将意味着什么吗？"

"这种低辐射雷达能够产生出极低频率的放射波，要是把这种雷达安装在隐形飞机上的话，就可以让飞机在使用雷达的时候不会暴露自己。"

“这种低辐射雷达如果可以运用在我们的隐形飞机或者是舰船上，那将大大提高我们中国军队的作战能力，到时候我国军队的作战能力将会和美国以及俄罗斯站在同一起跑线上。所以这件事情是非常重要的，我们必须要把这种技术找回来。”

“那么我们现在有没有什么线索能找到常斌，或是能知道常斌有可能逃到什么地方？

“没有，目前还是一点头绪都没有。”将军回答，“但是根据我们的工作人员从常斌的同伙那里得到的情况，常斌在两天前才动身离开基地飞往国外。也就是说，由于我们的侦查人员已经把机场和火车站都封锁了，所以他现在极有可能还停留在南部境外。但是他肯定已经很好地化了装，并且还会藏匿在某个地方，直到他认为到了一个安全的时候，他才会离开。”

“将军，我想问一下，他离开的时候是随身带着那套雷达装置吗？”

“没有，”将军回答，“我们肯定它一定是在常斌离开之前就已经被运离了基地，而且很有可能与常斌要去的地方并不一致。因为常斌决不可能带着一套那么沉重的雷达装置长途跋涉，而且根据常斌的同伙交待，早在两三个星期以前，来了一个运茶的船队，这套雷达装置就是被伪装成一箱茶叶运出了基地的。所以现在，我们正准备追踪可疑的运输船队。”

“您的意思是，让我到境外去追捕常斌？”林晚问。

“不，我是希望你能帮助我们追踪到那个运茶的船队。因为现在最重要的工作的不是抓获常斌，而是尽快找回雷达。等我们找到了那套雷达装置，有了充足的时间，再去对付那个叛徒。”

将军拿出一叠纸放在了林晚面前的办公桌上，“这是和这件事有关的所有材料，我相信凭借你那双锐利的眼睛，肯定可以从中找出一点线索。”

这是林晚见到欧将军以后，将军给她的第一个赞辞。

“将军同志，我将竭尽全力。”林晚说。

将军点点头，微微笑了一下：“说实话，你穿这身军装非常漂亮，我觉得你应该离开国家安全部，参加军队。”

正在看材料的林晚抬起头来，看了将军一眼，诚恳地说：“不，将军同志，谢谢您的赏识，我还是愿意留在安全部，但是为了工作需要，其实我很乐意能穿这身军装。”

“你穿上这身军装看前来自然极了，非常好。好吧，那我们现在就开始工作吧！”

“就这些材料吗？”林晚问。

“到目前为止就只有这些，你看看能从这里面发现些什么情况。”说完，将军迈步离开了这个临时办公室。林晚便独自一人开始一页页地翻看材料，希望能从里面找到一点线索。

林晚是在这座城市的工业贸易区里发现那家批发店的。她随手把自己的丰田汽车停在了距离停车场较远的地方，然后下车走上了人行道。她此时没有穿着军装，而是穿了一套便服——一条看起来价格不菲的黑色时装裤，上身是一件红色上衣。

现在离刚才在临时办公室的一幕已经过去了几个小时，批发店早就已经关门了。工人们已经结束了一天的辛苦工作，各自回家了。这对林晚来说是一件非常有利的事情，她绝对不会放弃这么好的机会。只见她轻手轻脚地转到了批发店的后面，批发店的后门门口旁边有一个标明“工作人员出口”的标示，后门当然是锁着的，但是这也难不住林晚。她机警地向周围看了看，在确定不会有人看到以后，她迅速地掏出一套暗藏在腰间的撬锁工具，轻轻松松便打开了大门，随后她一闪身就进入了批发店。

这里是批发店的仓库，巨大的仓库里光线非常暗，只能靠两个通宵点亮的工作灯照明。但是，这已经能够让林晚看清自己此刻正走在什么地方，仓库的地上堆满了各种各样的汽车配件。林晚悄悄地搬开通往批发店前面路上的板条箱和盒子。突然，她听到前面不远处有两个人在小声地交谈着——有可能是夜间警卫，为了不被发现，林晚停下了手头的工作。

她静静地趴在一堆汽车轮胎的后面向外张望，隐约间她看到了两个人。那两各人此刻正站在批发店办公室的门前抽烟，看样子就像是商店的夜间警卫。在这两个警卫的身后就是办公室，此时里面的灯还亮着。

林晚慢慢从轮胎堆里爬起来，然后转身轻轻地离开那里，沿着走廊过去，这样她可以从另一个角度看到他们，也可以更靠近他们。这途中她又经过了一座很高的轮胎堆，此时林晚心中一动，她顿时有了一个绝妙的主意。

那两个警卫正在大声讲着荤笑话，他们根本不会想到在这个批发店里，自己的警戒会派上什么用场，在他们看来，这是一件再容易不过的活儿了，虽然身为警卫，但是他们从来就没有用过自己身上佩戴的武器，他们觉得也许到他们退休都用不上。谁会在这么个鬼地方偷东西呢？这里也没什么好偷的，只有一堆一堆被长久废弃在一旁的的汽车零件和一些腐烂的蔬菜。

那个刚才还在大笑的警卫现在已经逐渐平静下来了，另外一个警卫也叹了口气，也许是因为讲了一晚上的笑话，他觉得他再也想不出什么笑话来了。

“嘿，还有烟吗？”他问站在自己旁边的同伴。

那个人刚把手伸到自己的上衣口袋，黑暗的走廊里就传来了一声噪音。

两个人都停下手中的动作，抬起头互相看了对方一眼。

“听见什么声音了吗？”

另外那个人严肃地点了点头，他们谁都没有说话，只是静静地站着，竖起耳朵仔细听着。

忽然，一件让人感到不可思议的事情发生了。一个轮胎从黑暗的轮胎堆中自己滚了出来，然后沿着走廊向两个警卫缓缓地滚动过来。他们都睁大了眼睛，吃惊地望着这个轮胎，只见它越滚越慢，在距离他们大概有 20 英尺远的地方稍停了一下，随后很快地掉转了方向，一边滚着一边向那扇办公室大门撞去，就像是一枚不停地滚动着的硬币。

两个警卫小心翼翼地向那个轮胎走过去，其中一个警卫朝另外一个人打了个手势，示意让他沿着走廊检查一遍。

接到同伴示意的警卫小心地走进黑暗的走廊里，他穿过那堆被摞的很高的汽车轮胎堆还有散落一地的汽车配件，灯光是照不到这个角落的，所以这里显得很幽暗。他有些紧张，不由得紧紧攥住了手中的枪，心里还在想到底是谁敢和他们开这种玩笑。当他慢慢地走出一段路的时候，他已经距离他的同伴和那个办公室有 40 英尺远了，此时出现在他面前的，是走廊上的一个岔路口。他探出头，分别朝路口的两个方向都看了一眼，发现没有什么可疑的情况，于是就沿着其中的一个方向继续往前走着。

林晚是经过高强度训练过的情报人员，她的动作娴熟而且相当敏捷。她瞅准时机，迅速地从刚才隐身的一堆汽车轮胎后悄无声息地走出来，慢慢靠近那个正在走廊里检查的警卫，随即竖起手掌，猛地朝他的脖子后面一击，那个警卫顿时双膝屈下，差一点就跌倒了。林晚马上用另外一只手捂住他想要尖叫的嘴，紧接着又加大力道，狠狠地补了一拳，那个警卫当即就彻底昏倒在了地上。

另一个警卫在办公室那边大声问了一句：“嘿，怎么了？”

当然不会有任何声音回答他，周围一片死一般的寂静。

“怎么了？”他再次提高声音喊：“问你话呢，说话啊！”

仍然没有声音回答他，这个警卫开始有点紧张了了。他蹑手蹑脚地顺着那条幽暗的走廊摸索过去，试图去寻找他的同伴。

突然，在走廊的地上，他发现了已经晕倒的同伴，这个同伴此时正脸朝地，背朝天地趴在水泥地上。这个警卫赶紧蹲下去，试图叫醒同伴，突然他觉得有一股凉气向后脑勺袭来。

“好了，要不我们再试试？”林晚微笑着说，“别着急，慢慢站起来，要是你还想和你的同伴一样，玩什么花样的话，那我可就不客气了。”

那个警卫顺从地点点头，显然已经完全屈服在她的控制之下。

林晚命令这个警卫打开办公室的大门，然后给她拿出这个批发店近一个月以来所有运输船队的来往记录。

“千万记住，你现在得像个乖孩子一样，老老实实地坐在地上，脸朝

墙，还有，我看这些东西的时候，你最好用你的手抱住你的头，"她说，"你可千万别想要动一动，要不然就只能有挨打的份儿了。你好像还挺担心你的同伴？别担心，他一会儿自己就会醒过来的，到时候，他只不过会有点微微的头痛。"

那个警卫听话地按照林晚的吩咐坐好，而林晚则开始仔细地查看这些船队来往记录。最终让她发现了一条非常可疑的记录——就在两个星期以前，有一个运送茶叶的船队是从这个批发店出发的，然而这仅是一条交叉记录，究竟船队最后驶向了哪里是记载在另外一个本上的，林晚到处找那个记录本，却怎么也找不到。

"喂，这个顾客方面的运输记录在哪儿呢？"她问那个警卫。

警卫说他根本就不知道。

林晚慢慢地靠近他，用自己的大拇指和食指夹住了警卫的耳垂。

"你真的确定你不知道吗？"她带有威胁性语气地问。

警卫有些迟疑地点了点头，林晚一眼就看出他根本是在说谎。她用力捏住了警卫的耳垂，那个警卫马上像杀猪一样尖声大叫起来："好吧，好吧，我说，我说！那是经理……就是陈先生，一直都是他保管那本记录，他一直把它保存在自己的公寓里。"

"你又是怎么知道？"

"是经理自己告诉我的！他曾经跟我说过，他把最重要的记录都保存在他的公寓里。"

林晚心里暗暗想：说不定是因为那个陈经理已经卷入了某些犯罪活动，他才会这么小心谨慎。

"好吧，那你说我在哪儿才能找到这位经理陈先生呢？"她问道。

"你现在要找他？他应该不会在家里……"

"那他在哪儿？"

……

"好啊……"当警卫告诉林晚陈经理到底在什么地方之后，林晚不自觉地笑了起来，随即摇了摇头。

一辆看起来价值不菲的黑色高级轿车正在夜总会林立的的繁华大街上慢慢向前行驶，忽然，它停在了站立在街道旁边的林晚面前。这个时候的林晚身穿一件颜色相当柔和的红色长旗袍，光滑笔直的大腿从旗袍侧面的开缝里伸出来，充满诱惑性地、毫不顾忌地袒露着。黑色轿车停下后，车窗自动摇了下来，坐在轿车后排的男人喊了她一声。

"跟我过一夜，你要多少钱？"他问林晚。

林晚装作已经承认了这种身份："一晚上？8000 块。"她说。那个男人听到价钱，不禁扬起了眉毛："这也太贵了。"

“难道你不觉得我值这个价？”她说，“到底有没有兴趣啊？”

那个男人上上下下仔细打量了林晚一番，然后说：“转过身去。”林晚风情万种地旋转了一周，最后又回到了原来的位置，只不过和上次不同的是，这次她的大腿裸露部分更多了。

“非常好！”那男人说，“来，上车吧。”然后，车门打开了，林晚风姿绰约地登上轿车，和那个男人一起坐在轿车的后排。

“嘿，你叫什么？”男人问。

“你就叫我安妮塔好了。”

“那中国名字呢？”

林晚摇了摇头：“就叫我安妮塔吧，这样不好吗？那我该怎么称呼你？”

“我姓陈，你可以叫我陈先生。”

轿车开出了繁华的街道，向北开了大约6英里，终于开到了一片居民区里。在一幢豪华公寓楼前，轿车减了速，然后开进了这幢别墅的地下停车库。

下车后，林晚跟在陈先生身后仔细打量着他：这是一个四十岁左右的男子，身体有些肥胖。他们一起走进电梯，一直上到了十六层。陈先生打开他的公寓门，然后做了一个“请”的手势，为林晚敞开了大门。门厅里的灯光很明亮，林晚一眼就看出这个陈先生戴着一头假发。

这套别墅装饰相当考究，但是很显然，它的主人是一个单身汉，因为除了彩电和高级组合音响意外，几乎没有能够让人感到惬意的东西。陈先生请她坐下，然后动手为自己调制了一杯饮料。很显然，姓陈的似乎把自己安排得非常舒适！林晚再一次把这点归咎于他的犯罪行为。

“嗯，我说，在我们进行得更深入之前，我想我必须先拿到我应得的。”她说。

“这简直太容易了，”姓陈的说，“你在这儿等着。”说完，他就走进了卧室。

林晚趁机看了看这个房间的四周，她注意房间的一个角落摆放着一个书架，书架上有一些被放在镜框里的照片。林晚惊奇地发现，其中有一张照片是姓陈的和常斌一起照的，而且更令她吃惊的是，她看见了一个号称“朱太子”的人的照片。这个朱太子看上去倒像个摇滚乐名星，他居然还描着很俗气的眼圈，黑头发油光铿亮的，嘴唇还有点微微翘起——简直就是中国版米切尔·杰科逊。这个朱太子曾经制造过一个轰动国内的事件，他曾经四处宣扬，说总有一天他要把中国带回到革命前的时代，他还要恢复皇室的辉煌。因为这件轰动的事情，“朱太子”还有他的追随者们都被中国政府驱除出境。林晚也是从最近的一份秘密机构报告上才知道，原来这个“朱太子”被赶出中国后，就一直住在苏黎世。林晚站起来，更仔细地观察了一下这张照片，她惊喜地发现相片的背景里有很多穿着军装的人，她觉得单凭这一点，也许就能判断出这张照片的拍摄地点，而且林晚在仔细

看照片的时候，一眼就认出，站在朱太子后面嘻然而笑的就是那个叛国者常斌。林晚这时就开始有了点怀疑：这个常斌会不会和“朱太子”有什么勾结呢？

林晚正在端详着照片，想着常斌和“朱太子”的关系，忽然，陈经理在卧室冲她喊：“过来，到这儿来。”

林晚非常谨慎地戒备着，她小心翼翼地、一步一步走到卧室门口。她竖起耳朵，贴在门上仔细听着，只听到那个男人此刻躲在门后，发出了一阵阵沉重的呼吸声。林晚猜想，他可能是想吓她一下，要么就是想干点过火的事。于是，林晚猛地踢开了卧室门，门一下子就撞在了躲在门后的陈经理身上，这使得他发出了一声惨叫。林晚的反映相当快，她一个箭步跳进了卧室，躲开了陈经理从左轮手枪里射出的一颗子弹，紧接着，她又跳到了陈经理的面前，抓住他拿枪的右手，然后一个过肩摔，把他从肩上甩出去，陈经理重重地摔在了地板上。林晚迅速地捡起陈经理的枪，然后抬起枪，将枪口对准他，此时的陈经理身上只穿着一条拳击短裤。

“别，别，千万别开枪！”陈经理杀猪般惨叫着，他躺在地上做求饶状，脸上是一副滑稽可笑的可怜相。

“你刚才是想用这枪杀了我，是吗？”她问，“你是不是不想给我钱？”

陈经理害怕极了，他现在只能磕磕巴巴地说：“不，别……别误会，我……我就是想，嗯，我是说……”

“行了，别说了”林晚说着，便把一只穿着高跟鞋的脚踩在了陈经理裸露的胸脯上，旗袍的裙摆随着这个动作轻柔地滑动下来，露出了她光滑的大腿。“我的要求很简单，只要你能给我我想要的东西，我就会把刚才发生的事忘得一干二净。说，你们批发店里的用户运输记录藏在哪儿？”

陈经理有点惊讶地望着林晚，他还以为自己碰到的是一个以妓女身份作掩护的抢劫犯。“就在那儿，在那边那个桌子上。”他指了指房间的一角。

她示意陈经理老老实实地待在那儿，别想耍花样，然后她快步走到那张桌子旁边，仔细翻了整本记录册，终于，她找到了关于那个运输船队的相关记录。这条记录是用汉语整整齐齐书写的：“三船茶叶……卡夫报业集团广播电视大楼……德国……汉堡。”

林晚合上记录本，思考了一下，然后走到那个被吓破了胆的男人面前，“说，常斌去哪儿了？”她问。

“我，我不知道。”他说。

林晚猛地扳动了左轮手枪的扳机，然后把枪口直接对准了那个男人的前额。

“别，别，我是真的不知道！”他无奈地哭喊着，“我都有两个多礼拜没见过他了。”

“他在两个多礼拜前，是不是让你帮他用船运走了一些东西？”

“对，对呀，那三箱货物装的都是茶叶。”

“他托你运东西的时候是你最后一次见他吗？”为了让这个男人说实话，林晚猛地推了一下枪口，好让它更重地顶住这个男人的前额。

“是的，是的，我发誓！”

林晚对人的判断力是非常强的，她接受培训的时候，审问课程一直都是相当高的分数。她现在能够确定，这个男人说的是实话，因为他现在已经害怕得不敢再说谎了。

“好极了，我想我把这把手枪，拿走你没有什么意见吧？”她说，“为了安全起见，我离开以后，你还要坐在这再待十分钟，没问题吧？”

“你……你不杀我？”他问，头上的汗水就像潮涌般从他的脸上淌下来。

林晚没有说话，只是对着他甜甜一笑。

“对了，还有一件非常重要的事，”她说，“要是你得到了任何关于常斌的消息，不管在什么情况下，你都必须马上和警方取得联系。要是让我们知道你敢向常斌通风报信，你应该知道等待你的是什么，听清楚了吗？”

陈经理频频点头，好像怕林晚看不到一样，不过他现在总算有点儿明白了：原来这个漂亮女孩儿是个警察！

陈经理抬起头问：“我想这是不是意味着，我没办法看到你的裸体了？”

一颗子弹掀起了这个男人头上的假发，他马上尖叫起来，吓得一把捂住了头顶，脸上露出一种非常害怕的表情。当他意识到自己还没有死，还活着的时候，他才战战兢兢地抬起头来，看着面前的这个女人。

“说不定下次我就会杀了你。”林晚说，她吹了吹从枪筒里冒出来的白烟，然后转身迅速离开了这套公寓。

第四章　赴德探秘

詹姆斯·邦德从学生时代起就不是一个让老师喜欢的乖孩子。他上学的时候，就表现得非常糟糕，当然，这个糟糕并不是说他的成绩不好，而是他非常厌恶学校那种死板的教育方式。少年时代的邦德拥有一个极其不安分的灵魂，他就是那种不能安静片刻的人，偏偏学校里的生活又是千篇一律，枯燥乏味，他很快就烦透了这种日复一日的生活，他是那种需要

“动”的人，他必须让自己永远处在不同的行动中。

邦德在伊顿公学[①]一直过着一种平庸的生活，他在这所学校一待就是整整两年，在伊顿公学的学习期间，邦德除了在体育方面显示出了超凡的特长以外，他的专业学习一直是处于中等水平。不久以后，邦德和一个在学校里照顾学生起居的姑娘发生了不应该发生的轻率的关系，这件事被学校知道后，校方责令他退学，但是邦德还为此感到高兴，因为这所“老派学校的领带”对他来说，再也不那么重要了。

邦德离开伊顿公学后，又来到了费蒂斯，他父亲就曾经在这里读书，但是在这里，让他稍稍感兴趣的还是体育、历史以及军事训练课。从费蒂斯毕业以后，他就再也没找到适合他的学校，所以毕业后不久，邦德就进入英国海军服役，那个时候他的年纪还很小。从海军退役以后，他经人介绍，来到了英国情报机构工作。

邦德有一个很不好的习惯，他总是喜欢向别人吹嘘他曾经在剑桥大学读书。有一次，为了让玛娜佩妮小姐能够相信他说的是真的，他就骗她说自己在剑桥曾经上过一种东方语言学，这当然不是真的。这是邦德有生以来为了自圆其说而撒过的惟一一个谎，邦德现在每次想起来，都会觉得自己很可笑。经过几天几夜慎重的考虑，邦德终于决定要把当年自己进入海军服役时虚报的年龄改回来，但是从那以后，他就多了一个困扰，那就是他必须要凭空虚构出很多理由，来向 M 解释在某某时候他为什么要如此地做某件事。

邦德自从进入了英国情报机构以后，他就下定决心要按照自己为自己设定的目标努力学习。在这种决心的驱使下，他自觉地学习了多国语言，尽管在此之前他就可以说一口非常流利的德语和法语。M16 情报组为情报员们设置了很多课程，邦德就是在这个时候学习的化学和法学。随着他年龄的增长，邦德越来越觉得这对于一个情报员是多么重要，他的求知欲望越发难以被满足，他努力吸取着一切他认为对他的工作有用的知识，拼命记住知识的每一个细节。对于一个从事情报工作的人来说，尤其是对于一个像邦德这样的高级情报人员来说，最重要一点就是他的思想绝对不能腐旧，不管他愿不愿意，他都必须持续不断地学习最先进的技术和知识，在这些知识里，最重要的就是掌握和全球政治以及重大时事相关的消息。所以，一个情报人员掌握的语言越多，就越有利于他的工作。

也正是因为这一点，邦德在这天早晨特意起得很早，他在前一天晚上就想好了，这天准备自己驾车去一趟牛津大学。三个月来，邦德一直在跟一位来自贝利诺的讲学者学习丹麦语，当然，他是自己交钱到牛津学习这

---

①伊顿公学(Eton)，专门培养英国上层政界人物的一所中学。

门课程的。为了提神，邦德特意在吃早餐的时候喝了一杯从新牛津大街德·布瑞商店买来的烈性咖啡，他还吃了两片粗面粉制成的厚厚的烤面包片，以及一个法国马拉鸡生的已经煎成褐色的鸡蛋。吃过早餐，邦德穿好衣服，向他的苏格兰女房东——梅说了声再见，然后转身离开了他的公寓。邦德把他心爱的老轿车 DB5 开到了国王大街上，然后就一直向西边开去。

其实，邦德自己心里非常清楚，像他这样把一部老式轿车以这种速度开到高速公路上，简直是一个非常糟糕的举动，但是相信每个拥有这样车的人都会这么做的，何况邦德现在还非常喜欢开这部老轿车。这辆 DB5 轿车归属于情报机构已经有很多年了，后来，因为 Q 的行动分部准备和英国军方后勤部通力合作，他们在合作之前会出售一批包括阿斯顿·马丁公司的产品在内的汽车制品。就在那时候，邦德抢在同事比尔·坦纳的前面，以 5000 英磅的价格买下了这部老轿车。邦德的私人专用机械师迈尔文·赫克曼用他引以为傲的技术使这部汽车保持了原有的华美外形，而且还允许邦德把这部车存在一个私人车库里。

每次邦德开车去牛津，他总是觉得行程要远比他想象得短，他的速度要比想象得快。今天邦德到达牛津的时候就比预约的时间整整提前了一小时，这使得那位教受他丹麦语的教授感到非常吃惊。邦德到达牛津的时候，这位教授刚刚上完早晨的第一节演讲课，她的身上还穿着黑色的大学礼服。英格尔·伯格思特姆教授非常非常迫切地想知道，她最宠爱的学生是不是已经正确地明白了她所教受的全部课程。

“说实话，邦德先生，我对你在这段时间的进步相当满意。”在为邦德讲完课后，教授迫不及待地用丹麦语说出了她一直想说的赞美之词。

“这全是靠您的帮助，我才会有今天的进步，教授。”邦德用非常熟练、流利的丹麦语对英格尔·伯格思特姆教授的赞美做出了回应，他对丹麦语的驾驭程度，让人感觉他好像刚刚从哥本哈根来。

“其实，你的语言能力非常好，这是与生俱来的。”她夸赞道。

“是您激励，我才能把丹麦语学好。”邦德一边说着，一边俯下身去亲吻她。

教授办公室里的沙发床被这对男女搞得乱七八糟。那些整齐地堆在架子上的书籍，装有镜框的一大堆学位证明书，还有这位金发碧眼美女教师的照片全部都脱离了原来的位置，简直变成了一团糟。英格尔·伯格思特姆是一个身体非常健硕的女人，她的身材和大多数丹麦女人一样，骨架很高大。最让邦德欣赏的，就是她那丰满的臀部。英格尔的智慧、成熟和娇娆很好地结合在一起，使之成为一个完美的统一体，这让邦德觉得她确实是一个让人感到十分刺激的女教师。这张办公室里的沙发床只有英格尔在教学过程中遇到非常棘手的困难时才会被使用，因为邦德已经有两个

礼拜都没来了，所以他现在有很多知识需要马上弥补。而且邦德也急于向教授表示，他其实是一个进步很快而且一丝不苟的学生。

所有“教学时间”全部结束了，邦德起身从香烟盒中拿出两支标有独特标志的香烟，一支放在了自己嘴里，然后把另外一支递给了英格尔。英格尔躺在沙发床上，重重地叹了口气，任由邦德把香烟递到自己的嘴边。英格尔坐起来，然后用左手夹住了邦德给的香烟，同时她用右手紧紧地攥住了邦德的手腕，把他的手指放在自己嘴里贪婪地吮吸着它们。

“你是不是饿了？或者我们应该先去吃点东西。”邦德用英语建议道。

“别说英语，用丹麦语，詹姆斯。你老是想带我去那些可笑的时髦饭馆，”英格尔用丹麦语责怪道，“难道你就不能让我为你做点三明治吃吗？再说了，我根本就不想吃饭，我现在只喜欢你手指的味道，现在我才感觉到，原来它们才是世上最好的开胃酒。”

邦德慢慢闭上眼睛，任凭英格尔继续用嘴贪恋地吮吸着。可就在这个时候，邦德清楚地听到从这间办公室里的一堆衣服中传出来一阵微弱的嗡鸣声。

“哦，该死的，又是那种声音，”英格尔用丹麦语咒骂道，“我觉得那儿一定有一只蜜蜂。”

“真是活见鬼，”邦德不解地摇了摇了头，“这声音持续多长时间了？”

邦德掀开被单，穿上了刚才脱掉的短裤。英格尔坐在床上，眉头紧锁，好想在思考着什么。邦德在衣服堆里仔细翻找了一遍，最后他把手伸进了自己的上衣口袋。

“这是什么东西？”英格尔疑惑地问。

“在丹麦语里，‘微型电话’该怎么说？”邦德举着从上衣口袋里找出的东西，用丹麦语问。然后他拉出电话天线，对着话筒用英语说：“呼叫第四波道保密电话，我是詹姆斯·邦德。”

坐落于伦敦的英国国家安全部的军情室里，此刻坐在对讲机前的是玛娜佩妮小姐。现在军情室里的所有人都已经集中到她这里，为的就是收听邦德报告情况。听到邦德的声音，参谋们兴奋地大声呼叫，有的人赶紧跑去把这个消息报告给了上级。M 和参谋长比尔·坦纳迅速来到了军情室，站到了玛娜佩妮的身后，他们都焦急地等待着邦德的归来，只有他回来了，会议才可以开始。他们可不想让安全部长、海军大臣以及海军部长等太长的时间。

“你去哪儿了？”玛娜佩妮小声对着话筒说，她用手捂住耳朵，好让自己能更清楚地听到邦德在对讲机里讲的话。“我们都找了你一个多小时了，你到哪儿去了？难道你不知道现在是一级战备状态？你刚才看到电视新闻的报道了吗？”

邦德有点吃惊，心里也有点儿紧张，他能很清楚地听到电话里情报参谍们向长官报告的声音："报告长官，皇家海军舰队'无敌号'已经由直布罗陀海峡出发，现在正在向目的地全速航行。""报告长官，皇家海军舰队'挑战者号'目前正在追踪一艘中国潜艇……"

"我刚才没有看到电视里的新闻报道，"邦德说，"我现在正在牛津大学跟我的私人教师学习丹麦语。嘿，知道吗？我马上就能够掌握一门新的语言了。"

"好了，别说废话了，如果你现在还不马上回来的话，可能就会被头儿们排除在这次的行动之外了，所以，你自己看着办。"玛娜佩妮说。

"詹姆斯！"英格尔忽然叫了邦德一声："快回来，回到床上来！"

邦德现在完全能够想象得出玛娜佩妮此时脸上的假笑，"要是我没有猜错的话，那个女人就是你的私人教授吧？"玛娜佩妮声音滞板地说。

"嗯，没错，就是她。"

玛娜佩妮再也忍无可忍了，她突然提高了音量，说："我们现在都在安全部的军情室里！你在回来的路上必须打开电讯接收机，这是上级的命令，你务必搞清楚，现在是非常严重的危机时刻，我们初步决定将向中国派出海军舰队。所以，10 分钟以后你必须回到安全部！"

"什么？10 分钟？我离那儿有 2 个小时的路程，"邦德说，"就算我以最快的速开回去，最起码也要 60 分钟。"

"你现在到底在哪儿？"玛娜佩妮再一次严肃地追问邦德。

"我刚才不是已经跟你说过了吗，我现在在牛津，在我私人教师的办公室里。"

玛娜佩妮停顿了一会儿，说："这真是奇怪的事，我还从来没听说过一个女人居然要靠撩起裙子才能展露她的学问。"

说完，玛娜佩妮险些就被自己的玩笑给逗乐了，她一抬头，发现 M 此时正站在自己的面前，她的脸一下子变得煞白，赶紧挂断了电话。

"什么也别问。"她说。

"什么都别说。"M 加上一句。

邦德刚才和玛娜佩妮说的他要赶回安全部所需要的时间比实际需要稍微夸大了那么一点，当他驾驶着他那辆阿斯顿·马丁牌老轿车驶进安全部大楼后面的斜街的时候，距玛娜佩妮和他通话已经过去了 1 小时 20 分钟，这已经是相当快的速度了，但是，在 M 眼里，这还是不够快，可她也知道，邦德为此已经竭尽全力了。他把车开到了安全部后还要再浪费一点时间，比如他得先花几分钟把车停好，然后在安全部的大楼门口，他还必须得接受一个哨兵对他进行的全身检查。所以，为了节约时间，邦德只好匆匆忙忙地跑进没有任何标志的大楼后门，但是他没想到，今天这里有更多的警卫在值勤。

邦德还没回来的时候，会议就已经开始了。会议室里一片喧嚣，情报参谋们都在忙碌着，他们不停地发出命令，并且接收前方传回来的报告。和墙壁差不多大小的监视器屏幕上，出现了皇家海军舰队的全景，他们现在正整装待发，看样子已经完全做好了驶向中国南海的准备。而另外一个监视器屏幕上显示的则是亨利·卡布塔在那个恐怖组织非法军火交易市场上购买红匣子时的场景。邦德一进军情室，就感觉里面的人排列得像是要去参加阅兵式一样，但是他并不感到惊讶。他扫视了一遍屋内的人，发现都是他认识的：海军部次长、海军大臣，还有看上去肯定是在吵架的若尔迪克将军，当然了，他的争吵对象除了M不会再有第二个人了。这对邦德来说也许是件好事，因为他的迟到没有引起什么人的注意。

“我认为你现在完全是站在中国空军的立场上思考问题，你根本就是在反对我们皇家海军！”若尔迪克将军大声发表着观点，由于过于愤怒，他的脸已经涨得通红了。

“荒唐，简直荒唐至极！”M彻底被激怒了。其实M是一个极端固执的人，自她上任以来，短短几个月的时间里，邦德对这位女上司的钦佩感正在不断地上升中。

“现在我希望你能搞清楚，他们击沉了皇家海军的一艘军舰，可是你，你现在满脑子里想的却是和他们搞什么——‘联合调查’？你的这种做法简直像个胆小鬼……”

“是的，只要你愿意，你当然可以反驳我的任何观点，但是，你也要搞清楚，如果你再说什么‘胆小鬼’之类的话，就不要怪我把你从这儿给请出去。”M心平气和地说。

邦德偷偷瞟了一眼一直没有发表看法的参谋长比尔·坦纳，而恰恰就在这个时候，安全部长走进了军情室，他刚好听到了M刚才说的最后的一句话。

“出什么事啦？”安全部长笑眯眯地问，“M，你的话让人听上去感觉你在向若尔迪克上将挑战，我还以为你们要进行一次……嗯……拳击决斗呢！”

“没错，部长先生，我的确有这样的想法。”M回答。

“在现在这种危急时刻，我们不能为这么一点点小事就发生不必要的口角。”部长说，“紧急内阁会议在十分钟以后召开，现在情况怎么样，有什么问题吗？”

海军大臣回答说：“目前凯瑞海军上将已经拥有了三艘护卫舰，明天还将得到另外三艘。”

“要是明天能有五十艘的话，我们才能说彻底没事。你们要搞明白，我们的军舰目前距离中国最大的空军基地只有十分钟的航程。”M指出，“中国人肯定不会同意我们的舰队离他们的空军基地那么近，这就像我们不会允许任何一个中国舰队开到英吉利海峡里一样。”

若尔迪克将军站起来，挥动着他的双手：“照你这种说法，你觉得他们打沉了我们的一艘军舰，我们就应该息事宁人，置若罔闻，对吗？”

“简直是一派胡言，荒唐！”M 愤怒地瞪了若尔迪克将军一眼，“我根本就不是……”

“好了，安静，不要吵了！”安全部长忍无可忍，大声喊了起来，“M，你刚刚说什么？”

若尔迪克抢着替 M 回答：“她刚才是说，中国飞行员的做法是非常正确的，是我们的军舰偏离航向在先，尽管我们的卫星导航系统是非常先进的！”

“没错，我就是这么说的，”M 打断他，“我认为，在那之前，卫星定位系统很有可能已经被人窜改了！”

“这绝对不可能。”安全部长说。

“坦纳。”M 叫着参谋长的名字。

M16 的参谋长，这位安全部的元老级人物，开始发表他的看法，以帮助他的上司 M。“您也知道，长官，轮船在海面上航行和飞机或是直升机在天上飞行一样，必须依靠卫星定位系统，也就是 CPS。一个属于美国安全部的卫星系统接收发自海岸基地原子时钟的信号，并不间断地向外播发这些信号。”

“这个我早就知道了，我想听点新鲜的，”部长说，“我还有十分钟的时间。”

坦纳感到有点狼狈，于是不自觉地加快了他的发言速度：“这些信号已经被翻译成了电码，所以接收者能够知道究竟是哪个卫星正在发出哪些信号。这种破译系统——也就是被他们美国人称为 ACSES 的系统，是美国方面最严密保护的科技机密之一。”

坦纳正说着，一个情报参谋突然慌张地闯进房间，手里拿着一摞报纸。进来后，他就开始给房间里的每个人都发了一份报纸。安全部长只是不经意地向报纸瞟了一眼，马上就变得惊恐万分。而这个时候，坦纳还没察觉到部长的变化，他依然在滔滔不绝地继续着他的发言：“在全世界范围内，一共只有二十二套这种 ACSES 系统的卫星装置。”

“哦，我的天啊！”安全部长不禁发出惊叹，“这简直太可怕了。”他转头看着 M，把报纸递给她，“对不起，M，请你先看看这份新出版的《明日报》。”

报上的大字标题看上去的确会让人吃惊不少耸人听闻：“英国海员在海上惨遭谋杀——十七具被机枪射杀的尸体已被发现。”

“是一艘越南渔船发现的这些尸体，”安全部长难过地读道，“他们中有一些人还只是孩子，只有十八岁。”

若尔迪克将军接着读下去："这十七具尸体每具都被打得像筛子一样，而且所有人身上的伤口均出自同一型号机枪的子弹——中国米格战斗机装备的子弹。"

安全部长抬起头，看着M16的这位元老级参谋长，语调里充满讥讽地说道："请继续说下去，参谋长，说啊。"

"我们认为现在已经出现了第二十三套ACSES的卫星装置，这套装备曾经被认为已经毁于美国空军的一次运输机爆炸事件。"

邦德觉得在这份报纸所报道的特大新闻的干扰下，坦纳已经失去了他的听众。坦纳说完自己的观点，大步跨到正在放映卡布塔在军火交易市场画面的第二个监控器屏幕前，抬手按动了一个电钮，画面立刻定格在了卡布塔手里拿着的红色匣子上。

"这就是刚才参谋长提到的，那套被认为已经损毁的ACSES卫星装置，"邦德的声音很大，他希望能借此吸引在座的每个人的注意。"只要拥有了这套装置，任何人都可以把一颗最普通的卫星伪装成一颗GPS导航卫星，从而向他的目标发出假信号，让一艘轮船偏离航向就不再是一件难事了。"

若尔迪克将军对邦德的这种说法感到非常不屑，他轻蔑地看着这个新的插入者，"请问你是谁，先生？""对不起，忘了做自我介绍了，我是白马，"邦德沉稳地回答，"你是黑色国王吧？别忘了，你还欠我一盘棋呢！"

"这是什么意思？"安全部长完全听不懂邦德在说什么。

"不用注意这个，部长先生，"M说，"参谋长，请继续。"

"经过调查发现，现在有一颗属于卡夫集团广播电视网的通信卫星覆盖在中国上空——这是一颗从来没有向外播发过信号的新闻通信卫星，但是巧合的是，恰恰就在出事的那天晚上，它曾经向外界发出过信号。"

"你的意思是说，很有可能是这个信号让我们的军舰偏离了原来的航向？"部长问。

"还不能这么说吧，"若尔迪克将军不以为然地插话，"难道你现在敢断定吗？这不过是你的推测罢了"

"是的，我现在还不敢确定，"M自我否定，"但是我们只知道有这种可能。"她抬头看了看邦德，看得出，邦德是同意这个观点的。

"可你现在完全没有证据，"若尔迪克说，"假如我们的舰队能够找到被击沉的'戴维沙尔号'，我肯定就能查出一切证据！我觉得，在这个房间里，只有M才觉得我们不应该派出舰队打捞'戴维沙尔号'，她觉得我们应该手拿礼帽，向那些中国人乞求什么见鬼的'联合调查'！"

"是这样的吗？"安全部长一脸严肃地问M。

"我从没有说过要'手拿礼帽'，但是联合调查确实是我所建议的方式。"M回答。

“但是要是实际操作起来，M，这根本不可能。”部长一边说一边摇着头，“你也看见了，报纸上已经有了报道，他们正在为流血发出悲号，想想看，如果我们不去讨个说法，而是搞什么‘联合调查’，恐怕新闻媒体不会放过我们。”

“刚才我还被一些人讥笑为胆小鬼，”M 说，“但是如果要有这种情况，我敢高高兴兴地站在新闻媒体的面前，告诉他们，在我们的国家摆脱危机之前，让那些狗屁言论统统都给我滚到地底下去。”

听完这番话，部长的目光变得严峻了：“M，请跟我来一下。”

安全部长把 M 带到了一个角落，在这里其他人都听不到他们的谈话。此时，邦德和坦纳暗暗交换了一下目光。

“显然，她这次的决定是正确的，但是她未免做得有点过火。”坦纳小声说道，“也许他们会让她辞职也说不定。”

“我敢跟你打赌，他们不会这么做。”邦德说。

“你的汽车钥匙呢？”

“不，比尔，我可不用我的汽车赌这个。”

“谁要跟你赌啦，我就是想搭你的车，没办法，你得跟我一起走了。”

这时，M 已经结束了她和部长的秘密谈话，她紧闭双唇走过几位海军上将的身边，又从邦德和参谋长坦纳的身边走过。邦德和参谋长再次相互望了一眼，然后紧跟在 M 身后，走出了军情室。

老式诺斯·罗伊斯轿车在门口警卫的允许下开出了大门。轿车里，M、坦纳和邦德舒适地坐在座位上，车离开安全部，驶向了伦敦。

车上的人在行驶中都没有说话，但是邦德已经读懂了 M 脸上的表情。在她的下属面前，M 并没有对刚才在军情室里发生的不愉快感到苦恼或是悲哀。她仍然保持着她一贯的冷漠和沉静，因为 M 始终相信自己的相法是绝对正确的。邦德知道，要是刚才若尔迪克上将真的接受 M 的挑战走到大楼外面的话，M 肯定会把他扔进门口的垃圾桶里。

自从担任了 M16 情报组的首脑后，邦德和 M 之间的关系变得很微妙。刚开始的时候，他们两人还只是结成一种很普通的工作关系，但是在工作当中，邦德慢慢显示出了他在情报工作这个领域中的超凡才能，M 终于明白，邦德的盛名并不是虚构的，他确实名副其实，这以后两人的合作就变得非常精彩，但是 M 和她的前任——麦尔思·迈瑟威先生一样，对于邦德对女性的态度不是很欣赏，M 还很讨厌邦德身上那种大男孩般的古怪行为，可这并没有影响 M 相信他会是一个优秀特工的想法。她渐渐学会了包容邦德的缺点，发掘他的优点。

坦纳为邦德、M 和自己各倒了一杯苏格兰威士忌，而在此时，M 正按动一个电钮，邦德身边的一块操作板马上转到了后面，在他原来的位置上露出一个高尖端通信板，M 走过去按下另一个按钮，一块藏在邦德后面

的秘密操作板滑了下去，玛娜佩妮小姐微笑着出现在了司机旁边，她是和电话"安装"在一起的，这构成了一部高级电脑。其实，不只 M 有一个活动办公室，玛娜佩妮也有一间对外活动办公室。

"詹姆斯，早上好啊！"玛娜佩妮微笑着说，她的一头酒红色头发在晨光的照耀下闪烁着耀眼的光芒。

"早上好，玛娜佩妮。"邦德举起手中装有苏格兰威士忌的酒杯，"祝你健康漂亮，干杯！"

"玛娜佩妮，现在有个任务要交给你，马上向外界透露一个消息，"M 说，"就说政府即将把我解雇，但是他们害怕解雇我以后，我手中掌握的关于安全部每个人的材料会对他们构成威胁。"

说完，M 转身面向邦德和坦纳，说："这个消息一放出去，将会为我们赢来两天的宝贵时间。但是要记住，无论在这两天中，中英双方谁先开火，我们都必将会置身于一场注定了失败结局的战争中。中国人现在坚信自己是正确的，况且他们还拥有大量的证据，而我们，现在还什么都没有。"

"非常抱歉，詹姆斯，我们现在要马上送你去希思诺机场，因为我们已经没有别的选择了，希望你能理解。"M 对邦德说，她不知道，其实这正是 007 最渴望听到的命令。

"是去北京吗？还是要再去香港一趟？"

"不，都不是，这次是去汉堡。我记得你好像认识爱若特·卡夫的妻子？"邦德皱起眉头，努力回想了一下："嗯，没错，我以前和她很熟，那个时候她还没有嫁给卡夫。但是好像知道的人很少，除了……"

说着，他转过身，若有所思地看着玛娜佩妮。玛娜佩妮不以为然地耸了耸肩："詹姆斯，这也是为了女王和我们的国家。"

M 仔细看着邦德："忘了问你了，刚才在军情室里，坦纳说到那个卫星的时候，你看了我一眼，好像有什么特殊的意思，你想说什么？"

"参谋长当时提到了卡夫集团广播电视网的通信卫星，这句话刚好提醒了我，别忘了，《明日报》就是属于爱若特·卡夫的。"

"太对了。"邦德和 M 的思路恰好不谋而合，这让 M 感到非常高兴。

作为邦德远赴汉堡调查所需要的线索，坦纳交给邦德一叠厚厚的资料，"这是关于卡夫的一些材料。他生于香港，名义上虽然是个孤儿，但其实他是若尔曼爵士——也就是香港和伦敦的那个新闻大王和一个德国妓女的私生子，那个女人在生卡夫的时候死于难产。有一个贫穷的中国家庭为了能够得到 50 英镑的一次性抚养费，愿意收养卡夫。三十年后，不知道卡夫用了什么手段得到了若尔曼的全部产业，并且他把他父亲在香港和伦敦的两处报业合并成了现在的《明日报》，也就在同一时间，他的生父在家里选择了自杀。"

"我看家庭的价值在今天根本就没有衰落啊！"邦德微笑着挖苦说。

诺斯汽车此时已经开上了通往希思诺机场的的高速公路。

“你再往下看这堆材料,余下的内容比这我还精彩。”M说。

“M,你认为卡夫卷进了这次这件事了吗?”邦德问。

“经过我们之前的细致调查，刚好就在CMGN在中国上空的那颗卫星发出不明信号之前,还有一个不明信号从CMGN在汉堡的广播中心里发出,”坦纳说,“但奇怪的是,这个广播中心,是CMGN新建成的,它要到今天晚上才会开始正式开业，卡夫今天还要举行一个盛大的招待会来庆祝它的开业。”

玛娜佩妮迪给邦德一个信封。

“都为你准备好了,这里面有你的机票、履历证明还有租用轿车的预约单。”她说。

邦德从玛娜佩妮的手中接过这些证件,M看着邦德说:“卡夫拥有卫星。你在军火交易市场看到卡布塔买的那个装置只有装在卫星上才可以使用,所以,你这次的任务就是查出这两者之间是不是存在着某种联系。要想知道这个,就得先从卡夫查起,这就要用到你和卡夫夫人的关系了。”

“我现在怀疑的是,她还记不记得我。”他说。

“那就要看你的了,设法唤起她的记忆,然后再从她那儿套出一些我们需要的消息。”

邦德把信封里写有联络信号的条子还给了玛娜佩妮，玛娜佩妮对他小声说道:“我觉得你现在最好算计一下要怎么盘问。”

“如果这是在你我之间的话。邦德也小声地回答道。

玛娜佩妮冲着邦德甜甜地笑了,她伸手拉起了车上的减速器。M靠向邦德,低声说:“你仔细看看这些材料,然后要像去赴一个盛大的舞会那样,接近CMGN在汉堡的总部。但是你在此之前必须明白,到时候,你的处境将十分危险。”

“放心,我不会用其它方式出场的。”邦德说。

这时,诺斯轿车已经穿过了希思诺机场众多安全门中的一个,直接驶向跑道,一架英国航空公司波音757飞机马上就要起飞,机场的工作人员正在催促着旅客马上登机。

“一切小心,007。”这是M在邦德登上飞机前说的最后一句话。

第五章　一记耳光

邦德搭乘的英国航空公司的波音757客机在当天下午就降落在了弗勒霍芬·费奥斯巴托，也就是著名的汉堡国际机场。汉堡机场的设施是非常现代化的，尤其是机场传送带的终点，设备更是超现代化。汉堡机场旅客大厅的屋顶是一个巨大的机翼型屋顶，它骄傲地伫立在机场的中央地带，旅客大厅两边带拱廊的街道上整齐地排列着很多有意思的商亭，还有一些小店在卖妇女时装用品——甚至还有一家是哈罗德分店，另外在这些商铺中还有几家餐馆。

由于汉堡市的市中心被很多河流纵横交错穿过，所以人们经常将汉堡与荷兰的阿姆斯特丹以及意大利的威尼斯相提并论。但是，由于雷波巴赫区[①]伤风败俗的名声，汉堡也被人称为“欧洲罪孽之城”。汉堡是一座有着悠久历史的城市，虽然在建城后的一千多年中，它曾经遭受了多次战乱和灾疫，但是在第二次世界大战以后，汉堡被德国政府重新改造成了一座拥有宽阔平坦的公路和摩天大楼的城市，而且随着德国经济的发展，汉堡逐渐成为在文化上卓有影响的国际大都会。因为是德国的第二大城市，所以汉堡的绿化成效也是是全国最棒的。这个城市有50%的面积分别被河水、树林、田园，还有近1400座花园覆盖着。

邦德本人非常喜欢汉堡这个城市，因为在这里，他曾经度过了一段十分美好的时光。在紧张的工作之余，邦德时常会想起在进入英国国家安全部工作前的生活，那时候他经常和几个要好的英国海军一起造访雷波巴赫，那时的生活真是惬意啊。虽然他以前也到过其他城市的红灯区，但是他觉得没有任何城市的红灯区能和汉堡的相提并论，他在汉堡的格罗斯·费希特大街上的所见所闻让他觉得，汉堡这个城市简直是太美妙了。这条大街的名字用英文翻译过来就是：“绝妙的自由”。在这条街上，商店里工作的女孩儿们总是愿意通过商店门口的橱窗展示她们的小玩艺儿，而且他们要是看到海员们，还会邀请他们到店里去洽谈生意。

邦德走到阿维斯公司的服务台前，从服务台后面走出来一位非常可爱的姑娘，她热情地说：“请问，需要我为您做点什么吗，先生？”她用一口

---

①雷波巴赫区，汉堡著名的色情区。

标准的德语问。

“是这样的，”邦德也用流利的德语回答，“前几天，我的办公室在这里为我预约了一部轿车。”说着，邦德拿出了玛娜佩妮交给他的汽车租赁预约单，然后交给了可爱的服务台小姐。

“请您在这里稍等片刻。”服务台小姐说完，转身消失在了柜台后面。

邦德现在最想知道的就是他将得到的车的车牌号会是多少。邦德知道这几个月以来 Q 一直在为美洲虎牌 XK8 汽车公司工作，现在他非常希望能够试着开开那种车。

邦德参加的专业培训使他能在观察周围环境的时候，迅速地发现任何一个与众不同的人或事，并且会针对这种情况作出相应的反应。邦德现在就以最快的速度扫视了一下这间房间，最后他的目光停留在放在报刊架上的《明日报》上。这期报纸的头条标题是："英国舰队受到警告"。

“如果你仅仅是想在这儿签个约，那么邦德先生……”邦德的身后响起了一个非常熟悉的声音，这使得邦德马上就认出了他。

邦德转过身，仔细看着眼前这个身着红色阿维斯工作服的 Q，看上去他好像挺累的，邦德差点儿没控制住自己大笑起来，要是那样的话，一定会暴露他俩的身份。

Q 装作漫不经心地把那邦德的张预约单放在了服务台上，“邦德先生，这个给你那辆新车做的意外损伤保险，请收好”

邦德非常高兴能够拿到这个。他面前的这个人，这位看上去十分可爱的布思罗德少校，他是 Q 行动分部的负责人，同时也是英国安全部秘密情报机构的保卫官，他可是惟一被邦德称为天才的人。要不是邦德非常喜欢 Q，大概他就不会给他找那么多事做了。Q 虽然和邦德的关系很好，但是他已经不是年轻人了，可他的精力依然十分充沛。在邦德和 Q 之间总有会产生一些有意思的小插曲，这些插曲的产生就像邦德放下或搅动伏特加酒一样稀松平常。

Q 通过自己紧闭的牙关向邦德问了几个问题，在邦德回答的时候，Q 把表格上有用的栏目全部检查了一遍。

“请问您需要碰撞保险吗？”

“需要。”

“那么火灾保险呢？”

“应该用得到。”

“可能性毁损，用得到吗？”

“当然啦。”

“那个人伤害保险应该也用的着？”

“但愿不要用着，不过，你也知道，总可能会发生点意外。”

这时 Q 发现已经有很多顾客在排队了，他们也许会听到他和邦德的

谈话，于是Q轻轻吹了口气，然后漫不经心地把一支钢笔递给邦德，邦德在表格上签了名。

“好了，我想这份保险已经足够应付一般性损伤了。”邦德说，“请问，我还需要其它的保护吗？”

Q此时显得情绪激昂，他站在邦德的身边，小声说：“那就只有我的帮助了，詹姆斯。”他在说话的时候，还晃动着头和肩膀，这个姿势是他看上去跟富有力量。随后Q转身打开服务台后的一道门，邦德也绕到服务台后面，跟在Q的身后走了进去。

他们来到顾客存储处，在那里伫立着两只巨大的集装箱。

“注意，詹姆斯，”Q说，“我们还是先观赏一下你的新汽车吧。”

说完，Q伸手轻轻抽动了一个集装箱上的活门，第一个集装箱的一侧就敞开了，里面赫然是一只看上去很暴躁的美洲虎，在集装箱的一侧敞开的一瞬间，关在笼子里的那只美洲虎对着邦德不停地狂声咆哮，大概是箱子外面强烈的阳光让它变得有点惊惶失措。

Q看看邦德，放声大笑：“真对不起，伙计，订错货啦！”

邦德的神情也随之放松了不少，接着也跟着Q大笑起来。

Q快步走到另一个集装箱前，但是这次邦德却没有跟过去，他仍然站在原地凝视着集装箱里的美洲虎。在邦德锋锐的目光注视下，这只暴躁的庞然大物几乎马上安静了下来。

Q仍然好脾气地呵呵笑着，他喊着邦德，把他引到了另一个集装箱的前面。

对于刚才的那个恶作剧，他在心里感到十分痛快。虽然他很少和邦德开玩笑，但是每搞一次，都要让邦德铭记不忘。

“怎么样？还要不要再试一次。”Q说话的时候，已经打开了第二个集装箱的活阀，集装箱四面的侧壁全部被打开，而箱子里的东西简直把邦德深深打动了。

“这部车是宝马目前的最新款，BMW750型轿车。要知道，里面所有的部件都是专门为你精心配备的，机枪、火箭发射器等等，应有尽有。”

“那我想要台CD电唱机，有吗？”邦德问。

Q对他毫不理会，继续自顾自地说下去：“……还有GPS卫星定位装置，以及……”

说着，Q打开了宝马车的车门，“这个才是我最得意的一项装备……”

这时，隐形扬声器里传出来一个女人的声音，她用地道的英语说：“欢迎您使用GPS卫星导航系统辅助播音装置。”

邦德关上门，同时录音也被切断了。

“凭我对你的了解，我觉得你应该更愿意注意一个女人的声音。”Q说。

“这个声音我觉得听起来有点耳熟，我想我们肯定在什么地方见过。”邦德说。

“嘿，伙计，我对你那些风流韵事可不怎么感兴趣。”

银白色的小汽车显得异常华美，邦德对它十分满意。

“嘿，现在给我你的枪。”Q 少校命令道。

“先说好，你可不能打死我，”邦德抗议，“我发誓，我可没做过坏事。”

“我的老伙计，你可别误会，我是想给你换支枪。”

只见 Q 打开随身携带的一个光滑的木制盒子，一把崭新的 P99 沃尔特手枪静静地躺在木盒子里的黑色天鹅绒上。P99 沃尔特手枪是一种新式 9 毫米双管手枪，他目前仅由德卡尔·沃尔特有限公司销售，这个公司曾经称它是“为下个世纪设计的武器”。

“我觉得你肯定会喜欢这个东西的，詹姆斯。”Q 说着话的时候，已经拿起了那支枪。

“嘿，真不错，这枪怎么个用法？”邦德问。

Q 听完邦德的话，简直被气得火冒三丈，他指着枪的每个部位说：“看，你扣住这儿，这个地方是扳机，看见这些东西，没有，叫做子弹，这些东西最后会从枪筒里射出去，明白了吗？”

邦德听完，有些不满意地摇了摇头，然后用疑惑且嘲弄的口气说：“难道你就不能再补充点别的什么东西吗？”

“好吧，这是特别研制的一支暗机手枪，它最大的功能就是不仅可以单向射击，还可以双向射击，这是严格按照德国警方提供的各项技术标准设计制造的。”

说完，Q 把枪交给了邦德。邦德用两只手分别仔细掂了掂这把枪的分量，然后他举起手枪，握紧枪把，看了看瞄准器的准确程度。

“这把枪的外壳还有一些配件都是用高质量化合物制成的，弹夹里最多能装十六发子弹，另外最特殊的是，枪膛里还会留有一发。”

邦德现在已经喜欢上了这支枪，他觉得这支枪简直就是武器中的艺术品。

“千万记住，这次这个和以前的那些大不相同，”Q 一边说着，一边交给邦德一部非常小巧的电话，“一定要记住……”

“这不是一件玩具。”邦德无奈地回答。

Q 对他说的表情假装视而不见，继续做着示范：“来，对着这儿讲话，然后从这儿接听。”

“是这样啊，这跟以前的有什么不一样？”

这部小巧的电话是埃利克森电池电话。“你用的时候就会发现，它其实有几种性能对你来说是非常有用的，”Q 说，“比如说红外指纹鉴别仪，20 千伏供电系统，还有它配有天线并可独立使用的电视摄影机，最特别

的就是这把电击枪。它还有一项功能,你那部新车的手动遥控器。"

Q 揿开了电池电话上的一个按钮，这部电话就像一本书一样被打开了。

“在你来到之前,我们曾经想方设法让它使用起来更得心应手,但是这需要大量的实践环节。”他轻轻戳了一下电话上的微型接触屏,“看见了吗？在这儿轻轻敲两次就可以了。”

刚说完,两人身后的 BMW 高级轿车就启动了,发动机连续转动了两次,接着就安安静静地停在在那里,等待着他的主人发出指令。

Q 小心翼翼地用手指划过电话上的接触屏:“不过你需要特别注意,如果你的手指在键盘上划动的时候是顺着行路方向的,”说着,他就动手给邦德做了个示范,BMW 轿车开始缓缓地倒车，随即开始向后慢慢移动。Q 转头看看邦德,然后又用手指向反方向划动了一下,汽车的齿轮马上变换了位置，汽车开始向前行进。Q 又把手指从电话触摸屏上抬起,BMW 汽车随着他的动作,马上停止了行驶,然后,Q 转身把遥控装置交给了邦德。

“虽然在外面操纵汽车很难,但是我认为,凭你的智商,只要你多加练习,一定没……”

“好了,还是先让我试试这个遥控对我的触摸到底有什么反应吧!”邦德说。

汽车的轮胎突然与地面发生剧烈的摩擦,发出尖声大叫,BMW 汽车几乎向后飞了过去,它飞速地在集装箱周围兜了个圈子,然后旋转着冲向前方一个禁止通行的方向,紧接着又向前一个急速转身,直接就向着邦德和 Q 冲过来,就在即将撞上他们的一瞬间,汽车猛然刹住了轮子,车上的保险杆距离邦德和 Q 的膝部只有几英尺。

邦德用遥控装置关上汽车发动机，还在回味着刚才那惊险刺激的一瞬间,而站在他旁边的 Q 的脸,早就被吓惨白了。

“您说的没错,Q,看来我是要多练习一下,才能掌握它。”

Q 惨白着脸，望着天空自言自语地说:“你什么时候才能长大啊,007……”

巨大的探照灯照耀在卡夫集团的综合大楼前，将楼前的一片空地照耀得犹如白昼。各种各样的高档小汽车和大型高级轿车在综合大楼排起了长长的蛇形队列,在它们的簇拥下,这座为举行晚会而被装点得金碧辉煌的砖制大楼显得更加精美绝伦。天空中有一弯新月，而在月光的照耀下,一队穿着红色礼服的男招待正在为如何停放这些高档车而忙碌着。卡夫集团新综合大楼的落成典礼吸引了来自世界各地的精英、名流、富豪、新闻界专家、商人、外交家、艺术家,甚至还有摇滚乐歌星,所有人在这里荟萃一堂，共同庆祝这个属于 CMGN 的日子。

邦德把 BMW 停在了一位男招待的身边，年轻的侍者殷勤地为他打开了车门。邦德走下车，用标准的德语说："千万别让'她'指使你。"

男招待员被邦德搞得莫名其妙，他充满疑惑地钻进汽车，刚准备发动汽车把它开到车库去，车上安装的女性录音系统突然发出指令："请系好安全带！"

晚会在综合大楼里举行，来宾们的活动还是很自由的。邦德今天穿着一件黑色晚礼服，看上去风度翩翩，衣冠楚楚。在进门的时候，邦德非常绅士地把请柬递给了在门口检查的女公关。

"邦德先生，非常欢迎您，请允许我……"女公关引着邦德走到了综合大楼的中厅，这里为了举办晚会被各种旗子装饰得非常漂亮。左边的墙上还挂着一面旗子，旗子上是《明日报》的报徽，右边的墙上则高悬着 CMGN 的商标。不过这两面不同的旗子上却有一个相同的部分，同时这部分也最吸引人，那就是爱若特·卡夫的头像。在这座大楼里，只要是邦德目光所能达到的每一个地方，都会有用各种形式显示着的卡夫的形象。

整个大厅跟两幢拥有一系列金属桥的、建造年代似乎更久远的建筑连接在一起，使它看上去显得异常华美、别致。邦德觉得这样的设计正好反映了爱若特·卡夫的特殊嗜好——乐于享有财富，并且还喜欢标榜自己的财富。

邦德被女公关带到一个高个子男人面前，很显然，这个人应该是女公关的顶头上司。他和所有公关人员一样，都穿着的米黄色的制服，邦德走到他面前的时候，他正在和一位身穿银白色晚礼服的中国女子说话。这位中国女子的相貌相当出众，可以说是惊人的美丽，当邦德向这边走来的时候，她那双黑色的眼睛就早已与邦德的目光邂逅相遇了。

"噢，邦德先生，非常欢迎您的到来。"这个男人看了看邦德的请柬，然后对着邦德恭敬地说："您好，我叫杰科·坦丁，是今天这个晚会的负责人，也是公关副总管。"说着，他向邦德伸出了手，他的握手非常强悍有力，邦德觉得他也许不仅仅只是一个小小的公关副总管，说不定还当过某个人的贴身保镖。

坦丁当然没有察觉到邦德的想法，他指着身边的中国女子继续说："我想你们大概已经互相认识了，要知道你们可是竞争者。"

"不，我还不认识这位小姐，我想大概是我没有这个荣幸。"邦德说完，转过头看着那位中国女子，眼中满含笑意，他彬彬有礼地说："你好，我是邦德，詹姆斯·邦德。"

随后，他们握了手，中国女子微笑着说："您好，邦德先生，我姓林，叫林晚，目前在香港的一家银行工作。邦德先生，您是在……"

"太巧了，我现在正在为英国银行做事。"邦德回答。银行职员这个职

业对于情报员来说可是一件非常安全的保护外衣。而且非常巧的是，邦德最近对金融业产生了非常强烈的兴趣，凡是和金融有关的任何东西，他都能够应付得游刃有余。

邦德双手接过中国女子递给他的名片，他觉得虽然这个林晚身材娇小，但是却有着一种高傲和自信的气质由内散发出来。看起来，她的年龄应该在二十八岁到三十二岁之间。邦德认为，这个中国女子独特的气质和和年轻的样貌，都不是一个银行家应该具备的，这个女人太有魅力了。邦德可以感觉到，在她的身上藏着一些危险的东西，这使得他对这个叫林晚的中国女子产生了非常强烈的兴趣。

在邦德观察林晚的时候，林晚也在仔细端详着邦德，并且她很快就得出了和邦德一样的结论：这个英国男人根本就不像他说的那样，是什么银行家。在他那双散发着奇异光芒的蓝眼睛后面，似乎暗藏着一束让人害怕的寒光。他那一头被修剪得光洁整齐的头发在日光灯的照射下，乌黑发亮，但是在他的两鬓处却有几丝发色微微有点发灰。他的右颊上，有一道浅浅的伤疤，面部下方，就是一张看上去非常冷酷无情，但又令人十分向往的嘴。对于银行业这种充满了世俗味道的的工作而言，这个邦德显得过于英俊潇洒了，他也过于冷酷，更加过于自信。所以说，这个詹姆斯·邦德肯定是个侦探，林晚暗自忖度着。

这时，坦丁说话了："两位，请允许我带你们去见卡夫先生，他非常渴望能够和你们见面。"在得到邦德和林晚的同意后，他引领着他们穿过了混杂的人群，来到了中厅二层。随着他们距离大楼内部越来越近，邦德注意到他们周围多了一些身穿红色制服的彪形大汉，这些人虽然名义上是这里的"秘密保安"，但是邦德明白，他们实际上就是卡夫的贴身保镖，有时好甚至要做一些保镖都不能干的坏事。

"看看这大厅是不是够宏伟的？在它的面前，集团的所有工作都将被分隔成一块一块的。你看，在我们后面的是前厅办公大楼，那边是报馆，而右边就是卫星网。只要你站在这个中厅里，就可以轻轻松松地俯瞰整个大厅里的全部综合设施。"坦丁热情地介绍说。

"尽管这个屋顶像个帐篷。"邦德插话说。坦丁没有恼怒，他宽厚地笑着说："是啊，不过它可是一个能够带来胜利的帐篷。"

坦丁带着邦德和林晚来到二层楼厅，爱若特·卡夫在那里被一群客人包围着，今天，卡夫身穿一件肯兹欧制黑色高领长袍，服装的整体设计就像是中国清代官吏的朝服。这个时候的卡夫扮演着一个极其完美的东道主角色——他的举止非常纯熟，动作极富魅力。邦德觉得人们也许会很难相信，这样一个充满个人魅力的人居然会是英国海员谋杀案的幕后主使。

"卡夫先生，"坦丁走过去，小心翼翼地打断了卡夫和客人们的谈话，"这位是邦德先生，这是林晚小姐。"

卡夫微笑着转过身，对他们热情地说道：“啊，我当是谁呢，原来是银行界的后起之秀。”说完，他回过头冲着刚才围着他的那些客人，用开玩笑的语气说，“我手下多得是能人，像他们这样的，有成百上千。”那群人听完后，都尴尬地哧哧笑起来。

“怎么？两位是一起来的？”卡夫边问边转向了邦德，伸出手，与邦德的手握在了一起。

“不，我和林晚小姐也是在楼下刚刚认识的。”邦德微笑着回答。他能够很明显地感觉到，卡夫的手坚实且力度，但是他的态度却表现得很冷淡。

“邦德先生，我现在非常想知道，对这场危机，市场到底作何反应？”

“目前通货已经全部走空，但是别担心，您的股票价格可是在持续飞涨呢！”邦德说。

这时，从走廊的一头走过来一位三十出头、端庄美丽的妇女，她有着一头过肩的棕黑色长发，一双闪亮迷人的淡棕色双眸以及性感丰满的双唇。金光闪闪的低胸晚礼服紧紧地包裹住她那凹凸有致的绝妙体型，这套礼服穿在她身上，更加显得她那样高贵典雅。颈上那串光华璀璨的钻石项链，将她细腻白皙的脖子毫无保留地衬托出来。杰科·坦丁面对她微笑着深施一礼，然后转身继续去履行他的下属职务。

“哦，亲爱的，”卡夫热情地招呼着这位夫人，“快来，见见我刚认识的新朋友。喏，这位是来自香港的林晚小姐……”林晚赶紧探过身子，微笑着和这位夫人握手，卡夫又把夫人带到邦德面前，但他还没来得及把邦德介绍给自己的妻子，就突然听到了一记响亮的耳光声。

霎那间，附近都马上变得鸦雀无声，所有人都转过头默默地向卡夫这边看。帕瑞斯——卡夫美丽的妻子愤怒地瞪视着邦德，她的目光中充满了怨恨。邦德轻轻抚摸着刚刚挨了一巴掌的左脸，由于感到有点窘迫，他的脸涨得通红。

“怎么？邦德先生，难道您以前认识我妻子？”卡夫感到非常困惑，他看看邦德，又看看帕瑞斯，希望他们两人能给他一个解释。

“亲爱的，没什么事，别担心”帕瑞斯毫不在意地说，“早在和你认识之前，我和这个詹姆斯的关系就已经是历史了。”说完，她转向林晚，说：“真不好意思，我事先没有征得您的同意，就打了他一巴掌。但是，要是您跟他认识超过了 10 分钟的话，您马上就能明白我为什么会这么做了。”

“没有关系，事实上，我和他认识的时间确实没超过 10 分钟。”林晚说。

“那非常好，美人儿，我给你讲个故事吧！”卡夫夫人慢慢地转过头，面对着邦德，说：“我跟这个人曾经准备结婚。”说着，她轻轻挽起林晚的手臂，高傲地穿过人群，离开了二楼大厅。

卡夫仔细盯着邦德看了一会儿，然后充满歉意地说道："非常抱歉，我太太的脾气不太好。"

"手劲也不小啊！"邦德苦笑着回答。

"不说这个了，前些日子，我听说温顿·庇文先生得了重病，我感到非常遗憾，他现在怎么样了？"

"已经好多了，"邦德开始信口胡说，"在我来之前，他还让我代为转告您，千万别因为那些谣言而影响了您的工作。"

"谣言？什么谣言？"

"也没什么，都是城市里那些无聊市民传的一些流言蜚语，没有任何价值，我觉得不会对您造成什么影响的，请别在意。"

"哦，我都被你给说糊涂了。"

"其实只是一些非常无聊的传言，"邦德开始假装若无其事地复述，"就是前段时间，有人说您宁可花上亿资本，也要把总部从英国伦敦和中国香港分别移到汉堡和西贡，其实并不是因为您要提高什么工作效率，真正的原因是您非常痛恨英国政府。"

"这简直太荒谬了，简直可笑。"

"他们还说您近来热衷于把赚得的钱，大把大把地用来购买卫星系统以及投资卫星系统的研究，说您之所以这么做，就是因为您实际上是想介入卫星导航。"

"导航？"卡夫觉得自己的肾上腺猛地一缩，他想知道，这家伙到底要说什么！

"当然，我知道这根本就是胡说八道，"邦德说，"您毕竟是个商人，卫星导航有什么利润吗？没有！"

"我从来没有听过这些谣言，"卡夫说，"还有吗，邦德先生？"

"还有一个，这个也是这么多谣言中最荒唐的一个……还有人说您把总部搬出伦敦的真正原因，是因为您想成为英国男爵，但是英国政府居然连爱若特爵士的称号都没有给您。"

卡夫凶狠地看着邦德，他觉得自己下颌的肌肉都有点疼了。他在想，面前的这个人到底是谁?

"我觉得你肯定是那伙人中的一个。"卡夫说。

"哪伙人？"

"就是那伙在英国公立学校就读，眼高于顶，觉得自己周围那狭窄得可怜的小天地还挺像那么回事的人。"

"不对不对，完全错了，"邦德说，"我在上学的时候还曾经被伊顿公学踢出过校门的，说实话，我觉得那样挺好，至少我比较自由。爱若特，其实我只是对你的那些卫星系统比较感兴趣。"

"这太有意思了，其实那只是一些工具而已，邦德先生，没有什么好感兴趣的，它们是用来传递信息的，这对我们的新闻事业很有帮助。”卡夫此时已经开始厌烦这场谈话了。

“或者那些卫星也可以用来窜改某种信息！想想看，通过它们，你是不是可以把某些国家的政府玩弄于股掌之上……或者，可以用它改变一艘轮船的方向？”邦德的神情非常庄重，现在的他看起来不像是在开玩笑。

“邦德先生，你的这些假设很有意思。”卡夫几乎是咬牙切齿地说着话，过于激动的情绪和愤怒已经让他的脸完全变成了可怕的紫黑色，但是碍于现场有很多贵宾，他不好发作，所以他极力控制着自己的情绪。“邦德先生，我不得不承认，作为一个银行家，你的想象力简直太丰富了，或许您可以去写一本小说。”

“我怕自己会在大海上迷失方向。①”邦德回答。

卡夫听到这句话，眼睛顿时眯成了一条小细缝：这个讨厌的英国佬，他到底知道了多少？

这时，杰科·坦丁适时地出现在卡夫面前，其实他从远处就已经感觉到这两个人之间好像存在着一种非常紧张的气氛。于是他赶紧跑过来解围，他面对着卡夫，尽可能满脸堆笑地说：“不好意思，打扰两位一下，卡夫先生，我们有点事儿想请您上楼一下。”

说完，坦丁引着卡夫离开，向楼梯走去，但是卡夫的的目光始终没有离开过那个大胆攻击他的人。也就是在这个时候，帕瑞斯·卡夫和林晚也回来了。坦丁赶快招呼帕瑞斯说：“夫人，您回来的得正好，我得请您和卡夫先生一起……”

卡夫没有等坦丁说完，就径直带着他的妻子离开了，临走时他回过头来对邦德说：“邦德先生，请您记住，马克·吐温曾经说过，‘不要和一个用桶买进墨水的人争斗’。”

帕瑞斯显然也感觉到邦德和她丈夫之间可能发生了什么事情，她看看自己的丈夫，又看看邦德，表情显得很紧张，在她丈夫的不断催促下，她才不情愿地走开了。这时，邦德才发现，这里就剩下自己和林晚了。

“我希望您还是把您的聪明才智留下点给我们的金融业。”林晚说。

“这你放心，对于金融业，我的智商富裕得很，它足够我和每个人谈一圈的。怎么样？您跟那位夫人聊得还愉快吗？”

“当然，我简直被迷住了。”林晚高兴地说。

“真的吗？”

“嗯，我从不说谎话的。”

---

①这是一句有名的谚语，意为茫然无措，误入迷津，在此是一语双关的用法，指英舰“戴维沙尔号”在海上迷失方向。

“你英语说得非常好。听你的口音,你是……中国北方人?”

“不,我是上海人。”

“你还会别的国家的语言吗?”他问。

“那当然,多得很。俄语、法语、日语、德语、意大利语,还有中国别的地方的方言,我甚至还会说丹麦语。”

“你会说丹麦语?”邦德感到很惊讶,“太好了,我也会说丹麦语!”

“真的?”

“什么时候有时间,我们可以来一次语言大杂烩,嗯,就像‘瑞典式冷盘’一样。”

邦德刚说完,大厅里的灯光突然暗了下来。一束强烈的照明灯灯光照向了大厅最高处的中央天桥,此时,爱若特·卡夫和他的妻子手挽手站在那里,向底下的宾客们挥手致意,楼内的所有人都为这一时刻热烈鼓掌,人们欢呼雀跃,毫不顾忌地表达着心中的喜悦之情。

“你认识那个邦德的时候,”卡夫说,“他就已经在银行工作了吗?”

“呃?嗯,是的。”帕瑞斯稍稍迟疑了一两秒,但是这短短的一两秒却足以引起卡夫的怀疑。

“亲爱的,有没有人告诉过你,你其实是个糟糕的谎言家,你刚才为什么要打了他一巴掌?”

“因为他以前欠了我一笔账没有还。”

“真的?那好吧,现在我就让他偿还你的债。”

这时,一旁的杰科·坦丁冲着卡夫做了个手势,示意他走到事先装在天桥上的话筒前面。帕瑞斯赶紧向后退了一大步,让卡夫一个人伫立在照明灯的光束下。卡夫站在话筒前,努力使自己忘记刚才的不愉快,此时的他,又恢复了以往威严而充满自信的风度。他的声音被话筒放大,使每一个置身于大楼中的人都能够听到。这时,邦德不得不承认,卡夫的确是有些人格魅力的,在他那宏亮的声音里有一种让人不能抗拒的魅力。

“你们可能以前听到过这样一句话:‘通向二十一世纪的桥梁’。请记住,这不是个带有美利坚特色的政治口号,而是个实实在在的现实,因为我现在就站在这座桥梁上面!看见我的右边了吗?印刷厂在二十四小时不间断地连续工作,他们在为印制世界上首家全球性报纸而努力奋斗着;在看我的左边,我们正在建设一座世界上最先进的广播电视中心,我们要把它奉献给这个世界上第一个全球化卫星通信网络。现在我想请大家看一看关于十八世纪通信技术的表演,然后大家跟在我的身后,让我们一起跨过这道桥梁,走进伟大的二十一世纪!”

宾客们全部都热烈地欢呼着,大家成群结队地跟着卡夫穿过大厅,拐过众多蜿蜒曲折的走廊,来宾们到达了一个可以俯瞰整个出版大楼的露天阳台上。在这座阳台的下面,赫然是一座五层楼高的印刷厂。邦德和林晚也随着人群慢慢踱步到阳台上，只要一低头，就能俯视到这个巨大的印刷车间。

“没想到银行家竟然能看到这么有意思的地方。”林晚面带嘲讽地说道。

“这段时间，你们香港的金融业怎么样？”

“你指的是香港金融在中国政府的管理下？当然很好，比任何时候都要好。”林晚充满自豪地回答道。

接着，他们又跟随着人群回到了大厅的最顶层，也就是刚才卡夫发言所站立的“通向二十一世纪之桥”的空中平台上。

“卡夫集团和你保持业务上的往来有很长一段时间了吗？”林晚小心翼翼地试探着问。

“没有，我也是今天才刚刚接手，以前从未与他们打过交道。我是接替前任的工作，才来的，我的前任得了急性胆结石。”

“这还真有意思，我也是昨天才刚刚接手这边的工作的，非常不幸，我的前任得了急性肾结石。”

“那照你这么说，我们还是很相似的喽？”邦德问。

他们互相审视着对方，再也没有任何时候比现在看对方看得更清楚的了，他们彼此心里都很清楚，对方正在极力掩饰着自己的某种身份。

他们依然慢慢地跟在众多宾客们的身后走进了一个玻璃制成的CMGN 新闻门厅。公关人员正在邀请众多来宾，穿过一道双层门去观赏一个属于 CMGN 的巨大的卫星模型，侍者在这个时候为大家送上了一杯杯香槟酒。邦德伸手拿了两杯香槟，然后将其中的一杯递给了林晚。

他满含深意地笑着和林晚碰了一下杯，说：“为了我们的银行业，林小姐。”

“为了银行业，邦德先生。”

跟随着嘈杂的人群，邦德和林晚走进了 CMGN 的新闻工作室，也是这次晚会的展览厅。这座配备了各种高科技装备的房间还是保持着前一个晚上卡布塔和卡夫在这里秘密收看“戴维沙尔号”谋杀实况时的样子，一条大红绸将房间隔成两半。房间里有很多摄像机把爱若特·卡夫团团围住，而此刻他还是很镇定地站在房间中央，任由一个女化妆师为他整理着仪容，因为一会儿，卡夫的形象就将通过面前的无数摄像机被传送到世界的各个角落。这时，那个“戴维沙尔号”谋杀案的侩子手，德国人斯塔夫走了进来，卡夫还向他招了招手，示意让他走到自己身边。帕瑞斯安静地站在房间的一个角落，她非常憎恶斯塔夫，觉得他总是给人一种偷偷摸摸的感觉。

卡夫附在斯塔夫的耳边，低声说了几句话，那个德国人的眼睛马上就恶狠狠地盯住邦德不放，然后他冲卡夫意味深长地点了点头，就径直走开

了。但是这一切都没有逃过帕瑞斯敏锐的眼睛。

这时，工作室里一套听上去音质完美无瑕的音响系统传出了一个女人的声音："尊敬的女士们，先生们，请大家保持安静。现在离我们的转播时间还有30秒。"

然而帕瑞斯却没有听到这些，他的目光一直紧紧地跟着斯塔夫，只见这个德国男人鬼鬼祟祟地对着耳机式袖珍无线电话说了几句话，然后帕瑞斯就听到站在她身旁不远处的一个保镖马上用手捂住耳朵，低声说："是，我已经看到他了，穿黑色晚礼服……嗯，邦德，好，干掉他……是，长官，请放心，我会谨慎的。"

帕瑞斯开始慢慢地在人群中穿梭，她一边回应着宾客们的问候，一边向她的"老熟人"走去。忽然，大屏幕上出现了卡夫的形象，顿时，房间里响起了一片热闹的赞叹声。

"注意，还有十秒钟，"那个女人的声音从播音间里传了出来："请大家保持绝对的安静。五，四，三，二，一……"

邦德盯着大屏幕，刚想转身和林晚说句话，却发现她已经不知道到哪里去了。邦德迅速向周围扫视，发现林晚正悄悄地走出这间工作室的双层大门。

"各位，晚上好，"卡夫微笑着面对摄影机说，"我是爱若特·卡夫。就在今天晚上，我们正为一个即将覆盖整个西半球的新闻机构举行总部落成庆祝仪式。来参加这次庆祝活动的客人们，都是我们机构在汉堡的朋友……"

这时，大屏幕上出现了一组庆祝仪式的镜头，邦德惊讶地发现自己居然也在画面中。

"……与此同时，我们集团在东半球总部——西贡还有其它地区性中心，比如洛杉矶、布宜诺斯艾利斯、莫斯科，以及新德里的朋友们……"

当卡夫逐一提到这些城市的名字时，大屏幕上马上呈现了从各地庆祝分会场传来的镜头。

此时，帕瑞斯·卡夫已经轻手轻脚地走到了邦德的身边，她若无其事地站在那儿，低声对邦德说："你刚才到底都说了什么，我丈夫现在很生气，他什么都做得出来，你赶快离开这儿吧，赶快！"

"可是这个晚会这么美妙，我怎么能离开呢？"他说。

"听着，我现在没有时间跟你开玩笑。你不会明白的，他真的会把你打死，天啊，只有上帝才会晓得他能干出什么事来。看见那边那个德国人了吗？他就是我丈夫身边的一个杀人狂，像这样非常强悍的人，他身边还有很多。"

邦德其实早就注意到斯塔夫了，他觉得这个男人身上好像能散发出一种恐怖的气息。

“知道吗?你的丈夫极有可能已经卷入了一起非常可怕的犯罪行动。”邦德小声地说,“如果他现在准备对我做些什么,那么就刚好可以证明我们对他的怀疑是完全正确的。”

“什么?犯罪?你是说犯罪?——我的天啊!不管怎么说,你还是赶快走吧。”

这时,一个长相凶悍的保镖向他们走来。

而卡夫仍然镇定地、熟练地围绕他事先设定的主题继续着他关于集团的演讲,尽管他也已经看到邦德和自己的妻子在一起说着什么。“现在,我们卡夫集团正在把全部注意力都集中在一场可能会向恶劣方向发展的的国际纠纷中。不久以前,英国政府宣称,有两架中国米格飞机毫无理由地在中国南海上空击毁了英国皇家海军‘戴维沙尔号’军舰,我们强烈建议英国政府马上派出舰队为此次的沉船事件取证。想想看,除了这个办法,英国政府还能用什么方法来维护自己的尊严?而就在这个时候,中国也对外宣布,他们有两架米格飞机被‘戴维沙尔号’击落,中国政府宣称,他们决不能容忍英国舰队如此靠近中国海岸,还做出了如此丧心病狂的事。对中国人这种大胆的警告,我要给予他们欢呼喝彩……”

那个打手说:“打扰了,邦德先生,有个电话找您。”

“邦德先生现在不想被任何事情打扰,你们走吧。”帕瑞斯抢先回答。

“夫人,来电话的人说这件事很紧急。”

帕瑞斯挡在邦德的前面,回头对邦德小声说道:“千万别去,我觉得这像一个陷阱。”

“我希望不是这样,”他说,“但是,通常那些倒霉事总是追着我。”说完,他紧紧地握了一下帕瑞斯的手,示意让她不要担心,然后,在那个打手的带领下,走向了工作室的大门。

卡夫在演讲台上继续着他的演说:“当然了,不可否认的是,这是一幕很可怕,很悲惨的悲剧,但是这对于我们新闻工作者来说,也是一个异常伟大的传奇。我现在可以非常骄傲地告诉大家,我们卡夫集团关于这个悲剧每一步进展的实况报导已经在同业中占得了有力的先机。事实上,全世界的人们都会观看这个悲剧的后续发展状况,而这些报导都是来自CMGN的。”

此时,工作室里响起一阵非常热烈的掌声。卡夫在这一刻,充分享受着成功的喜悦,特别是当他看到两个打手已经把邦德带出了工作室的时候,他觉得他心中的满足感又增加了几分。“当然,我们不得不承认的一点是,在这件事情的转播上取得的成功,让我们集团的收益大大提高。目前,我们的情况已经比最乐观的发展计划超前了五年。但是,我们的成功并不是靠金钱的帮助,这份成功完全来自我们自身的实力,我们用实力出色地完成了各种艰难的工作,我们的目标就是用实力传递信息、教育人民。从

今往后，我们还会像以前一样，努力实现我们的目标——‘让明天的新闻，提前到今天！’”

工作室里再一次爆发出雷鸣般的掌声。

在室外，邦德悠闲地跟在两个打手的后面，他们此时已经走到了空中天桥，并且跨上桥梁，正在向印刷办公室走去。

“难道在工作室没有电话吗？”邦德故作天真地询问着。

突然，一个打手从怀中抽出一把 9 毫米勃朗宁半自动手枪，他恶狠狠地看着邦德，发出了命令：“快，到办公室里去！在那儿，你肯定会觉得很舒服。”

第六章　庆祝酒会

另外一个打手猛地把邦德推进了一间标有“印刷经理专用”牌子的办公室里，巧合的是，这间办公室居然紧挨着印刷车间阳台。邦德被猛地推进来以后，只匆匆地扫了一眼办公室里的一个举着摄像机的打手，就被追进来的一个挥舞着大棒的打手打中了腹部。这根棒子和垒球棒的大小差不多，这个突如其来的打击使得邦德疼得弯下腰去。而那个把他推进来的打手此时也走进了办公室，他大步走到邦德身边，在他的腰部补了一脚，邦德被踢倒在地上。为了让邦德在伤痛之外遭受到更大的凌辱，一直站在墙角的第四个打手走了过来，对着邦德的肋条狠狠地踢了几脚。

这个打手还边踢边说：“卡夫先生觉得你根本不是什么银行家，所以我们打算让你说出实话，我旁边的这位老兄觉得，只用一根棒子就能让你说出对我们有用的一切。”

举着摄像机的打手这时也走到了邦德的身边，他调整了一下镜头的位置，让镜头可以直对着邦德。突然，“呼”的一声，棒子再次向邦德的腹部砸去。

“啊哈，”挥舞着棒子的打手说，“大概他说的是正确的——我也许根本就用不着什么老虎钳。”说完，所有打手都得意地放声大笑起来。

腹部和腰部的疼痛是让人难以忍受的，但是邦德这时的意识还是清醒的，他强迫自己马上看清周围的环境。他注意到这间办公室不是很大，屋里只摆着一只沙发，一张不是很大的办公桌，一把椅子还有一组文件柜。他现在的敌人一共有四个，而且他们的手里还有一把已经拔出的手枪和一跟垒球棒差不多大小的棒子。就在这短短的两秒钟内，邦德的脑中已经设计好了一个行动方案。

“怎么样？你现在还是什么银行家吗？”一个打手问。

邦德此时只觉得自己的腹部火辣辣的。他强迫自己忍住剧痛，敷衍着他们说：“我……我是个宇航员。”

第四个打手听到他这样说，再次抬起腿，准备朝着邦德的腹部再来几脚，但是这次邦德已经提前做好了准备，他就像一条正在捕捉猎物的蛇一样，迅速移动着他的身体，他一把就抓住了那个打手的脚脖子，使劲把他拉到了自己这边。同时，邦德自己也抬起脚，踢向了那个摄像机的镜头，那人马上发出了一声尖叫，他紧紧地捂住被破碎的镜片伤到的双眼，摄像机也随着他的尖叫声而脱手掉下。邦德飞身在半空中接住了掉下来的摄像机，接着把它猛地向那个拿着手枪的打手的抡去，那家伙马上被打得晕倒在地上，整个人失去了知觉，而他手里拿着的枪也被抛在了一边，现在邦德的目标只有那个握着大棒子的打手了。但是这个打手丝毫没有惧怕的意思，他努力挥动着大棒子朝着邦德的脸狠狠地砸下来。但是，邦德此时的动作依然很灵巧，他轻松地向左一个翻滚，抡起了仍然被他牢牢地抓在手里的第四个打手的脚，这个打手的身体就直迎着大棒打来的方向抡了过去。这个打手的头部被自己同伴的大棒子狠狠地击中，一下子就失去了直觉。

眼看着自己的三个同伴都相继完全失去了战斗力，这个打手的心理好像快要崩溃了，他丢下大棒，疯狂地冲向自己的手枪。邦德推开压在自己身上、已经晕过去的第一个打手，露出自己的身体——他举起那把 P99 沃尔特手枪对准了这个正在垂死边缘的打手的脸，那个人当场就被吓傻了。

“难道你不怕开枪的声音会打扰到这个庆祝晚会？难道你不怕卡夫先生会因此而大发雷霆吗？要真是那样的话，你今天无论如何都死定了。我想，你可能对死不是那么在乎。”

这个打手已经完全僵在了原地，站在那里，一动也不敢动。

“这是不是就意味着你还很在乎今天能不能活下去？好吧，现在听我的命令，把你的枪扔在在沙发上，快！”

他乖乖地按照邦德的吩咐做了，邦德马上把枪换到了左手上，然后向那个打手伸出了右手。

“你大概还不知道被大棒敲打腹部是什么感受吧？来，拉我起来。”

那个打手小心翼翼地探过身子，邦德趁他不注意，猛地抓住了他的胳膊，搬起他的腿，一下子就把这家伙掀倒在了地上。

接着，邦德提起了他的腿，使尽全身力气把他甩了出去。这个人在空中翻了个跟头，接着就向着玻璃办公桌砸去，他的后背狠狠地砸在办公桌

上，玻璃被他压得粉碎。邦德缓缓地站起来，他感到腹部的疼痛已经到了难以忍受的地步，但他努力强忍着，尽量不显露出来。这时候，他的最后一个对手正躺在满地的玻璃碎片上呻吟着。

“这简直有点像——”邦德说，“这个晚会的专题报道。”

说着，邦德信步走到办公室的门口，当他经过第一个打手身边的时候，那人刚刚恢复知觉，他挣扎着举起枪，枪口瞄准了邦德，幸好邦德反应及时，一脚踢在了他的脸上，那人手里的枪飞了出去，落在了房间的一个角落。但是邦德的这一脚并没有再次踢晕那个打手，他重振精神，翻过身，慢慢地爬了起来。邦德又给了他一脚，但出乎意料的是，这次他挡住了邦德的进攻，并用力将邦德推向了办公室门口。这就给了那个打手一段很长时间的喘息机会，他摇摇晃晃地站了起来，猛地向邦德冲过去，他挥舞双拳向邦德的脑袋打过去，邦德也毫不示弱，他抬起膝盖，狠狠地撞在了这家伙的腹部，他立刻被踢得弯下腰去。邦德站起来，拿起一个打印机猛地向那人的脑袋砸了过去，这下应该砸得不轻，那人当场就晕过去了。这时，邦德为了安全起见，还是弯下腰，小心翼翼地捡起了刚才的那把枪。他擦了擦枪，然后把它插在了上衣口袋了里，接着他解开了一个打手随身携带的的耳机护套，从他的腰部摘下了一个电子步话机。里面传出了响亮的机器嗒嗒声，看来，现在一切都还正常，这几个打手刚才还没来得及惊动其他人。

邦德站起身，小心翼翼地打开房门。突然，他在门口看见了林晚，她正在捣毁门上的防盗磁盘锁，试图进入办公室。

“如果是这样的话，你是怎么结束银行家生涯的呢？”邦德问。

看到办公室的地上横七竖八躺着的四个打手，林晚被震惊得简直要说不出来话了，好一会儿，她才恢复过来。

“当然没有你的这么有意思了。”她说。

“注意，印刷经理办公室的保安请注意！”这时，步话机里传出了一个焦急的声音。

邦德此时已经顾不上说什么了，他一把将林晚拉进了办公室，反锁上了房门。

“瞧瞧你都干了什么好事。”他说。

“我干怎么了？”

邦德已经没有时间和她争论这个了，他拉着林晚穿过办公室，打算钻进隔壁的房间，但是在经过已经破碎的玻璃桌旁时，邦德停留了一下，他蹲下身子，在玻璃碎片中找到了一盒雪茄。钻进隔壁房间里以后，邦德才用打火机点燃了一支雪茄。

“你可真沉得住气啊，”林晚说，“都什么时候了，你还在这抽烟，我们现在最应该干的事，应该是筹划筹划咱们怎么离开这里。”

“我早就想好了，我们最好是能在客人离开的时候，混到他们中间。”

“你想想清楚，在几小时之内，那些客人是不会离开的。”

“也许吧，但也许还会有别的情况呢。”

说着，邦德拿起雪茄，放在了一个烟火监测器下，他和林晚谁都没有说话，两人都默默地等待着。

这个时候，正在扬扬得意发表着成功感言的卡夫还不知道这一切。在CMGN的新闻工作室里，卡夫正和一位迷人的妇女一起站在众多摄像机前，这个女人就是著名的电视节目主持人，不过她的美貌是由伯维利·赫尔斯的整形外科创造出的杰出“作品”。

“女士们，先生们，现在我荣幸地向各位介绍，”卡夫说，“这位就是我们全欧洲最优秀的电视节目主持人，特穆拉·凯丽小姐。”

特穆拉仪态万千地走上演讲台，她手里拿着一把闪闪发光的大剪刀。这位全欧洲最优秀的主持人个子很高，肤色有些偏黑，但牙齿显得很白，她有一双绿色的眸子，笑起来的时候看上去风采迷人。她一边微笑一边向人群挥了挥手，工作室里渐渐安静了下来。对于卡夫和屋内的众宾客来说，这是一个激动人心的时刻。此时，卡夫的心里满怀期待，他看着特穆拉把剪刀稳稳地放在了红色宽幅绸带上，接着“嚓”的一声绸带给拦腰剪断了。但就在此刻，火灾报警器突然尖厉地响了起来，同时，一种云雾状的白色粉末从天花板上喷出。

房间里的人们有的吓得惊声尖叫，有的用手捂住鼻子。新闻工作室里的所有大屏幕都失去图像。卡夫愤怒地向四周张望着，而此时的火灾报警声已经被事先录好的一种机械化的声音所代替——“请注意，自动火灾报警系统已经启动，请走向距离您最近的安全门。我们现在正在喷洒‘火灾抑止粉末’，但是不必担心，这种粉末对人、宠物和电子装置是完全无害的。”说完后，这个声音又用德语把同样内容复述了一遍。

卡夫狂怒地看着周围的一片混乱，他一眼就瞥见了站在工作室的一个角落里的妻子，他发现她正在拼命忍住脸上的笑意。

邦德和林晚在楼上听到了外面宾客们的喧哗和尖叫声。

“我们现在可以走了。”邦德说。

嘈杂的人群全部挤到了二层大厅的出口处，他们神色慌张地跑下楼梯。邦德和林晚迅速地混入人流中，防火粉末还在从天花板上不断地喷洒而出，火警录音也仍继续广播着。

邦德注意到斯塔夫正在指挥几个打手在大厅的每一个角落仔细寻找着什么。邦德想，他们一定是想从人群中找到自己，虽然这么做很困难，但是这也不是没有可能会实现的事情。为了不被他们找到，邦德赶紧用礼服上衣的翻领蒙在脑袋上，做出一副害怕粉末洒进头发里的样子。

林晚拉着邦德经过一个打手身边的时候，那个人正在仔细地检查每

一个过往的客人。他的目光在邦德身上来回打转,林晚的反应非常快,她装作很烦恼的样子对那个人说:“我丈夫对这种粉末有过敏反应,请你转告卡夫先生,让他赶快换掉它。”

那个打手没有丝毫怀疑,他冲林晚礼貌性地点了一下头,然后转身继续盯着那些从他身边惊慌失措地跑过的人们。邦德和林晚就这样成功地逃出了卡夫集团的总部,来到了熙熙攘攘的大街上。

综合大楼外面的空地上,卡夫集团的工作人员们急得团团转。他们忙着向来宾们解释,今天的庆祝晚会还没有结束,刚才出现的只不过是一个错误的火灾报警,完全是一场误会。但是,很多人都对刚才那讨厌的粉末极为反感,因为它弄脏了他们的新潮服装。他们纷纷寻找着自己的汽车。卡夫集团新总部落成的庆祝晚会彻底变成了一场灾难。

爱若特·卡夫快步走到大楼外面,他着急地在宾客中来回穿梭,极力地挽留着已经决意要走的客人们。这时,斯塔夫匆匆地赶上来,附在卡夫耳边说:“没有那个人的任何踪迹,我们现在还在四处搜查。”

卡夫失望地点点头,他现在已经被愤怒和失望给打击得说不出一句话了。他揩拭了一下自己隐隐作痛的下颏,忽然他看见自己的妻子正在和一群客人说着什么。卡夫愤怒地大步走过去,非常粗暴地把他的妻子揪到一棵大树的后面。他恶狠狠地捏住帕瑞斯的肩膀,她的肩膀仿佛都要被捏碎了。

“你敢再说一遍,那个邦德是个银行家吗?”他大声说。

“当然!”她说,“我当然敢再说一遍,他就是个银行家。”

卡夫松开手,帕瑞斯一边揉着自己的胳膊,一边冷漠地望着他。

“我凭什么要相信你?”卡夫问。

“你当然可以不相信我,因为你只相信自己愿意相信的东西,这是你一贯为人处世的风格。”帕瑞斯回答。

卡夫简直想给她一巴掌,但是碍于现场有很多人,他还是忍住了。

“爱若特,我简直不知道现在的你是怎么了?”她问,“你怎么会让斯塔夫那样的人围着你转呢?”

卡夫深深地叹了口气:“他对我非常非常地忠诚,我是个把忠诚看得高于一切的人。你最好能够记住这一点。”

说完,他转身离开了帕瑞斯,继续去寻找邦德了。帕瑞斯在他身后瞪大了眼睛,不可思议地看着他。她开始怀疑,眼前的这个人真的是自己的丈夫吗?他真不明白他怎么会在如此短的时间里变得这么可怕。看来他现在已经对她没有什么感情了,伤害她是他现在非常乐意做的事,肩膀处的捏伤这个时候能说明一切。邦德曾经提到卡夫好像参与了某种犯罪活动,作为一个妻子,帕里思当然不愿意相信自己的丈夫会卷入什么违法活动,然而她敏锐的直觉却告诉她,事实就是,她的丈夫肯定瞒着他一些事情。她猜想证据也许就在他的身边——卡夫雇用的那些贴身保镖,尤其是那个杀人狂斯塔夫——这到底是怎么回事?现在她只有一点可以确定,那就是,无论如何,卡夫都不会再伤害她了。

对于帕瑞斯·卡夫来说,这是一个非常重要的转折时刻。在刚才那短短的一瞬间,帕瑞斯已经拿定了主意,这也是她一直在思考着的一件事。

林晚警觉地扶着邦德冲出综合大楼,随后她巧妙地甩掉了邦德,迅速地穿进人群里,她希望那个所谓的英国"银行家"千万别跟在身后。转过大楼拐角的时候,她停了下来,在掩蔽物的遮挡下偷偷地向后窥视,此时的邦德正在紧张地东张西望,满脸的困惑。大概他还不能习惯别人如此轻而易举地当着他的面溜走。

林晚大步离开了 CMGN 的综合大楼,她穿过街道,走进了一个存车库,她迅速地找到自己那辆红色福瑞拉·F550·马拉尼诺轿式小汽车,随后钻进了车里。

林晚坐在驾驶座位上,轻轻敲了几下车前仪表盘的开关,一扇挡板随即轻轻地打开了,里面露出了一台小型传真机和一台电脑监控器。林晚启动了电脑监控器,在找到了最合适的搜索程序之后,她快速地输入了"詹姆斯·邦德"这几个字,并在国籍下输入"大·不列颠及北爱尔兰联合王国",而在"外形特征"一栏,林晚微笑着输入了"英俊"。

电脑显示屏上出现了"正在搜索中"的信号,林晚利用等待的这段时间,用电传给她的上级发了一份行动总结报告。她决定等所有宾客和工作人员都离去之后,自己再偷偷去一趟 CMGN 总部大楼。她隐约觉得她要找的那个低辐射雷达装置可能就藏在这个大楼的某个角落。因为,她越仔细观察卡夫的言行,就越觉得他和这件事有什么关系。尤其是他身上散发出的那种虚假的魅力,要说这里面有什么东西令她不能接受的话,那恰好就是因为他是个骗子。

林晚的报告发完了,正好搜索也结束了——没有什么结果。这让林晚不禁皱起了眉头,要是那个邦德真的是英国政府的派来的情报人员的话,那么他的伪装技术简直是太棒了。林晚暗下决心,等到她掌握了足够多的的信息,她还要再试试这个邦德,因为她自己总是觉得一定还会再遇到他。

林晚关上电脑监控器,合拢了弹出来的挡板,然后启动汽车,开出了存车库。在路过 CMGN 大楼的时候,林晚发现这里还是一片喧嚣,而且和刚才不同的是,大楼前的空地上还挤着两辆救火车、一辆警车另外还有几十个正在警戒的保镖。

她仔细地在人群中寻找了一会儿,发现到处都没有邦德的影子。

汉堡市内的大西洋凯姆平斯基旅馆是汉堡市极为罕见、具有极大价值的文物,它曾经不可思议地躲过了第二次世界大战给汉堡带来的毁灭

性灾难。坐落在靠近奥森诺斯塔的凯姆平斯基旅馆，是全欧洲最豪华的旅馆之一，它被绿树和精美的别墅群环绕着，是以“世纪转折期”的海洋性风格为主题设计建造的，将古典和新潮两种气派巧妙地结合在一起。邦德最喜欢凯姆平斯基旅馆的“大西洋餐厅”，他觉得这里能向客人提供整个德国北部最美味的的食物。凭借着良好的交际能力，邦德和这个旅馆的五十三个厨师中的十个都建立了很深厚的私人友谊，他们总能让邦德在餐厅中享受到最好的接待。

虽然有大厨当朋友，但是食物始终是邦德现在要放在最后考虑的问题。因为他必须马上把一些正方形小冰块倒进毛巾里，再将毛巾卷起来制成一个临时冰袋。他此刻正穿着旅馆提供的睡衣，疲惫地站在浴室里，仔细检查着那个大棒子在腹部留下的那些青青紫紫的肿块。他的衬衣、领带还有晚礼服统统被他揉成一团，抛在了房间的地板上。

他拿着冰袋轻轻地靠在了自己的腹部，冰袋的刺激使他疼得颤了一下。虽然现在的伤势有点厉害，但是他有足够的把握相信，内脏器官并没有受到太大的损伤。只是他的肌肉疼得有点历害，他可能得有很长一段时间做不了仰卧起坐了。

他和林晚溜出 CMGN 综合大楼并没有费什么事，然而当他们刚刚跑到安全的大街上时，他就和林晚失散了。她一句话也没说，就这样消失了，邦德觉得这一切全在她的计划之中，她也许早就想好要这么干了，但是他觉得他和林晚还会再见面的。

邦德准备什么也不想，先从客房服务台叫些东西吃，然后上床好好地睡一觉。他感觉这一天是这么漫长，他必须养足精神，以应对明天，因为明天清晨腹部的疼痛会更加严重。邦德扶着肚子上的冰袋，走出浴室了，突然，前门响起了一声细微的嚓嚓声。邦德迅速丢掉手中的冰袋，从挂在椅子背上的皮套里掏出 P99 沃尔特手枪，随即关了灯。邦德在黑暗中摸索着爬进了漆黑的卧室，藏在了门边的一个壁橱里，他仔细地静静地听着、等待着。门上的撞锁“咯嗒”响了一声，门开了。邦德非常肯定，有人进入了他的房间，他小心地向前跨了一步，走到了闯入者的背后，用沃尔特枪的枪管抵住了他。

“邦德先生，你对待客房服务总是用这种方法吗？”房间里响起了帕瑞斯·卡夫的声音。

邦德放下手中的沃尔特枪，轻轻打开了墙上的电灯开关，只见帕瑞斯·卡夫站在他面前，手中托着一个客房服务的餐盘，上面摆着一瓶还没有开启的香槟酒，她的身上仍然穿着刚刚晚会上穿的礼服。

“谢谢你刚才的‘小费’。”她说。

邦德不以为然地耸耸肩，收好了枪，关上房门。

突然，帕瑞斯注意到了邦德腹部的那些伤痕：“哦，上帝，詹姆斯！”

邦德笑了笑，抬手抚摸了一下被帕瑞斯打过的脸颊:“那些伤根本不算什么,还是这儿疼得厉害。我之前一直在想我再次见到你的时候会是怎样的一种情景,现在我终于知道了。你还记得我曾经跟你说过的话吗? ”

“你说:‘我马上就回来’,你当时到底是什么意思?我一直不明白。”帕瑞斯轻蔑地说。

邦德耸了耸肩,轻松地说:“当时出了点意外。”

“你永远都会在最关键的时候出点意外。”帕瑞斯绷着脸说,“我刚才给了你一耳光,为的是那些迷醉在你的每一个性奇想中的日子。”

“不光是我,你自己也有很多关于性的奇思怪想啊! ”

“是么?自从结婚以后,我就把那些统统忘光了。”她放下餐盘,悠闲地走进卧室,动作一气呵成,就好像她此时正在自己家里一样,非常无拘无束。邦德转身关上房门,并且上了锁。

“你知道吗? ”帕瑞斯毫无顾忌地躺在长沙发上,忧郁地说,“我曾经是爱过他的，他曾经用一种非常好的方式向我表现他心中的的强悍和抱负。但是令我没有想到的是,这几年他变了,变得太快了,几乎成为了一个怪物。”她停顿了一下,抬头看看邦德说:“怎么?受了伤,还能打开香槟酒吗?”

“非常愿意效劳,可是开香槟是要有高兴事的,我们为了什么庆祝? ”

“为我能重新获得自由,知道吗? 我离开他了。”她说,“以前他也曾经这样粗暴地对待过别人,但是对于我来说,那些都是陌生人,只有对陌生人的时候他才会这样,我还努力地说服自己那些人都是罪有应得的。但是今天晚上,他简直错得太离谱了。”

“可是你应该知道,离开他对于你来说可能会有点危险。”话音刚落,香槟酒的软木塞“砰”的一声从瓶口弹出来,邦德给两个酒杯里都倒满了香槟酒。

“你说没错,离开他可能是一个非常不明智的决定。我只带了身上穿的这件衣服还有以前的旧护照。离开这里的机票我已经让我的姐姐替我准备好了。”

邦德点点头,然后拿起一个盛满香槟酒的酒杯递给她,他们为了这次久别的重逢轻轻碰了杯。

“祝贺你获得了自由。”他说。

帕瑞斯举起酒杯，长长地啜了一口酒，说:“为了庆祝我重新获得自由,今天晚上,你只是一个普通的银行家。”她说:“詹姆斯,我想知道,你现在睡觉的时候还会在枕头下面放一把枪吗? ”

“你不得不承认,这么做确实有点儿好处。”

“是吗? ”

“当然,不过我现在已经在枪上加了一个消音器。”

帕瑞斯低着头咯咯笑起来,她又呷了一口酒,抬头看着邦德问:“那你

现在在汉堡都干些什么？你为什么会得罪了卡夫？他又在做什么？你刚才说他跟一桩犯罪有关。你到底来干什么？不会是来做社交旅行的吧？”

“听我说，帕瑞斯，你丈夫现在可能会有麻烦了。”

“你是说那个‘空中帝王’？”她回答，“听着，詹姆斯，如果你准备跟踪他，那你将会给自己带来一大堆的麻烦。”

“也许吧……幕后指使人也有可能在他的组织里，或者就是他本人，又或者可能是其他人……。”

帕瑞斯这才明白，邦德究竟正在做些什么。

“我懂了，你想用魔法使我脱离罪恶。”

“不，帕瑞斯，你猜错了，那不是我计划中的一部分。”

邦德在帕瑞斯的身边躺下来，但是帕瑞斯好像并不在意。“好吧，我英俊的银行家先生……”说着，帕瑞斯坐到邦德身边，俯下身子，亲吻了他。开始帕瑞斯还有些犹豫，但很快她就抛开了心中的顾虑，张开双唇，热情地吻他。帕瑞斯附在邦德的耳边悄声说：“但愿在我们没见面的这八年里你能对性有更多的妙想，我非常乐意沉醉在你带给我的所有春梦里。”

邦德也热情地回应着帕瑞斯，他紧紧地抱着她，凝视着她那双带有神秘色彩的棕黑色眼睛：“我也希望自己能比以前长进点儿。”

说着，邦德把手伸到了帕瑞斯的背后，他拉开了帕瑞斯晚礼服的后背拉链，她的肩膀霎时间完全裸露在邦德面前，邦德将他的吻轻柔地洒在她的肩膀上。帕瑞斯低声呜咽着，她伸出手，将邦德紧紧地抱住。她在心里期盼这一天已经期盼了很久很久。

这时，曾经和邦德在一起的所有美好记忆和景象全部又浮现在帕瑞斯的脑海中。她现在怎么也想不明白，自己当年怎么会让这段充满激情的恋爱结束，以至于她现在连该怎样爱一个小心呵护自己的人、一个懂得如何爱抚女性的人都不知道。

此时的CMGN综合大楼里，已经没有了刚才的混乱。火灾科在出事后马上赶到现场检查了所有物品，最后宣布，这起所谓的火灾只不过是一次人为虚假报警所引起的假火灾。但是，没有人愿意继续留在这么危险的地方，宾客们早就已经走光了，而很多美食还有香槟酒都没有被动过，还很完整地摆在餐桌上，综合大楼内的地上到处都是白色的“火灾抑止粉末”，一片狼藉。画有卡夫头像和集团标志的旗子还是挂在原来挂着的地方，但是其中一面画有卡夫头像的旗子的一角从墙上脱落了下来，可怜巴巴地垂在大厅里的一座天桥上。

楼上，爱若特·卡夫坐在漆黑的新闻室里，脸上的表情让人感觉有些阴森恐怖。他坐在一台电脑前，眼前的显示屏上，播放的正是这天晚上拍摄下来的所有来宾的图像。他皱着眉头，慢慢拖动着鼠标调节着频率，当找到帕瑞斯和那个邦德在一起的镜头的时候，卡夫将画面停住了。他仔细的瞪着屏幕，仿佛想从这定格的画面上找到他们过去的一些蛛丝马迹。

卡夫努力强迫自己紧咬牙关，他愤怒地打开了办公桌其中的一个抽屉，从里面掏出了一瓶"易普若芬"，没来得及倒水，就把三片药猛地放到了嘴里，直接吞了下去。

斯塔夫此时正站在这间房间的另一侧，手里拿着一个对讲机用德语在说着什么。现在，只有他们两个人待在这个巨大的新闻室里，斯塔夫在说了一会儿什么之后就挂断了对讲机，然后快步走到卡夫身边。

"卡夫先生，我现在已经查出了一点线索。"他报告说。

"什么？"

"那个邦德目前是在英国对外安全部干事，也就是说他是安全部的工作人员。"

"你的意思就是说，他可能是个间谍。"卡夫说，"好，说下去。"

"下面这个消息我想您不会喜欢。"

"我知道你要说什么，我妻子失踪了，对吗？"

斯塔夫感到无比惊讶，卡夫居然已经知道他要说什么了。这件事情再一次证明，老板总是比下属技高一筹，正因为这样，所以他才能当老板。

"她先是欺骗了我，现在又敢失踪，背叛了我。这全是因为他。"

"你现在要做的就是把我们的人全都派出去，让他们把这座城市里的所有流浪汉和旅馆职员能收买的都收买了。"

"卡夫先生，您不用担心，我们肯定能找到她。"

"不，我现在要你们找的是邦德。只要你们找到了他，就能找到帕瑞斯。"

"要是找到了他们，您是否同意由我……"

"你现在必须记住，我们正在谈论的是我的妻子。"卡夫声色俱厉、激动地说。随后，他坐在椅子上想了一会儿，转头吩咐斯塔夫："去把医生请来。"

第七章　再探总部

尽管帕瑞斯知道黎明迟早要来，但是当它真的降临的时候，帕瑞斯还是感到有点措手不及。她喜欢让自己赤裸的肌肤直接覆盖在被子下面，她舒服地打了个滚，准备依偎在那个给了她一夜欢乐的男人怀里，但这时她才发现，他睡的半边床已经空了。

忽然，帕瑞斯想起了上一次和邦德见面时的场景。那还是在巴黎，已经是整整七年前的事情了。那个时候她还是帕瑞斯·麦肯纳小姐，模特界一颗非常耀眼的新星。帕瑞斯的父亲是新英格兰一个相当富有的股票经纪人，所以在她大学毕业后不久，她就不费吹灰之力地来到法国旅行。帕瑞斯对自己在大学里学习的“教育学”完全没有任何兴趣。对于她来说，上大学只不过是想让父母能够开心一点，她的愿望只有一个——当模特儿。

帕瑞斯是在一个鸡尾酒会上认识邦德的，当时邦德是带着一个女伴去参加酒会的，虽然是这样，他们还是迅速地走在了一起，他们亲热地相互交谈着，似乎认识了很长时间。帕瑞斯完全被邦德给迷住了，显而易见，她也吸引了邦德，因为就在酒会结束后的第二天晚上，邦德就给帕瑞斯打了电话。在以后的两个月中，帕瑞斯和邦德完全沉浸在如胶似漆的热恋中。在他们最要好的时候，帕瑞斯甚至觉得他们以后一定会结婚的，她就是这么疯狂地爱着邦德。但是，有一天早晨邦德突然离去，没有对帕瑞斯作任何解释。帕瑞斯觉得邦德可能是不愿意在时装表演会上被那些摄影师拍到他们俩在一起的照片，他好像特别不愿意把自己的面容印在报纸上。帕瑞斯告诉自己永远都不要原谅这个骗子。但是现在，经过了昨天那令人难忘的一夜，帕瑞斯显然已经宽恕了他。

四年之后，帕瑞斯在一个鸡尾酒会上认识了爱若特·卡夫。那次会面改变了她的命运。卡夫当时已经是这个星球上最大的富豪之一，显然是个社会名流，同时他还有着一副英俊的面孔。卡夫在那天晚上就向她求爱了，而帕瑞斯也被卡夫的魅力打动了。就在三个月之后，他们举行了盛大的婚礼。婚后，帕瑞斯就再也没有涉足过时装表演这个行业。

邦德此时正站在房间的另一头穿衣服，帕瑞斯从床上滑下来，轻轻地走到他身后，张开双臂从后面抱住了邦德。

“我还以为你一定会疼得起不来。”

“在经过了昨晚以后？当然，我现在的确有点累。”

“不，我是说这里，你被他们打伤的地方。”

“噢，这没什么，我觉得现在好多了。”他转过身，微笑地看着帕瑞斯，轻轻地吻了她的面颊一下。

随后，邦德在肩上挂好装手枪的皮套，又检查了一下手枪里的的弹夹，然后拿出另外几个弹夹放到了上衣口袋里。

“带枪的‘银行家’我还是第一次见到。”她说。

“最近的这桩买卖好像比较危险，我现在无论有多谨慎都不过分。”

“呵，詹姆斯，我真不明白，我怎么会爱上你这样的男人？其实说实话，你和我的丈夫有很多地方都很像——一样是那么的冷漠无情，态度都是一样的隐晦……而且，在你身边还总是有一种神秘的气氛……”

“你是说我周围的气氛很神秘，而不是说我这个人很神秘，对吗？”

“别较真啦，我知道你明白我的意思。”帕瑞斯叹了口气，“不过，你和我在一起的时候至少还会显露出和蔼温柔的一面，我已经很知足了。你现在要去哪儿？”'

“去你丈夫的地盘看看。你知道吗，报社在黎明的时候总是特别忙碌的——这是我最好的机会。”

“千万别冒险，你可千万不能去，那儿到处都是保安在巡逻。”

邦德假装考虑了一下帕瑞斯的话，然后坚定地摇摇头说：“不，那是不可能的，我还得去一趟。”

“你要让我充满负罪感吗？就因为我刚才说了一些话，你就要去到那儿送死。”

“事情不是你想的那样。不管怎么说，我一定要去的。”

“如果你一定要去，那你还记得新闻室外的那个大门厅吗？就是装着很大的卫星模型的那个？”

“当然。”

“在那个大门厅的后面本来是有一间办公室的，但是我丈夫叫人用墙把它挡住了。所以我猜想，那很可能是个实验室，也可能还会有其他的一些用途，但是很遗憾，我不知道他们到底是怎么进去的。我只记得那间办公室正好在大厅保养层装置的正下方，它们之间有一道结构楼梯。”

邦德抱住帕瑞斯深深地吻了她。帕瑞斯马上甩下身上的被单，暴露出自己光滑的躯体，然后用臂膀紧紧地缠绕着邦德。

“你确定我不能留下你吗？”帕瑞斯附在邦德耳边轻声说。

邦德伸手摩挲着帕瑞斯的肩胛和背部，接着缓慢地、仔细地吻着她的脖子，一直到这个吻缠绵到每一寸肌肤。帕瑞斯享受地闭上眼睛，轻声呻吟着。他们紧紧地贴在一起，足足过了 1 分钟。

最后还是邦德率先恢复了理智，他轻轻推开帕瑞斯，说：“我马上就回

来。”说完，他转身快步走出了房间。

他离去之后，帕瑞斯盯着他远去的背影，轻轻地说：“上一次，你也是这么说的。”

帕瑞斯说的没错，新闻大楼的周围确实到处都是保安在巡逻。CMGN的工作人员们已经到新总部报到了，他们准备在这里开始新一轮的常规性新闻报导。印刷车间还在继续运转，大楼里的每个显示屏都在紧张有序地工作，卫星在不断地向报道中心传送各方面的信息。但是和平常工作日不同的是，现在在大楼里布满了保镖和打手。工作人员里有人猜测，前一天晚上虚假的火灾报警有可能是针对爱若特·卡夫的一种敌意行为。

现在，综合大楼里各个楼层上都有保安在巡逻。而且每隔10分钟，他们就会对各自负责的区域进行一次彻底的检查。尽管保卫工作做得如此严谨，他们还是忽略了一个地方——大楼的顶层——那个没有经过允许是不可能进入的通道。当保安穿过大厅，走向中央天桥进行巡逻的时候，他们根本就没注意到，此时有一个身影正从天窗里钻了进来。有个保安在这里停下来点了一支烟。就在正对他头顶的地方，邦德正小心翼翼地沿着楼上巨大的玻璃拱顶的侧面滑下来，当然，那个保安并没有发现他。

爬上综合大楼的楼顶比邦德之前设想的要简单得多。由于目前这座建筑的大部分都还没有完工，所以在综合大楼的一侧停着一架工人用的升降梯。在这个时候，趁着天还没有完全变亮，邦德可以戴上安全帽，拌成一个正在检查工程进展情况的建筑工头。他不费吹灰之力就登上了升降机，然后把它开到了最高处。现在他惟一要做的，就是爬过一个阳台，然后爬过梯子，直接登上楼顶。

天窗里伸下来一架梯子，直接伸到了大楼楼顶下的保养装置区。邦德沿着梯子爬到这里，刚到这里，邦德一眼就看到了一个盖着的闸门，它的控制板被压在在另外一个单独锁着的盖子底下。邦德从上衣口袋里掏出了一部电池电话，拔开了上面的天线。在电话天线的末端有一个可以充当撬锁器的装置，邦德在这个装置的帮助下只用了7秒钟就打开了盖子，里面露出了闸门控制板。他按动里面的一个绿色电钮，闸门便打开了，一道楼梯出现在了他的面前，从这里一直延伸到大楼内部。邦德不得不在心里感叹：看来帕瑞斯的记性还真是不错。

邦德沿着楼梯走下去，眼前出现了帕瑞斯跟他提到过的那个神秘的实验室。此时的室内摆着绘图桌、电脑桌。也许是现在时间还有一点早，还没有人到这里来办公，它们都还空着。在实验室的中央，有一个仿制的卡夫卫星，室内还有一道门，应该是通向另外一个秘密办公室的。

邦德快速看了一下这间实验室，随后他走到实验室的中央，开始研究起那颗卫星来。他感觉这个仿制卫星肯定是个试验模型，是为了某种实验特意制作的。邦德想仔细研究一下这个仿制卫星的电路板，当他刚蹲下来准备查看的时候，忽然听到了门外越来越近的脚步声。他赶紧弯腰藏在了卫星的后面，几乎与此同时，秘密实验室的房门被打开了。

亨利·卡布塔走了进来，在他的后面跟着的依然是在阿富汗就和他在一起的那三个保镖。邦德小心翼翼地透过卫星太阳能板上的一条缝向外看，仔细观察着离他只有几步距离的卡布塔。

“现在我们的任务已经完成得差不多了，接下来只要用船把它运到发射点就可以了。”卡布塔周围的三个人命令道，“怎么回事？这儿怎么什么吃的都没有。不行，我得去准备点儿早餐。”只见他一边小声嘟哝着，一边走出了实验室后面那扇硕大的铁门，三个保镖依然紧跟着他。

邦德从卫星后面走出来，轻轻地走到秘密实验室的门边。这道门完全由一个电子磁盘锁操控着。邦德再次从口袋里拿出电池电话，放开电话的底部，露出了上面装置的电击枪的端口。他轻轻扣动了电击枪，电击枪发出的电弧直接打到了门上的锁。这时出现了一个高亢的声音："快抓住他！"随即，电子锁上的监控器拼命地闪起来，发出了一道道绿光，但是没过多一会儿又熄灭了。邦德使劲推了推门，发现还是不能打开。他侧过身，对准门猛地撞过去，只听门“咔嚓”一声被撞开了。

卡布塔的秘密办公室此时也是一片空旷，没有什么可疑的东西，邦德只是在垃圾筒里发现了一堆喝过了的软饮料筒和炸土豆片的包装袋。另外在桌子上还摆着一台计算机，房间的角落里还立着几个摆满了文件的文件柜。多年的专业训练使邦德可以很快地将房间扫视完毕。他打开抽屉，发现里面放着很多软盘箱和程序盒，而在另外一个抽屉里，他找出大量和卫星有关的材料。材料中的大多数都是一些厚厚的科技书，基本上都与全球方位设定、雷达和合成树脂技术相关。邦德快速地翻动着书，但是并没有发现什么比较有意义的信息。他失望地关上抽屉，但是目光却停留在了墙上挂着的一幅卡夫卫星在空中的巨幅照片上。这张照片镶嵌在一个金属制成的镜框里。邦德那双敏锐的眼睛观察到，镜框的一边好像比另一侧稍微厚了一些。他用手指沿着镜框边缘轻轻地滑过，发现在边缘的地方有一个暗藏的门钩。他掀开暗钩，镜框也随之转动着打开了。

镜框后面庞大的墙式保险柜被一个指纹扫描装置锁定着。邦德猜测应该只有卡布塔才能打开这个保险柜，所以，他想要打开保险柜就必须找到卡布塔的指纹进行复形。

邦德将电池电话前端的激光仪打开，利用这个装置将保险柜的窗口彻底地扫描了一遍，这时卡布塔手指经常会碰到的地方，一定会有他的指纹。这时，电池电话的资料显示屏上出现了一个卡布塔的指纹图形。Q曾经预言过，这个高科技装置将会调用M16档案库的所有储存材料，使其与装置本身在物体表面扫描到的任何指纹图像相匹配。

他转动着手中的电话，把它调试到了最适当的位置，尽量让显示屏能

够靠近有指纹的窗口。邦德按动电话上标有"保险柜扫描"字样的的电钮，窗口内的电子眼扫描到所得的指纹，"咔嗒"一声，保险柜的门自动打开了。邦德马上放下电话，探身向里面看。

卡布塔在阿富汗军火市场买到的那个小红匣子此刻正安安静静地躺在保险柜里。邦德小心翼翼地把它拿出来，打开盖子。他发现里面赫然是那套丢失了的 ACSES 装置。他赶紧合上匣盖，把它放到上衣的一个较深的口袋里，随即关好了保险柜的门。

邦德离开了秘密办公室，回到了旁边的实验室。到目前为止，他的工作进展得相当顺利，一切都还不错。他再次移动到那个可以通往大楼各个部分的巨大铁门边，把耳朵紧紧地贴在门上，仔细听着什么。一切好像还是很平静，于是邦德小心翼翼地打开了门。

此时，林晚正弯腰站在大铁门外，她从头到脚都是一身黑衣。她此刻正在想办法打开这道沉重的门。突然，门上的报警器发出了凄厉的声响。

"看看你干的好事！"林晚怒气冲冲地冲着邦德喊。

"我干什么了？"邦德貌似很委屈地说道。

而此时，整栋大楼里的保镖和保安，还有打手们都已经开始像潮水一样朝着邦德他们走来。为了躲开他们，林晚率先跑进楼梯天井的后面背后，随即消失在了那里。邦德就没有林晚幸运了，只来得及关上铁门，然后，就听到了子弹击打在铁门上发出的振聋发聩的声音。

帕瑞斯洗完澡，将头发盘成了一个高高的发髻，然后她急急忙忙地套上一件宾馆里提供的针织长袍。她从早上开始就一直为在晚会上给了邦德一巴掌而感到后悔，尤其还是当着她丈夫的面，这个在平常看起来单纯无比的举动，现在也许会引起丈夫的怀疑，促发他开始动用他蓄谋已久的暴力方式对付邦德。她决定等詹姆斯回来，她必须要向他弥补自己的过失。

想到这，帕瑞斯站起来走进起居室，她准备在邦德回来之前先静下心看看报纸。突然，门外响起一声微微的敲门声，帕瑞斯想着一定是邦德回来了，于是情不自禁地微笑起来。

她快步走到门口，打开了房门，说："太好了，这么快……"

帕瑞斯的话还没有说完，就感觉自己的心已经跳到了嗓子眼，门外站着的并不是邦德，而是她的丈夫爱若特·卡夫，他的身边还跟着斯塔夫。帕瑞斯马上反应过来，她试图把房门狠狠地拍到他们脸上，但斯塔夫还是快她一步，用手指挡住了帕瑞斯的去路。帕瑞斯用尽全身力气把门猛地撞向斯塔夫，但斯塔夫好像一点儿也没有感到疼痛。他凭借着自己一身巨大无比的力气，推开了房门，并且一拳将帕瑞斯打倒在了地上。帕瑞斯顾不得身上的疼痛，马上跳起来冲到电话旁，但是斯塔夫在她碰到电话机之前就一把抓住了她，此时卡夫也跟着走了进来，平静地看着他们并且关上了房门。斯塔夫轻松地用一只手攥着帕瑞斯，同时好奇地查看着另外一只手上的伤口。他贪婪地舔着指关节流出的血珠，那副模样简直和一个小孩吮着不经意流出来的巧克力酱没有什么区别。

卡夫慢慢地走到帕瑞斯面前，伸出手，捏住了她的下巴。

"爱若特，求你，请不要，"帕瑞斯万分惊恐地说，"我想你一定是误会了……并不是你想的那样……"

"是吗？那好吧，现在你说说到底是怎么样，好不好？"

"你昨天晚上简直把我吓坏了，我到这儿只是想躲一躲。"

"你难道不记得昨天晚上我跟你说过的话了吗？有一件事我看得比任何东西都重要。"

帕瑞斯难以置信地看着他。

"是忠诚，亲爱的，"他说，"我需要的是忠诚。"

邦德奋力跑向楼梯，在他后面，大铁门"哗啦"一声被撞开了。保镖们全都涌进来，对着邦德射击。邦德停了下来，他用力将卫星踢了过去，挡住保镖们的去路。趁这个机会，他赶紧冲上楼梯，从那里爬到了实验室的屋顶上，然后他反身压在挡在他头顶上的那道闸门盖子。接着，他又跑到屋顶的梯子旁边，但发现这时，已经有一个身强体壮的保镖站在梯子顶上等他了。子弹擦着邦德的身体打过来，他现在不得不转身跑到一个通向新闻大楼的紧急火灾出口处，因为他已经没有别的办法了，他果断地踹开大门，顺着出口跑了进去。

此时，他才发现自己正奔走在通向大厅的走廊上。他从最顶层的天桥上跑过，并快速地跑进大厅。而此时林晚正站在大厅的另一端，后背紧紧地贴着墙壁，显然她也在躲避保镖的追踪。她抬头看见了同样也在躲避追踪的邦德，发现他现在的处境好像比自己要危险得多。因为大厅地面上的保镖们全部都在举枪向他射击，而他面对如此密集的射击只能利用子弹射到他站着的金属支架上那短暂的时间躲避敌人。

现在所有人的注意力都集中在邦德一个人身上，林晚利用这个机会，悄悄地从手腕的带子上抽出一条金属长索，将它挂向天桥栏杆。她冷静地拉住牵索，纵身一跳，越过栏杆。但是她准备离开的时候，并没有把牵索收起来。邦德吃惊地看见她微笑着朝向自己招了招手。只见她缓缓地降落在那些还在向邦德射击的保镖们身后的地板上，随即便悄然无声地离开了。

邦德忽然想起Q也有这样的一套工具。

来不及多想，邦德身子一滚，用尽全身力气加速冲刺跑过天桥。一直到他闯入综合大楼一层那间庞大的印刷车间的时候，子弹一直紧紧地跟在他身后。印刷车间此时正在运转着，从里面发出巨大的噪音，这也给邦

德躲避保镖们的追踪提供了便利的条件。邦德进入印刷车间以后就迅速地跑过印刷车间阳台，几个保镖还在后面拼命地追赶他。邦德在刚绕过一个拐角的时候，迎面撞上了一堆保镖筑成的“围墙”，邦德并没有被吓傻，他没有耽误一秒钟，便纵身跳过阳台栏杆，登上了一个悬在头顶的巨型吊车的顶端。

这个巨型吊车是安装在天花板的空中轨道里的，它还有两条平行的巨臂。邦德从一条悬臂跳到另一条悬臂上，而这个时候，尾随他来的保镖已经从阳台跳上了一条悬臂。

印刷车间的噪音振聋发聩，正在下面车间工作的工人们根本就没有没有注意到保镖正在上面射击。吊车的下面，是一套庞大的印刷设备，一张张整洁平整的白纸正移动着经过那里。

保镖们也跟着邦德从一条悬臂跳到另外一条悬臂上，他们准备从正面攻击邦德。面对敌人的攻击，邦德只能以右拳相击，这一拳真好打在对手的下巴上。但是另邦德没想到的是，那家伙非常结实，这充满力量的一拳只打得他在空中旋转了一下，然后他抬腿就朝邦德踢来。这一举动让邦德非常吃惊，显然，这个保镖还会一点空手道。邦德在他的攻击下，几乎失去了平衡，好不容易才把脚定在金属悬臂窄窄的带状边沿上，但是，这样的处境还是相当危险的，保镖看邦德好像有些力不从心，便大着胆子向前移动，邦德抓准时机，猛地跳起，一头撞入他的腹部。在进行这个动作的同时，邦德又将对手膝部后面的部位猛地向前拉，这个保镖马上就仰面摔倒在了铁臂上。但是，他并没有像邦德希望的那样从吊车上摔下去。相反，那家伙被撞了一下之后居然还能从邦德的身下抬脚踢中了他的左腿，这样，邦德也摔倒在了保镖的身上。随即，那保镖又伸出双手掐住邦德的喉咙。邦德将双手收成矛形，猛地插入打手的前臂，用尽全身力气试图摆脱他的束缚。保镖这时也毫不示弱，他正在尽全力把邦德从吊车上掀下去，但邦德却紧紧地攥住了铁臂的一边。接着，邦德拼命用左肘凶狠地撞向那家伙的喉咙，他马上就松开了邦德，捂住自己的脖子，大口大口地呼吸。

邦德用一套非常流畅的动作就轻而易举地从保镖的皮套里拔出了手枪，然后趁他不注意，猛地把他推下了吊车，顿时，那个暴徒的惨叫声掩盖了印刷车间的噪声，他落在了一堆正准备被送进印刷机的白纸上，随即就和纸张一起进了印刷机，一秒钟以后，云片似的纸张夹杂着喷涌而出的红色血雾，充斥了整个印刷车间。

“现在，他们什么都可以印了。”邦德看着下面的印刷机小声嘟囔着。

接着，邦德没有耽误时间，他赶紧从吊车上跳下来，落到比保镖们低一层的平台上。接着用堪比奥林匹克运动员般优美的动作纵身跳到了第二层，随后用双手一撑，又跳到第三层。现在，他正站在摆放着很多巨型机械的印刷车间底层。这里的每一个机械都负载着三个一吨重的大纸卷，为的就是能够满足上面印刷设备所需的持续不断的纸张，保镖们一进入这一层，就马上呈扇形分开，继续搜寻邦德，于是，邦德只好低头藏在了两架印刷设备中间。

一条凹进的金属导轨快速地穿过地板，不间断地滑动着。这是那种虽然速度不快但是工作效率很高的那种传送带，用来运送车间里四处堆满的大纸卷最合适不过了。邦德抓住时机，一大步便迈上传送带，藏在一个巨大的纸卷背后。他在心里默默祈祷着，希望这个大纸卷能够把他带到离那些保镖远一点的地方，在这之前，可千万不要被他们发现。

“油墨室已经清查完毕。”从邦德身后的一个步话机里传出声音，“现在我们要搜查制版室。”

仅仅是这段话开始前的几声静电劈里啪啦的响声，就足以叫邦德心惊了。在就在广播发出第一个词之前，他已经转身向步话机的位置开了枪。因为在那里站着一个保镖，他手里拿着一把短枪，邦德的子弹刚好击中了他的胸部，但是在倒下的那一刹那，他还是在做垂死挣扎，射出的那颗子弹正好打在了邦德身后的护栏上。邦德心里在暗暗庆幸，觉得那白痴没用耳机插口接听对话，实在是一件大好事。

但是，他刚才的射击还是吸引了另外一些保镖，他们循着枪声跑来，邦德一看情况不妙，马上跳离了传送带，飞身跃向门口的两扇双层门。他用尽全身力气冲进大门，子弹呼啸着从他身边飞过。

迫不得已，邦德现在只能采用匍匐前进的战术，他爬进一个和飞机库差不多大小的仓库。大捆大捆的新闻纸垂直着堆成五个类似的巨型纸垛，外面还用卫生纸打成一个个包裹。邦德觉得，在这样的一个环境里，他好像变得渺小了。而此时，保镖们已经跟着他冲了进来，他赶紧弯腰一滚，躲开了即将射到自己的子弹。

几个工人此时正在仓库里快速开动着海斯特 350 型万能升降车，忽然他们听到了枪声，或者也许到了该喝杯咖啡的时候了，他们匆匆忙忙地跳下铲车，飞快地跑向了出口。

邦德趁着这个机会跳上了其中一辆铲车，这两铲车的司机刚刚从纸架顶端铲下了一个巨大的纸捆。邦德不顾一切地起动了铲车，以最快的速度向前行驶，保镖们好像受到了他的启发，全部都冲向了另外两辆被丢弃的铲车，但就在这时，邦德已经开着那辆铲车转过了一个拐角。

邦德疯狂地驾驶着那辆铲车绕过一个巨型纸捆，突然，他心中有了个主意。他先把铲车旋转了 180 度，然后又开始倒车，这样他就可以获得一定的冲刺空间，最后，他以全速开动了铲车，铲车上的纸捆就这样猛地撞到了一个高塔般的纸垛上，顿时，纸捆就像多米诺骨牌一样，纷纷倒塌了。

在纸垛的另一面，步行的保镖们在拼命奔跑着，铲车上的家伙们像邦德一样，疯狂地驾驶着，他们都在试图躲开那些轰鸣着向他们砸来的巨大

纸卷。这些重达一吨的大纸卷一个接一个地掉到地上，撼动了整个仓库。它们落到地板上跳动了一下，随即就开始疯狂地、毫无目的地滚向仓库里的每个角落。有个纸卷直接砸到了一个正在步行的保镖身上，马上就像蒸汽碾路机压平水泥一样从保镖的身上碾了过去。还有一辆铲车被纸卷个彻底地撞翻，另一辆铲车里面的打手在拼命避开纸卷的时候失去了控制，铲车猛然向另外一个巨型纸垛撞了去。

这个纸垛开始摇摇晃晃地向着邦德的方向倒来，成堆的大纸卷伴着带有回声的巨大轰鸣声砸到了地上。邦德正在庆幸自己躲过一劫，但回头一看，才发现那些庞然大物正在一蹦一跳地向他冲过来。他赶紧加大铲车油门，但是已经晚了一步，眼看着纸卷离他越来越近，就在纸卷即将追上铲车的时候，邦德急中生智，一纵身轻巧地跳出了车厢，他死死地抓住了仓库中的一根钢铁支架。他用尽全身力气，抱住支架，现在这是惟一能救他的一棵救命稻草。此时大纸卷已经赶上铲车，并且把它碾得粉碎。最后一个纸卷慢慢悠悠地朝着邦德滚过来了，邦德抓住时机，纵身跳到了纸卷上，他悠闲地趴在纸卷的顶端，希望能由它带着自己冲出大门。

正如邦德所愿，纸卷带着他冲出了大门，邦德在纸卷滚过停车处的时候迅速地从上面跳了下来，这时，一辆空闲的卡车正停靠在停车场上。汽车开动了，邦德小心翼翼地悄悄爬上了卡车的后箱，就这样，大卡车带着他驶向了安全和自由。

林晚站在大街对面观察着综合大楼。当她看到邦德此时已经脱离了危险的时候，她的脸上不禁露出了一个灿烂的微笑。

可以说，她此次在汉堡的行动是非常成功的。虽然到目前为止，她还没有发现那套失踪的雷达装置，但是至少她已经调查到它正在被以一种什么样的方式使用着。在她可以公开指控卡夫和 CMGN 的丑陋罪行之前，她必须找到足够的证据。

林晚回到自己居住的酒店客房之后，马上和北京的欧将军取得联系，向他汇报了在汉堡发生的一切情况。欧将军向林晚提供了一些只有中国军方掌握的绝密信息，同时还向她布置了下一步的行动。此时，英国舰队已经朝着中国行进了，时间对于他们来说剩下的很少了。

林晚收拾好自己的行李，走出酒店拦了一辆出租车，朝着汉堡机场驶去。坐在那架飞往远东的飞机上的时候，她再一次想起了詹姆斯·邦德。一种中国人的天性使她强烈地感觉到，个人命运是上天事先安排好的。不知道是什么原因，林晚没有办法控制自己的感觉：她相信自己的命运已经紧紧地和邦德缠绕在一起了。

第八章　离奇死亡

斯塔夫站在凯姆平斯基大西洋旅馆对面的一座楼顶上。假如邦德会回来接他的女朋友，那么他就会自投罗网，掉进斯塔夫精心设计好的圈套里。斯塔夫刚和他派回大楼负责保卫的下属用步话机通了话，得知邦德已经逃出了综合大楼，此时应该就在逃回旅馆的路上。

斯塔夫再一次举起望远镜将这条街道看了个清清楚楚，还是没有发现邦德的踪迹。说不定那间谍并没有卡夫先生所讲的那样具有绅士风度，说不定他现在甩掉帕瑞斯还来不及，根本不会再回来接她。

斯塔夫正在心里想着，突然他睁大眼睛——邦德来了。一辆 BMW 轿车开进了凯姆平斯基大西洋旅馆的上层停车场入口。斯塔夫赶紧拿起步话机，用熟练的德语发出了一系列快速指令。

BMW 轿车快速地爬上了进入停车场的大斜坡，然后逐渐减速停靠在顶层的一个车位上。

把车停好后，詹姆斯·邦德打开了车门旁边的隐蔽挡板，从里面拿出了一个装有暗码锁的保险箱。他熟练地转动锁盘，打开了保险箱，然后把小红匣子放了进去，在锁好保险箱，旋转暗码锁，最后合上了那块秘密挡板。

邦德拿着电池电话走出了停车场，朝着旅馆的方向走去。现在他要做的惟一的事情就是向伦敦的总部发一个报告来汇报他最近执行任务的情况，然后他还要再抽出点时间，多陪陪帕瑞斯，最后，等卡夫的手下不再疯狂地寻找他的时候，他就带着帕瑞斯离开德国。

斯塔夫透过望远镜仔细观察着邦德。接着，他看到自己的手下正穿过大街跟着邦德从停车场走出来。为了跟踪方便，他们都没有穿综合大楼里统一的红色制服，而是换上了便装。这些人走出车库之后，便跳上了一辆平板拖车，然后开向了小汽车道。斯塔夫拿起步话机向自己的属下发出一连串的命令。从 CMGN 临时抽调出来的保安护卫按照不同小组顺序，分别被安排在了环绕旅馆的各个地方。显然，他们已经彻底地包围了这座建筑物。

邦德毫无防备地向他的房间走去。从门外，他听到房间里传出了一个声音，但是这个声音他却辨认不出来。于是，他抬起手，轻轻敲了敲门，但

是里面没有人回应他。他敏锐的直觉告诉他，一定出事了。于是，他快速地从腰间拔出了沃尔特手枪，小心谨慎地推开了房门。

房间里并没有什么异常，起居室里的电视此时正开着，从电视里传出了一个他曾经听到过的声音。原来，特穆拉·凯丽正坐在 CMGN 的主持台前，在报告着新闻："……联合国安理会的呼吁并没有对伦敦和北京产生什么有效的结果。现在，事态正在向着……"

"帕瑞斯！"邦德大喊了一声。

正当他准备关掉电视的时候，电视里的特穆拉·凯丽又说："……德国汉堡警方近日在一所旅馆套房里发现了帕瑞斯·卡夫的尸体。帕瑞斯·卡夫的丈夫卡夫先生是卡夫新闻报业集团的主席，也是本广播电视网的拥有者。"

邦德能够感觉到自己的心脏开始剧烈地跳动，他大步走进卧室，卧室里的另一台电视也在播送着同一条消息，特穆拉·凯丽冷漠的声音在整个房间里回响。

此时的帕瑞斯安静地躺在床上，邦德慢慢地走到床前，伸手试探着她的鼻息，发现她早就停止了呼吸——显然，她是被人掐死的。霎那间，惊愕、愤怒和悲痛将这个英国国家安全局的传奇人物压倒了。

他犯的最大的错误就是不该低估卡夫。直到他在酒会上见到他的时候，邦德对他还仅仅是怀疑。在发现卡夫在谈及卫星导航话题时会突然变得热血翻腾之后，邦德就非常肯定这个人绝对是窜改 GPS 系统、使得"戴维沙尔号"沉入海底的罪魁祸首。他那张丑陋可怕的脸上已经写满了邪恶。然而邦德万万没有想到，这种卑鄙残忍的行为居然会如此赤裸裸地出现在他面前。

他沉浸在深深的自责当中，他一遍又一遍地咒骂自己把帕瑞斯也卷进了这场较量当中。当帕瑞斯问他，他的目的是不是通过引诱她以获取她丈夫的秘密时，他欺骗了她。

再准确一点说，其实这正是他这次行动的计划之一。他非常了解帕瑞斯·卡夫，帕瑞斯会再次被他吸引完全是他意料当中的事。但是，他没有想到，帕瑞斯的婚姻已经处在一种非常危险的境地，他更没有想到，自己的介入会成为帕瑞斯离开她丈夫的直接导火索。

"相信吗，我可以准确无误地击中你的脑袋。"就在这时，从浴室里传出了一个柔和的声音，"现在，慢慢放下你手中的枪，对，要记住，慢一点。"听口音，他应该是个德国人。

现在的局势对邦德十分不利，他只能按照他所说的做。

"对，非常好，躺到床上去，就躺在卡夫夫人的身边，好好地欣赏欣赏这条新闻。"

邦德听从他的命令，躺在床上，冷漠地看着电视。

电视里，特穆拉•凯丽还在继续播报着新闻："爱若特•卡夫先生此时正在飞往 CMGN 西贡总部的飞机中，据他的发言人透露，卡夫先生现在正沉浸在巨大的悲痛中。"

新闻播报完毕，浴室里的男人开始了对自己的介绍："我叫霍弗麦博士，他们都说我是一个出色的神枪手。请记住，永远不要怀疑这句话。"

邦德现在没有别的选择，他只能相信他，听从他的命令。他用眼角的余光观察着这个叫霍弗麦的人，此时的霍弗麦正悠闲地坐在卧室的大沙发里，手里摆弄着一支枪，看枪的样子，应该是"柯赫质问者 PTK3 型"无声手枪。这个霍弗麦看上去大概四十多岁，体形偏瘦，头发很稀疏，戴着一副眼镜。他的眼角下垂得很厉害，小眼睛紧张地注视着躺在床上的邦德，邦德现在进一步肯定了，这个人绝对是个杀人狂，他什么事都能干得出来。

很显然，这个霍弗麦杀害了帕瑞斯，也许他就是那种以杀人为乐的变态。邦德这时做了一个决定：决不能让霍弗麦博士活着走出旅馆。他看似正在收看电视上正在播报的新闻，其实他是在利用这段时间考虑他的行动方案。此时的邦德就像是一个国际象棋选手，邦德思考了进行行动的所有的可能性步骤以及对抗霍弗麦的手段。一旦合适的时机来临，邦德就要展开行动了。

CMGN 的保镖们此时已经将邦德的 BMW 轿车围住了，并且还在轿车的旁边准备了平板拖曳车。但是在将车拖走之前，他们必须解决一个棘手的问题：只要某个打手一靠近汽车，他的手指就会受到一记强烈的电击。

斯塔夫站在楼顶上继续观察着，他对于保镖们在车库里耽误的很长时间感到非常奇怪。他转动手中的望远镜，对准了旅馆的前门入口。此时，有两个汉堡警察出现在那儿，他们正在和斯塔夫派去那里站岗的两个下属说话。该死，这些警察来得也太快了！斯塔夫意识到，他的人必须马上打开 BMW 轿车，一刻都不能耽误。

于是，他拿起步话机，对着它大声发出命令。

BMW 轿车附近的一个打手接收到这条命令之后，快速地从拖车上找到了一把斧头，他对准 BMW 轿车的侧面车窗使劲砸下去。但是，那车的车窗连条小缝都没有出现，看到这奇怪的一幕，那个人愤怒地对着身边的一个保镖大声咆哮着，命令他对准车窗射击。但是，子弹打到车窗上竟然会跳跃着反弹回来，差点就打到了他们自己。

邦德怀着强烈的好奇心认真地看着电视上播报的新闻，这是一个非常完整的新闻故事，甚至还讲出了事件的每一个微小的细节，尽管这件事

还没有发生。

“警方同时在这间套房中还发现了一具男性尸体，警方怀疑这名男子是这间套房的主人，”特穆拉说，“据警方分析，这名男子是开枪自杀的，但是警方拒绝推测这起自杀案的真正动机。所有 CMGN 的工作者都愿对此给予最深的……”

霍弗麦起身关掉电视，然后转过身看着邦德说：“这则新闻将在一小时以后被转播。现在，警方已经在前往旅馆的路上了。”

“把明天的新闻，提前到今天！”邦德说。

邦德还在计划着自己的行动，他的目光在房间里来回扫视。这个霍弗麦和自己的距离太远了，他根本不可能一下子跳起来将他扑倒，如果这个霍弗麦的枪法像他说的那样好的话……

“卡夫夫人看起来好像很聪明，”霍弗麦博士说，“但是她犯了个最严重的错误，她居然把电话打到了她在纽约的姐姐那里。她真是蠢，难道她不记得自己的丈夫拥有接收跨洋电话的卫星吗？”

“假如你离那么远开枪的话，我身上的伤口和自杀是不会一样的。”邦德说，其实他真正的目的是想拖延一点时间，也许这样的问题可以让那个男人说得时间长一些……

霍弗麦好像根本不担心这一点，他举着手中的枪，神气十足地说：“这就不是你管的事了，邦德先生，你知道吗？我是一个法医学教授。相信我，我能从这儿，从房间的后面射击，然后在你手上制造恰切的火药烧痕，并伪造你伤口周围的灼伤。”

“这么说，这件事是你的爱好喽？”

“当然不。”霍弗麦说，看起来他已经被邦德激怒了，“我获得很高的酬金，我走遍了全世界，我尤其擅长报道名人的过度吸毒。现在——”

突然，他话锋一转，烦躁地大喊起来：“够了，斯塔夫先生已经在我耳朵里大嚷大叫了！”

邦德愣在那里了 1 秒钟才反应过来霍弗麦是什么意思，他一定是正在和他的耳机式步话机讲话。

“真的吗？”他对着耳机说，“不一定吧，应该不会是自动棍棒——好的，我现在问问他。”霍弗麦此时脸上的表情只有一种含义：整个世界的人都是白痴，而他自己就是这些白痴中，惟一有头脑的人。

“真是够笨的，他们遇到困难了。”他看着邦德说，“他们好像需要从你的车上拿走一只红匣子，但是他们不能切断车上的报警器。所以，你明白吧？他们希望你能关上它。我不知道我该怎么跟你说，我觉得他们简直就像一堆白痴，这个该死的汽车报警器！”

邦德心里想：这简直太棒了！真是上帝保佑！

“其实这很简单，只是一点小技巧。”邦德看着霍弗麦从容说道。

"要是你不愿意，你知道我会用什么办法来折磨你吗？"霍弗麦说。

"难道你在这方面的头衔也是博士？"

"当然不是，"霍弗麦说着便裂开嘴笑了起来，"这最多只能算是一种嗜好，不过我承认，在这方面我很有天赋。"

"好吧，我相信你。那个报警系统我通过我的电池电话操控的。我现在马上就……"

"别，别，"霍弗麦紧张地说着，随即他举起手中的枪，"还是让我来动手吧。"

他小心翼翼地保持着自己和邦德之间的距离，轻轻捡起邦德丢在地上的外衣，从口袋里拿出电池电话，然后扔掉上衣，用一只手举起电话。

"好了，现在我该做什么？"他问，"告诉你，可别想耍花招。"

"你打三个记忆键，发出信号。"邦德说。

霍弗麦博士盯着邦德，好像在判断这句话的真实程度。他迟疑地按动了电话上的三个电钮，紧接着——随着"呲"的一声巨响，电话上的电击枪在霍弗麦手中发射了，吓得霍弗麦就像疯狗一样狂吠着，他赶紧扔掉了电话。与此同时，邦德就像一只行动敏捷的豹子，猛地从床上跳起来，一把抓住了霍弗麦拿着手枪的手。他们扭打在一起撞到了门上，接着倒在地上，两人都做着最后的挣扎。别看霍弗麦体态偏瘦，但是身体却很灵活，在扭打中他占了很大的便宜，这也使得他率先跳了起来。邦德则死死地抱住他，把他摔回到床上，紧接着便跳到他身上，再一次抓住了霍弗麦握着手枪的手。这次邦德没敢松懈，他抓得紧紧的，凭着自己的优势力量，他毫不留情地将霍弗麦的手反转回去，手枪便对准了霍弗麦自己的头颅。

"别别，"霍弗麦乞求着，"千万别开枪，我只听别人的命令行事，只是在完成别人交给我的工作。"

"那真是巧了，我跟你一样。"邦德说。

枪声响了，霍弗麦的头颅顿时爆裂开来，变成一团血肉模糊的东西。

邦德站起来，其实很多时候，他并不喜欢杀人。但是为了完成任务，他也曾经被迫干过那么几次。但是每次安排他去杀人的时候，他都远远达不到上级要求的那种无情冷血的状态。尽管他每次都是很出色地完成任务，但他从来没有为这个感到过快意。也就是那么有限的几次，他确实在杀完一个人后会感到自己做了一件好事，那也是因为那个人罪有应得，现在的情形就是这样。虽然这样做并不能让帕瑞斯复活，但是霍弗麦的死至少在一定程度上算是他为帕瑞斯报了仇。

他丢掉手中的枪，用霍弗麦的上衣擦掉刚才溅到脸上的血，然后迈步走到床边，俯下身子，再一次深情地、长时间地亲吻了帕瑞斯的双唇。

忽然，门外响起了剧烈的敲门声，两个警察站在门外用德语大声叫喊着让房间里的人开门。但是，当他们奋力砸开大门闯进套房的时候，竟然

发现房里已经空无一人,只留下两具死尸。

邦德灵巧地爬到窗外的露台上,从那里一下跳到更低一层的阳台,随后又一跃又跳到了旅馆后面停车库的屋顶上。

斯塔夫举着望远镜观察着旅馆周围的一举一动，他看到了邦德逃脱的全过程。他赶紧对着步话机高声发令。

邦德以最快的速度跑到斜坡上,朝着停在顶层的汽车全力冲刺。当他看到卡夫的那些笨蛋保镖还在和他的 BMW 做着斗争的时候，他马上收住了正在奔跑的脚步。他从口袋里掏出了电池电话,按动了上面的一个按钮。

一股浓烈的催泪气体从 BMW 轿车里喷发出来，吞没了在它周围的保镖们。他们几乎快要被窒息了,每个人都呕吐着从车旁跑开,还有很多保镖远远地站在几米以外,当他们看见邦德的时候,都纷纷从腰间拔出了手枪。邦德再次按动了电池电话上的一个电钮,BMW 轿车引擎轰鸣,自己发动起来。

车灯一闪一闪地发着光,轿车慢慢向后滑出停靠的位置,一路上驱散了那些窒息哽咽的保镖,随即邦德将汽车转换成高速档,汽车马上利箭一般朝着邦德的方向开来。此时保镖们已经开始射击,邦德灵活地弯下腰便藏在了这辆自动汽车防弹车身的下面。

有一颗子弹非常危险地紧挨着邦德射过去,邦德赶紧转过身,正好看到一个保镖沿着他身后的斜坡跑下来。他赶紧拉开离他最近的车门,在子弹射中 BMW 车身的时候,迅速地跳进了汽车的后排座位。

利用电话上的遥控功能，邦德在电池电话小小的显示屏上看到了汽车前的一切。他再次将汽车发动起来,驾驶着它冲下斜坡,这一连串动作,邦德全部都是隐身在后排座位里进行的。

邦德驾驶着 BMW 轿车高速驶下斜坡，这种速度使得那些保镖不得不让开他们挡着的去路。邦德利用这个绝好的机会,在汽车继续开进的时候,他努力爬到前排座位上,然后起动了操作盘上的 GPS 系统,显示屏上马上就显示出汽车目前所在的位置。利用这套装置,邦德能够在自己目光所及的地方,预先判断出前面道路上的拐角和路障。突然,显示屏上的电子图表显示:正有一辆汽车尾随在后面。几秒钟之后,邦德就从车上的反光镜里看到了那辆尾随而来的黑色轿车。车上的保镖们都从车窗两边探出半个身子来，举起手中的枪对着他射击。其中一个人手里拎着一把 MP5K9 毫米手提式机枪,正在疯狂地对着邦德驾驶的 BMW 扫射。

邦德马上调转车头,转过了斜坡的一道拐角,紧接着伸手打开仪表盘上的一个开关。一个藏在车身尾部的下方的盖子被打开了,从里面喷射出一道金属尖钉汇成的急流。

追踪而来的汽车滑过拐角,呼啸着压到尖钉上面,顿时四个轮胎同时被尖钉戳穿，马上瘪了下去，四个轮子骤然停止运转，使得轿车发疯一般地冲到墙上。保镖们的头都撞到了前面的挡风板上，挡风板顿时碎裂得像一片蜘蛛网。

在干掉那一帮讨厌的保镖后，邦德终于坐到了方向盘的后面。5.4 升储油量和 322 马力 SOHC—V—12 型发动机，使 BMW 汽车可以在 6.6 秒内从静止加速到每小时 62 英里。除了 Q 特别改进的装备，这辆车其实还配有 16 英尺长的双层辐条合金车轮，还装有卤素车头灯、皮革坐椅，以及复式气囊。

BMW 轿车平稳地继续向前行驶，驶进了车库的下一层。就在这个时候，一辆黑色轿车从前面的转弯处开了出来，以自杀般的速度疯狂地冲向邦德的车。邦德按动了仪表盘上的一个按钮。

一枚火箭从车前喷射而出，将敌人的汽车推出到车道以外的地方，火箭在半空中爆炸。敌人的车跳跃着弹到车库的天花板上，随后头朝下砸到一辆停靠在旁边的汽车上。

邦德驾驶着 BMW 从车库的斜坡上驶下地面，他脚下加大油门，猛地向出口冲去。突然，一面钢制闸板从出口的顶部落下来，将出口牢牢地堵住了。

邦德加快了驾驶速度，同时再一次按动了仪表盘上的那个开关。又一枚火箭从车前方喷射而出，巨大的火力冲击着出口处的钢板，但是，它也仅仅是被炸出了一道凹痕！

邦德赶紧猛踩刹车板，车轮在他的控制下扭转了 180 度。但是距离太近了，他控制的汽车只能刚刚划过钢板，尾部被钢板重重地弹了回去。现在他没有别的办法了，他惟一的出路就是快速开回车库里。

之前被邦德甩掉的那些保镖这时又在那堆钢制轮胎钉后面重新集合。这回邦德总算跑不掉了，保镖们个个都在摩拳擦掌，准备报仇。他们听到 BMW 呼啸着向他们开来，这些人都掏出了枪，做好了战斗的准备。

BMW 汽车疯狂地冲上这一层，刚好压到了金属尖钉上。顿时，四个轮胎全部爆裂了。但是，正当那些保镖们洋洋得意的时候，BMW 却并没有因为轮胎的爆裂而停下前进的趋势。双层轮胎，这也是 Q 的另外一项附加设施，没想到这个看上去有点多余的装备在此刻却救了邦德的命。打手们全部都难以置信地呆望着，直到邦德开着车驶过他们，他们才反应过来，纷纷在他身后开了枪。

邦德的车快速地驶上车库的斜坡，那些打手为了避免被车撞到，不得不让开道路。

当斯塔夫通过步话机知道在车库里发生的所有情况之后，他愤怒地扔掉手中的步话机，气急败坏地大喊大叫。车库里的一个保镖掀开了一个巨大的金属箱子，从里面拿出了一架手动式火箭发射器，他熟练地装上火

箭筒。他此刻正好位于通向车库第五层的斜坡边，他举起手中的发射器，向斜坡的尽头瞄准，计划只要一看到邦德的车头就马上扣动扳机。

BMW汽车从远处全速开上了斜坡，朝着这个保镖所在的位置驶来。手持发射器的这个人最后一次瞄了瞄准，随即扣动扳机，发出了火箭。

当邦德驾驶着BMW飞快地驶上斜坡的时候，他发现有个人在车库这一层的另一端已经站了很久了。仪表盘上的GPS在不停地闪烁，电动化德语声音提示着："火箭袭击！请向右转。"

完全由于条件反射，邦德马上转动车轮向右侧驶去。火箭正好擦着轿车飞来，击中了一辆停在附近的"美洲虎"汽车。与此同时，邦德再次开着汽车冲上斜坡，在射击者的面前消失了。

斯塔夫的手下们纷纷挤进另外两辆汽车，跟踪着邦德，高速行进在道路上。

邦德开着BMW冲上了没有保镖守卫的第五层车库，他觉得这里比较安全，于是减缓了车速，并打开车门，他打开保险箱，从里面拿出了那个小红匣子，然后抱着它跳下了汽车，合身一个翻滚，然后躲进了两辆停着的汽车之间。他蹲在地上，用电池电话操纵着汽车，使它能够继续向斜坡顶端行进。两辆追踪而来的汽车从邦德身边呼啸而过，他们根本没有发现邦德早已经不在车内了。

邦德轻轻按动了遥控器上的一个按钮，BMW的汽车尾部释放出来一束磁性闪光榴弹。紧追不放的第一辆跟踪车"轰"的一声爆炸了，第二辆跟踪车由于躲闪不及，一下撞进了第一辆车的尾部，发出了一种刺耳的回声。

邦德遥控着BMW再次开回车库楼顶，向护栏直直地冲过去。邦德按下遥控器上的操作键，将汽车速度加到最大，然后电池电话的监测屏上没有了任何图像，只剩下一片空白。

BMW在邦德的操控下，猛烈地冲开栏杆，从五层高的车库楼顶径直窜了出去。他飞向空中，又直直地落在地上，只听"轰隆"一声，BMW撞进了阿维斯租车办公室的办公大厅里。

由于这突如其来的事件，街道上马上就沸腾起来——人们慌乱地尖叫着四处躲避，汽车全部都停在了马路中央，远处还隐隐约约响起了警车的汽笛声。

车库顶上，保镖们唯恐邦德再次逃脱，便纷纷从车上跳下来，他们快速本跑到栏杆的缺口处，一个个瞪着眼睛向下注视着那辆惨败不堪的BMW。驾驶者还是不见了，难道从这么高的地方摔下去他没有受伤?这到底是怎么回事?

邦德收起电池电话，把它放进了上衣口袋里紧挨着小红匣子的地方。他警觉地从车库的楼梯上悄悄走下来，出现在了楼下的大街上。此时警察已经到达了现场，还有好多市民在 BMW 旁边围观，一个身穿阿维斯工作服的女人也在人群当中其中。

邦德悠闲地走到这名妇女的面前，然后他从上衣兜里拿出了汽车租赁协约书，把协约交给她的时候他说："我把钥匙留在车里了。"

说完，邦德转身走开了。而那名妇女则瞪大了眼睛，呆呆地看着他离去的背影。

街对面的楼顶上，斯塔夫还在拿着望远镜观察着这一切。虽然他已经看到邦德若无其事地从现场漫步走开，打他却一点办法也没有，因为无论他现在发什么样的命令，他的手下都收不到了。

真是见鬼！他最讨厌给老板一个糟糕的报告了。

第九章　身世之谜

爱若特·卡夫把 600 毫克的"易普若芬"塞进嘴里，然后喝了一大口杜松子酒，用来把药片吞进去。他最讨厌坐飞机了，因为坐飞机对于他来说非常麻烦，他喜欢在飞机上把嘴张开，或是用不断咀嚼事物的方法来预防高空对双耳的压力。但就是这些动作，往往会加重他的 TMJ 综合症。吃完药后，他闭上眼睛，用双手拂拭了一下脸颊，他发现自己的下颏肌肉有点紧绷的感觉，而且还很冷硬、麻木。

卡夫现在所坐的这架飞机是英国 125 航空公司 800B 喷气式私人客机，这是他往返于德国和西贡之间重要工具。这是一种可怕的旅程，卡夫总是在心里不断地重复这句话。一般情况下，他会让机长在孟买先降落，等他休息片刻之后，再重新起飞。飞机这个时候就已经飞到了印度上空。

卡夫通过身边的飞机舷窗，望着飘浮在湛蓝天空中的朵朵白云，他尝试着在自己心中唤起一些悲哀沉郁的感情。她走了……他的妻子永远地离开他了。但是奇怪的是，他对这件事好像并没有太多的感伤，无论他怎样努力都不行。或许，在发生了那晚的不愉快之后，他真的对她产生了厌倦。他没在心里挣扎多久，就已经下定决心：让斯塔夫干掉她。

卡夫告诉自己，一定要把帕瑞斯从自己的头脑中彻底抹掉。是的，他承认，当他们和谐愉快的时候，她确实带给他很多精彩，然而他们之间这种不妙的情况已经持续了太长时间了，很显然，他们的婚姻出现了裂痕。他当初娶她是因为她的美貌和性感。相信用不了多长时间，他就可以找到

可以代替帕瑞斯位置的其他女人。要知道,爱若特·卡夫即将成为这个世界上最强有力的人,他可以随心所欲地选择一切。

要是他的父亲能够看到他现在的成就,卡夫想,他真想让那个老家伙看看自己这位最优秀的私生子……那老家伙现在也许已经开始在地下腐烂了……

很多年以前,一位非常优秀的儿科心理医生曾经告诉过卡夫:他从他父亲那儿继承到了十分特殊的染色体，而这种染色体正是他在学校表现恶劣的主要原因。因为他在心里非常渴望能够得到别人对自己的重视。那个时候,卡夫对于他和他父亲有什么关系还难以理解。他小的时候从来就没有见过自己的父亲,他的父亲一直就不肯承认他这个儿子,所以卡夫不得不想尽一切办法来让那个老家伙对自己产生注意。不过,这已经是他长大以后的事了。

卡夫现在已经完全理解心理医生的这种分析了。而且,他现在已经成熟，并且还具备了丰富的人生履历，他还能为这种分析赋予理智化的内容。他从未没有见过自己的母亲——她在赋予他生命的时候,就因为难产死了。但是,他的性格发展还是受到了她的某些影响。他如今已经彻底理解了这种观点,那就是:他对权力、荣誉和金钱的狂热渴望,实际上这是他在用自己的独特的方式对父亲施行的报复。他的父亲——那个生下他,又抛弃他的人。

看在上帝的份儿上,卡夫想,那个老家伙总算有点人性,把他送给了一个贫穷的中国家庭。实际上,他只给了那个中国家庭 50 英镑就把这个对自己毫无价值的小家伙给打发了。若尔曼的妻子——他后来的妻子——常常奇怪他为什么总是那样“苦恼”。

“你干嘛老是愁眉苦脸的? ”她带着她浓重的新英格兰口音问。

“你这条母狗怎么总是这样讨人厌? ”他真想如此回答她。不过,他最终还是这样说了,那天晚上他大发雷霆,那是他第一次和她争吵。从此以后,她再也不敢叫他“牢骚鬼”了。

卡夫把一切过错都算在了他父亲身上。难道不是这样吗?他是一只多么合适的替罪羊。这么多年以来,卡夫的思绪第一次回到 1974 年,回想起年发生的一些决定命运的事件。

那时候他是香港一个非常优秀的新闻节目主持人。在这块土地上,爱若特·卡夫在某种程度上已经成为了社会名流。他有着英俊的外表,还获得了“空中帝王”的称号。那时他才二十六岁,他早就离开养育他的中国家庭,完依靠着个人努力的奋斗才有了这种中等阶级的生活。他还在长湾区有一套属于自己的公寓。

女人对于那个时候的卡夫根本不是什么问题。虽然每次和一个女人相处一阵，他就会觉得其实她们挺讨厌。那段时间，他身边就没有固定的女朋友，而且他也从来没有结婚的打算。对他来说，姑娘是不难弄到手的。他可以凭借着他那潇洒的荧屏形象和名人地位，获得众多女人的青睐。当然，他也因此曾经一度处于非常尴尬的处境：一个和他在同一个电视台工作的秘书处工作人员控告他进行性骚扰。不过，那时还没有人把这类事件当成是一件很严重问题。那位姑娘被劝说撤诉，或者可以换个地方工作。最后她选择离开了香港。

卡夫在十四岁那年终于知道了一些关于他亲生父母的情况。他的养父母一直都在回避着这个话题，但有一天，小爱若特还是问起了他们。毕竟，他的养父母是中国人，而他不是。最后他们告诉他，他的妈妈在生他的时候已经难产死了，他的父亲因为没有你能力抚养爱若特，所以才恳求这个中国家庭收养他。一直到几年之后，卡夫才有机会全面了解到事情的真相。他养父临终的时候，爱若特向他要求要知道自己的身世。这位老人终于说出了真相——他父亲给了他们50镑，那时他们非常需要这笔钱，于是他们向他的父亲发誓，永远不会泄露出他的亲生父亲是谁。

“他是谁？”卡夫迫切地想知道。

若尔曼爵士，就是若尔曼爵士——那位拥有英国十二家报纸的大富翁。他和自己的夫人有两个已经长大成人的女儿。若尔曼爵士，一个非常富有的世袭贵族。

后来，通过对他母亲的进一步调查，他才知道，原来她是个德国卖淫女，曾经就住在卡夫居住的长湾区。这可怜的女人在把卡夫带到这个世界上之后就结束了自己痛苦的一生。那个时候，若尔曼爵士也许是想把自己的新闻帝国扩展到香港，于是他才会在这里工作了一年多。他欺骗了自己的妻子，在香港和这个妓女厮混，而且还让她怀了孕。卡夫出生的时候，若尔曼就在现场，在那个女人死后，他马上花钱安排了小爱若特的寄养。

在了解了自己的身世之后，爱若特·卡夫有很长一段时间都陷在沮丧的深渊中。他从小就是一个难以管教的孩子，被公认为是“不守规矩”的代表。随着年龄的增长，他的性格致使他触犯了法律，在少年管教所里，他度过了一小段时光。这种沮丧的状态一直持续到他二十一岁。在那年，他出人意料地完成了一所大学的播音课程，通过面试他在电视台找到了一份播报天气预报的工作，一年以后，他就成了电视节目主持人。

爱若特·卡夫发现他在播音领域里有很好的表现力。刚开始的几年，他还曾为此而洋洋自得，但是很快他又变得非常沮丧。他对他所拥有的一切并不满足。他还是会常常想到他自己的父亲，想到本该属于他的巨额财富。为什么他不能继承父亲创建的新闻帝国？为什么他不能拥有像他父亲那样的权力？他会比他父亲优秀，他能够将这份事业发展并壮大，使它变得更为重要，更有权势。

他就像被魔鬼附身一样，长久地被这种想法困扰着，他是那么渴望能够见一见他的父亲，向他展示这个被他遗忘的儿子现在取得了怎样辉煌的成就。这种想法使他决定在1974年的时候要去一趟英国。之前，他并没有通知那个从未和他有过只言片语的老人。

卡夫在香港认识了一个德国人，叫汉思·科里盖尔。这是一个外表精瘦结实、看上去有些鬼鬼祟祟的家伙，在一个常常招待士兵和海员的酒吧里工作。这酒吧里一些下流行为很明显都是黑社会的犯罪活动。爱若特靠近这个酒吧大多数是为了寻求那种随便的两性关系，当然有时候也会来这儿喝上几杯。他也就是在这个酒吧认识的科里盖尔，虽然这个家伙的工作是保安，但他其实只是个骗子。他盗窃、走私——他乐于向别人承认自己在这方面有着过人的天赋——而且，他很有身上很有可能还有人命。但是对这最后一点，他却从来没有承认过，他总是狡诈地回答：这事儿我干得了。卡夫对他非常信任，对于科里盖尔来说，他也非常愿意成为一个新闻广播名人的朋友。

在去英国之前，爱若特·卡夫找到科里盖尔，向他寻求帮助：他在英国认识不认识什么人？能不能帮他想个办法找到他父亲？

科里盖尔从卡夫那儿了解到了故事的全部内容，他开始反复琢磨计划。“你考没考虑过讹诈？”他问。科里盖尔还为卡夫制定了一个周密的行动方案，并将可一联络的人名提供给了他。

卡夫来到英国后，他觉得自己应该先尝试直接和自己的父亲接触。他走进若尔曼爵士的办公室，向秘书做了自我介绍。秘书给他的答复是：“我想你一定是搞错了，若尔曼爵士没有儿子。”卡夫拿起笔，潦草地在纸上写下几句话，然后他举着纸条，高声读了出来：“你在香港的儿子爱若特·卡夫现在要见你。”他把纸条交给那位女秘书，请她一定要送到。十分钟以后，他被带进了若尔曼爵士的办公室。

他的父亲远不像他所期待的那样。看上去他比照片上要衰弱，年纪也比卡夫之前设想得要老。他拄着拐杖走进办公室，坐在办公桌前冷漠地问：“你想要什么？”

是的，没有问候，没有像“很高兴见到你”这样的寒暄，什么也没有。

“我想要什么？”卡夫问，“我千里迢迢从香港来到英国，为的只是见你。”

若尔曼爵士的表情很不自然，他好像很不安：“那么现在你见到我了，说吧，你到底要什么？”

“你为什么会认为我来找你是想要点什么？”卡夫问。

若尔曼站起来，说：“我不能让我的妻子和女儿知道这件事，你明白吗？谁都不许知道。否则我就毁了。现在，我可以给你1000镑，你拿了钱马上回香港，永远不要再回来。”

卡夫被老爵士的几句话气得火冒三丈:“那么，你觉得你现在只用这么点儿小钱就可以再一次地打发掉我吗? 对不起,父亲大人,不会再有这么便宜的事了。”

卡夫怒气冲冲地起身离开房间。这是他第一次也是最后一次看到他的父亲。

汉思·科里盖尔曾经对卡夫说过,如果他有困难,可以和这里的一个德国人联系。人们都叫他“史奈斯勒先生”,这是一条名副其实的恶棍。史奈斯勒和科里盖尔一样,也有一段非常可疑的职业史,他目前主要依靠盗窃珠宝生活。当时和他一起生活的还有一个叫斯塔夫的十几岁德国男孩。卡夫当时就被斯塔夫的与众不同打动了,从此,斯塔夫便深深地留在了他的记忆里。这个斯塔夫真的非常不一般。他身上有着一种令人生畏的气质。在他的眼睛里,经常暗藏着一种令人畏惧的险恶,卡夫从来都没有遗忘这一点。

史奈斯勒先是让斯塔夫跟踪若尔曼,这样持续了好几天,斯塔夫还真的带回些非常有意思的信息。这位优秀的新闻爵士虽然在梅梵尔有自己的妻子,但是他在索霍还有一个比较要好的情妇。斯塔夫就抓怕到了若尔曼出入那个女人的公寓的镜头。

卡夫觉得这仅仅是个开始,但不知道是什么原因,他觉得这还不够。他还需要一些关于若尔曼的真正的丑闻。难道他们不能从那个情妇手里搞点东西? 譬如说,若尔曼喜不喜欢玩一些奇形怪状的花样儿?

没有浪费什么时间,史奈斯勒很轻松地就见到了那个情妇。作为一个低级酒吧女郎并且还兼职做妓女的女人，她对于若尔曼的忠心其实只有可怜的一点点。史奈斯勒扔给了她足够的钱,她同意与他们合作。在得到了 400 镑后，她同意史奈斯勒在她的公寓里安装一个隐形摄像机的提议,并且还向他们保证,肯定能拍到那个“贵族”不愿让世人知道的丑事。

若尔曼爵士按照他的惯例,来他的情妇这儿做他每周一次的造访,斯塔夫老早就蹲守在了卧室的碗橱里。在他短短的人生旅途中,他其实已经见过不少带点变态色彩的野蛮性行为，但是却没有哪一景象能和他这次见到的相媲美。若尔曼爵士自己穿着一套中学女生的制服,然后不停地召唤他的情妇狠狠地拍打他的臀部。对于这样的画面,斯塔夫不仅拍下了很多彩色照片,还做了一个长达十分钟的录像片段。斯塔夫那个时候就已经在捕捉新奇事件方面展现了他的天赋。

一个星期以后,史奈斯勒给若尔曼的办公室打电话。他可是费了好大一番周折才和若尔曼本人通了话，德国人在电话把一切都向若尔曼和盘托出。

“哎呀,若尔曼爵士,你好呀,我这么冒昧地给您打电话只是想告诉您,我们手里有点您和您情妇在一起的相当体面的照片。我看看啊,她头

发是红色的，而且还有一对比你老婆丰满得多的乳房……你知道我说的是谁了吧？”

若尔曼爵士的心脏开始剧烈跳动，他现在能说的只有：“是的。”

“不管怎么样，我敢肯定，你绝对不愿意让你的妻子看到这些照片，对吧？”

“是的。”

“好吧，我觉得我们得行动起来，保证这种事可千万别发生。噢，对了，我差点儿就忘了，我这儿还有一段录像，不长，大概也就 10 分钟左右。我很好奇，您是怎么搞到那么大的中学女生制服的？肯定是订做的吧？”

这回那位贵族一句话也没说。

“好了，这些现在都不重要了，”史奈斯勒说，“放心吧，我们还会和你联系的，你看怎么样？”

说完，史奈斯勒挂断了电话。此时，卡夫坐在他的斜对面，期待地看着他。

“我觉得他现在得好好考虑考虑，”史奈斯勒说，“咱们先吓吓他，让他出几天汗，然后我们再跟他联系。”

“他会不会报警？”卡夫问。

“不会的。”

他们大概等了一个星期。若尔曼爵士表面上就像没事人一样，继续为他的贸易忙碌着，但事实上，那通电话天天都折磨着他。他回到家后，根本不敢看妻子的脸，因为他明白一旦自己的丑事被揭露，他现在所拥有的一切就都没了。当第二个电话终于到来时，若尔曼马上就认出了那个声音，他问：“你到底想要什么？”

“想要什么？你为什么会这么想？”史奈斯勒说。

“你肯定想要得到什么东西，否则你不会大费周章这么做的。”

“我亲爱的爵士，你终于明白了，让我告诉您吧，这是一场讹诈。”

“这本来就是讹诈，不是吗？”

“不不不，远远不是这样，我们只是向您保证，这些照片和录像不会被新闻界发现。”

“新闻界？”若尔曼爵士这回真的有点担心了，“我记得你威胁我的时候说的是要把它们交给我妻子。”

“没错，爵士，您想想，假如新闻界得到了这些东西，您的妻子会看不到吗？”

“你这个狗杂种。”若尔曼在心底里暗骂道。

这次史奈斯勒还是没有提出什么要求。他挂上电话之后，对卡夫说：“你现在必须回到香港去。如果要做成这件事，我们还得等上相当长的一段时间。这个时候你最好不要出现在英国。”

卡夫听从了史奈斯勒的建议，回到了香港，继续从事着他电视主持人的工作。同时，史奈斯勒和斯塔夫还在不断骚扰着若尔曼爵士，一直到这老人几乎坚持不下去的时候。最后，他接到了一条装在一个没有任何标记的干净信封里的指令，要求他马上重新修改自己的遗嘱。也就是说，在他死后，他所创建的整个新闻帝国只能留给一个人，那就是他的非法私生子——爱若特·卡夫。这个新遗嘱的证明材料必须要在一周之内寄到一个非常特殊的邮箱。

原来是为了这个，若尔曼想。作为一个不称职的父亲，他造下的罪孽终于还是回来缠上他了。

若尔曼按照史奈斯勒的吩咐修改了遗嘱。这样一来，他年轻时在香港的不检点行为肯定会有真相大白的一天，但是，至少眼前的这件丑事可以被掩盖了。虽然从长远角度来看，他确实是付出了一个小小的代价，但是，只有等到他死了，卡夫才能继承报业集团。到那时，对他来说，名誉已经没有那么重要了。

史奈斯勒一接到若尔曼修改后的遗嘱的复件，就在第一时间取消了那个邮箱。他还马上通知了在香港的卡夫：事情已经做成了。

“太好了。那我们下一步怎么办？”卡夫问道。

“你还记得我们当初谈妥的对钱的安排吗？”史奈斯勒问他。

“当然。但是那得等到我掌握全部企业之后，现在我还没有能力给你你应得到的酬金，不是吗？”

史奈斯勒同意了卡夫的话，他再次派斯塔夫完成这件事。那个情妇再次被他们买通了。若尔曼早就已经不去找她了，但是这个女人在史奈斯勒的指使下，跪在那老贵族的面前求情，希望他能最后一次到公寓和她见一面。若尔曼爵士刚开始的时候还有点犹豫，但那个女人向他保证会有点儿“特殊”的事。对于若尔曼来说，这个诱惑简直太大了，他答应了那个女人的要求。

若尔曼爵士到来的时候，斯塔夫已经躲在公寓里了。公寓的大门没有上锁，呈现半开着的状态。若尔曼慢步走进公寓，轻声唤着那个女人的名字，但是没有人回应他。随后，他来到了卧室，一眼就看见他的情妇被掐死了的尸体。

他沉浸在极度的恐怖中，站在原地，半步也不得动弹，而此时，斯塔夫已经悄然走到了他的身后，用枪顶住了他的后背。

“转过身来。”斯塔夫命令道。

若尔曼被吓得根本说不出话来，只能乖乖听他的吩咐。

斯塔夫拿下枪，放在若尔曼身边的床上，说：“我们头儿觉得，假如你能卷进这个女人的谋杀案里，那你的名声可不会太好。知道吗，你刚才已经在大门上留下了指纹，而且我们还有充足的证据可以证明你是这里的

常客。到那时，警方也许就会推测，可能她是因为用那些有失体面的照片和影带向你敲诈才惨遭杀害。你认为你穿着中学女生制服的事被外界发现是非常糟糕的事，那么要是每个人都当你是杀人犯，那又会怎么样呢？”

“你到底想干什么？”若尔曼问。

“为了你的方便，我替你把枪留在这儿了。”斯塔夫说。那个时候，年级轻轻的他就已经是个冷血杀手了。“这里面有一颗子弹，我一会儿会在隔壁房间等着。”斯塔夫站起来准备走了，但又回过头来补充了一句：“你还可以试着用枪打死我，不过这也无济于事，因为那只会在你的犯罪记录上再添一条谋杀罪。”

说完，斯塔夫走进起居室，他摘掉手上的手套，坐下翻看一本男人喜欢的杂志。十分钟后，他听到卧室里发出了一声响亮的枪响。

调查这个案子的警察几乎都是若尔曼的私人朋友，他们为了保护若尔曼的名誉从而向新闻界隐瞒了一切真实的消息，只说，若尔曼爵士是自杀身亡于一个“失踪”女人的公寓。因为他们在这之前查出这个情妇是个没有亲人的妓女，所以她的谋杀案就这样被彻底保密了。

一个月后，爱若特·卡夫就接到了英国方面传来的遗产继承通知。他马上飞往伦敦，在那里，他表现得异常震惊和悲痛。若尔曼的律师们交给他一系列关于报业集团的东西，包括新财产的全部法律文件和责任履行权。他还利用非常有限的时间和继母及两个异母姐妹进行了简短的会面，她们完全被弄糊涂了：若尔曼是什么时候修改了遗嘱，又怎么会把全部财产都留给这个非法的私生子？她们还跟卡夫打起了争夺继承权的官司，但最终法庭还是维护了卡夫的利益。

爱若特·卡夫不到三十岁就成了富可敌国的新闻业大亨。对于他来说，建立全球性传播媒体只是一个时间问题。他在接手若尔曼的报业集团不久，就创建了卡夫新闻日报业集团广播电视联合公司。

他终于发现，自己其实最爱的还是权力，甚至对它的热衷超过了其它一切，而直到最近他才看出来，自己制造新闻是获得至高无上权威的最佳方法。通过这种完美的途径，他可以将公司的收入和他个人的财富大大提高。于是，灾难、暴乱和政治冲突慢慢变成了卡夫集团旗下各个报纸的头条新闻，这些新闻还为卡夫的电视节目赢得了相当高的收视率。由于集团的所有媒体都对卡夫影业公司最新的动画片赞扬不已，致使每位家长都会觉得如果不带孩子去一趟卡夫玩具商店的卡夫主题公园，就和犯罪没什么区别。卡夫微机软件公司还在不断发行有些微小缺欠的装有程序的软件，于是，购买了这些软件的消费者就不得不在几年时间里被迫对它进行反复升级。至于卡夫拥有的出版公司，则把一些名人的谋杀案和过量吸毒事件作为他们发行的资本。

虽然还需要一些时间，但卡夫现在已经证明了自己“创造”新闻的能力，而且他所制造的新闻已经不可避免地影响到了全世界的视听。现在，他已经拥有了上帝般的权力。

这架飞机开始降落了，他们准备在孟买做短暂的停留，好让卡夫休息一下，也好给飞机加加油。

卡夫看看身边的斯塔夫，这“呆小病患者”此刻正靠在座位上睡觉，还微微打着鼾。真是幸运的杂种，卡夫心里想，他真羡慕这种人，他在飞机上就睡不着，所以，他是那么嫉妒任何能这样做的人，即使这个人是个头脑简单的恶棍。在伦敦事件发生了十年以后，卡夫雇佣斯塔夫担任了他公司保安事务的首领。尽管斯塔夫的智商使得他并不被人尊敬，但他在很多方面却已经证实了自己的用处。一般情况下，他仅仅凭借着他那独特的天赋就完全可以达到想要的效果。

但是，这次斯塔夫似乎把事情搞得太复杂了。那个邦德不仅混进了他的秘密办公室，而且，还勾引了他的妻子，还使得他的妻子跟着他跑了。不得不承认，那个邦德确实比斯塔夫聪明一点，也是因为这个原因，他才能成功逃脱。好吧，卡夫想：虽然斯塔夫比不上你邦德，但是爱若特·卡夫会比邦德更聪明。他一定会比那个 M16 派来的间谍技高一筹。

“斯塔夫！”卡夫突然的大声喊道。

这个德国人显然被卡夫吓到了，他突然惊醒：“啊，出了什么事？”

“我想我知道邦德会去什么地方了？”卡夫说，“我希望你能在那儿找到他。”

第十章　寻找沉船

美国空军训练基地上空，盘旋着一架 SH—3 海王直升机，直到飞行员认出了准确的着陆点，才准备降落。这种直升机是英国制造的，他对救援行动及高效运输方面都有着相当大的作用。直升机缓缓降落在地面上，慢慢停靠在一个距离基地主要机构比较远的降落点上。两个文职人员和一小队美国空军宪兵马上立正站好，等待着一位“大人物”从直升机上下来。

詹姆斯·邦德已经很长时间没有来过日本了，而且总的来说，他只到

过冲绳岛一次。他身上穿着一件英国皇家海军制服，大步走出海王直升机。尽管他目前的公开身份是预备役人员，但他仍然佩带着中校军衔。邦德的手里提着那个他冒险抢回来的小红匣子，走到美国宪兵们的面前，他抬起右手向他们还礼。

一名美国空军中士大声命令：“安静！”

一名大块头文职人员朝着邦德走过来。他身上穿着一套写有“CIA”字样的制服，但是字迹比较花哨而且潦草。

“嗨！吉姆！我的老伙计，我都等了你好久了。”他带着一口浓重的美国南方口音，向邦德亲热地打着招呼。

邦德一把握住了这位杰科·韦德的手。他们两人曾经在俄罗斯一起合作过。虽然一般人都会认为，美国中央情报局和英国国家安全局从不来往，但是邦德却很喜欢和美国同行一起合作。他最要好的朋友菲里克斯·利特尔以前就在CIA工作过一段时间，那时候他们是配合非常默契的一对好搭档。后来利特尔离开了CIA，进入平斯顿的秘密侦探所，邦德还曾经那里寻求过他的帮助。不过他们已经有好长时间没有见面了，利特尔目前已经呈半退休的状态，正在德克萨斯州的某个地方休假。

虽然杰科·韦德也是德克萨斯人，但他的性格和利特尔却完全不一样，他看起来更像是一个大号“好男孩”。他的身材魁梧，性格却很粗鲁，不知道什么时候就会刺激邦德的神经。最让邦德恼火的是，这家伙老是叫他“吉姆”，怎么跟他说，他也不改。但是杰科·韦德确实是个好侦探，他有很多社会关系。有一次就是他帮助邦德摆脱了困境。

“你确定你能带走它吗？”邦德向杰科。

“M给我打了电话，”他裂开嘴笑了，“我很愿意帮她这个忙。”

说完，他转向站在他身后的另外一名文职人员，这是举止优雅的男子，看上去有四十多岁。

“吉姆，我来给你介绍一下，这位是格里沃特博士，是我们实验室的头儿，这些东西可全都是他研究出来的。”邦德看着这位博士，心想：这个人刚好和汉堡那位霍弗麦博士呈一个对立面。这位格里沃特博士大概连一只跳蚤也不会伤害。他们握了手。

“好了，戴弗，快把它取出来吧！”韦德着急地说道。

戴弗·格里沃特不可思议地看着韦德，那眼神就好像韦德要疯了：“取出来？现在吗？就在这个地方？”

韦德向四周看了看：“放心吧，我们现在可是在美国空军的基地里，周围还有二十个武装士兵做着警戒，肯定没问题。”

博士也看看了周围，然后冲韦德点了点头表示同意。宪兵们在中士指挥下，开始动手从一辆装甲车上卸下一架巨大的手推车。这个时候，韦德悄悄地把邦德拉到了一边。

“吉姆，你知道吗，我说这些话其实并不是不尊重勇敢的英国人，”他说，“你们难道是打了大麻吗？难道你们不知道在人数上，中国人占有绝对的优势，差不多要超出你们十亿！知道你们在做什么吗？你们在用自己渺小的海军舰队去向中国一个巨大的空军基地挑衅！”

“你知道吗？M 就因为说了跟你类似的话，她差点儿被解职。”邦德说。

“啊哈，我终于明白了。”韦德裂着大嘴，“你们的人民是不是觉得你们简直就是谎言家和白痴，而你们呢？又不得不靠自己来干。真是活见鬼了，CIA 也每天都发生这种事。”

“告诉我，杰科。”邦德说。

“什么？”

“你的屁股上还有那个‘图腾’吗？”

韦德狠狠地瞪了邦德一眼。他并不为自己右臀上白玫瑰图案的纹身感到特别自豪，那上面还刻着他妻子的名字：莫菲。

这时，格里沃特博士已经在招呼他们了：“嘿，来吧，我们都准备好了。”

推车上是一套 GPS 装置，这套装置和“戴维沙尔号”上使用的那种非常相似。在这套 GPS 的旁边，还放着一个保险箱。格里沃特博士此时已经打开了保险箱，从里面取出了一套原子时钟信号破译系统，把它放在了推车上。

“请原谅我们有些时候的过分猜疑，但是要知道，这可是我们国家最严格保守的一项科技机密。”格里沃特博士对着邦德诚恳地说道，“这种装置总共只有二十二套……啊，哎呀！”

突然，格里沃特博士就像猛然看见一条蛇一样地大叫起来。只见邦德从红匣子里拿出了一套他自己带来的 ACSES 装置，然后若无其事地将它抛在那套格里沃特博士刚刚从保险箱里拿出的 ACSES 装置旁边。

“哦，我的上帝，吉姆！”韦德的声音里满是不可思议的震惊。

“快来看看这位 ACSES 的第二十三号成员吧，”邦德说，“这个就当是我们送给 CIA 的一份小小的礼物。如果，你不再管我叫“吉姆”的话，他就是你们的了。”

格里沃特博士终于从震惊中恢复了过来，他把两套 ACSES 装置都接到了 GPS 系统上。邦德和韦德凑在一起等着看结果，他们专注地观察着开始闪动的显示屏。此时，屏幕上出现了两个相互交迭的圆圈，但它们并没有重合在一起，也没有交叉。

“看见了吗？有人窜改了这套装置。”

“那这样能使轮船偏离他原来计划的航程吗？”邦德问。

“假如你能用卫星发出这种信号的话，”格里沃特说，“那就肯定没问题。”

“那如果我把这艘轮船在下沉时自认为它所处的位置告诉你，你能计算出它实际的沉没地点吗？”

“当然没问题啦！”格里沃特博士说，“不过可能会在一个很小范围内有点误差。和从这里到跑道的边缘的范围差不多。”

这之间的距离大概有50码[①]。格里沃特博士举起两只手，像比一条鱼的大小那样比划着，“我能把你放到这儿和这儿之间。”

“那一定非常有意思。”邦德说。然后，他转向韦德，“嗯，我还想请你再帮我一个小小的忙。”

一架美国空军C—130飞机正在高空稀薄的气层中飞翔着，它目前几乎已经达到了自己的最高飞行极限。清晨的时候，它离开了美国空军在冲绳岛的训练基地，中午就到达了中国南海的上空。

此时，飞机上的邦德已经穿好了潜水衣，随时都可以行动。他在胸前捆了两片潜水鳍板，背上还背了个降落伞，两个手腕上分别有两种笨重的装置——一只高度测量仪和一架GPS接收机。

空军参谋部的以为技术人员再次对邦德身上的装备进行了检查。此时的杰科·韦德站在不远处，正皱着眉头注视着他。

“我的上帝，”韦德说，“我现在真想不明白，你是怎么说服我，让我帮你干这个的？”

那名做检查工作的技术人员对邦德说：“我是不是忘了告诉您，那地方在我们现在位置的负54度以下。”

“不，您没忘记，您已经告诉过我了。”邦德说。

这时，飞行员通过飞机内部的通话装置向他们宣布：“注意，还有2分钟！”

“还有，我想我之前应该也提醒过您，您做自由落体的距离大概是5英里。”技术人员简直不敢相信他的耳朵，他再次问道，“而且，您身上背的降落伞要在距离海面200英尺[②]的高度张开，到时候您会像一袋水泥一样，重重地砸到水里。”

“是的，这些我都知道。其实，所有这些你都对我说过不止一遍了。”邦德无奈地回答。

“我看我一定是疯了，才会答应你的要求。”韦德说，“你知道你在干什

---

①约合46米。

②约合61米。

么吗？你这是要去送死，而我呢？我将会把我的余生都花在向美国国会作证词上面。真是见鬼，我们再想想吧，一定会有比这样做更好的方法。”

“但不幸的是，我们现在找不到更好的办法。你看，我必须要躲开中国和英国舰队的双重雷达，还要在他们之间落入水面，这很不容易做到。超高空低开伞跳伞将是我们惟一的出路。”

“是吗？”

“恐怕就是这样。”那位技术人员帮邦德肯定了他的分析，“你刚开始是飞行在雷达上方，然后要等到自由降落到了雷达下方才可以打开降落伞。超高空低开伞跳伞就是为了达到这个目的才被创造出来的。”

“明白了吗？”邦德听完技术人员的话，示威性地朝着韦德笑了一下。

“我刚才的意思是，”军士继续说，“如果这种方法不是惟一的可行计划，那么谁又会冒着受伤可能性是40%的危险去尝试这种行为呢？”

此时，飞行员宣布：“还有1分钟的时间。”

“如果我没记错的话，你以前可从没干过这个。”韦德说。

“别担心了，什么事情都需要有第一次的尝试。”邦德若无其事地说。他整理了一下自己脸上的面罩，并再次检查了一下校准器。

“不过我相信也没有什么人会尝试第二次。”技术人员说，“即便他们第一次侥幸没有被溺死，也没有把自己的脖子摘断。”

“我对这件事的感觉非常不好。”韦德表情悲哀地说，“你不会要起诉我们吧，伙计？”

戴弗·格里沃特博士此时正在旁边检查GPS装置。突然，他兴奋地大喊：“嘿！伙计们，快来看！我刚刚发现了一些东西！快！”

“太好了！肯定是把地点搞错了！咱们回基地吧！”韦德满怀希望地喊道。

“不，”格里沃特盯着显示屏说，“我们没有搞错地点。你看，屏幕上显示，这就是那艘船认为自己所在的位置，而这个就是它实际所在的地方。不，我刚才要说的是我发现了一个古怪的小东西。”

“注意，还有30秒！马上进入跳伞位置！”飞行员大声说。

参谋部的技术人员和邦德一起来到跳伞舱口，旁边的韦德显得非常惊慌，他不停地追问格里沃特：“说下去，快说下去，那是什么？是什么？”

“看没看见那个小岛？”格里沃特博士用手指着显示屏说。

“那说明什么？”

“它的存在说明在英国和中国舰队之间，也就是邦德将要跳下去的地方……”

“注意，还有10秒！”飞行员高喊。

飞机上的后舱门打开了，露出机舱外一幅令人心惊的景象。他们的位置是那么高，甚至都可以看出地面的弯曲程度。但是，韦德此刻对这幅壮

观的景象并不太关心。

“见鬼！你能不能说大声点？”他对着格里沃特大声喊道。

“虽然根据我们的技术测定，这个位置确实处在一个国家的领海内部，但是却不是中国的领海，而是越南的！”

“什么？越南！”韦德惊叫道，“你的意思是说，邦德即将跳到越南？等等，他身上有什么英国的标志吗？”

“降落伞上有，”那个技术人员说。说完，他又考虑了一下，然后接着说：“还有空气瓶，鸭脚板，噢，对了，还有干燥套装，这些上面都有……”他的声音逐渐变得有点含糊不清，此时他也像韦德一样，紧紧地皱着眉头。

“听着，我说，你不能去！”韦德几乎是在用恳求的语气对邦德说，“越南人难对付是出了名的，我们根本猜不到他们会做出什么事来！你会被他们抓起来、拷打，接受再教育，说不定还会被洗脑！”

此时，飞行员开始倒计时：“……3，2，1，0！”

邦德回头冲着韦德挥了挥手，然后潇洒地跨入了空中。韦德用双手抱住了自己的头，闭上眼睛。

“我敢打赌，他们肯定会把我送进监狱。”他痛苦地呻吟着。

从高空飞机上降落到地面指定目标的传统方法是从低空起跳。降落伞要在 1000 英尺左右的地方自动由固定牵索打开，但是如果采用这种方法，伞兵在下降过程中就会完全被暴露在敌人的火力下。可是，假如能够把飞机提升到一个最高的高度，跳伞者又会离事先设定的降落地带飘移过远。超高空低开伞跳伞就是解决这些棘手问题的对策。

假如能够在目标上空 20000 英尺（合 6096 米）甚至 20000 英尺以上的高空飞行的话，空载飞机就可以完全避开雷达。跳伞者在离机之后，凭借着自由落体运动和高空俯冲技术尽量使自己保持稳定，从而将自己引导到适合开伞的位置。这样的话，降落伞会在非常危险的低空被打开，跳伞者就有可能会在瞬间落地。

此刻，邦德采用标准的跳伞姿势，双臂交叉在胸前，从高空散逸层开始做自由落体运动。他没有一点害怕的感觉，甚至隐隐约约感到了一种奇怪的兴奋。在这之前，他也曾经多次跳伞，但没有哪次经历能和这次相比。他清楚地意识到自己已经被危险包围了。参谋部的那个技术顾问曾经不止一次地提醒过他：他可能在入水以前就会在空中被冰冷的空气给冻僵，也可能在身体撞击水面的时候折断自己的双腿或颈部。所以对于他来说，时机是非常关键的。降落伞必须在非常精确的瞬间张开。否则的话，假如他开伞过早，雷达就会发现它的存在；假如开伞太晚，他也许会偏移自己的原定目标，甚至可能会落入越南政府手中。如果真是这样的话，他也不会再有第二次尝试的机会了——永远不会有了。

邦德身上穿着一身DUI·CF200干燥套装，这种套装是专门为极端寒冷的情况设计的，它的主要材料是双层压扁的高纯度氯丁橡胶。但即使穿着这身衣服，邦德还是在越来越快地垂直下落的时候，感觉像利刃一样冷的空气似乎快要刺穿了防寒服，这种干燥套装要远比湿套装暖和很多，这是因为，一般情况下一个人要在干燥套装下再穿几层内衣。邦德这次就是穿的一套纤维套装，它能在人体的皮肤外面提供了一层干燥的空气保护膜，从而能够阻挡住潮湿的冷气。

此外，这种干燥套服在任何高度都可以保持其恒定不变的曝晒功能。这种套服还配备了一双硬底靴，一顶氯丁橡胶兜帽和一对氯丁橡胶手套，邦德身上的另外一套标准装置里，还包括了计算背包所需牵引力的负重牵索拉力联合测量系统；由尼龙材料制成的“海洋探索者”浮力补偿器；两个装有压缩到3200Psi[①]的100立方英尺空气的铝制氧气瓶；一架“达科牌极限附加量”校准器，可以用来探查空气需求系统；一顶额前和两边附有系带、下面有广阔视野的海下电解化合物面罩；双维平面鳍板；以及一台永久性勒克司[②]空气联合式潜水计算机。这种装置可以获得潜水者潜水的深度，从而精确地计算出还可以坚持多长时间就必须要使用减压装置，同时还能为潜水人员做出提示，告诉他们做上浮运动时应该采用多慢的速度。邦德在潜水时还习惯佩戴另外一个物品，那就是已经明显带有战斗痕迹的老式罗勒克斯潜水兵外套。它有一个嵌入内部的延展部分，这样它就可以被套在干燥套服的橡胶袖口的外面。

邦德注意观察着手腕上的高度测量仪。它的指针渐渐指向了“零”，就好像是倒转的手表。他瞥了一眼GPS追踪装置的显示屏，发现上面显示出一个标有十字准线的目标。还有一个一闪一闪的小红点，正在离目标不远的地方晃动着。

邦德快速地在空气中做着自由落体运动，他努力强迫自己的身体尽可能地靠近目标。GPS显示屏上那个晃动的小红点正缓缓地向十字准线的中心移动。当邦德冲破大气云层的时候，一团摩天大楼状的云朵从他的身旁直切而过，发出“呼呼”的响声。

突然，云层散开了，露出了一道让人晕眩的通路，这条神秘的通道直达下面蔚蓝色的大海。从他此刻的角度看向海水，海水就好像是以一个非常可怕的速度向他扑面而来。

邦德身上的降落伞突然“轰隆”一声张开了，这个力道着实不轻，害得他狠狠地晃了几下，接着邦德的脚就碰到了水面。他的冲击，使得海水形

---

①空气压强单位，1Psi等于1磅/英寸2。

②照明单位。

成了一座巨大的喷泉，幸好在这周围没有什么船只或是个人。应该不会有人能够看到他落水的一幕。

掉进水里的感觉还不赖，至少没有上面的云层那样寒冷，相对而言，海水还给了邦德一种爽直坦荡的安慰。邦德在水中快速收起降落伞的牵索，然后继续向水下笔直潜落。手腕上的高度测量仪准确地转到负 100 英尺，并且还在继续往下降。

邦德实在是太想翻个跟头了。于是，他以背部为支点，努力在水中滚动着身体，在张开两片鳍板的时候，他灵巧地翻过了身子。安排好自己的位置之后，他又悠闲地继续下潜，并且还打开了浮力补偿器上的倾泄阀。

其实，在下落的过程中，他一直都用手攥住这个阀门，这样可以方便他在任何时候从压缩空气中增加或释放空气。他慢慢地呼吸着，每隔 2 英尺就要平衡一下两只耳朵的压力。多年的训练使得他能很好地控制肺部的空气量达到平均水准，只有这样他才能随意地控制自身下落的速度，同时还可以通过压缩空气进行短暂的空气喷发，使浮力能够保持在一个中等水平上。

邦德在跳伞之前已经喝了大量的水。在跳伞的时候，脱水是减压综合症暴发时多种复合病状的一种。如果利用水下呼吸器潜水，那么这个人脱水的原因就会有四种。首先，压缩空气中的水分大部分被抽走；其次，长时间潜在水中有利尿的功能，潜水者体内的水在这时可以迅速变成尿液，充满膀胱；第三，从海水中吸收的盐分将会使人更需要水；最后一个原因：穿戴厚重的潜水套服本身就很容易造成脱水。

邦德使劲蹬着腿，努力催动着身体向下游弋。他知道他现在应该尽量把双臂的划动减少到最低限度，但是，这并不是推动身体下潜最有效的途径。邦德已经在水下待了很长一段时间了，超高空低开伞跳伞的危险早就被邦德抛在了脑后。现在他开始喜欢上跳水这项运动了。

中国南海的海水和加勒比的海水可不大一样，这是一种看上去黑沉沉的颜色，水质显得有些晦暗，能见度大概只有 6 米。但是，在水下，又是另外一番风景，对于水下世界，邦德一直是抱着一种敬畏的心理的。他时常想象自己假如能够到太空走一走，大概也会是同样的感受。人类未曾想过要介入海底和太空世界，但是，现在它们都被人类征服了。

海下的世界一片寂静，邦德只能听到自己呼出废气时从口对口呼吸器里发出的声响。他现在对于这个世界来说就是一个陌生人，他在这里感到了一种从未有过的孤独感。虽然潜水的第一条准则就是不可以单独下水，但是邦德在执行任务的时候却很少有同伴陪同。只有那次在加勒比海滨休假的时候，他还经常和一个叫洛姆赛的牙买加男孩一起潜水，那个时候，他们还经常捕捉一些海底的章鱼和巨蟹。洛姆赛可是个相当出色的厨师，邦德有好几次都想用高额的报酬聘任他当自己的私人厨师。

邦德继续游动着，他发现自己不知什么原因，忽然想起了自己在牙买加的那个“家”。他为她起名叫“怕羞的姑娘”，因为当土著植物爬满房屋的四周的时候，总会把她挡住。那从小山对面飘来的一串微弱的“罗该”乐声[①]，那“蓝色群山”牌咖啡，还有那和蔼友善的人民，一切的一切，都是那么地让他思念。

不行，他得把握好自己的情绪，邦德终于清醒了过来，牙买加离这儿可远着呢，现在最重要的事就是好好地完成这项任务。

现在，他必须找到那艘沉船，它应该就在自己周围不远的地方。如果他和 M 之前所建构的那些假设是错误的，那么他将第一个指责中国的行为。

他再次看了看手腕上的高度测量仪，发现自己已经快要达到海下 200 英尺的地方了。

邦德又往更深的地方游了一小段，他透过晦暗的海水向底下望去，努力地在搜寻沉船遗骸的痕迹。突然，一个像珊瑚礁或石块堆的东西出现在了他的面前，他慢慢地游向它，好让自己能看得更清楚一点。原来是一架坠毁的米格 21 飞机的机头部分。机身的其他部分和断片零星地散落在四周的海底地面上。邦德仔细检查了这架飞机的损伤程度，他发现，机身上的伤痕全部都是由导弹袭击造成的。看上去机头就好像是被从机身上割下来的一样。而被切割的边缘呈现的是乌黑色，显然在他坠落的时候还曾燃烧过。然而邦德却怎么也找不到飞机的另一半。他从后部游进了机头，穿过锯齿状的金属边缘，他游到了飞机座舱。飞行员就像在驾驶飞机一样，仍然被安全带牢牢地捆在座位上，尸体已经被泡得发胀了。他的两只胳膊诡异地在驾驶舱两侧飘浮着，仿佛正要凌空欲飞。他的眼睛已经被海洋食肉生物啄去了。机头上的挡风玻璃早就被撞得粉碎，仪表盘看起来已经被彻底毁坏。鱼群还快乐地从玻璃的碎洞里游进游出，显然，他们把座舱室当成了它们躲避大型海洋生物的有力场所。

这架米格飞机的发现再次证实了邦德和 M 的假设："戴维沙尔号"确实已经驶进了中国的海域范围内，并且在那里沉没。应该是有什么东西误导了这艘舰艇的指挥员和船员，这种误导使他们误以为自己并没有偏离航向。倘若卡夫真的是这起阴谋的策划者和制造者，那么，他的动机又是什么?他又为什么希望在中国和英国之间挑起战争呢?难道这些故事只有一部分是真的?邦德虽然想到了这一点，但他并不愿意相信。对，肯定还有别的原因。根据他了解的情况，邦德觉得卡夫的兴趣只在于获得金钱和权力，至于政治，他从来就不关心。

邦德顺着来时的方向游出了驾驶舱，他继续沿着海底在做着彻底搜

---

①罗该乐，一种源自西印度群岛，节拍强烈的通俗音乐。

索。排成两队的琵琶鱼游过了他的身边，一群鲳鱼越过他的头顶，游向前面一个黑色的暗影。这个暗影看起来就好像是一座从海底拔地而起的海下群山，当邦德渐渐游近时，他才看清了整个暗影的轮廓，那赫然就是一条轮船的原形。

终于找到了。英国皇家海军“戴维沙尔号”此刻就在他的身边，正摇摇欲坠地停留在海下一个无底的万丈深渊的边缘。

第十一章　海底坟墓

邦德游到“戴维沙尔号”残骸的旁边，拧亮了卤素电筒，他慢慢地游近这艘沉没在此的巡洋舰庞大的舰体。现在，这艘舰的右舷笔直向上，舰底以一定的角度，危险地倾倒在海底深渊的边缘。邦德决定先从舰尾出发，他沿着舰壳慢慢地游过去，利用水下电筒对整艘巡洋舰做了最仔细的检查。他努力向前划行着，经过主桅来到巡洋舰前部舰楼的位置。这时，他发现了距离舱底大约30米的地方，有个伤洞。邦德小心地查看了这些毁伤，凭借他曾经在皇家海军接受的专业训练，他完全可以断定：这艘舰根本不是被普通的鱼雷击沉的。

在进入“戴维沙尔号”内部之前，邦德又仔细检查了自己的潜水计算机，他发现，自己没有多长时间了。降落的时候就用去了3分钟，在飞机的座舱里检查又花去了5分钟。他现在大概只剩下10分钟的时间，然后就必须小心地上潜了。因为根据计算机指示，他不得不花费45分钟到1小时的时间慢慢地从海底上浮到海面，这其中还包括他在中途会有若干次短暂的停歇。

所以他一刻也没有停歇，穿过伤洞，他游进了这座巨大的、黑沉沉的海底“墓穴”。

在邦德的职业生涯中，他也曾经对很多沉船进行过类似的调查，但是，没有一次像今天这样，会让他产生这种毛骨悚然的感觉。舰内的暴行遗迹冲击着邦德最后的底线，他游弋在舰舱中就像掉进了一个巨大的迷魂阵。因为这艘军舰是偏向一侧翻倒的，所以，舱内的一切内部装置都偏向一侧倾斜翘起。桌椅全部都跳到了侧面的舱壁上，柜橱还被甩到了天花板上，而且柜门还敞开着，原本舱内的一些七零八碎的东西，现在全都散落在地板上。邦德在这里完全迷失了方向，他不得不时时刻刻提醒自己：

"向左转"实际就是"向下","向右转"就是"向上"。

在游动的过程中,邦德检查了舰舱里所有的出入口,他闪过一个又一个漂浮着的舰体碎片,仔细调查着舰体内一切尚还存在的线索,希望能够调查到一些东西来帮助他了解这里到底发生过什么。

现在惟一可以肯定的是:"戴维沙尔号" 的沉没和鱼雷绝对没有任何关系。鱼雷是不会转弯的,更不会在船舱内沿着楼梯上下移动。看上去,船舱内的走廊好像是被什么庞大的东西给直接打穿了,在邦德游弋在船舱内的的全部过程中, 一道刺入舱壁的锯齿般的条痕时常出现在他面前。现在只有一种解释能够说明这种现象,那就是:这艘船仿佛被什么钻头式的东西戳穿了。而且,这个锋利的那钻头好像还知道自己的方向。

邦德一边思考着,一边游动着,他觉得耳朵的压力在增加——这是在潜水的时候常见的一种副作用。为了降低耳压,他开始采用一种叫做"托因比技巧"的动作,就是捏住自己的鼻子,闭紧嘴巴,不停地做吞咽动作,用这种方法可以打开耳咽管,这样就能平衡双耳压力。假如这个动作做完后还不能起到什么作用的话,那么就得采用"佛萨瓦氏压力均衡法",但在采用这种方法的时候必须非常小心。这种方法的动作要领就是在捏鼻、闭口的同时,要试图轻微呼气以便使耳咽管能够张开。有些潜水经验的人都知道:必须时刻保持中耳区的平衡,才能减少紧闭的耳咽管被外压拉得过紧而引起的痛苦的"中耳鼓膜内陷症状"。

邦德慢慢地游下一层舷梯,舷梯下面的世界是一片黑暗。他随身携带的卤素手电筒在这里投射出来的光呈现了一种黄色, 这种黄色的光在黑黝黝的海水里营造出了一片奇异的光影。但他比较幸运,因为曾经的海员生活使他对一艘军舰的各处路线都有所了解。由于沉默的舰体呈现的角度已经和在海面上的时候不一样了,身边又都是空地,潜水者在这时很容易迷失方向,甚至还有可能会落入废船舰体的陷阱中。

此时,他只能听到自己轻微的呼吸声、调准器"嘶嘶"的走动声还有口腔呼吸器中不断涌出的气泡声。沉船正在向海底悬崖的边缘缓缓地移动,破旧的船体不时发出"吱吱嘎嘎"的金属声。邦德此时必须要小心翼翼,而且如果他想要移动船内的任何东西都一定要轻手轻脚——重量的重新分配很容易导致军舰彻底掉到海底深渊中。

不知不觉中,邦德已经进入了下一层甲板的主舰道走廊,他距离他的目标——军火舱,已经越来越近了。邦德朝着舱室直接游了过去,在舱门外,推开了挡在路上的一个金属大箱子,露出后面被打碎的舱门。突然,一只手出现在了他的面罩前。邦德大吃一惊,赶紧抓住那只手的腕部,伸腿踢向"袭击者"。但是,他很快就明白了,其实这只是一个死去的海员。他的身体因为长时间被泡在水里,已经肿胀起来,变得奇形怪状。邦德感到一

阵恶心，他使劲把尸体推到一旁。

邦德沿着那道锯齿般的痕迹进入了餐厅，原来这里的尸体更多。他们悬浮在水中，四肢被水泡得直挺挺的，每个人的姿势都好像是准备要跳伞似的。一些食肉鱼类正在啃食他们的尸体。邦德挥动着两只手臂赶走了它们，随即他便快速地向上游动，离开了这个巨大的海底“坟墓”。

最后，他来到了军火舱，那个大钻头啃咬舰体的锯齿状痕迹在这里不见了。邦德拿着手电筒对着排成一列的巡航导弹仔细检查着，他惊奇地发现，只剩下了六枚导弹被固定在导弹架的底盘上，每个导弹架都是有标号的，那个离他最近的第 7 号导弹架上面什么也没有，是空的。他向前又游动了一点，仔细检查着弹架的夹板，夹板上清晰的痕迹显示，这枚导弹是被一种焊接电筒直接切割断的。原来是这样！现在邦德可以断定：拥有这枚巡航导弹的人，一定就是这起案件的幕后策划者。

邦德现在已经成功地完成了自己的任务。他的推测完全得到了证实：“戴维沙尔号”沉没的时候确实位于中国海域内。而且导弹的丢失，还让他有个惊人的发现：“戴维沙尔号” 从来就没有向中国的米格战斗机发射过导弹。他再次拿起手电筒，开始往回游。突然他觉得有个东西顶在了自己的胸口——那是一把锥形二氧化碳枪的枪口。持枪者是一个神秘的潜水者，她一手拿枪，一手拿着一个水下电筒。

邦德慢慢地举起双手，向她表示自己没有携带任何武器，与此同时，他开始向后退，而持枪者始终都用那把锥形枪口紧紧地顶着他的胸口。突然，邦德猛地一低头，他的身体随即隐入了舱内的一条黑暗通道。隐入通道以后，邦德迅速地从固定在船舱内壁上的枪匣里取出一把手枪，对着那个神秘持枪人射出了一颗水下照明弹。照明弹就像闪电一样，朝着持枪人飞驰而去，突如其来的光亮晃得那个神秘人连眼睛都睁不开。邦德趁机快速向前划过去，踢掉了她手里拿着的锥形枪，随后抬手掀掉了她的面罩。

一头浓密的黑发披散下来，如同海藻一样漂浮在水中，原来是林晚。林晚终于适应了如同白昼一样的光亮，她睁开眼睛，反应极快地从刀鞘中拔出匕首刺向邦德。邦德一把抓住她的胳膊，他一边奋力和林晚搏斗，一边向她挥手示意，好让林晚知道自己是朋友。终于，林晚认出了他。于是，她停止了攻击，她惊异地看着邦德，对于他也在这感到非常不可思议。邦德帮她把面罩恢复了原状，然后向上指了指，示意他们应该马上离开这儿，越快越好。林晚点了点头。是的，不管怎么说，待在随时都有可能掉到海底深渊的舰艇内是很不安全的，而且他们在这儿待的时间已经远远超过了计算机规定的长度。

也许是因为在水下泡得时间太长了，也或者是因为刚才他们的剧烈活动，一个导弹架突然翻倒，沉重的导弹却仍然被死死地捆在支架上，最终，支板猛然折断，导弹纷纷跌落到地上，发出了犹如教堂钟声般的轰鸣，随后它们纷纷滚过倾斜的舱室。舱内重量的变换使得“戴维沙尔号”的倾斜角度发生了变化，邦德和林晚也感觉到了船体的变化。没错，军舰在进一步向海底深渊倾斜。邦德拼命向林晚打着手势，示意他们必须马上离开这里，一秒钟都不能耽误。林晚睁大眼睛看着邦德，她已经读懂了他的意思。

他们向着出口快速游去，但一个导弹从军火舱门的锁扣装置旁划过，折断了挂锁。锁具顿时就在舱内爆炸了，沉重的弹药箱从支架上纷纷掉下来下来，跌向房间的尽头。这次的力量变换使得本来就危危险险的舰艇开始慢慢地滑向海底绝壁。“戴维沙尔号”在一霎那间猛烈倾侧，蹭过海底岩石。舰艇的内壁开始剧烈颤抖，还发出了剧烈的呻吟声。一只弹药箱从林晚身边划过，堵住了舱门，死死地塞住了出口。舰艇开始发生更猛烈的倾斜，邦德和林晚被吓得目瞪口呆，他们的身边不时传来破碎的金属轧过岩石的噪声和舰体野兽般的悲嗥。

邦德使尽全身力气试图挪动弹药箱，但它对于已经在水下待了这么长时间的邦德来说实在是太重了。邦德在尝试了几次之后都没能挪动它，为了保存体力，他放弃了这种努力，接着他快速移动到一个封闭的通风管道的舱门前，这里可能是离开底舱的惟一一个出口了。邦德拼命猛拉舱门，林晚也游过来帮忙。舱盖的坚固程度和他们料想的一样，在他们的齐心合力之下，最后终于把它拉开了。邦德对着林晚打个手势，示意让她先出去。林晚游进了通风管道，邦德紧随其后。

当他们在已经倾斜的管道里快速向前游动的时候，舰体好像不像刚才晃动的那样严重了。他们希望刚才出现的那一幕再也不要出现了。

他们向前游了大概30秒种就来到了通风管道的下一段。管道在这里呈现着弯曲状。好像是因为侧壁上的某种东西在脱落时把金属管壁挤压得变了形。管道向内凸起，完全将两人的游动空间挡住了。邦德还试图从狭窄的缝隙中间挤过去，但这种冒险的尝试只带来了一个后果：那就是他自己被紧紧地卡住了。他伸出双臂使劲抵住管壁，努力把管道撑到最大。不知道压弯管道的是什么东西，竟然异常沉重。不过，毕竟他还年轻，有的是力气，在不懈地努力下，他终于慢慢地、一寸寸地把管道推开了。他背后的空气钢瓶此时成了靠垫，肩负着支撑着他的作用。终于，弯曲的管壁被撑开了，这个撑开的大小就像它原来的样子，基本上和被压变形以前没什么两样。

邦德和林晚加快速度向前游动，因为在这之前，他们又感觉到舰体发生了剧烈的晃动。也就是说，“戴维沙尔号”随时都有可能会坠入无底的深渊。很快，他们就游到了管道的一个岔路口，但是每条支路都太狭小了，带着呼吸器的邦德和林晚根本就不可能并肩通过。

邦德把氧气瓶拿到自己身前，推动它们进入一条管道，随后自己跟在后面游进去。林晚也模仿他的动作，把呼吸器抱在身前，游向另一条管道。她正向前游着，忽然发现，呼吸器上被管道卡住了，调节阀门已经被撞破，压缩空气瞬间涌出了呼吸器，在水中留下了一串长长的气泡。现在，呼吸器这个大家伙对于她来说已经没有什么用处了，她扔下它们，快速往回游。她游出自己的管道，随即钻进邦德的通路，向他追去。此时，邦德就在她前面几码[①]远的地方。

舰体更加倾斜了，这一次的倾斜相较于上两次来得更凶猛，它正向邦德和林晚显示着它巨大的力量。通风管道在一瞬间翻转起来，很明显，舰艇开始向悬崖边移动了。本能的求生意识在促使邦德奋力向前游动着，他完全没有意识到屏住呼吸奋力挣扎的林晚此时正跟在他的后面，林晚现在只希望自己能在支撑不住之前赶上他。

邦德终于游到了管道尽头，他抬脚踢开了通道门。他根本不知道自己现在处在第几层甲板上，但是没有时间思考了，船舱正在快速地移动。他抓起自己的呼吸器调节阀，往自己的肺部输送了一点氧气。此时，林晚也虚弱地从管道中挣扎着游出来。邦德这才发现，林晚身后没有了呼吸器，他一把抓住她，将面罩上的吸氧口直接压到她的嘴上。他紧紧地搂着她，直到她的肺里已经吸进了足够的空气。然后邦德又把气瓶重新被回到自己背上。

这时，军舰发出一声惊天动地的咆哮声。它开始从摇摇欲坠的悬崖边缘向下翻落，而且正在以螺旋式运动，迅速坠入那深不见底的海底深渊。邦德紧紧抓住林晚的胳膊，带着她奋力向上游动。他们避开迎面扑来的舱壁碎片，这时候的他们完全是凭直觉穿梭在黑暗的海底迷宫里。终于，邦德惊喜地发现了通向顶层甲板的舱门，他就像一枚刚刚被射离枪膛的子弹，向着舱门猛扑过去。

邦德和林晚幸运地在这艘舰艇不断翻转下落的时候，逃离了它的内部，他们现在至少没有刚才那么危险了，于是两个人互相扶持着，缓缓地游向海面。他们交替着使用同一个呼吸器调节阀呼吸。幸好邦德在出发时多带了一小瓶空气，这点多余的空气早晚都会被上用场的，毕竟他们是两个人共用一份氧气。他们都小心翼翼地控制着自己，尽量不要上浮得太快，同时他们也在为能和对方分享同一瓶空气而感到高兴。当不再面对死神的威胁，两人都变得轻松自在多了。他们在水下 40 英尺的地方作了短暂地休息，接着在 30 英尺处又停了一下。在 20 英尺的地方，他们停留的时间最长，差不多有 30 分钟。这样的做法是正确的，因为潜水员必须要用

---

①一码相当于 0.914 米。

这种方法避免过一会儿会发生水下沉潜症。

终于，他们冲出海面，快乐地并肩行进在茫茫大海上，享受着头顶上的阳光带给他们的光明。

邦德漫不经心地说："这就是为什么我最喜欢银行业的原因，老是能去各种各样的地方'旅行'。"

林晚报以一个微笑："是啊，不过我们在'旅行'的时候，可别忘了还有一堆昂贵的账目。"

说着，林晚朝着一艘正在向他们驶来的中国帆船点了点头，是的，那是来接她的。这是一艘非常典型的中国帆船，船头垂直平阔，船尾高高翘起，船艏还微微向前突出。帆船没有龙骨，桅杆却非常高，船舵深深地扎进水中。船头上，一位中国男子微笑着向林晚挥手。邦德此时才觉得，和林晚在水下的巧遇其实是件不错的事。出发之前，韦德还曾向他保证，会派一只为 CIA 工作的越南渔船来海上迎接他，但是现在，海上连个越南渔船的影子都看不到。看来韦德的忠告还是有些道理的，要真是那样，他可是有麻烦了。

帆船在水中快速地航行，离邦德他们越来越近了。来接林晚的中国人从船上抛给他们一条长索，同时对着林晚大声用中文喊着话。突然，这名中国男子的胸部毫无预兆地爆裂开来，喷射出一滩鲜红的血肉。一把原来抵在他后背上的鱼叉以一种非常奇特的角度，刺穿了他心脏。那个人惊骇的目光很快就变成了绝望的眼神。他的躯体再也支撑不住了，于是他一头栽进了海里。

藏在他身后，手持鱼叉的那个人，正是斯塔夫。

现在已经是伦敦的午夜时分。

在英国国家安全局的总部里，比尔·坦纳此时正坐在自己办公室的一台特殊的显示屏前，观测着英国海军舰队的一举一动。六艘军舰都已经被安排到了中国南海面，进入了最佳的作战位置，而中国舰队也做好了作战的准备，他们在越南海岸外列开了阵势，双方都在等待着敌人率先采取行动。他们已经向英国方面发出通告：假如英国舰队在第二天午夜以前还没有撤出中国海域的话，那么中国将率先发起进攻。现在，中国南海已经进入了第二天的凌晨。而此时事情的真相还是没有什么进展，情况完全陷入了僵局。

邦德去中国南海上调查事件的真相，但是到现在都没有发回任何消息。收到他从汉堡发回的报告以后，M 就命令邦德马上飞往冲绳岛，会见美国的 CIA 人员。局长的命令是：必须找到"戴维沙尔号"。M 把解除这场看起来无可避免的大灾难的惟一希望都寄托在了"戴维沙尔号"上，她必须向英国军方证明："戴维沙尔号"确实偏离了原来的航向，并且已经被击

沉在中国领海内部。按说,按照时间来推算,邦德现在应该已经找到了沉船。

桌上的电话发出了蜂鸣声。

“我是坦纳。”他对着电话说,听上去,他很疲惫。

“怎么样? 有什么进展吗? ”是M从家里打来的,为了这件事情,她根本就无法入睡。

“还没有什么进展。”

“好的,我马上就回总部。”

“夫人,现在已经是午夜了,你还是在家里休息吧,您现在需要的是睡眠。”

“我怎么可能睡得着,”她疲惫地说,“等着吧,我马上去换你的班,你也该休息了。”

“夫人,我还能坚持,你不必……”

“我现在要去趟军情室,”她说,“一小时后,我肯定能到。”

坦纳无奈地挂上电话,摇了摇头。突发的危机情况通常会缩短人与人之间的距离。就拿邦德来说,他对M的态度已经从刚开始的怀疑变成了现在的尊敬和信任。自从这件事情发生以来,M从来没有动摇过自己的判断,并且还敢顶撞军情室那些比她官大很多的男人们。虽然国防部长还是比较通情达理的,但是其他人,尤其是那个若尔迪克——简直就是一个地道的傻瓜。坦纳有时会感到很奇怪,这样的人怎么能爬到现在的位置。假如麦尔思·迈瑟威先生还是安全局的局长,若尔迪克想在这里插一脚根本就是痴人说梦。

电话又再度响起。

“我是坦纳。”

“我叫韦德,是美国CIA的工作人员。”话筒里声音听起来是那么的热情。

“您好,韦德先生,”坦纳说,“我这里是特别安全专线,您可以继续说下去。”

“请问M在吗? ”

“她正在赶回总部的路上,我是她的参谋长。”

“噢,您好,我猜现在你们那边应该正好是午夜吧?……这些天我的时间全都被打乱了。真抱歉打扰你们了。”

“没关系,我现在还很清醒。请问,007已经出发了吗? ”

“啊,对,已经出发了。我觉得我应该仔细检查一下我的脑子,我现在真不明白我为什么会同意他那么做。我们已经把他空降到中国南海。通过我们的测算,证明你们的猜测是正确的。根据我们在GPS系统以及卫星导航方面的高级专家测定,“戴维沙尔号”确实沉没在中国海域内。本来这一切都挺顺利的，但是后来我们派去接邦德的越南渔船却找不到他了。”

“这个不要紧，”坦纳说，“邦德是我认识的最聪明的人。在没有备用方案的情况下，他是不会贸然行动的。”

“如果真像你说的这样……不管怎么说，我们到目前为止还没有听到他的丝毫信息。现在，我们又不能进入越南领空寻找他。我们刚刚接到上级的命令，谁都不准进入那个区域，好像是因为你们很可能要和中国接火了。”

“我明白了。你已经帮了我们很大的忙了，非常感谢。”

“那我想请你也帮我个忙，可以吗？”韦德问。

“当然。”

“有了邦德的消息，请马上通知我。我想尽快知道他是不是平安。”

“放心，我会的。”

“虽然他有的时候是个让人讨厌的家伙，但作为一名侦查员，他还是非常优秀的。”

“再次感谢你。”

“还有，他现在欠了我很大一个人情，我要用这个来逼他带我到伦敦城去玩一晚上。”

“我想到那时你可能会发现伦敦其实也没有什么了不起，不过，我保证一定带您找到一些适合的娱乐场。”

“听起来真不错，参谋长。”

“请叫我坦纳。”

“谢谢你，坦纳。”

“您太客气了。”

坦纳挂断了电话，站起来走到窗前。他的目光停留在窗外夜晚闪烁的灯光上。他非常惦念自己的朋友，他在心里默默祈祷着，希望他能平安。算起来，他认识邦德已经有很多年了。经过安全局内部的多次内部变动和重新组建，他和邦德是保留下来的为数不多的老成员，在这里，他们看惯了各个管理部门的人员变动。假如邦德真的出了什么意外，坦纳简直不知道自己会怎么样。要真是那样，他觉得自己也没有多少理由继续留在这里工作了。当年麦尔思·迈瑟威先生离开安全局的时候，他本来就想辞职的，但最终他还是放弃了这种选择，决定留下来继续和新 M 合作。后来，事实证明，他的选择是正确的。

假如没有了邦德，坦纳就要重新考虑一下是不是还要继续留在安全局。没有了 007 的安全局就像是一条没有桨的船。当然，现在他还不能考虑这些问题，现在他要想的是，如果爆发了战争，英国会怎么样？这个国家还会不会存在？这场战争最后会不会波及到整个欧洲？假如答案是肯定的，那么其他国家肯定会很乐意卷入其中。坦纳顿时觉得自己的这种想法

有些可怕——如果那样的话，英国就会成为第三次世界大战的发动者。

一定要振作起来，詹姆斯。坦纳想，显示出你的魔力，显示出你007的神威，我知道你没问题的。

邦德和林晚被一起带到了船上，斯塔夫允许他们换上干衣服。林晚自己的衣服就放在了船上——一条黑色裤子，一件白色T恤衫，一身红色布兰达上衣还有一双网球鞋。而邦德就不得不凑合穿上死去的中国水手的衣服——一件蓝色尼龙衫，黑色裤子和穿上去稍有点小的网球鞋。

"我们还要有段行程呢。"斯塔夫告诉他们。

"你这是要带我们去哪儿？"邦德问。

"卡夫先生想见见你们。他正在西贡总部等着呢。"

"你不会是想靠这条小船去西贡吧？"

"闭上你的嘴！都坐下。"斯塔夫用鱼叉指着邦德，咆哮着发出命令。等两个人在船底坐好，他才用德语说："待会会有一架直升飞机来接我们。"

说完，他转过身，走到甲板上两个端着自动步枪的打手身边。显然，这三个人联合起来干掉了船上的所有船员，并且已经把尸首都清理干净了。这三个家伙肆无忌惮地用德语交谈着，然后哈哈大笑起来。

邦德和林晚互相看了对方一眼。不知因为什么，他们此刻竟然读懂了对方的意思。现在是行动的最佳时机吗？对方一共有三个人。不，还是再等等，真想知道卡夫究竟想干什么……

没有一句话，但他们都感到了轻松，而且还有一种莫名其妙的舒适感，尽管他们的命运已经掌控在那个站在甲板上谈笑风生的人的手里。但是他们彼此信任，他们相信对方是绝对可以依靠的，可以和自己分担一切危难的人。

"军舰的残骸提供了很好的潜水点，对吗？"林晚低声耳语。

"你注意到军舰上一些不太正常的东西了吗？"邦德问。

"除了丢失的导弹和船侧壁的鱼雷弹孔，还有不正常的？"

"这个'鱼雷'好像有点意思，它能像钻头一样插进去，还会转弯，而且居然没有爆炸。"

林晚皱起眉头思考着邦德的话，她知道，邦德的分析是正确的。

"不许说话。"斯塔夫说。

帆船在平静的海面上继续行驶着，时间一点一滴地过去，马上就要到中午了。距离中国要求英国舰队撤退的最后期限只剩下十二个小时了。

第十二章　生死时速

1975 年，越南被并入河内共产党政府之后，西贡就被更名为胡志明市。但是，这个城市里的大多数市民还是习惯称这座城市为西贡。因为在短时间内，城市的旧名字不可能完全被废除，所以政府方面只能勉强做出规定，把胡志明市的市中心仍叫做“西贡”。所以，这座城市的全名被称作胡志明市，但是市中心仍然以旧名“西贡”命名。

据说西贡这个名字是在 1698 年左右，阮开楚爵士派阮朝清到越南南部开疆拓土、建立政府时使用的。这座城市拥有得天独厚的战略性地理位置，这也使得它在贸易、社交和军事方面发挥着重要作用。西贡在不断地发展，这种发展使得原本的小镇显得异常狭小，于是截止到 1772 年的时候，原来流经市内的多条小河都被填满，形成了西贡的众多街道。十九世纪中叶，这座城市曾经被法国人和西班牙人侵略过。在这段时间内，最著名的就是越南人和法国人进行的一系列漫长而又艰苦的斗争。最终，法国于 1954 年战败，但越南也因此被分成了南越和北越两部分。西贡在战后就成为了很多从北方来的人们重新安居的首选。在经历了将近三十年的动乱之后，西贡还依然保持着它“国家文化中心”的重要地位。而逐渐发展起来的商业和交通也让这座城市变得熙熙攘攘，甚至它还被新闻界称为“东方明珠”。经济、文化的发展使得西贡的人口迅速膨胀，此时已经超过了 500 万，这也使得西贡成为了世界上人口密度最大的地区之一。如果你想在这里找到一间能把地面改换为商业前厅的房屋，那将会是一件非常困难的事。

在 1997 年 7 月 1 日，香港正式移交前不久，卡夫就把他位于香港的亚洲新闻总部移到了越南。在这里，他的事业得到了相当大的发展，这种发展就意味着他的事业将需要更大的空间。于是，卡夫将广播报业集团的全部执行机构都设在了胡志明市中心的一幢五十层大楼里，现在，这个地方已经成为了炙手可热的旅游区。CMGN 在亚洲区的总部大楼还在建设过程当中，在这幢庞然大物的周围可以很清楚地看到竹制脚手架和绿色的建筑保护网。大楼的一侧悬挂着一幅由乙烯塑料制成的巨大的广告画，上面赫然是卡夫的巨型头像。

邦德和林晚被斯塔夫押上了一架奥古斯塔 A109 直升飞机，并被带

到了CMGN大楼。CMGN是越战以后迁入越南的少数几家大规模公司之一，所以越南政府对该公司的态度是非常宽容的。整个越南都为自己的土地上能出现这样一个声名远播的广播报业集团而感到骄傲。

直升机直接降落在大楼顶部。邦德和林晚被带下来，他们的手被铐在了一起，斯塔夫和他的两名手下押送着他们进了一座电梯。两名打手的手上拿着手提式机枪，此时，他们正把枪口对准了邦德和林晚的后背。

穿过走廊的时候，一名身穿无标志军服、后面跟着贴身保镖的中国男子和他们擦身而过。林晚紧紧地盯着这个人，她感到肾上腺素一阵奔涌，没错，这个人就是常斌，叛国者！原来他逃出中国以后就一直躲在这个地方，怪不得怎么也找不到他。但是，现在遇到他又怎么样呢？她对他毫无办法，这简直太糟糕了。常斌显然没有注意到面前这对铐在一起的男女，他沿着走廊大步向前行进着，然后拐进了一个房间。

邦德和林晚转过拐角，在这里，林晚看到了更奇怪的一幕。一个活像米歇尔·杰科逊的中国青年男子走过他们身边，他的后面还跟着一群不男不女的亚裔近侍。邦德看着他们，他在思考目前他和林晚的处境，他仅仅把眼前的一切都当作一幅奇景。但是林晚却紧紧地皱着眉头，她默默地看着从自己眼前走过的这群人。就在她发现常斌的行踪之后，她又惊愕地发现那个“朱太子”和他的随从们。

斯塔夫带着邦德和林晚来到了卡夫办公室的门外，他对着两个手下用德语说道：“你们在这儿等着，千万看住他们。”说完，他轻轻地推开房门，独自走了进去。

“我怎么觉得刚才你好像认识那两个人？”邦德小声问。

“没错，”林晚耳语道，“那是两个糟糕透顶的‘信贷保险’。”

正说着，斯塔夫从办公室出来了，然后把他们带进了这个看上去比汉堡新闻室稍微小一点的房间。这是这间设施华丽的房间就是卡夫的秘密新闻演播室。在这里，有一张巨大的谈判桌，谈判桌上覆盖着一大张东南亚地图和标志着中英两国舰队方位的微小模型，爱若特·卡夫就坐在办公室的另一端，他的眼睛死死地注视着显示屏。亨利·卡布塔则坐在一个键盘前。

斯塔夫向卡夫走过去，附在他的耳边悄悄耳语了几句。

“是吗？”卡夫说，“你真的干成了？快让我看看。”

说着，卡夫将目光转向了邦德和林晚，斯塔夫转过身子，眼光盯着地板。

“太好了，邦德先生，我们又见面了，”卡夫说，“就在昨天，我的妻子死在了你的床上，可是今天你却跑过了大半个世界，偏偏跑到我的办公室来送死，这是多么巧合的安排啊！要是那时候知道你是谁，我早就不会对你这么客气了。”

林晚转头看了邦德一眼，她早就知道这个相貌英俊的英国人不是普通人，但她却不知道，卡夫已经知道这么多了。

卡夫注意到了林晚看邦德的目光，他说："怎么？感到很不可思议吗？莫非你们还没互相介绍过？那由我来完成这项任务吧！这位是詹姆斯·邦德，代号007，隶属于英国秘密情报机构；而这位呢，是林晚小姐，是中国人民对外安全部队的成员。我想你们还没有看到过报纸吧，你们两个的国家马上就要开战了。"

"我们怎么会不认识对方，"邦德说，"我们都已经合作过了。我们现在掌握了你的全部计划，并且还向我们两国的参谋部做了详细的汇报。很遗憾，我想你没有机会编写明天的头条新闻了，而且你自己就有可能会出现在头条里。"

卡夫胸口剧烈的疼痛使得他冷汗直流，但是他极力掩饰着这一切，他用嘲笑的口吻对着邦德说："哦，我的上帝！你们都知道了！难道我在劫难逃了吗？我是不是现在只能自首了？"说着，卡夫举起了自己的双手。站在他旁边的斯塔夫没有听懂这是一句挖苦话，他看看卡夫，迟疑着，最后也举起了手。

卡布塔笑了起来，他轻蔑地说："能不能不像个白痴一样！"他对着斯塔夫说，"老板是在拿他们开玩笑呢。"

"不，不，斯塔夫用他自己的方法，干得非常漂亮。"卡夫连忙安慰着他最亲密的合作伙伴。他看看邦德和林晚，"也许你们不久就会发现这将非常有意思。"

说完，卡夫拿出了一把锋利的银制开信刀，然后递给了斯塔夫。

"快，刺在你自己的腿上。"卡夫若无其事地命令道。

斯塔夫顺从地接过卡夫手中的刀，毫不犹豫地把它深深地扎进大腿里，而他的脸上竟然没有一丝痛苦的表情。

"是这样吗？"他轻松地问道，就好像他在做的事情是驱赶走周围的蚊子。

"怎么样？看到了吧？"卡夫说，"斯塔夫就是这么一个与众不同的人——知道吗？他最独特的地方就是能将痛感和快感中枢随意颠倒位置，也正因为这样，他才能成为一个完美的杀人机器。"

接着，他转向斯塔夫，问道："你是想把它拔出来，还是想让它再在你腿上待会儿？"

"我想让它再留一会儿，可以吗？"斯塔夫看起来极其诚恳地问，"就一会儿功夫就可以。"

"看见了吗？对于斯塔夫来说，这么做是一种特别的优待，"卡夫说，"没办法，我总不能让他一天自己刺自己七八次。"

"那么做，他会变瞎的。"邦德眨眨眼睛，妙语双关地说。

“其实斯塔夫还是非常有趣的。但是，对于林小姐来说，可能就不是这样了。你们知道吗？斯塔夫会产生性渴望的时候很少，不过一旦他产生了——哦，我差点忘了，我还想给你们看一些最人难以置信的录像带。”

“要是这样的话，你最好小心点儿。”邦德说，“说不定你也会变瞎。”

卡夫并没有理会邦德的话，他自顾自地说：“通常，下面的步骤就是由斯塔夫对你们二位进行审问，就是人们常说的那种“严刑拷打”，这样才能问出一些东西。但是坦诚地讲，你们都知道了些什么我并不关心。所以，他对你们用刑的时候就将完全出于乐趣。你们可别以为林小姐非常迷人，他就会对她好一点。”

“当然不，”邦德说，“要是那样才糟糕呢！”

“事实并不是这样。斯塔夫非常乐于欣赏自身所承受的痛苦，所以，在审讯你们的时候，他就会把强于自己十倍的痛苦加到你们身上。”

“我们已经知道你的卑鄙手段了，你在使用手段使‘戴维沙尔号’脱离航程后，还从上面偷走了一枚巡航导弹。”

“有这回事？”卡布塔问，“快说说？”

“哦，邦德先生，快别这么看着我，”卡夫说，“不管你能不能满足我朋友的好奇心，我都不会介意的。”此时卡夫已经坐在了一张转椅上，脸面对着显示屏。

“你利用你的卫星误导‘戴维沙尔号’，致使它进入了中国海域，而且你还使用了一套偷来的 ACSES 装置……”

林晚突然插入了邦德的陈述：“而且，你还击落了两架正在海面上执行侦查任务的中国米格战斗机，这样做，无非就是想挑起我们两国之间的战争。”

“接下来，你就会在今晚，”邦德继续说，“在中国人即将向我们的舰队发起进攻的时候，将那枚投来的巡航导弹射向中国的北京，可想而知，中国方面会对此做出怎样的回应。”

林晚根据邦德陈述的这些信息做出了进一步结论：“到那时，你就会让那个叛国者常斌，把自称是明王朝后裔的‘朱太子’推上王位。”

“但是，很遗憾，刚才我们所陈述的这些事都不会发生了，”邦德说，“因为你的整个阴谋计划都被我们掌握了。”

此时，卡布塔有些被震动了。卡夫很细心地注意到了这一点，他连忙对卡布塔说：“别担心。”

卡夫用右手不断地摩挲着自己的下巴，他思考了一小会儿，随后转向了邦德和林晚：“你们说得很好，但是在你们的陈述中有两个小小的错误。首先，我的计划肯定会实现的，就算你们已经向你们各自的政府作了详细的汇报。其实你们所谓的报告是不可能发出去的，因为你们俩也是刚刚推测出整个事件的真相。我承认，这是我的失误，我不该让你们看到常斌和那个中国的新皇帝。而且，你们并不是接到命令才潜入沉船的，这只是你们的个人行为，也就是说，不管你们向你们的政府发出什么报告，他们都不会相信的。这才是最关键的一点，对吗？事实真相没有实质性作用，问题在于媒体对此如何报道。”

“那第二个错误呢？”邦德问。

“如果你真的将整个事件的真相都了解清楚了的话，你就应该知道我不会等到晚上再行动。告诉你们也无妨，我准备在黄昏后的一小时就发动战争，这样我才能赶上西半球最佳的收视时段。报道海湾战争的时候，我的收视率就取得了相当大的成功，你们不妨想象一下，如果我报道了关于中国和英国的爆炸性新闻，那会是怎样的一种效果。”

卡夫坐在转椅上，旋转着他的身体，“咔嗒”一声，他敲开了自己身后仪表盘上的一个按钮。办公室里的各个显示屏纷纷变换了图像，显现出的都是来自世界各地新闻广播的头条消息。卡夫神气地看着显示屏，大声朗读着：“《英国舰队被击沉》，《英国使用核武器》，《氢弹击中伦敦》，《我希望再‘送给’他们一颗氢弹》，《新皇帝接管政权》”

“又是这招，把明天的新闻，提前到今天。”邦德说。

“邦德先生，说得没错。你要明白，我所进行的事业，是要创建一个人类历史上最宏伟的新闻帝国，它的存在与否主要取决于新闻节目。我打算自己制造新闻，来壮大我的帝国。人们会说我卡夫对于整个新闻业的影响是巨大的，挑起这一场战争算什么，在我的计划中，战争基本上会每两年发生一次。”

他转过身，又按下了更多的按钮，显示屏再次纷纷发生变化，屏幕上显示出新的大字标题：“《热带雨林中的大斗》，《南非爆发革命》，《俄罗斯的新战略》，并且，在我们报业集团成立十周年的时候，我们将推出一则重大新闻，《新的美国国内战争》！”

“我想，你的计划完成的时候，你也会成为这个世界上最有权势的人！”邦德说。

“是最有权势的狂人。”林晚讽刺道。

“没错，”邦德说，“我同意你的纠正。”

“不管我是不是狂人，你都不得不承认，到那时，我就会是世界上最有权力的人。”

“就算你拥有了至高无上的权力那又怎么样？你仍然是一个妓女的儿子，是在贫民窟长大的杂种，所有人都会对你不屑一顾。”

这掷地有声的一句话正好触到了卡夫最深的痛处，他的脸一下子变得通红，他站起身说：“当白金汉宫的上空蒸冒出巨大火球的时候，你还会对我不屑一顾吗？当你们的私人俱乐部被导弹摧毁的时候，你们这些所谓的贵族，还会蔑视我吗？当那些贵族子弟的脸被烈焰的风暴烤焦了的时

候，你们还会向我投出高傲的目光吗？”

“是的，也许他们都会死在你设计的阴谋下，但即便是这样，在人们的心里，你还是个没有任何价值的坏痞；和这个肌肉僵硬、动作迟缓、头脑简单，心理变态的人比起来，你也好不了多少，他是个畸型怪物，而你就是……”

斯塔夫实在听不下去了，他一瘸一拐地向邦德扑过来。而利用这个时机，邦德和林晚开始行动了。邦德使劲把林晚推了出去，这样，林晚就能够伸长手臂，够到那把扎在斯塔夫腿上的尖刀。她快速地从斯塔夫腿上拔出那把开信刀，然后和邦德一起扑向卡布塔。斯塔夫怒气冲冲地朝着邦德冲过来的时候，林晚抢先一步，用刀子抵住了卡布塔的脖子。

“别，千万别这样！”卡夫大声喊着，斯塔夫也听从了他的命令，停下脚步，但是邦德却没有要停下来的意思，他还在继续行动。他用胳膊夹住了一个离他最近的保镖的脖子，使劲把他拉到了自己面前。有人在房间里开了枪，整个房间到处都是飞溅的子弹。斯塔夫眼明手快，他赶紧将卡夫扑倒，用自己的身体挡住了密集的机枪扫射。从办公室外又冲进来了更多的保镖，他们开始向邦德射击。

“千万别打到卡布塔！”卡夫着急地大喊。

邦德倒是一点都不害怕，他抓住的刚才被自己拉过来的保镖充当了人肉盾牌，很快，这个保镖就死在了机枪的扫射下。在邦德身后有一扇用来看风景的巨大玻璃窗，它也在密集的扫射下被打得粉碎，窗子碎裂的时候，保镖们忽然都停止了射击。邦德和林晚向对方使了个眼色，他们默契地一起慢慢地后退到窗户前，此时，林晚仍然紧紧地抓着卡布塔，把他挡在两人身前。

“别老是傻站在那儿！”卡夫冲着保镖们咆哮道，“给我抓住他们！”

四名保镖听到卡夫的命令，向邦德和林晚冲过去，林晚一看情况不妙，便一把卡布塔推过去，撞倒了保镖们的身上。与此同时，这对铐在一起的男女转身从窗口跳了出去。

从五十层高的地方跳下去，几乎是没有生还的可能的，但幸运的是，他们俩落到了绿色的建筑保护网上，结实的塑料网牢牢地接住了他们。

“我们现在怎么办？总不能一直待在这上面吧？”林晚问。

邦德向周围看了看，挂在大楼上的那幅卡夫的广告画此刻就在他们旁边。他们现在正位于“卡夫”巨大的前额上。

“我有办法了，把那个开信刀给我。”他说。林晚疑惑地将刀子递给邦德，邦德拿过刀子果断地割断了旗子的支撑索，然后又把刀片插进了“卡夫”的前额。他用一条胳膊抱住了林晚的腰，另一只胳膊握住了插在广告画上的刀柄。

“抱紧我！”邦德说。林晚紧紧地抱住了他，两条腿盘绕着他的身体。邦德握紧刀柄，身子在瞬间悬空而起。他们一起握着这把正在撕裂广告画的刀片，从高处缓缓往下坠落。绿色保护网的纤维结构被逐渐割裂，这也使得他们能够很好地控制自己降落的速度。当他们到达地面的时候，广告画上的卡夫头像已经被撕成了两半。邦德在落到大楼边缘的时候，伸手抓住了半幅被分成两半的广告画，身体成弓形弹向竹制脚手架。然后，他丢开手中的那半幅画，和林晚一起跳到了脚手架上。

楼上的办公室里，所有人都趴在窗口，震惊地看着窗外发生的一切。斯塔夫边看边发着牢骚，然后就气冲冲地带着几个保镖从办公室出发了。

"真该死，诅咒那两个人！"卡夫低声说。

邦德和林晚小心地沿着脚手架的梯子向下爬，中途正好遇上从下面爬上来的打手。他们赶紧移到了旁边的一道梯子上，但是那道梯子上有更多的打手拼命向上拥。邦德向周围看了看，他们已经被包围了。此时邦德发现，在他们身边有一根垂直于地面的高大竹制支撑柱。邦德看了看林晚，想征求她的意见。林晚回报给他一个犹豫的目光。

"做好准备！"邦德说。

说着，邦德拉着林晚从脚手架上跳了出去，抓住垂直的支撑柱。竹制的柱子自动折断了，强大的反弹力将他们弹向交通拥挤的街道，正好落在了一辆载满了垃圾的翻斗车中。脚手架在瞬间横着倒向街道，就像多米诺骨牌一样彻底坍塌了。一辆正在道路上高速行驶的摩托车撞到了倒在大街上的竹制支撑柱上，巨大的冲击力使得驾驶者从车上滚了下来，而他的BMW·R1200C型街头游弋摩托车则倒在了一边。

邦德和林晚并肩跳下垃圾车，他们都为自己能够毫发无损感到高兴。突然，一片飞溅的子弹散落到他们刚才栖身的垃圾车上，同时还有更多的保镖横穿街道向他们靠来。邦德赶紧和林晚冲向摩托车，把它扶了起来。

林晚用中国话对趴在地上的摩托车司机说，他们要借用一下他的摩托车。没等司机做出回答，邦德就急急忙忙地拉着林晚跳上车，用那只活动自由的手拉住节流杆。林晚跳上车后座，同样伸出没被铐住的那只手去够离合器踏板。邦德使劲启动着摩托车……然而，它一动不动。

"快，离合器！"他大声喊道。

林晚拉起控制杆，两人点燃发动机，沿着大街飞驶而去。

卡夫还在办公室的窗口注视着这场惊险的大逃亡。他对着步话机大叫："快点，他们跑了！快派车跟着他们！把我的直升飞机也用上！"

一队黑色轿车从地下停车场倾泄而出，开始了追击BMW摩托的任务。

BMW·R1200C型摩托是作为欧洲汽车业对哈利·戴维森公司的报复而在市场上出售的，它的机械性能相当高，在某种程度是非常难对付的。这种摩托车的最高时速至少可达170英里，而且如果这种摩托车在

小路上行驶会比在像西贡这样的大城市上行驶更自由自在。BMW 的外型非常引人注目，它的车体造型优美，车身颜色是一种暖色调先锋派豪华型的象牙色泽。

保镖们开着黑色轿车离邦德他们越来越近了，他们紧紧尾随着邦德和林晚，不敢有丝毫的怠慢。邦德加快摩托车的速度，沿着西贡繁忙的大街行驶着，接着，他驾驶着摩托车拐进了一个环形交叉路口，试图将追踪者甩到错误的方向上。为了避免相撞，黑色轿车只能急转弯滑出正道，轮胎和地面的巨大摩擦力产生出了一种尖厉刺耳的声音。然而，这种躲避其实是徒劳的，虽然它们避免了撞在自己人的车上，但是他们最后还是撞在了其它车上。警报器一闪一闪的，其它车辆的司机们高声大喊着。邦德和林晚丢下故意给追踪者造成的事故，没等他们反应过来，就转进了一条小胡同。他们驾驶着摩托车全速行驶，到最后竟然发现这是条条死路。摩托车不得不在一所巨大的庭院前停了下来。

“现在我们该怎么办？”林晚问。

“开进去。”邦德指了指面前的庭院说。

他再次发动了发动机，猛踩了几脚油门直接向着房前的台阶冲了过去，试图从关闭的大门上飞过去。就在这个时候，从大门里走出来一个男管家。BMW 摩托车在瞬间腾空而起，直接从房门上飞了过去，那个管家简直被吓呆了，站在大门边瑟瑟发抖。摩托车压过抛光的地面，撞翻了精美的家具，打碎了屋内摆放的瓷器，随后陡直上升，飞上了楼梯。

摩托车高速驶过二楼走廊，穿过敞开着的大门，直接驶向楼顶平台。邦德加大油门，摩托车一下就从楼顶跳到下一层建筑的顶层露台上。他不断加速，连续地从一个屋顶跳向另一个屋顶，在一个一个的烟囱中来回躲避，同时，还要躲避悬挂着的衣物。下面街道上的保镖只要看到他们的身影就开枪一顿乱打，根本就不管能不能击中目标。

由房屋屋顶连成的通道终止在了一座高大的公寓大楼前。虽然没有了道路，但是邦德驾驶的摩托车还是保持着高速，他猛然钻进了一个敞开着的大门，原来这里是一家仓库的后门，突如其来的摩托车把书和纸张搞得遍地都是，摩托车飞驶而过，冲向了库房另一端的大块落地窗。但是，他们还没有来得及到达窗口，眼前就突然出现了奥古斯塔 A109 直升机的水平旋翼，飞机上还坐着两名保镖。

邦德猛地刹住摩托车，然后掉头开回屋顶。直升机在这时降落，就是要在这里等着摩托车的出现，邦德是不会给他们这个机会的。

“抓紧我。”他对林晚说。

邦德再次发动发动机，试图加速开回库房。摩托车在他的驾驶下，已经达到了最快的速度，摩托车猛然将玻璃窗撞碎，然后直接越过了直升机的螺旋桨，落到了对面街上的一处屋顶上。稍微平稳了一下，邦德又开始让摩托车像青蛙一样，跳跃在屋顶群上。此时，直升机又在他们的上方出现了，飞机在追逐他们的过程中，越飞越低，一个保镖看准时机，从飞机里探出半个身子对着邦德和林晚疯狂射击。突然，前方没有屋顶了，邦德抬起头，发现飞机马上就要追上他们了，子弹随时都有可能击中他们。邦德和林晚驾驶着摩托车从屋顶上跌落下来，撞进下了面的一座公寓里。

公寓的卧室里，一对越南夫妇正在床上疯狂地做爱，从天而降的摩托车撞碎了天花板，直接掉到了他们的床边，吓得这对夫妻差点暴发心脏病。接着，那摩托车又呼啸着冲上了公用阳台。

公用阳台和修长的公寓同样长，它们之间被竹帘和竹幕隔开了。邦德在狭窄的阳台上飞速驾驶着摩托车，中途把单薄的家具和隔扇都撞得飞了。

大街上，保镖们正驾驶着一辆黑色轿车追着他们，并且还继续从车里向外射击。黑色轿车的司机突然想到了一个好主意，他把车开到了阳台下面。邦德在驾驶着摩托车沿着走廊狂奔的时候，将一根根支撑阳台的木制廊柱压倒，阳台就随着邦德的移动不断地坍塌轰毁。由于摩托车行驶得比较快，所以它能赶在建筑倒塌的前几秒钟离开。下面追踪而来的轿车飞快地追上了他们，保镖们都从车里探出半个身子，对着他们疯狂射击。

前面不远就是阳台的尽头了，邦德根本就没有要减速的意思，他继续高速驾驶着摩托车撞向了木制栏杆。这时，下面的车也因为开得太快而撞上了阳台的最后一根支柱——但这居然是一根水泥柱！轿车撞上去马上就变了形，车里面的保镖直接被甩到了挡风玻璃上，由于力量太大，挡风玻璃被砸成了一片破碎的蜘蛛网。邦德和林晚趁此机会驾驶着摩托车冲出了栏杆，飞到空中。车子直接落到了一个开放的露天市场的边上。

落地后，邦德没有多加时间考虑，他加大油门，飞速开过市场，掀翻沿途的许多货摊，还撞坏了摊主的货物。直升机一直跟在他们的头顶上，始终追踪着他们，直升机突然俯冲到了市场上，紧紧地跟着在前面高速行驶的摩托车，它顶上转动的机翼桨片将旁边货摊上的小商品撞成了一堆一堆的碎片。一群小鸡惊慌地拍着翅膀尖叫着，市场里的顾客们也高声惨叫，纷纷夺路而逃。水果摊被撞翻了，水果滚得到处都是。奥古斯塔设计的万能直升机有个最大的特点，那就是在军事行动中，可以交换形体扮演各种角色。民用型奥古斯塔直升机可以满足私人使用的各种条件，但是卡夫向设计者提出要求，要保留它的枪弹火力。

邦德和林晚好不容易才逃出市场，他们一闪身，将摩托车开进了一条摆满了各种各样自行车的街道。在摩托车加大油门冲进两辆黑色轿车中间的时候，直升机在做了一个急速俯冲，车辆突然散开了。两辆坐满了保镖的黑色轿车对着摩托车气势汹汹地开来，而且没有任何征兆预示着它们在减速。邦德不得已，只好在撞上黑色轿车的最后一秒钟一个急转弯，

开进了一条长长的小巷。但这并没有甩掉那帮保镖，黑色轿车还是紧紧跟在他们身后，直到他们加速开出了小巷后，才发现眼前居然出现了一条布满了船只的河道。摩托车在邦德的控制下腾空飞起，落到了一只停泊在码头的小船上。接着，他们又从那里跳上另一条小船，然后又跳向下一个。黑色轿车没有办法向邦德那样跳来跳去，只能在岸边停了下来。

摩托车就靠着在船和船之间的跳跃，渡过小河，然后跳上了河岸。他们穿过一个狭窄的庭院，越过一道泥泞的河流，从挂满了各种衣服的晒衣绳下艰难地驶过，随即邦德猛然把车停住了。原来，面前是一堵高墙。邦德马上掉转摩托车，冲开晒衣绳，就在这时，他们发现了正降落在巷口的直升机。它正在调节水平机翼的角度，努力向下，尽量靠近地面，看见邦德以后，它开始向前移动，旋转的螺旋叶片扫荡了狭隘的庭院。

"能骗过它吗！"林晚说。

"根本不可能。"邦德回答。

邦德仔细观察着螺旋桨与地面之间大约有三英尺的距离。当直升机靠近的时候，晒衣绳上的衣服随着螺旋桨带起的剧烈的大风在空中摆动着。林晚紧紧地盯住挂满衣物的金属绳索。

"等等！"她突然大喊。

接着，她坐在摩托车上，抬手抓住晒衣绳，将它向下拉，同时又从地上捡起一块大石头。

"行了，走吧！"她喊道。

邦德突然朝着直升机开过去，在将要碰到飞机的最后一刻邦德猛地掉转方向，他驾驶着摩托车滑到了直升机的机翼下。飞机螺旋桨刮起的碎片从他和林晚的头顶飞过，两人非常有默契地滚下摩托车。林晚就地一滚，马上跳起身来，把石块牢牢地系在晒衣绳的一端。然后让它像转木马一样旋转，旋转够了一定的力度就把它抛向了直升机的尾翼。晒衣绳和晒在上面的衣服随着这个动作通通被卷到了旋转着的叶片里，就好像是一团的线球。直升机的尾翼被衣服堵住了，飞机发出了一声高亢的嚎叫声。紧接着，没有了尾翼的直升飞机马上就失去了平衡，它不停地从一边摆向另一边。突然，螺旋桨狠狠地撞到了院墙上，一下就被撞得粉碎，紧接着，直升机就爆炸了，场面极其壮观。邦德赶紧拉起林晚，和她一起跳进了污秽的水塘里，从而躲过了头上飞过的榴霰弹片。

等到完全了，他们慢慢从水塘里钻出来，水塘里太脏了，搞得邦德浑身是泥。

他们走在一条挂满了衣服、到处是尖叫的孩子和各种家畜的小巷里，终于，在小巷的尽头找到了一个户外喷头。林晚走到喷头下面，仰起脸接水，刚从泥塘里出来，淋个冷水澡也很惬意。她弯下腰，把一头长发撩到前面冲洗着，一边对一直盯着她的邦德微微一笑。

“能麻烦你把肥皂拿过来吗？”她问。

邦德从挂在淋浴水管上面的小罐子里拿出一块肥皂，递给了林晚。

“你刚才用那块石头干得太漂亮了。”他说。

“这得归功于在一个大杂院里长大成人。你把那辆摩托车玩得也不赖嘛。”

“这得归功于根本没有长大成人。”

林晚听罢，哈哈大笑起来，她用沾满了肥皂泡的双手清洗着满是泥巴的头发。也因为这个动作邦德被拉得更靠近她——他那只和她铐在一起的手在她洗头的时候正好就在她的发边。

“能允许我帮帮忙吗？”他问。

没有等林晚回答，他就抬起手，揉搓着她的头发和颈后。突然，林晚转过身面对邦德。此时，她的两只手都是自由的！也不知道她是用什么方法打开的手铐，不过，她的长头发倒是给她做了很好的掩护工作。

“现在，该你清洗清洗了。”她说。

她把从自己手上摘下的手铐猛地锁到喷水管上，邦德就在毫无准备的情况下，被锁到了水管上。

“非常抱歉，”她说，“这是我们中国人自己的事情。很感谢你给我洗头发，这感觉太好了。”

她摘掉了一些挂在晒衣绳上的白色衣物，迅速套在了身上。

邦德不知所措地看着林晚，只见她在小巷入口处朝他挥了挥手，随即就消失得无影无踪。他在水管边站了一会儿，觉得自己就像一个傻瓜，他实在忍无可忍了，于是他选择用一种狂暴的力量扯断了喷水管。但直到这时，邦德的手腕上还仍然带着那只手铐，紧接着，他也跑出了小巷，冲到了大街上。

大街上人来人往，好像有成百上千的人，最糟糕的是，几乎每个人都穿着一袭白衣！根本就不知道哪个才是林晚。

他钻进人群，开始仔细寻找。

第十三章　最佳拍档

邦德仔细在大街上搜寻着，不时对身边经过的人左右查看。手铐从他的手腕上垂下来，在他奔跑的时候发出“格格”的碰撞声。

“这是我们中国人自己的事情。”他努力思考着林晚的这句话，她到底是什么意思呢？不管怎么说，这件事也是英国的事情！她不能就这样单独行动。她凭什么这么自以为是？即便她是自己见过的最有优秀的侦探——男女都算上，她也不能甩掉他单独承担一切任务。其实，比起与人合作，邦德还是更喜欢自己独自完成任务，但是他现在在心里不得不承认，这个中国女人对于他来说，决不仅仅是一个可靠的合作伙伴，她是那么机智并其富有勇气！他决不能让她就这么跑掉。他的心里一直有个声音在说，应该马上向伦敦总部汇报，好让他们了解现在正在发生的真实情况。但还有一个更响亮、更清晰的声音在告诉着他：必须尽快找到林晚。

除了极少数几次情况，邦德和女人的交往一直都是抱着随随便便或者不承担责任的态度。他觉得自己和异性的交往，只有可怜的三四次经历能称之为“爱情”，其它的那些完全是出于欲望，还有一些交往经历，简直就是被热情冲昏了头。他承认自己对女人的态度比较老套，带有很严重的大男子主义的作风，但是这根本不是问题。有一次 M 曾说邦德其实是个“厌恶女人的人”，但这显然是不准确的。他对所有的女人都是崇拜的。如果要说说这有什么不对，那也只是因为他倾向于把女人当作偶像。这么多年来，无论在他的生活还是工作中，他的身边一直围绕着各种各样的女人。他也曾经和其他国家的女特工一起工作过，而且每次任务结束的时候，他都会和她们不可避免地坠入爱河，享受一段短暂的爱情。当任务结束后，他还是会回到英国，继续快乐地过着他单身汉的生活，同时也期待着下一位“片刻女郎”的到来。难道这个林晚身上有什么特别之处吗？为什么他会冒着妨碍任务的危险也要找到她呢？

邦德一边咒骂着自己，一边继续在街道上寻找着林晚。他努力用各种理由说服着自己：这样做的目的就是想圆满完成任务，要想圆满完成任务就必须和这个中国女人通力合作。如果他们两人都把卡夫的阴谋报告给各自的政府，上级就有可能会听从他们的意见。

其实，只有他自己最清楚，他的努力寻找还有一个自私的动机——也许他还可以再次看看她那杏核型的眸子，也许还能亲吻一下她的嘴唇，甚至接触到她那光滑的皮肤。

他仔细观察着街道上的每一个人，发现一个白色的身影突然从人群中一闪而出，走下一条侧街。难道会是她吗？

林晚边走边摘下耳环，她快步穿过大街上熙熙攘攘的人群，这样做就是为了要在被邦德追上以前赶到目的地。她不喜欢自己这样对他——他没有理由要承受这样毫无理由的惩罚，但是她有自己的做事原则，而且她身上还肩负着必须履行的使命。她决不允许这个英俊的英国特工以任何方式影响她的工作。她应该马上离开他，自己独自完成这项任务。

而且，只要再和他一起多待一会儿，她就会无法控制自己对他的感情了。

林晚回头看了看，发现邦德还在不远处张望着。他的打扮在一群白衣越南人中显得非常引人瞩目，然而，他却没有看到她。林晚赶紧转过街角，走进了一条非常狭窄的小巷。几分钟以后，她又出现在另外一条大街上。在这条大街的对面有一个小小的停车场，一排排自行车整齐地摆放在人行道的车架上。

林晚走到一辆自行车旁边，用刚刚摘掉的耳环打开了链锁。然后她跳上车座，离开了停车场，驶向安全机构。

她自己也不明白，那个来自西方的男人到底有什么值得她如此着迷。他只不过是个“洋鬼子”。然而，不得不承认的是，在很多方面，他的确和别人不太一样，这个叫邦德的男人是如此的智勇双全。

但是，邦德的身上还有着某种温柔亲切的东西，这一点也非常吸引她，接触久了林晚才发现，原来在他那坚硬的外表下，还隐藏着一颗情感充沛的心。她可以感觉得到，他是一个善良而宽厚的人。

在去往目的地的路上，林晚一直在想着她在卡夫总部里看到的那些情况。尤其是她在那里发现的那两个人，原来常斌和那个“朱太子”一直躲在卡夫那儿，想来卡夫的阴谋他们也有份儿参与。他们可能会天真地认为，把那个“朱太子”扶上皇帝的宝座是一件非常容易的事，但林晚却不这样认为。卡夫计划中最独特的部分从一开始就进入了一个误区。然而，战争还是随时都有可能爆发，现在最主要的任务就是扼制住这场战争。想到这，林晚加紧蹬动自行车的脚踏板，以更快的速度穿过了街道。

十分钟后，林晚来到了一家位于本哈市场附近的自行车修理店。本哈市场一直都是西贡一道非常有名的风景，法国人占领西贡之前，它就已经存在了。市场坐落的地方以前是块沼泽地，后来用垃圾填平了，才成了现在西贡市中心最繁华的活动场所。

林晚走进自行车修理店。她犯了个很大的错误——没有正确估计到

卡夫情报网的规模，更没有想到它实际上居然具有如此非凡的效率——几个月前，斯塔夫就已经发现了设在西贡的这个中国秘密联络站。不幸的是，它现在不会像以前那么安全了。

一个越南人站在街道对面的大楼下观察着这个自行车修理店的一举一动，他已经在这里等了好几个小时了。这是个 CMGN 的保安人员，但此时他并没有穿制服。他站在这个不起眼的地方，等待着林晚和邦德的出现。果然，他们中的一个真的出现了！那个中国女人骑着自行车来到了修理店前，随后下了车。等她走进去后，越南人拿出了口袋里的电池电话，在号码盘上按下了一串数字。

他还没拨完电话，就被一只锋利的手掌遏制住了脖子。他的头垂了下来，耷拉到了一边，身体也随之坍倒下去。邦德拿起掉在地上的电池电话，切断电讯。邦德搜遍了那家伙全身，终于找到了一把 9 毫米勃朗宁自动手枪，然后把它装到了上衣口袋里。

邦德其实早就猜到那个提早离开人群的白色身影就是林晚。他以冲刺般的速度跑进小巷，终于发现了她。他运用了很久以前在加拿大训练营里学到的隐身技术，悄悄跟着她来到了停车场。当看到林晚骑上一辆自行车离开车场的时候，他自己也找了一辆自行车，一直骑在后面追踪着她。他骑进这条小巷以后，注意到有个人一直在监视林晚。

这时，一辆黑色轿车停到了修理店前门，邦德赶紧藏在了角落里。从车上下来五个气势汹汹的人，其中四个人冲到了店里，一个人留在门外放哨。邦德大步走过大街，来到了修理店一侧的人行道上。那个放哨的人腰带上插着一把枪，嘴里还叼着一支没点燃的香烟。他开始在自己身上到处摸，想找个火儿。邦德朝他走过去，边走边在自己的口袋里寻找火柴，但很遗憾，口袋是空的。他抱歉地耸耸肩，紧接着猛地伸出拳头击中了那个人的下巴。那人马上就倒在了人行道上。就在这时，店里传出了东西破碎的声音。

邦德赶紧走进维修店，发现已经有一个家伙被打得躺在地上，不断呻吟着。而林晚正在和三个保镖进行着激烈的战斗。她干得十分漂亮，以至于邦德都忍不住停下来，欣赏着她的动作。此时的林晚就像是一台精力充沛的发电机。看起来那些人都是经过特殊训练的搏击高手，但根本就不是林晚的对手。突然，林晚用一条手臂托起其中一个人，把他从自己的肩膀上甩过去，抛在了柜台上面。接下来她又向另外两个保镖发出了一连串闪电似的快速劈拳和踢腿动作，没用多长时间，这两个人就被林晚打得昏了过去。此时门边的第一个打手渐渐恢复了知觉，他站起来从身后拔出了枪。他悄悄地走到林晚身后，用枪抵住了她的后脑勺。林晚迅速转身，但那人已经扣动了扳机，恰好用枪瞄准了她的额头。当他准备再次扣动板机的时候，他朝着林晚微笑了一下。林晚闭上了眼睛。

但是，林晚并没有听到枪响，她听到的是响亮的玻璃破碎声。她睁开眼，只见持枪男子的两只眼睛正向头顶上翻。他慢慢倒在了林晚的脚下，在他身后，是正在向她微笑的邦德。林晚还没来得及反应，邦德就一把将她拉到了自己面前，猛地把手铐的另一端扣在她的手腕上。

“其实我不是什么银行家，我必须向你坦白，”他说，“卡夫说的没错，我是为英国保密部门工作的。”

“我也不得不向你坦白了，卡夫所说的关于我的情况也是准确的。”林晚说。

“看起来我们注定要在一起合作了。”

“你真的想跟我合作吗？”

“为什么不呢？我觉得我们两个成为搭档是再合适不过的了。”

林晚微微一笑：“说得对。”

“我想你肯定有一条安全的联络电路，我想借用它向我的上级报告。”

“如果你这样做，电路就会很忙碌，别忘了，我也要向我的上级汇报。”

“那不如我们发出一份联合报告？”

“你回大使馆发报告多好，最起码不用占用别人的电路。”

“我们需要发出联合报告有两个最重要的原因。第一，联合报告可以让我们双方的首脑进行对话，说不定这是避免战争最好、最简便的方法。”

“那么第二个原因呢？”

“你对隐形技术的了解有多少呢？”

林晚从耳朵上摘下耳环，再次用它打开了手铐两边的锁，然后把手铐扔了出去，再重新戴好耳环。

“我最近知道了很多关于隐形技术的情况，”她说，“怎么了？”

“米格飞机虽然是被击落了，但这并不是‘戴维沙尔号’干的。你在水下也看到了，‘戴维沙尔号’只丢失了一颗大型巡航导弹，但是却没有小型导弹被发射出去。”

“可是米格飞机在雷达上只看到了你们的‘戴维沙尔号’。”

“但是我们的军舰在雷达上也什么都没发现，只发现了米格飞机。但是我也知道，米格飞机并没有将‘戴维沙尔号’击沉，除非你们已经发明了一种不会爆炸的新式鱼雷。”

“不管怎么样，我们是决不会故意这么做的。”她说着露出了一个赞同的微笑，“可以肯定，鱼雷是不会拐弯的，它更不会小心地避免破坏军舰最重要的部位——导弹舱。”

“所以，它只能是来自某艘隐形船。”

“目前，各个国家都在发展自己的低辐射雷达技术，这样隐形飞机能够使用雷达但是又不会暴露自己。我们国家就有一部雷达被人偷走了。我

到汉堡就是为了能找到它，这也就是我们为什么会在汉堡遇到的真正原因。”

“我敢用我的生命打赌，卡夫肯定有隐形船。”

“我也敢用我的生命打赌，他现在正在出发的路上。”

“我觉得目前对于我们来说，最重要的事就是在黄昏之前设法找到那艘隐形船，然后击沉它。”

“我同意你的想法。”

林晚走到柜台后面，按动了一个隐蔽的开关。一排排列整齐的自行车缓缓滑开，露出了里面装置着高科技仪器的机密办公室。那里有电脑、电视摄像机和电话监控器。另外，还有一张桌子和一个装满了武器的大柜子。邦德走进去仔细看着这一切，而此时的林晚则坐到了计算机的屏幕前。

“让我们开始动手吧，只是千万别弄出什么声音，”她说，“现在我必须高度集中注意力。”

这里的大部分装备都非常好操作，但有些具有中国特色产品的使用难度大概可以和 Q 分队的创造发明相媲美。邦德找出一个已经被抽去空气的环形救生艇，还有一套潜水装置，两把戴尔夫 380 自动手枪、弹药以及一堆水下爆破弹。他细心地将这些东西分成整齐的两堆——一堆给自己，一堆给林晚。

“好了，”林晚看着计算机屏幕说，“我查到在在隐形船可能会出没的港口和海湾中，有二十二个是人口高度稠密地区，现在经过排除，就只剩下十四个了。”

“我们来分析一下，隐形船只能在夜间的时候出行，其实它并不是不可视的，只是它不会被雷达监测到。我们现在假设隐形船的极限速度是 30 节。黑暗时间有 8 小时，4 小时外出，4 小时返回。所以，这艘船只能出现在‘戴维沙尔号’周围的 120 英里内。”

林晚按照邦德的分析，继续在计算机上操作着。邦德从一堆东西中找到一把中国折扇，他好奇地将它打开。扇面张开了，“呼—呼—呼”，扇内飞出几把小刀，整齐地射到了天花板上。

林晚瞪了邦德一眼：“你把它弄坏了，快住手吧！”

“对不起。”他说。

林晚没有理他，继续工作。此时，邦德的好奇心变得更加强烈了，他逐一查看着这些东西。在这里，他又发现了一把能够射出飞针的雨伞，一包用中文注明产地的大米，还有一双看上去很精致的铝制筷子——其实这是两把完全平衡的小刀。邦德仔细看了看这两把小刀，然后试着把其中的一把扔向了房间对面。它飞速在空中旋转着，最后直接插进了放在店里的一个服装模特的头部，几秒钟以后，装在筷子里的某种爆炸物质突然燃放出来，发出了巨大的声响。模特儿的头被某种爆炸物炸坏了。

“我记得刚才我说过你要保持安静。”林晚说。她的手指仍然在键盘上不停地工作着。

邦德又从一堆东西中找出了一个装饰华丽的小音乐盒。她站起身来说：“好了，现在只剩下四个地点待查了——千万别打开那个盒子！”

邦德呆住了：“为什么？”

“你一打开它，它就会演奏爵士乐《记忆》，一听到这个音乐，我就会感到不快。”

邦德同意地点点头，小心地把它放回到原来的地方。

“现在我们的任务，就是要检查那四个地点是不是有什么不正常的现象，比如有没有人溺水或是渔船事故。”

“没问题，但是你最好别再动别的东西。”

“明白，我已经接受到教训了。”他说。

林晚开始仔细查找着一些特别情况的记录，但却没有什么有价值的线索。然而，过了片刻，计算机的屏幕上出现了一长串汉字。

“快来看，有四条船失踪，还有三次查不出原因的溺水事件——肯定就是在这儿，哈朗湾。”

邦德皱着眉头，林晚所说的哈朗湾是北越的一部分。

在接下来的时间里，邦德和林晚做了一件在中英两国关系史上从来没有过的创举：詹姆斯·邦德和林晚共同书写并各自向上级发出了一份联合军情报告，并且还在报告上签下了自己的代号。

“为什么我们两国在十九世纪的时候没有进行这种合作呢？”邦德问。

“因为那时候所有人都在忙着吸大烟。”林晚回答。

邦德收拾好自己的装备，又清点了一下林晚的那堆东西。这都是一些按照标准分类搭配的物品——保温潜水服、鳍板、调节器和面罩。“你觉得我们还需要再带点什么吗？”

“我们还需要运输工具，”她说，“我要向‘东方快车’呼叫。”

办公室里，比尔·坦纳累得倒在自己的座位上睡着了。而局长 M 正坐在计算机前研究着“戴维沙尔号”在失踪前发回的几条消息。绝大多数工作人员都已经回家休息了，现在距黎明只有几个小时的时间了。

对讲装置里发出了一阵悦耳的信号声，坦纳被这声音吵醒了。他正要诅咒那报警的钟声，突然意识到了是什么发出了声音。当他看到附在信号上的代号是——“捕食者”三个字的时候，他简直要跳起来了，他高声大喊：“是邦德，真的是邦德。”

M 的办公室房门没有关着，听到坦纳的喊声，M 大步冲了进来。在信号翻译的短暂过程中，两个人一直目不转睛地盯着电文。

“哦，上帝！他居然和一名中国调查员联合发出了这份报告？太不可思议了。”M 轻声说。

坦纳不以为然地咧嘴笑笑：“你以为呢？别忘了，那个中国调查员可是个女的。”

两人一起读了报告。

“太好了，事实证明，我们是对的，”M 说，“现在，我有充分的理由说服军情室里的那些大老粗了，没有别的选择了，他们必须相信我们的正确性，这件事也可能会被我们终止，快跟我来！”说着，M 走到一个咖啡机旁边，分别往两个杯子里倒满了咖啡，然后盖好两个塑料杯的盖子，把其中一杯咖啡递给了坦纳，接着探出头，向办公室外望了望。

外面的走廊仍然是一片漆黑。M 和坦纳悄悄离开了 M16 大楼，两人乘坐一辆诺斯·罗伊斯轿车驶向了目的地。坦纳本来想去前面开车，但 M 抢先一步自己坐在了驾驶员的位置上。坦纳无奈地耸耸肩，只好坐进了乘客座位。

他们驶向“白宫”的方向，M 开口了：“坦纳，现在的情况就是这样，”她说，“如果我们打不赢这场战斗，我们就会输掉整个战争。”

爱若特·卡夫、亨利·卡布塔和斯塔夫正站在轮船的甲板上检阅着“海豚 2 号”。这艘看上去非常整洁的隐形船是卡夫特意雇佣科学家，专门耗费两年的时间秘密建造的。船长这时正在做出航前的各项准备。船只即将离开藏在哈朗湾外的一大块隐身基地。

卡夫、卡布塔和斯塔夫三个人是刚刚乘坐卡夫的私人水上飞机到达这里的。自从邦德和林晚成功地逃出位于西贡的总部之后，卡夫就知道，自己已经没有多少时间可以浪费了。他非常清楚这两个人的能力，而且没人知道，他们会在什么时候、以什么方式再次突然出现在他的面前。他们掌握的情况实在是太多了。不过，卡夫并不担心他的计划会落空，因为他十分信任自己和自己属下的办事能力，他相信他的计划一定能够实现。尽管如此，为了能够抵挡得住邦德和林晚的干扰行动，他的紧张情绪还是没有丝毫缓解。他摸了摸自己下颏的肌肉，随即吞下了三片“易普若芬”。TMJ 综合症这几天变得越来越严重了。他觉得这可能是因为这几天他的情绪比较紧张。

“亨利，”卡夫说，“在未来短短的几个小时里，我们将看到你巨大的才能。”

卡布塔低着头笑了起来：“您放心吧，老板。说不定哪天，他们会因为我现在所做的这些事而把我的脑袋存放在讨厌的博物馆里。”

“可别指望你的脑袋能进大英博物馆，亨利。”

卡夫低头，不耐烦地看看腕上的手表。他向船长大声命令道：“快点吧，我们必须赶在日落之前，现在已经没有多少时间了。”

“是的，我们马上就准备好了。”船长回答。

斯塔夫站在卡夫的身边，他在手里把玩着一把机枪。卡夫转向他，说：“傻站在这儿等什么呢？我让你去查关于邦德的事，你都查到了什么？有什么进展？”

“目前还没有，老板。我们现在只知道他可能还在西贡。对不起，您是要求我再给西贡打个电话？十分钟之前我刚刚和西贡总部的人通过话。”

“斯塔夫，你简直太让我失望了！”卡夫大声说道，“我本来想的是，等你抓到了他们，我就把那个中国姑娘送给你，可是现在，什么都不要说了……”

“噢，卡夫先生，请别这么说，我其实真的非常希望能够抓住他们。”斯塔夫诚恳地说，“请您再给我一次机会吧，好吗？”

“好吧，虽然我觉得那两个人从此不会再出现。但万一他们还是会来捣乱的话，我希望你能成功干掉那个英国人，就是那个偷走我妻子的家伙，到时候，我就会如你所愿地把那个姑娘送给你，作为对你的小小奖赏。”

“哦，请放心，要是我再见到他，我一定不会让他再活在这个世界上。您只管看着吧。”

“我第一次见到你的时候，就觉得你肯定是个好小伙子，现在我仍然觉得你是个好小伙子。”

他和蔼地看着自己的心腹，突然他大声咆哮起来：“再也不许把事情搞砸！”随即他转向船长，再一次催促他再快点。

斯塔夫望着卡夫，眼光中充满了对他的崇拜。他并不介意自己的老板冲自己大喊大叫，事实上，他已经习惯了老板这样对他。更何况，他现在是在为世界上最有权力的人工作，也就是说，他会成为这个世界上最有权力的警卫官。他喜欢这种感觉。

就是在今天晚上，这个世界上将会出现一场巨大的灾难，他和他的老板将把这一切都捕捉成影响，并向全世界播放。将会有大批人死去，军舰会被炸成碎块。他，斯塔夫，将为一场重大战争的爆发做出杰出的贡献，他一定会被载入历史的。

斯塔夫简直要陶醉在这种感觉里了。

第十四章　并肩作战

这个地方经常被越南人称为“世界第八大奇迹”。

哈朗湾位于越南的东北部，距河内有165公里，哈朗湾在越语里的意思就是“神龙降落的海湾”。说起这个名字的由来，还有一个祖先流传下来的神话。在很久以前，为了保护这里的人民不再遭受外族的侵犯，上天派下了一户神龙来帮助他们。这些龙族就降落到了现在这个叫哈朗湾的地方，龙的嘴里土出来很多宝石和翡翠。这些珠宝一碰到海水，就马上变成了许多千奇百怪的岛屿和小洲。它们呈不规则状散落在风景如画的海面上，成为一个个抵抗侵略者的、坚固的堡垒。这里的人民终于具备了自我防卫的能力，他们把敌人通通赶出了领土，并最终在这里建立起了自己的国家——越南。神龙一家渐渐爱上了这片美丽的土地，他们决定留在这里。龙妈妈就在哈朗湾安身，龙子们则分布在贝杜朗的周围。而龙族们的尾巴就变成了这个叫贝奇朗崴的地方，这个地方的特拉科半岛上到处都是洁白的细沙。

就像传说中所描绘的那样，哈朗湾的海水确实是明净、清澈的绿宝石色，并且在它的周围还分布着1600多座石灰岩、岛屿和小洲。哈朗湾无可争议地成为了越南最美丽、最著名的风景区之一，也是直到最近，哈朗湾才对西方游客开放。这都要归功于越南开始实行的经济开放政策。

哈朗湾周围的很多岛屿都十分开阔，上面分布着可以供游人游泳的沙制海滩以及小巧的空地。一些岛屿上还有山洞和人工洞穴，其中最有特色的就是杭道谷了。这是由一个三进厅堂构成的幽深的大山洞。还有一些岛屿是以超凡入化的造形而文明于世。

林晚利用她的装置和自己的上级部门取得了联系，表示务必要在当天帮助他们到达越南的河内。随后她和邦德背好行装，火速赶到了机场，他们没有遇到任何阻碍就顺利地通过了越南海关。

等他们赶到河内的时候已经是下午了。他们不敢耽误时间，下了飞机就马上租了一辆汽车开往哈朗市。这座城市被海水平等地分成了两半——一半在陆地上，另一半则在附近的一座岛屿上。如果想到海湾游览，就必须乘坐当地的旅游舢板船，码头上停靠着大量船只，只要游客们一来，随时可以乘坐，而且还可以和船主讨价还价。

邦德站在岸边的小山上，欣赏着令人惊艳的海湾。林晚在附近找到一个渔夫，和他攀谈起来，而邦德站在那里并没有动，他仍然盯着远方的海平线。那里只有几艘船在海面上行驶，但是并没有什么异常情况。

林晚终于结束了和渔夫的攀谈，她转向邦德，说："看见那座岛了吗？就是那边最远的那个。"

说着，她向远处的一个方向指去。

"刚才那个船夫说渔民们都在尽量避开那儿，只要船靠近那个岛屿就会很危险，特别是在日落的时候。不过他可以送我们过去，但是要付给他5000 美元。"

邦德皱起了眉头："他收支票吗？"

幸好他们在哈朗市找到了一家还没有关门的美国快汇业务办公室。邦德用商业信用卡兑换了大量现金，他相信，只要他解释清楚，这笔费用M 一定会支付的。

"我们现在要不要去吃点东西？我饿坏了。"林晚说。

"现在距离日落差不多还有两个小时，还有时间，好吧，我们走，"邦德说，"我也觉得我们得补充点能量。"

他们走进哈朗市市内的一家小餐馆，要了一份传统的越南饭菜。这个国家的饮食特色并不那么油腻和难于消化。因为越南的海岸线连绵不断，海鲜食品成了这个国家人民的日常饮食。越南人对各种各样的香料和药草有着非比寻常的嗜好，譬如薄荷叶、香菜、柠檬草、还有一种被叫做诺克·奈姆的鱼类调味汁、还有生姜、黑胡椒粉、大蒜、罗勒草、绿洋葱、糖和米醋等等，这都是他们喜爱的烹饪调料。越式正餐很少像西餐那样，被分成一道道菜式，他们是把全部食品同时摆到桌子上。这种饭菜一般包括一道汤、一盘热炸食品还有其它主菜。

邦德和林晚两人共同分享着一碗"佛泡"，这种汤主要是用肥牛肉汁加牛肉细丝和"斑佛"面条煮成的。"斑佛"面条是越南人饮食中的主要食品，这是一种非常有韧劲儿的白色宽米粉，放在加了盐的开水中短暂地煮一下就可以吃了。他们还要了一份"戈卡莫伊玛"，其实就是一种炸透了的嫩鸡肉，上面再淋上用丰富香料调和而成的调味汁。主菜是"包思哈德姆"，就是先把生牛肉和洋葱一起浸到煮沸的牛肉汤里，然后再把煮过的肉放到米粉片上，加入新鲜罗勒草、海兰头、薄荷、豆芽、胡萝卜、酸橙和黄瓜，一起捆成米卷以后还要在诺克·奈姆汁中浸泡一下。这个餐馆里不出售酒精饮料，所以，他们只能在吃饭的时候喝苏打水。因为整整一天都没有吃过东西了，两人都觉得这顿美餐实在是太美味了。

吃完饭，他们立刻赶回了码头，把 5000 美元交给了那个渔夫，然后就坐上他的小渔船出发了。因为这个地方的旅游业发展得很快，所以有很多渔船都装上了机械化动力装备。

他们快速开出港口，驶向了美丽的海湾。此时，夕阳正在缓缓西落，金红色的霞光映照在水面上，呈现出一道美轮美奂的绚美光彩。渔夫在船尾掌舵，邦德和林晚则坐在船舷上。邦德此时才感觉，这一天是如此的漫长，因为他在清晨的时候刚刚到达日本，然后又到了西贡，而现在又来到了北越。

他们谁都没有说话，就那么静静地欣赏着迷人的海上风光。最后，邦德开口问："像你这样的一个女孩子是怎么进入情报部门的呢？"

林晚耸耸肩："当然，在很多人看来，这个工作确实非常枯燥，不过最终导致我选择它的有两个原因，第一，就是我非常喜欢像现在的这种感觉——在美丽的夜晚，坐着这样的小渔船航行在海面上，前面等待我的是危险的任务，面前坐着一位面容英俊的、来自西方经济大国的同伴。"

邦德听到这，哈哈大笑起来："我还以为你不会开玩笑。"

"没错，有的时候我也许是太过于严肃了。"

"那么第二个原因呢？"

林晚迟疑了一下，然后抬起头，注视着邦德："我一直想寻找一种工作，在这个工作里，我所遇到的人们不会把强悍的、有进取心的性感女人当成洪水猛兽。"

邦德同意地点了点头，说："太好了，我觉得你的选择是正确的。如果我可以这么说的话，你同时还选择了一个正确的同伴，一个英俊的西方侦察员。"

说着，他附身靠近了林晚，亲吻了她，林晚热情地伸出双臂抱住他。两人更悠长、更缠绵地亲吻着。接着，他们的双脚就像波涛汹涌的海浪一样纠缠在一起。林晚把腿缠在了邦德的腰上，她紧紧偎依身边的这个男子，前面等待他们的是艰难的任务，所以现在，他们必须尽情享受这短暂的缠绵时光。为了保密，他们把船帆拉过来盖在了身上。

也许，他们都认为这是他们能够在一起的最后一晚了；也许，他们都不约而同地怀疑这晚会是他们生命中的最后一天。所以两个人狂热地相爱着，他们的心脏剧烈跳动着，整个身体好像都要燃烧起来。整整半个小时，他们都沉醉在热恋之中。当两人的肉体接触的那一霎那，他们都强烈地感觉到，他们是彼此需要的，两人完全醉心于情感的渲泄中。在达到高潮的时候，林晚轻轻亲吻着邦德的后背，她努力压抑住自己的抽泣声，将泪水洒到了邦德赤裸的肩膀上。

在两人大团圆式的相爱中，黄昏渐渐来临了。两个人从帆布下面探出头来，船上重新恢复了平静。渔夫并没有注意到他们刚才的举动，他此刻的全部注意力都集中在海面上，他警惕地向四周查看，显然是害怕会突然遇到什么"水上怪物"。邦德和林晚换上了潜水衣，并准备好了其它潜水需要用的装备。

邦德把环状救生艇吹了起来，扔到了水面上，然后和林晚一起爬下渔船的绳梯，坐到救生艇上。他们向渔夫挥手道别，渔船掉头返航了。邦德驾驶着救生艇朝着刚才那位渔夫和他们说起过的神秘海岛驶去。

他们在救生艇上等了大概半个小时，一直等到太阳完全落下去，此时天空上出现了密密麻麻地点点繁星，月光照耀在海面上，使海岛成了一个黑漆漆的剪影。

“你快看那儿。”林晚指向前方，对着邦德说。

只见在山麓下有一片针尖大小的人造光突然亮起来。

“我觉得那个地方像是一个天然洞穴。”邦德若有所思地说。

说着，他加大救生艇的油门，朝着神秘海岛驶去。

邦德看到了一个巨大阴影缓缓地从灯光处滑过，逐渐挡住了那一片针尖大小的人造光。此时，他们距离那个神秘海岛又近了一些。这次他们彻底看清了，这个阴影就是一艘大船——“海豚 2 号”从的隐蔽基地出发了，现在正朝着大海航行。

邦德赶紧调转救生艇的行驶方向，好让救生艇紧跟在这个庞然大物的后面。有时候，隐形船的轮廓变得极其模糊，这使得邦德几乎要以为它是刚从科幻片中走出来的，就好像是一台未来主义的机械。船的整体设计采用了非常先进的高科技技术，看上去十分的豪华，但是里面蕴藏着恐怖与险恶。它的阴影将邦德他们的救生艇完全笼罩了起来，邦德和林晚都对这诡异的气氛感到十分惊奇，两个人都默默地注视着前方。邦德再次加速，把救生艇开到了隐形船的两个浮筒之间的平板下面。面对着头顶上的庞然大物，邦德和林晚还有他们的救生艇都显得格外的渺小。

邦德将手上的飞抓使劲扔到了棁木板制成的浮筒侧面。钩索刚刚在上面挂住，林晚就迅速把救生艇系在上面。邦德利落地收回钩头，此时“海豚 2 号”开始加速行驶了。

“太及时了，幸好我们提前抓住了它。”林晚说。她把两人分别带着的水下爆破弹都放在一起。因为现在他们再也不用带着那个笨重的水下呼吸器了。

“爆破导管设定的时间是 20 分钟，也就是说我们必须在 5 分钟内快速地离开这儿，等会儿，我去那边的浮筒试试。”邦德说。

说着，他抬起头看着林晚，发现她正在看着微笑。

“你笑什么？”他问。

“你现在开始对我实行保护了吗？你知道吗？我以前还曾经自己炸毁过比这更大的船呢！”

“那你现在真要想想，仅仅在若干年以前，女人如果想自己进行爆破，说不定会遭到逮捕。”邦德打断她的话。

林晚把水下爆破弹整齐地捆在腰上，她纵身一跳，抓住了头顶上方的

一根横梁。“我现在去对付那边的浮筒。”她一边对着邦德说，一边两手交替地攀住横梁向目的地移动着自己的身体。从远处看上去，她就像是一个拥有高超技艺的杂技演员，仿佛她此时不是要去执行任务，而是正在进行杂技表演。当她到达那边的浮筒时，邦德情不自禁地献给她一个飞吻。

在“海豚2号”的船舱里，卡夫紧紧地盯着船长身边雷达显示器，作为贴身保镖的斯塔夫则立在卡夫和船长的身后，他现在已经做好了最充分的准备，随时可以跳起来执行主人交给他的任务。

船长说："现在在六艘英国军舰周围，布满了中国的舰队，可那些英国人却还在错误的地点寻找他们的‘戴维沙尔号’。”

“现在我命令，全速行驶，我要让我们的船开到中英舰队之间。”卡夫命令道。

一个保安员此时正坐在监视器前，他的任务就是密切注意安装在船体四周的各个录像机所发回来的信号。到现在为止，他已经整整24个小时没有合过眼了。为了筹备卡夫的这个计划，这里的每个人都是这样。当邦德的身影从监视器前擦过的时候，他正好揉了揉有些发胀的眼睛，也因此，邦德逃过了一劫。比较幸运的是，邦德停靠救生艇的地方是摄像机的死角，所以那个保安员看不到此时已经有敌人入侵他们的领地。

不到几分钟，这艘庞大的隐形船就已经进入了它预先计划好的位置。

卡夫看看手腕上的表，差不多时间已经到了。从现在开始，才是真正属于他的表演时刻。他这么长时间的奋斗就是为了这一刻的到来。

“好了，差不多了，我们开始吧！”卡夫微笑着说，“我命令，现在向两个舰队的旗舰各发一枚导弹，但是千万不能打中，可也不能离得太远。”

邦德忙碌地在他负责的浮筒一枚一枚地安装水下爆破弹。现在还有一个问题他必须要好好想一想，怎样才能使自己和林晚避开中英两国的舰队可能发生的对射。要知道，救生艇行驶起来的速度并不是很快，假如他们的行踪被隐形船上的人发现了的话，或者他们在水下爆破弹即将引爆时看到两人驾船离去，他和林晚肯定会被乱枪打进水中。但是现在已经没有更好的办法了，他只能祈祷自己的动作能够轻一点再轻一点，不要被隐形船发现，让他们能够安全地、静悄悄地趁着黑夜溜走。

突然，不远处发出了一阵震耳欲聋的巨大声响，邦德明显地感觉到从几英尺以外扑来一阵热浪。是第一颗导弹被发射了，直接射向了夜晚的天空。他看了看正在他对面奋力工作的林晚，此时，第二颗导弹正从她旁边发射出去。她和邦德的目光相遇在了一起，他们从对方的眼中读出了绝望——危机已经开始了。他们现在唯有加快速度才能将这场灾难所造成的损失降到最低。林晚表情严肃地抓起几颗水下爆破弹，朝着隐形船的船舷跑去。

英国舰队的旗舰皇家海军“贝德弗特号”是一艘装备有“空对空”和“空对海”导弹的公爵级 23 型战舰。此时，海军上将凯瑞和舰长都站在操作舱里，仔细观察着桌面上各种各样的仪表盘。截止到现在，中国舰队还没做出任何威胁英方的举动，但是两国的军舰还是离得太近了。

海军上将凯瑞无论是在生活中还是在工作中，他都是一个通情达理的人，同时他也是一个极端忠诚的军人和爱国者。为了国家的利益，他可以做出任何国家需要他做的事情，比如这次保卫舰队的行动。“贝德弗特号”的舰长和凯瑞一样，都是忠诚的爱国者，只是惟一不同的是，舰长缺乏上将丰富的海上作战经验，但是这并不妨碍他——詹姆斯·迈可姆洪成为英国皇家海军的优秀舰长，他完全有能力执掌舰队的旗舰。

突然，领海员的显示器闪了起来。

“注意，导弹入侵，”他高喊，“方位为 240，距离 15 英里。”

舰长马上转向他的作战指挥官，一名海军少校。

“匹沃，马上将航行速度提高到最大，向左猛转，方位为 30 度。”他严肃地命令道。“匹沃”是海军对基层作战指挥官的俚语称谓。

凯瑞上将则对另一名海员说：“注意，告诉我们所有的军舰，马上换上反导弹防卫程序，要快。”然后，他转向操作室参谋，说：“向我国海军部发出报告：就说特混舰队现在受到了导弹袭击，请求下一步指示。”

这时，领海员再次大声报告：“距离 10 英里，方位 240。”

舰长转头看了看身边的凯瑞上将，上将朝他点了点头，说：“他们已经把决斗的手套丢给我们了，他们现在就是希望发动一场战斗。所以，我们必须再还给他们一枚导弹。”

“贝德弗特号”快速做着躲避动作，在海面上成一个“之”字形曲折行驶。导弹距离它越来越近，就像闪电一样擦着军舰的边缘掠过，正好在“贝德弗特号”附近的水面上爆炸。操作室里，包括凯瑞和舰长在内的所有人都松了一口气。

紧接着，舰长报告：“长官，刚刚监测到，中国舰队正向我方驶来。”

凯瑞上将若有所思地看着监测屏，终于下定了决心。

他说：“中国人无非就是想让我们弃械投降，但从现在开始，他们会失望的。听我的命令，特混舰队朝着中国舰队的方向前进，并向他们发射一枚猎叉式导弹。记住，这仅仅是警告性的射击，不要击中目标，只需擦身而过就可以了。”

舰长传达了凯瑞上将的命令，工作人员马上把命令传送给舰队的其它五艘军舰。

邦德不敢有丝毫的怠慢，他振作了一下精神，手上加快了速度，他希

望军舰不要再做出什么调动部署了。因为在这片海域，这么庞大的隐形船完全有可能打沉军舰，导弹随时都可以命中目标。邦德爬上棁木浮筒的一个支架，在一个比较容易被发现的位置上安装了一颗爆破弹。支架呈扶壁拱状，他小心地绕着支架转了一圈，然后在刚才安装的那颗爆破弹下，又安上了另一颗水下爆破弹。他估计卫兵在找到第一颗水下爆破弹后一定会很心满意足，第二颗就不会那么容易被找到。想到这，他转身继续沿着浮筒安装爆破弹，在这过程中，他的身体差一点就进入了旋转摄像机的摄像范围，他动作敏捷地弯腰下伏，躲开了摄像机对他的拍摄。他看看对面的浮筒，想提醒林晚要小心摄像机，但是却怎么也找不到她。

他努力说服自己不要替她担心，她毕竟也算是专业人员，她对这种情况应该很了解。于是，他集中精力，专心致志地完成了这项紧迫的工作。

"海豚 2 号"船长通过监控器观察到了英国皇家海军和中国军舰的举动，他马上向卡夫做了报告："为了回应我们的导弹袭击，两国舰队都向对方发射了一枚导弹。"

"就发射了一枚吗？"卡夫问，"瞧瞧，这是多么让人敬佩，作为军人，他们都很理智。啊，我这可不是在讽刺他们。"

船长和斯塔夫诧异地看着卡夫，不明白他到底是什么意思。

"实在是可钦可敬！"卡夫再次说，"是的，这些人是值得敬佩的。啊，我们现在要忘掉这些！现在，我们必须做的就是让危险升级。再……该死，你们这群瞎子，全都去给我下地狱！"

所有人都惊呆了，谁也不明白卡夫为什么突然大发雷霆。

"我雇你来是干什么的？是来当瞎子的？"卡夫说着，一步跨到了安全防卫控制键盘前，一把抓住了那位精疲力竭的保安员的头发，揪起他的脑袋，让他清醒地看着眼前的监视屏。摄像机挡住了浮筒中间的那部分，监视屏上什么也没有。保安员们都被吓坏了，他们不解地看着自己的大老板。

"没用的东西。你给我好好看着，你这个人类所不耻的低能儿！"卡夫声嘶力竭地咆哮着，"给我把摄像机转过去！快点！"

保安员哆哆嗦嗦地转动着摄像机，卡夫这时还攥着他的头发，疼得他呲牙咧嘴。监视屏上终于现出了林晚的身影，显然，她还不知道自己已经被发现了。

卡夫恶狠狠地盯着监视屏，随即冲着斯塔夫说道："给我教训教训他！"

斯塔夫马上听从了大老板的命令，他用一记右直拳猛击了那个保安员的脑部，那人身子一下就撞到了支架上，把架子都撞得有点松动了。卡夫此时才松开了一直抓着他头发的手，只是指间还带着几根保安员的头发。

"看见了吗。她来了，邦德肯定也在，马上找到他们，然后给我干掉他们。"卡夫说。

斯塔夫得到命令，飞奔出了指挥室。卡夫看看倒在自己脚边呻吟的保安员，然后向另一名保镖挥挥手："把这个家伙给我从船上清理出去！"

说完，卡夫转过身，暴躁地冲过船舱的双层门，向自己的办公室大步走去。几个打手在卡夫离开后，就抓起那名保安员，把他抛向无边无际的大海。"不！不！"那人害怕地哀求着，但他马上就明白了，一次失败的代价比一年的糟糕工作要可怕得多。

林晚终于将最后一颗水下爆破弹安在了左舷浮筒上，她的任务顺利完成了。现在她要做的就是马上找到邦德，然后一起离开这个鬼地方。她站身来，而此刻斯塔夫像青蛙用舌头捕捉苍蝇一样，伸出手猛地扣住了林晚的后背，把她拖向一个通往隐形船船舱的盖子。

他们来到了"第四号"进口舱。这是一间很小的舱室，里面仅有一架梯子和几个通向外面或者轮船其它地方的小门。斯塔夫紧紧搂住林晚的腰，而林晚此时就像一只小猫，使尽了全身力气在拼命挣扎着，但这对于德国人来说，根本就不是问题。他对身边四个携带着 MP5K 半自动机枪的手下说："你们去外面找找那小子，找到了就开枪。千万要小心，他可狡猾得很。我们一会儿再派些人去找那些个爆破弹。"

四个手下向斯塔夫敬了个礼，然后就钻出了舱盖。这以前，可从来就没有人向斯塔夫敬礼，现在他很喜欢这种感觉。

"我们走吧，宝贝儿。"他不怀好意地对林晚说，然后拖起她离开了进口舱，走向船舱内部。他希望他的大老板能够遵守他的诺言，允许他留下这个姑娘。他的心思在这时已经滔滔不绝地流动起来，他暗自构想着待会儿该做些什么……

船舱外，邦德转过棁木浮筒支架，差一点和一个保镖撞上。两人在撞上的一瞬间都显得很吃惊，待反应过来，那个保镖迅速端起了自己的 MP5K 机枪。但是，他们想到，邦德的动作比他更快，他用手里的无声手枪一个反手射击，就让那家伙掉进了湍急的海流中。

邦德刚松口气，一连串半自动机枪的子弹从他身边呼啸飞过，邦德赶紧俯身藏到了一个凹壁里，在被邦德打进海里的保镖身后，又出现了第二个保镖。邦德通过自己的余光还发现，另一只浮筒上还站着两名保镖，正在用手中的武器向他瞄准。邦德动作流畅地展开了自己的手臂，举起枪射出两发无声子弹，在两个保镖开枪之前打中了他们。两人也像他们之前的那位同伴一样，掉进了海里。

邦德根本就没有停下来的意思，他转身一记急射，子弹正好打中第二个打手的喉咙，随即那人也翻身掉进了水中。邦德没有停下来，他接着跳进第二个凹壁。但刚到那儿，位于他面前的舱盖猛然打开了。邦德赶紧跳起来，抓住头上的一根横梁，这样在舱盖打开的时候，邦德的整个身体就

悬空躲在了舱盖的后面。

从舱盖里跑出来三个保镖，其中有两个人出了舱盖就往前跑，加入了对邦德的围捕队伍中，剩下的那个人停在了舱门口。现在，邦德就用枪顶住了这个孤身一人的保镖的后脑勺。然后又用另外一只手摘下肩上的背包，把它挂在了这个保镖的身上，随即猛地将这个人推到了他的两个同伴的视线范围内。那两个家伙的警惕性很高，一看到这个穿着黑衣，挎着背包的人，他们没有犹豫，立即开枪。这名保镖的尸体就被自己人打入了水中，很快消失了。没有人会想到他并不是英国秘密特工——詹姆斯·邦德。

邦德转身跳进了“第二号”进口舱。他反手关好门，顺着梯子向上方爬去。现在他才想到，林晚很有可能已经落到他们手里了。

爱若特·卡夫此时正坐在自己办公室的办公桌前，舰桥上有一部螺旋形的舷梯直接通向这个舱室。卡夫的面前是一面布满监视屏的影像墙，这些监视屏和隐形船和船体外面的摄像机是配套的。另外，这里还有很多的显示屏在转播着卡夫新闻帝国丰富多彩的广播和报纸头版新闻。亨利·卡布塔坐在一边的沙发上，他也和卡夫一样，专注地盯着显示屏。

第十五章　终极决斗

两天前，M 和她的工作小组愤怒地离开了办公室，两天以来，英国安全部军情室里的所有人都处于积极主动的工作状态中，生怕惹怒了 M。一场危机就能正确显示出人群中最高尚和最卑劣的成分。通常情况下，紧急的突发事件往往可以消除人与人之间的误解，可以使由自私造成的情感伤害骤然冰释。在这种情况下，如果还能保持平和、冷静的心态那将是令人钦佩的，所以，即使身为参谋长，比尔·坦纳也非常诧异 M 能够对这件事的态度居然是这么的平静。专门工作小组的高级男性官员们带给 M 的伤害可以说相当大，但是她还是坚信，事情的真相决不像它表面显示的那么简单。

就在会议第二天早上，M 很早就来到了安全部，他请求要和部长进行一次私人会晤。在这之前，她已经被禁止踏入军情室，而且还必须一直待在自己在 M16 的办公室，直到“需要她”的时候，她才可以出现。对此，M 感受到了强烈的屈辱感，但她知道这决不是安全部长本人的真实意思，他只是受到了别人的巨大压力，不得不这么做。

差不多在这个时候，邦德和林晚已经开始在卡夫的隐形船上安装水下爆破弹了。越南的时间要比伦敦提前几个时区，因此，此刻位于伦敦的军情室正沐浴在黄昏的金色光芒中，这也加重了这里悲凉、沉寂的气氛。现在还没有什么来自前方的消息，但这本身就是最坏的消息。

他们本来是这次事件的行动人员，然而在最近的16小时里，他们没有得到任何指示，谁也不知道自己该做什么，只能一堆人无聊地坐在那里，茫然地、无助地盯着显示屏，等待着命令的到来。安全部长此时被一种惊恐和挫败的感觉笼罩着，他觉得，只有真正感觉敏锐的人才会发现，这间巨大的军情室没有了M，就好像从平衡状态抽走了一种勃勃生机。他心里非常明白这一点，但他不能确定站在他身边、眼睛紧盯着监视屏的海军大臣是不是也能注意到这一点。他们身后一共站着十二名高级海军将领，其中也包括若尔迪克。这么多人中，可能只有安全部长一个人惦念着M。

皇家海军“贝德弗特号”的报告陆续被传回来：“遭受导弹袭击……”，“出米格飞机群出现……”，军情室顿时沸腾了起来，大部分人都凑到了监控器前。他们现在仍然没有一点头绪，只能静静地等待着。

一个参谋看着报告宣布：“米格飞机离导弹射程范围还有8分钟航距。”

突然，门上的巨响和一声咆哮打破了军情室里的紧张和沉静。高级官员们诧异地转过身，只见M大步跨进了军情室的大门。她后面还跟着坦纳和两个穿着便装的军事警察。

安全部长的眉头都皱了起来，他愁眉苦脸地对M说：“M，你怎么能……”

“没时间了，请听我说！”M打断了他，“我们派出的侦查员007和一个来自中国情报部门的调查员同时给中国秘密保卫机构和我发了一份联合报告，请看一看！”

参谋长坦纳开始向每个人分发报告的复印件。

M没有停下来，她继续说道：“马上通知你们的舰队，搜索一条看不见的船，确切地说，是一只对于雷达来说毫不存在的船……”

“你说什么？联合报告？”若尔迪克上将愤怒地叫喊，“你的侦察员竟然会给予敌人帮助，简直荒谬！”

“听着，中国并不是我们的敌人！”M说，“而正是你们这种错误的想法，使得我们的国家已经站在了战争的悬崖边缘。先生们，看看吧，你们的中国同行已经做好了一切准备。”

官员们困惑地看着手上的报告，脸上浮现出惊异的神情。

斯塔夫的众多手下正在轻手轻脚地绕着隐形船两侧的浮筒转悠，他

们小心地搜索着邦德和林晚安装在船上的水下爆破弹。他们搜寻起一个又一个爆破弹，然后将它们扔向了远处。

斯塔夫本人也加入了这场搜索活动。他本来就不是那种很聪明的人，但是他的直觉非常好，能够闻到危险的气味，有时他敏锐的第六感还会发挥意想不到的作用。

斯塔夫正是凭借着他的直觉，找到了一个支架，他怀疑邦德很可能在支架上面安放了爆破弹。果然，和他猜想的一模一样。斯塔夫取下弹体，将它抛到海里。他刚准备离开，但此刻他的第六感再一次突然降临，他又慢慢回到支架前，然后小心翼翼地爬上支架，四处摸索着，终于，他的手指碰触到了邦德放在那里作为备用的第二枚爆破弹，斯塔夫为自己感到自豪。他把爆破弹拆下来，扔进了大海。他知道，大老板一定会为自己骄傲的。

他迫切地希望自己能够快点找到那个英国佬。对于他来说，痛痛快快地给他一枪，再把他丢到海里，根本就不能解他的心头之恨。他应想一种更好的办法干掉那家伙。这家伙老是想破坏老板的计划，而破坏了老板的计划就是破坏了斯塔夫的计划，他决不能允许这种事情发生。

不过，他最起码抓到了那个女人，老板已经向他保证过，要把她留给自己，这多少给了他一点安慰。他要像对付邦德那样对付她，只不过在那之前，还得来点有意思的环节。他简直要等不及把这些该死的爆破弹清除干净了。

忽然，他的第六感觉又发现了新的目标，斯塔夫向前走去，继续着他的搜索行动。

卡夫焦躁地在他的办公室里走来走去，而亨利·卡布塔正在不远处的电脑控制板上忙碌地工作着。

“还有多少时间才能搞定?”卡夫问，“还有5分钟，他们双方就要发动真正意义上的战争了。”

“请别急，我正在通过线路向我们的电台传送已经写好的新闻材料。”卡布塔说，“还有几秒钟就能完成了。”

“太好了，我简直有点等不及了。”卡夫按动了启动内部通信装置的按钮，“船长，马上把船开到射击位置，快点。”

卡夫不断用手揉搓着自己的下颏。他简直太兴奋了，在这个时候，他完全感觉不到自己下颏上的疼痛。关于即将爆发的这场战争的所有新闻报道早就写好了，它们是被组合起来的。所以，根据战争的实际细节可以自由变换各种故事版本，现在只等着战争爆发的那一刻了。不管战争以什么形式爆发，卡夫都已经准备好了对“事实”的准确报道。在战争发生的很短的时间内，卡夫新闻报业集团广播电视联合公司就对战争做了很详尽的报道，这一举动将会被载入史册。

多年以来，卡夫一直在享受着这种“伟大”的感觉。他就像是一个技艺高超的骗子拥有着高深的智慧，同时他也像一个骗子那样完全丧失了作为一个人起码应具备的理性。

詹姆斯·邦德此时正趴在靠近隐形船船头的狭窄过道上。他尽量让自己的身体紧贴在舱板上，以便能顺利躲过站在他前面过道上三个保镖的视线。利用这段时间，邦德仔细检查了一下那把无声手枪的弹匣，很不幸，他只有两发子弹了！他从腿腕处的刀鞘里抽出了一把匕首，做好了最坏的格斗准备。

站在邦德前面舱板上的保镖们正在热烈交谈着，他们都在为自己没被派出去寻找水下爆破弹而感到庆幸。他们也盼望着老板的计划在今晚能够顺利实现，那样的话，他们将得到一笔很丰厚的奖金。这就是他们关心的所有内容。

“我嘛，”一个保镖说，“我想带着这笔钱去海岛上好好玩玩。”

“我先要去找几个漂亮姑娘。”另一个说。

“为什么要花掉呢？”第三个人说，“能攒多少是多少——啊，啊……”

邦德不知什么时候跳到了三个人的后面，他拿着那把匕首狠狠地插到第三个保镖的太阳穴上，同时又用另外一只手拿着枪，干净利落地干掉了剩下的两名保镖。突然，邦德听见背后传来一个响声，他猛地转过身，把匕首甩进了一个刚走到过道上的保镖的胸部。只有短短的2秒钟的时间，一切就都结束了，四周又安静了下来。邦德从那人的胸口拔出匕首，又在那人的衬衫蹭干净了上面的血迹。

走廊上放着一捆输送带，邦德不经意地瞟了它一眼，突然，他有了一个主意。他拾起带捆，把它塞进了衣袋。

他站在原地思考了一会儿，他需要时间来想想这接二连三发生的事情。不知道林晚到底有没有被他们抓住。

邦德继续快速向前移动着，他一边观察着周围，一边在心中勾画着一个崭新的方案。说不定这个方案不用将敌人全部杀死就能够制止卡夫这种近乎疯狂的计划。要是能用这个办法找到林晚，那就太完美了。

此时的皇家海军“贝德弗特号”操作舱里是一片忙碌，基层作战指挥官向舰长做着汇报：“长官，米格战斗机群距离我们的导弹射程只有1分钟的航距了，但他们的目标雷达却刚刚打开。”迈可姆洪舰长向指挥官点点头，表示自己已经知道了。

海军上将凯瑞的视线一直都在监视屏上，他担忧地说：“舰长，我想我们的军舰根本不能抵挡这么多飞机，可是我们又不能束手待毙等待军舰被击沉，所以我命令所有的军舰，只要米格飞机发动第一次射击，包括我

们在内的所有军舰都要集中全部火力向中国舰队开火。”

“明白，长官。”舰长说。

突然，信号员站起来对着凯瑞上将说：“报告长官，来自海军部的紧急情报！”他熟练地从打印机上撕下一张长长的纸单，然后把它交给了凯瑞上将。上将皱着眉头，仔细阅读了情报，他摇摇头，觉得有些不可思议，于是他又重读了一遍，以便确信自己刚才并没有看错。之后，他把这份冗长的情报交给舰长，“你看看吧，”他说，“他们以为这是场游戏吗？”

上将慢慢走到基层作战指挥官的旁边，他的目光满是担忧和焦虑，“指挥官先生，你是否在雷达上发现了什么看起来十分微小的东西？比如说救生艇、潜望镜，或者其它的海上行驶装备？”

指挥官仔细查看了一下雷达，得出的答案是否定的。

舰长看完报告，完全被里面的内容惊呆了，他把目光投向天空：“他们在开玩笑吗，长官？哪有什么隐形船？”

操作室里的工作人员这下全都忙碌了起来，他们带着心中的疑虑，聚集到监视屏前仔细寻找着一切可疑的东西，哪怕是最微小的光点也不放过。

就在距离“贝德弗特号”的不远处，“海豚2号”已经完全做好了准备，它稳稳地停在了最佳射击位置上。月光下的“贝德弗特号”静静地躺在海面上，就好像是可怕的幽灵浮动在水中，更像是一条杀人鲸睡在海面。

一个保镖正独自在船尾的工作台上执行着巡逻任务。船尾有一间配备有各种各样工具和补给物的库房，但是奇怪的是，这里并没有人，几个喷漆筒却诡异地在库房门前滚来滚去。这个正在巡逻的保镖起了疑心，他端起MP5K手提机枪，一边瞄准了库房，一边悄悄走向那几个可疑的油漆桶。他在心里默默数了三下，随即猛地推开了库房的大门。令他惊讶的是，这里居然有两个打手被反绑在了一起，而且他们的嘴都被堵住了。

还没等这人反应过来，他的脑袋后面就挨了狠狠的一掌。这只手饱经训练、可以一下劈开木板，这狠狠地一击，直打得那个保镖跪倒在了地上。詹姆斯·邦德又抬起手向他的脖子补了一拳，那人马上就失去了知觉，邦德赶紧从他的手里拿过那把MP5K手提机枪。邦德把这三个人绑在了一起，随后拾起了地上的油漆筒。

他继续行动，很快就到达了隐形船的最高层。他悄悄地走到船尾的平台上，靠着一架笨重的机器，努力寻找着自己的目标。

他终于看到了自己一直寻找的东西。

邦德从平台边缘探出身子，望向船尾空旷的舰板，他能清楚地看到那颗巡航导弹的外形，此时它被装在了一架和隐形船平行的发射管里，周围根本就没有人在巡逻。

邦德坐下来，把他刚才收集到的一堆东西全都摆在了舰板上，有一捆输送带，几个油漆筒，还有一个装满了汽油的金属罐。他现在简直有点兴奋了，他拉出输送带，努力把它撕成小条状，然后他用这些小细条把汽油罐和油漆筒绑在了一起。

一切准备工作做好后，邦德再次探出身子，以便确认下面到底有没有人，此时正好有一个没有携带武器的船员沿着狭窄的走廊向导弹走去。

邦德拿起MP5K机枪，打开保险，使它处于点射状态。他对着那条狭窄的走廊瞄准，位置刚好停在船员右脚的鞋前。子弹迅速飞旋着被射出，打在走廊的金属舰板上，跳跃着反弹到墙壁上。那个船员还不知道发生了什么事，他恐惧地向周围看了看，又拿不定主意，不知道是该跑还是该待在原地不动，他试探着向前迈了一小步，邦德抓住时机，再发一记劲射，这次子弹距离那人的左脚只有不到四分之一英寸。

那人马上转身，夺命而逃，邦德的目的达到了。

他转身再次检查了一下，刚才准备好的装备，这之后的两分钟里他再也没被打扰。

和邦德此时的悠闲不同，在地球的另一侧，专门小组正在军情室里着急地等待着英国海军舰队发回的消息。坦纳此时不仅关心海军舰队的情况，他还很关心M此时的情绪。他敢确定，这个时候，M比谁都要着急，都要紧张，但是，她的表情却显得很平静，相信除了坦纳，没有人能了解M的真正感受。在其他人看来，M此时还仍然保持着对自己观点的绝对信任，这也正是让他们害怕的地方。尽管如此，但坦纳毕竟已经跟随了M两年，他是如此地了解她，他知道此刻在她那钢铁般坚硬的外表下真正的内涵。他不愿意责备她的紧张，毕竟，现在正是她职业生涯最危险的时刻。

一个参谋报告："报告长官，据凯瑞上将传回来的消息显示，他们并没有发现什么隐形船，而且……"

"肯定会是这样的结果！"M打断他，"这正是问题所在。"

"……上将还说现在他们还可以停船搜索，因为舰队随时都有可能遭到射击。"

"现在必须命令他，绝对不能回击。"M说。

"你要我怎么向一个英国舰队下命令，让他们遇到攻击的时候决不能进行自卫。"国防部长愤怒地说。

"那我们只能求上帝保佑我们了。"M能说的也只有这一句话了。

卡夫办公室里的内部通信系统发出了刺耳的声音。

卡布塔微笑着松了一口气。他靠到椅背上，伸展着有些僵硬手臂。卡夫一边捏住自己的下巴，一边不断地磨牙。

"怎么样？好了？"卡夫问。

“没错，大功告成。”卡布塔带着轻松地口吻说，好像这是一件很容易的事。

“太好了！让他们都做好准备！”

此时，电话响起来了，电话里说有一些紧急情况，需要卡夫马上到导弹发射台去一趟，这件事必须要他亲自处理，卡夫拿着电话，急切地想要了解事态发展的全部状况。

“你再说一遍，你说导弹发射台附近出现了一个狙击手?”卡夫不敢相信地对着麦克风大声吼道，“千万要小心，我现在亲自去处理。”

他小声嘀咕着，和卡布塔一起跑到了出事地点，发现那里已经站满了卫兵。

“到底怎么回事？”此时的卡夫非常困惑。

“我们刚一到那个地方就遭到强烈的射击，根本就没有办法接近锁定装置。”一个船员指着导弹旁边的平台说。

“强烈的射击？你刚才说的锁定装置是什么？”卡夫问。

卡布塔赶紧向他的大老板解释：“通常情况下，我们在海面航行的时候，发射管事先是被被锁定的。想要发射导弹的时候才会有人下到那里打开发射器械，不然，就没有办法把导弹发射出去。”

卡夫听得完全愤怒了，他眯着眼睛，拿下墙上的电话，大声咆哮着：“斯塔夫！你立刻给我到这儿来，立刻！带上那个中国女人！你知道吗，那个邦德居然还活着！”

说完，他“啪”的一声放下电话，瞪视着周围的一群人，随即他粗暴地推开将他簇拥在中间的船员们，大步跨上了平台。

在他的视野中，什么东西都没有。

“邦德，”他大声喊着，声音在寂静走廊里回响。

“你知道吗，你绝对不能向我开枪，我们已经抓住了那个中国女人。你知道你打死我会有什么后果吗?斯塔夫将会用最有意思的方法收拾她，所以你快打消这个念头吧！我的新闻全部都写好了，马上就要出版，就要公之于世了！假如你现在能够服从我们并且交出你的武器，我保证，我向你保证，斯塔夫绝对不会折磨你和那个女人，我会让你们死得痛快一点，怎么样？你要相信我，我保证。”

邦德并没有说话，他只是将几颗子弹射到了走廊上，他在用这种方式回答卡夫。卡夫被吓得向后直蹦。

皇家海军“贝德弗特号”正在以全速向着中国舰队的方向行进。操作舱的仪表盘上有一个自动警报系统发出了“嗡嗡”的声音。这是所有海军官兵都还不愿意听到的声音。

“报告长官！”基层作战指挥官大声喊，“目前中国战斗机已经进入射程。我们已经被他们的雷达发现了。"

凯瑞上将看了看舰长，此时，虽然他没有说话，但是他们却都读懂了对方的意思。

"听我命令，所有战舰都做好准备，"舰长说，"只要敌人开火，我们就马上反击。"

他们皱着眉头，盯着眼前的监视屏，静静地等待着。此时，凯瑞上将和舰长的手紧紧地握在了一起，他们的掌心里全都是汗水。

凯瑞上将又看了看雷达，他试图能在这最后一次的观察中，发现那个海军部提到的隐形船。

邦德使尽全身力气爬到了一套大型机器的顶部，他想利用这里的有利地形来掩护自己射击。假如在从这里继续向上爬，就能到达隐形船的最高点。邦德把刚才自己制作的装备紧紧地捆在舰壳内侧壁上，然后使劲拽了拽，以便确定绑得是否牢固，他拽着这根细细的输送带开始往下爬。突然，下面过道上传来了一阵噪声，他停了下来，仔细听着——这时一阵沉重的脚步声，听起来，好像脚步声的主人很着急。邦德赶紧跳下去，进入了事先观察好的最佳狙击位置，他举起枪，准备再次射击。

但是，令他没有想到的是，站在他面前的居然是林晚！她的双手被手铐铐在了一起，脚踝上也系着沉重的镣铐。斯塔夫站在她后面，把林晚当成了一面人体盾牌。

"邦德！开枪！快开枪！"林晚大喊，"不要有顾虑，不管怎么样，他们都不会放过我的！"

邦德仔细分析着现在的情势，他抬头看了看天花板上他的新装备，随后快速在心里默算了一下从自己站立的地方到船围栏的距离。接着他又估算了一下林晚和她面前围杆的距离。

邦德冲着林晚用丹麦语大声喊了几句话，因为这样，就只有林晚能听懂他的话。

卡夫此时正站在下面的导弹前发射台上，他听到了邦德对林晚说的话，愤怒的他狠狠咬着牙喊道："要小心，斯塔夫！他要有行动了！"

邦德猛地举起枪向天花板上瞄准，同时他大声用丹麦语计数："3…2…1…"

他挂在天花板上的自制炸弹伴随着他的枪声爆炸开来，其威力相当大，居然把舰壳外侧的一大块表皮都炸飞了。然后，邦德没有让斯塔夫有反应的时间，来了一个精巧的跳水动作，正好从在两个浮筒之间飞身入水。林晚也趁此机会笔直地跃起，希望在斯塔夫反应过来之前纵身越过走廊的护栏。但是，斯塔夫的动作简直出奇地快，他的反应也非常迅速，他一把抓住了林晚的脚镣，林晚甚至都没来得及跳起来。斯塔夫缓缓地拉起林

晚脚上的铁链，使劲把她拖回到了安全地方。保镖们举起枪，朝着水中射击，但是并没有打到邦德。邦德跃入海中，就拼命地往前游，他现在已经游到了隐形船的外围地带，他不可能停下来等着林晚赶上来。他必须马上离开这里，他相信林晚很快就会追来的。

但是，等了半天，也不见林晚。他不知道这是为什么，难道林晚又被他们抓住了？不管怎么样，他是不会把她一个人扔在那儿的。

他觉得自己的心里忽然涌起一阵愤怒的狂涛。他卯足力气，再次向着隐形船游去，然后凭借着舰尾光滑轮廓上一些非常微小的凸起物，他再次艰难地爬到了隐形船上。

“贝德弗特号”的基层作战指挥官突然惊讶地从座位上站起来，他再次仔细地看了看雷达的监视屏，像发现了新大陆一样兴奋地跑到凯瑞面前：“报告长官！我们的雷达监测到了一个新目标，方位为 110 度。这个信号十分微弱，所以没有办法确定它的距离。但我敢保证，就在一秒钟之前，它还不存在！”

凯瑞上将走到雷达监视屏前，弯下腰来亲自查看，没错，屏幕上的的确确出现了一个细小的可视信号，可以肯定，这是轮船一类的东西。

“信号员！”上将大声命令道，“通知所有军舰：‘没有我的命令，谁都不准射击！再重复一遍，不管出于什么原因，都不能向中国舰队射击。全部军舰一律卸下雷达火力系统，然后将航速降到 10 节①。’”

“能确定这是什么东西吗？”舰长问。

“现在还不能——但是，我再也不会认为海军作战部的那些人是神经病了。信号员，马上报告海军作战部，就说我们已经发现了那个隐形船。然后，再用明码向中国舰队的海军司令发报：‘我方发现一不明身份轮船，从我方所在位置计算，此不明物体的方位为 110 度。我方将向它开火，而不会以你们为敌。’”

“贝德弗特号”将速度降为 10 节，这时，几架中国米格战斗机也呼啸着从“贝德弗特号”头顶掠过。

卡夫和卡布塔马上跑到了舰体走廊，他们仔细察看着隐形船的天花板，邦德的自制炸弹的威力实在是太大了，天花板居然被炸开了个大洞，透过这个大窟窿，卡夫甚至能看到天上的星星。

“舰壳已经出现破口，我们现在很有可能已经被敌人发现了。”卡布塔担忧地说。

---

①节，航海单位，1 节等于 1 海里／小时。

从他嘴里说出来的可怕信息，差点让卡夫的心脏停止跳动。他紧紧攥住内部通信装置，咬牙切齿地下达命令："马上想办法给我解决了，马上！"

此时的卡夫是疯狂的，他已经被愤怒冲昏了头。站在导弹前发射台上，卡夫就像一条疯狗一样吼出做出指令："斯塔夫！立刻给我带上你的人，全都带上，一个也不要留下，给我把那个洞口补上，要快！"他转身对几个抓着林晚的保镖说："把这个女人给我丢到大洋里去，不过别冒险，先把她射死。"

一个保镖举起枪对准了林晚的头部。

"你这个白痴，不是在这儿！"卡夫说，"给我带到底舱去。"

保镖们粗暴地推着林晚，走向了通往底舱的舷梯。

卡夫低声对卡布塔说："你跟我来一下。"随即两人离开了那个地方。

伦敦军情室上空围绕着的紧张的气氛已经烟消云散了。

这全都要归功于凯瑞上将发回来的消息。在中英两国舰队之外，那个海域的确存在着一个隐形船。国防部长用敬佩的眼神看看M，他现在是真的相信她是正确的了，现在他只希望皇家海军舰队能够顺利地解除这场灾难。

"报告长官，"作战参谋报告，"中国米格战斗机群已经关闭了雷达，它们现在正位于普通的巡逻高度，而且已经开始陆续向基地返航了。"

这也就是说，中国人已经对他们的报告做出回应了。

"凯瑞上将表示，他渴望亲自干掉那艘隐形船，就是不知道在座的各位是否有异议？"参谋说。

这时，军情室里所有的人都将目光转向了M，仿佛都在等待着她的意见。M没有说话，她只是转头看了看若尔迪克，暗示这应该是他的权限范围。

此前，若尔迪克一直在观察周围人的表情，他现在已经不知道该怎么办了，直到他的目光落到M的脸上，M轻轻地向他点了点头，他好像被重新注入了信心一样，侃侃而谈起来。

国防部长的焦灼基本上已经解除了，他终于可以坐下来，拿起电话向首相交差了。

若尔迪克上将不好意思地走到M面前，他伸出了自己的右手。M也友好地伸出手，但是令她惊讶的是，这位上将居然采用了古老的传统礼仪——他弯下腰，把M的手举到了唇边。

在"贝德弗特号"的操作舱里，自动目标警报已经停止了报警，所有官兵都可以暂时舒适地喘口气了，他们中的一些人居然兴奋地握起了手。

"报告长官！一个中国舰队司令发来了信号。"信号员报告。

舰长赶紧拿起电报单，把它递给凯瑞，但凯瑞并没有接，他只是打个手势，示意舰长把它读出来。

“致英国皇家海军特混舰队司令官：我方同样在监视屏上发现了不明身份的轮船。只要它不驶向中国领海，我们决不会向它射击。因此，到目前为止，它应该是你们的。祝你们好运。”

上将马上要求信号员做出回应：“向中国司令官发报：‘非常感谢您，先生。’舰长，不管那个东西是什么，我们必须干掉它。”

“没错，长官。”舰长兴奋地转身对基层作战指挥官说：“反射波还是很微弱吗？依然无法定位？”

“是的，长官。”

“听着，再仔细地复查一遍，尽量提高到最大精确度，然后再把发动机提升到最大功率，向4.5英寸机关枪里装设照明弹和炸药。对付它，得用我们的老办法。”

片刻之后，“贝德弗特号”船舷上的4.5英寸机枪一记单射，机枪口好像喷出了一团火焰。

卡夫和卡布塔一起走到舰桥上，船长慢吞吞地报告说：“英国舰队已经将目标转向了我们，现在他们的旗舰距离我们只有10海里。”

“可是这也恰恰是隐形船的绝妙好处，”卡布塔说，“一旦我们把那个伤洞补好，他们就没办法看到我们了。”

突然，4.5英寸照明弹在隐形船上空爆炸了，它就像闪光信号枪发出的焰火一样明亮，但威力却比烟火强大千倍。

卡夫愤怒地转向卡布塔：“听听你刚才在说什么鬼话？”接着他又转向船长，命令道：“马上向他们开火，快点！”

“老板，您是说向英国舰队开火？”船长战战兢兢地问。

“你难道是聋子吗？没有听到我的话？”

巨大的爆炸声已经深深撼动了隐形船。他们已经完全暴露在英国舰队的可视范围内，现在，“贝德弗特号”的4.5英寸机枪可以随时向他们发射高效爆破弹。

令人目眩的白光使得“海豚2号”现出了他的原形。邦德也为眼前这个庞然大物居然如此巨大而感到震惊。现在，他的周围就像是白天一样，他可以清晰地看到任何东西，所以也就能爬得更快了。

然而，要想像壁虎一样，在这艘成“之”字形加速行进的船上快速向上攀爬，邦德显然有些力不从心。因为，船壁上很光滑，根本没有可以抓住的突起部分，所以他现在仅仅只是能趴在船上，根本谈不上行动。他的眼睛盯着他在舰壳顶部炸出的洞口上，那里正透出一些亮光，他慢慢地爬了过去。紧接着，一枚炸弹恰好在船的后面爆炸，激起的巨浪把邦德浇成了落汤鸡。一分钟之后，隐形船两边浮筒的机枪里分别窜出一道长长的火舌。这是“海豚 2 号”发射的一对反舰艇导弹。邦德完全出自本能地俯身躲藏，“海豚 2 号”接着又射出了第二对反舰艇导弹，弹头居然从邦德头顶飞过。现在邦德敢肯定，卡夫确实已经疯了。这个疯子正在和英国海军舰队做着最后的决斗。

第十六章　帝国覆灭

两个保镖押着林晚，沿着狭窄的走廊慢慢地往下走。他们差不多已经到了底舱，突然，林晚好像被腿踝上的铁链绊住了，她重重地摔到了露天工作场所的金属舷梯上。

她趴在台阶的最底层痛苦地呻吟着。两个打手纳闷地看了对方一眼。难道她受伤了？一个保镖走过去想帮她站起来，但另外一个人好像更谨慎一些，他大声提醒着第一个人别过去，为了能让林晚老实点，他向林晚头部附近开了一枪。

“快站起来，听到没有？”他大声命令道。

林晚挣扎着想站起来，这样的动作起了作用。她终于从右耳垂上摘下了那只有撬锁功能的耳坠。

其实这是中国对外安全部队的军械师特意为林晚量身制作的精巧装置。两个耳坠都用白银制成，上面分别刻着“林”和“晚”两个象征字符。有很多中国哲学思想是建立在符号崇拜的基础上，直到现在还有很多人相信符号是具有魔力的。为了获得好运，林晚一直佩戴着这对耳坠。而且迄今为止，它们也一直为林晚带来了好运。

斯塔夫和几个保镖正在修补被邦德弄出来的那个大窟窿，在等待修补材料从下面的平台运上来的间隙，斯塔夫无意间抬头望着伤洞，这下居然惊讶地看到邦德正从洞口挤进来。而邦德看到斯塔夫也是非常吃惊。斯塔夫迅速地捡起脚边的 MP5K 机枪，掉转枪口向上，但是，此时的洞口却是空空如也。

“快给我把这个洞口堵住，快！”斯塔夫大喊着，接着他也爬出了洞口。

船舱外，邦德正在思考下一步该怎么办，没想到斯塔夫居然会从洞口爬出来，邦德一个飞跳，双脚直接插向斯塔夫的前胸。斯塔夫为了躲避这一脚，猛地向后一仰，结果很不幸，他撞到了一块因为爆炸而产生的尖利的锯齿型舰壳裂片。

邦德站在原地凝视着斯塔夫，由于光线太暗，他看不清斯塔夫到底受了多重的伤，他现在惟一能听到的，就是身后大海汹涌的波涛声。

接着，又有一枚照明弹在隐形船的上空闪亮。此时斯塔夫躺在地上，一动也不动，他的头无精打采地垂下来。邦德小心地、慢慢地移动过去，这时，他听到了德国人嘴里发出的呻吟声。这声音慢慢变大，渐渐演变成了一种混杂着痛苦与欢乐的邪恶的嚎叫。邦德奇怪地看着斯塔夫，只见他抬起头，举起手，生生把自己从尖针似的裂片上拔下来。这个"施虐—受虐狂"居然有如此顽强的毅力，他用双臂平衡着自己的身体，就像踩在吊环上的体操运动员一样。看上去，他脊背的痛苦好像和金属裂片一起被他扯掉了。他大声地笑起来。一旦他的身体恢复了自由，斯塔夫就会充满了旺盛的战斗力。他用手抚摸了一下自己的背脊，然后看着鲜血淋漓的手，贪婪地、津津有味地吮吸起来。

"我觉得，我们应该再做点有趣的事。"他对邦德说。

邦德没有犹豫，他抬腿踢向斯塔夫的脸。斯塔夫居然没有躲避，而是接受了这记猛击。他死死地抱住邦德的膝盖，使劲把它向上扭，邦德痛苦地跌倒在了轮船甲板上。此时，不远处的一大炸弹爆炸了，激起的水花不但弄湿了两人的衣服，也让处于痛苦之中的邦德清醒了过来。

"这快感都会是你的。"邦德说。

皇家海军"贝德弗特号"的机枪顺利击落了一枚从空中飞来的导弹。但是，在第二轮射击中，他们就没有之前那么幸运了。一颗导弹直接穿过了防空武器，在靠近舰尾的地方击中了军舰。几名船员赶紧拿着灭火器冲向了燃烧着的熊熊火焰。有两个救火的水手因为吸进了大量烟雾而被抬到了病号舱，但是这场大火，并没有造成人员伤亡。

操作舱里的警报器再次响起，整个房间里的人都被这突如其来的情况震惊了。

但是舰长却依然保持着他一贯的镇定："注意，将速度降到 5 节。"

他从船员手中拿过一份报告，向上将汇报："舰尾的火势并不严重，长官，但是在扑灭大火的时候，我们必须将速度放慢到更低。"

凯瑞了解地点了一下头。

基层作战指挥官突然说："舰长，对方现在的速度居然是 32 节。也就是说，照这种速度，两分钟以后，这艘船就会消失在我们的可视范围内。"

"那没有关系，我们可以利用雷达追踪他们，"凯瑞上将说，"即便信号很微弱。不要停，继续射击，我要让他们被迫降低行驶速度。"

"贝德弗特号"虽然受了伤，但还没有严重到沉船的地步。它继续施行着对隐形船的攻击计划。

两名保镖把林晚带到了低层工作平台的围栏旁边。舰体底部是敞开的，露出了底下两个浮筒间波涛汹涌的大海。一个保镖举起枪，枪口对准了林晚的脊背。

林晚慢慢地走到栏杆边，突然，她从那里回身冲向两个保镖。其中一个保镖试图将林晚向外推，但林晚的动作相当熟练，她又冲回到两个保镖的面前，她抓住两个人的头，使他们的头撞在一起。接着，她又用自己那副早就打开了的手铐锁住了这两个家伙。他们还没弄明白到底发生了什么，就被林晚重重地抛进了海里。

事情的经过刚好被上面走廊里的一名保镖看到了，他抓起手边的枪对着林晚开了火。但林晚在子弹打来之前已经抄起了脚下的两挺机枪，她灵巧地躲过了这一枪。

林晚偷偷躲进了嵌在船舱里的一条走廊上。她没有瞄准，只是胡乱地越过肩头射出一串子弹，随即转过拐角，避开了八个正在找她的保镖。她静静地等待着，没有将自己暴露在敌人的视线里。当她确信保镖们已经离开了后，林晚悄悄地探出身子，跑向了另一条走廊。

一个落单的保镖刚好转过拐角，差点和林晚撞在了一起。林晚用肩膀狠狠地顶了他的胸部一下，那人一下就倒在了舱板上，林晚趁机从他身上跑了过去，一不小心，一只脚踢到了他的脸。

舰尾的工作台上，船员们成功地在上面架起了一个长宽之比为 4:2 的大铁架，上面支撑着一块黑色的复合型隐形涂层材料。他们合力用铁架将这块“补丁”举到了洞口，架在了合适的位置上。

卡夫在自己的办公室里注视着外面的一切。

“注意，一定要保证不留任何微小的空隙。”他用麦克风对着外面大喊。

片刻之后，伤洞被彻底修补好了。卡夫看着那块“补丁”微笑起来，现在，他们又可以继续实施计划了。

“贝德弗特号”行进的速度十分缓慢，几乎看不出来军舰在航行，但它仍然会不间断地通过雷达向目标发出 4.5 英寸爆炸弹。船员们都加入到了救火的队伍中，军官们则目不转睛地盯着操作盘上的监视屏。他们都被这场斗争弄得非常紧张。

“报告长官，火扑灭了！”一名船员向舰长报告。

“注意，将军舰的行驶速度恢复到最高。”舰长命令道。

“报告长官！”引领员大叫起来，“我们居然失去了对目标的控制，它在雷达上消失了。”

凯瑞上将盯着监视屏，果然，就像引领员说的，那艘隐形船真的不见了，连一点微小的信号都没留下。

“真是见了鬼了，” 凯瑞小声嘀咕着，“希望它一会儿会在某个地方再次出现，我们也只能这样想了。听我命令，继续沿此方向前进。”

而此时，在“海豚 2 号”上，邦德和斯塔夫仍然在激烈地搏斗。德国人把邦德重重地摔在舰壳上，打得邦德根本就透不过气来。斯塔夫的脚猛地踩向邦德的脸，但是尚未完全失去知觉的邦德依然可以灵活地滚动闪开。

虽然邦德使用的是绝妙的拳术，但是他却没占到一点便宜。这个德国人好像永远不会丧失斗志和力量，虽然他受了伤，还和邦德搏斗了这么长时间，但是他好像一点儿也不累。斯塔夫猛地向邦德的面部发出七记猛击，顿时，邦德就感觉到头晕眼花，他慢慢地向后倒下，差点就掉到了海里。他拼命用手抓住舰体来维持自身的平衡，接着他跳起来，使出了一套漂亮的法式拳击[①]动作，正好一脚踢中了斯塔夫的下巴。可是这只“野兽”并没有受到什么影响，他只是笑笑，继续保持着进攻的态势。

邦德猛地朝着斯塔夫撞过去，但德国佬却突然伸出脚踹向了邦德的胃部。邦德被这突如其来的一脚踹得弯下腰去，斯塔夫趁此机会跟上来用尽全力把他向外推，邦德一下就从隐形船的边缘飞了出去。

斯塔夫双手捶着胸部，对着月亮发出了一声长啸。他太喜欢这种感觉了！他终于成功了！他越过船沿向下望去，看见邦德正在 6 英尺以下的地方，紧紧地趴在舰体上，他的双腿则晃晃悠悠地悬在外面，在巨浪的冲击下摇摆着。此刻，最后一枚照明弹的光亮正在缓缓变暗。

林晚奔跑着进入了一个异常整洁的汽轮机舱，里面最引人注目的，就是两台巨大的汽轮机。很多金属导管分布在汽轮机各个部位，每根导管内部的压力都是由玻璃表盘的压力计在监测着。

她跑进舱门的时候，对着两名站在汽轮机旁边的船员扫射了一阵，两个船员被吓得从另一侧门飞速逃走。在林晚的身后，有两名保镖紧跟着她进入了汽轮机舱，他们一进门，就对着林晚开枪射击。林晚不得不隐藏在汽轮机的附近。她注意到，汽轮机上有一排排列整齐的表盘和气阀，这是控制导管用的。此时，两个保镖的射击频率加快了。林晚慢慢向后退，每经过一个导管的时候，她就把控制该导管的阀门打开。随即压力计的指针开始下降，指向了红色的零标记。

林晚团起身，从两个汽轮机之间的开阔地带滚了过去，差一点就被两

---

①法式拳击，此种拳击可以用头和脚进行攻击和防守。

个保镖的密集射击击中。当她再次藏好的时候，她已经开始着手打开另一侧的阀门了。

保镖们继续互相掩护着向前行进，他们根本没有注意林晚正在对汽阀做着什么。他们刚来到汽轮机前，林晚就以迅雷不及掩耳之势从他们身边快速撤退。她的枪里已经没有子弹了，她索性丢掉了它们。林晚又查看了一下身上另一支枪的弹夹——也只剩下两发子弹了。

保镖们此时已经来到了林晚刚刚藏身过的导管后面。在他们的头顶上方，压力计正好指向红色零标记顶端。由于内部的能量被人为地控制住了，所以导管们开始剧烈地颤动起来。

林晚用仅剩的两发子弹打爆了两个导管阀门，阀门的爆炸导致了一系列连锁反应的发生，其它汽阀也跟着相继爆炸，汽轮机舱被一阵炽热的蒸汽吞没了。过了大概有一分钟，蒸汽就完全散开了，留下了几个被"蒸"熟了的保镖，他们就像高压锅上蒸透的小鸡一样，变得死气沉沉。

林晚走出了汽轮舱，来到了低层工作平台，她沿着舷梯向上，走到了露天的甲板上。

卡夫和船长隐隐约约感觉到船的行进速度在减慢。

"两部汽轮机已经完全丧失了压力，"船长检查了一下推进控制器，说，"我们现在已经被迫停滞在了水面上。"

"这个消息简直太糟糕了，但是对中国人来说，这个消息简直就是糟透了。快去，用最快的速度恢复蒸汽运转。"卡夫命令道，然后，他转向卡布塔："既然我们现在必须要停下来，不如就提前实行计划吧。"

卡布塔显然并不赞同这个提议，但他现在已经不会反驳了，他傻傻地站在原地，表情呆滞。

邦德还是紧紧地贴在船体一侧，周围根本就没有可供攀爬的凸起物，所以他也没有办法爬回到舰顶。不过他现在想要抓住舱体会很容易，因为隐形船已经停止了行进。但是对于斯塔夫而言，跟在邦德的身后爬下来也变得十分容易了。

距离邦德左侧仅有12英尺的导弹发射门缓缓地开启了。邦德着急地爬过去，在他的后面，还紧紧地跟着斯塔夫。

邦德纵身一跃，跳进了发射门，他半垂半躺地从发射门的门口爬到了狭窄的走廊上。他翻了一个身，呈单膝跪地状。一块操作板就悬在他头顶的正上方，操作板上有两个大按钮，一个是红色的，另外一个是绿色的。按钮上标有"紧急关闭／开启"的字样。邦德猛地扑向红色按钮，但斯塔夫此时也已经爬进了发射门，他一脚踹在了邦德的胸骨。邦德被击中了，跌出了走廊。

他摔到了露天甲板上，正好面朝下面的大洋。邦德好不容易才使出全

身力气抓住了巡航导弹的发射管前端，发射管慢慢地伸向空中，由支架保持着它的平衡。邦德加在发射管前端的身体重量使得它慢慢地倾斜下去，直到弹头指向了水面。现在邦德又变成悬在发射管末端了。

卡布塔悠闲地坐在导弹程序设计舱里，他的身后，站着他的贴身保镖。他在键盘上敲上了一组数字，然后抬起头，面对着一架摄像机。

“我已经完全准备好了，”卡布塔说，“随时可以发射导弹。”

卡夫通过自己办公室里的监控器观察着卡布塔的一举一动。同时，他也能看到导弹程序设计舱里的全部景象。他发现设计舱的舱门打开了，林晚悄无声息地出现在了卡布塔后面。

“亲爱的，太晚了！”卡夫对着麦克风大喊。

卡布塔完全被卡夫搞湖涂了：“你说什么？什么意思？”说完，他好奇地转过身，正好看到林晚严肃地站在自己身后。三个保镖纷纷举起自己的枪，但林晚抢先一步，发起了一连串爆发式的行动。她跳到半空中，来了一个跳跃弹踢，一下击中了一名保镖的面部。接着，她落地转身，抬腿踢了中第二名保镖的胸部，随即又抓起第三个保镖的脑袋，拽着他猛地撞向自己的膝盖。三个保镖都昏过去了。

然后，她转向卡布塔，说：“你现在准备怎么对付我？”

卡布塔的嘴张得大大的，他慢慢地举起了自己的双手，向林晚表示投降。

斯塔夫一下跳到了发射管的顶部，重量的变换使得发射管变成了跷跷板，斯塔夫和邦德就这样你上去我下来，我上去你下来地僵持着。这种上下旋转的运动逐渐加快了速度。这样强烈的冲击使得导弹不停地倾斜——片刻之后，斯塔夫的一端再次上升，而邦德的一端再次下降。邦德看准时机，一下子从导弹上飞了出去，跳到了发射门下面狭窄的走廊上。他落地的时候很重，没有站稳，这样就影响了他的向下运动的趋势，也差点折断了他的臂膀。邦德忍着巨大的伤痛，顽强地站了起来。

发射管的尾部由于没有了邦德的重量开始快速下沉，斯塔夫及时地用脚勾住了低层走廊边的栏杆，这才制止了导弹的进一步倾斜。

突然，通向导弹程序设计舱的门被打开了，林晚拿着枪冲了出来，她催促着卡布塔走向舰体边缘的栏杆。

“我已经说过了，我投降，我投降！”卡布塔被吓得大声喊着。

林晚犹豫了一下，看得出来她的同情心在询问她要不要放掉这个人。卡布塔恐惧地看着林晚。但是林晚坚定地摇了摇头，紧接着就把他从船沿上方推了下去。这时的卡布塔就像是一枚重型炮弹，沉重地砸到了海面上。

越过自己的办公桌，卡夫通过监视屏看到了斯塔夫悬挂在空中的景象。此时，斯塔夫的双手紧紧地抓着巡航导弹的发射管尾部，而他的脚则勾在了左边的低层走廊栏杆上。他被拉伸在这两个点之间，根本就不能移动。

幸运的是，斯塔夫的身体把导弹和发射门连成了一条笔直的线。卡夫赶紧打开扬声通话器。

“斯塔夫！听我说，停在那儿别动！千万别动！相信我，这会是你体验过的最棒的感觉！”

说完，卡夫按动了操作台上的发射钮。在导弹爆炸的巨大噪声中，他听到了斯塔夫的声音，德国人发出了一阵非常亢奋的悲号。

这个卡夫的心腹爱将在发射管喷发出导弹的一瞬间，被烤成了黑色的肉块。邦德赶紧冲向仪表盘按钮，关闭了导弹的发射门。他揿动按钮，同时跃到一个看起来非常坚硬的金属支架背后，避免那巨大的热量也将自己烤成肉块。

导弹发射系统被迅速关闭，但是导弹的速度还是很快。整个导弹的身体已经在发射门关闭之前喷出了门口，只是导弹的弹翼被发射门死死地卡住了。

巨大的能量使得导弹剥掉了两翼，像闪电一样射向天空。因为失去了平衡翼，它开始在空中不断翻滚，随即就在空中爆炸了，瞬间演变成了一个大火球。弹体的碎片就像雨点一样落到了隐形船的周围。

邦德快速地跑下走廊，在那里，他遇到了林晚。轮船开始剧烈摇晃起来，他们感觉到炸弹一个接一个地爆炸了。两个人拥抱着，邦德用眼角的余光发现了一个保镖。

“小心后面，在两点位置。”他附在林晚耳边低声说。

林晚没有回头，她直接反身向后踢，暗藏在鞋尖上的钉子钉到了偷袭者的脸上。

“我们现在可以算是一对配合默契的搭档了吗？”邦德问。

紧接着，“贝德弗特号”向隐形船发出了一枚炮弹，直接击中了“海豚2号”的舰桥。导弹爆炸的光芒使得这艘隐形船再次暴露在了英军的视线范围内。

越南警方和中国对外安全部队采取了联合行动，两队人马像潮水一样涌进了CMGN在西贡的总部。看着眼前的这些坦克和军用吉普车，以及威风凛凛的士兵，驻守总部的保镖们只能缴械投降。

军队很快就占领了整座大楼，他们对每个房间都进行了搜查，并且把所有卡夫集团的工作人员都集中到了中央地带。

他们发现常斌的时候，他正哆哆嗦嗦地藏在一间女盥洗室里。欧将军亲自到越南来负责这次的行动，就是为了能抓到他，当士兵们押着瑟瑟发抖的常斌从欧将军身边经过的时候，他提醒了一下常斌：如果他的叛国罪被军事法庭确认，那么等待他的将是从脑后射进的一颗子弹。

“朱太子”和他的那些不男不女的侍从根本就没有没听到外面嘈杂的声音。他们正聚在这个年轻“君主”的房间里跳着舞。所以，当士兵们破门而入的时候，他们几乎没做什么反抗就举手投降了。

不到十分钟的时间，常斌和“朱太子”都已经被抓住了，士兵们将他们带到了机场，踏上了回北京的行程。

最后一枚炸弹将卡夫击倒在自己办公室的地板上。他被大火包围了起来，这使得他完全迷失了方向。不知道什么东西击中了卡夫的头，他吃力地支撑起自己的身体，慢慢地站起来。一道单独的火舌沿着舰桥通向办公室的秘密通道窜进了办公室，覆盖着整艘隐形船的搜有监控器在一瞬间“嗞”地一声都被烧毁了。卡夫陷入极度的恐慌中，他狠狠地用拳头砸着舱壁，希望监控屏能够尽快恢复工作。

“诅咒你！”他大声咆哮着，“给我工作！”

突然，所有监视屏上都出现了卡夫的样子。这是 CMGN 的广播节目，此刻它正通过卫星将新闻传送到世界各地，成千上亿的观众正在收看。巨大的标题映在卡夫的脸上：“失踪？”

卡夫慢慢扭动声音按钮，特穆拉·凯丽此时正在播音：“……本广播电视网的主人，据报道，由于他的妻子在近日神秘死亡，所以卡夫先生一直处于极度痛苦和伤心的状态。这次死亡事件就发生在几天以前，英国政府目前宣布，将以 89 条罪状控告卡夫的欺诈骗局……”

卡夫“砰”的一声，愤怒地切断了声音。他完全被激怒了。

“我诅咒你们！”

接着，他从另外几个监视屏上看到了自己的背影。他慢慢地转过身，透过办公室的平板玻璃窗，他看到邦德和林晚正站在“海洋无名物”后面。这个庞大的器械咆哮地翻腾着，一排利齿和装在器械前面的摄像机正好对准了卡夫。

“快点爬出来了！”邦德说。

他推动着“海洋无名物”前进，只见它穿过玻璃窗，玻璃碎片溅得满屋都是，也同样洒满了卡夫的全身。这个新型武器就像蛇一样蜿蜒蠕动着，慢慢地靠近了它的主人。“海洋无名物”远比杀人鲸或鲨鱼更可怕。旋转的利齿随着前进的步伐滚动着，发出令人心惊胆战的尖叫声。

邦德和林晚的视线被这个大“怪兽”挡住了，他们只能通过舱壁上的监视屏观看下面的“表演”。只见卡夫的脸在监视屏上变得越来越大，他张开嘴大叫着。“海洋无名物”的巨大噪音掩盖了卡夫的哀号，一阵骨头被碾碎的声音之后，爱若特·卡夫，这个“空中帝王”就像是一只进入搅拌器的胡萝卜一样，被吸进了这部杀人机器。

邦德和林晚满意地看着这一幕。然后，他们转身，逃出了这个危险的地方。现在他们剩下的时间不多了，他们必须在轮船沉没或者再次被炸弹击中以前，快速地离开这里。

邦德随手抓住了一个正在狂奔的船员，他肩上扛着一个旅行箱大小的折叠式塑料包裹，邦德从他手里抢过了这个大包裹。

“跟我来。”邦德对林晚说。

林晚笑了笑，快步跟在他身后。在此之前，她也学着邦德的样子，从一个吓呆了的船员手里抢到了一只同样的包裹。

“贝德弗特号”又向“海豚 2 号”发射了两枚炸弹，这两枚炸弹还在船里引起了爆炸，制造出了大块大块的火团。

邦德和林晚用最快的速度冲到两个浮筒之间的开阔地带，纵身跳进海里。他们在水下拼命地游动着，游向远离隐形船的地方。他们还没有游出去多远，就听到了一声低沉的轰鸣。“贝德弗特号”发出了它最致命的一击。两个人竭尽所能地游动着，最后在一个距离隐形船很远的安全地点露出了水面。“海豚 2 号”已经开始倾斜了，估计马上就会沉下去。

邦德将一根导索拉到了刚才抢到的包裹上。一只二氧化碳针式充气筒发出“嘶嘶”的声响，塑料包裹慢慢地膨胀成一艘小救生艇。他把小艇展开，然后爬了进去。

“我能不能邀请你……”

他还没有说完，一转身就看见游在他后面的林晚正在吹胀自己的救生艇。

更多的炸弹爆炸了，这是“贝德弗特号”的致命一击，它也引发了隐形船内部的爆炸。“海豚 2 号”快速倾斜着，一只浮筒已经浸到了水面一下。“贝德弗特号”又发出了一枚炸弹，巨大的冲力牵动着浮筒，使它终于完全沉入了水下。轮船整个翻了过去，船脊着水，随后“海豚 2 号”再次爆炸，这一次，它终于沉入了海中。

海面上终于平静了下来，只留下波浪翻滚的声音和海水冒着气泡的“咕咕”声，这些都标志着，这个地方就是“海上幽灵”沉没的地方。

两个来自不同国家，不同社会的秘密特工紧紧地依偎在一起。他们坐在各自的救生艇里，两只小艇也紧紧地挨着，这样他们的头就能亲密地靠在一起了。

“你确定你不愿意和我做伴吗？”邦德问。

“最好的结果就是这样。有些时候，一个女孩会更希望在自己的救生艇里醒来。”她说。

“我明白了。你更愿意自己驾驭小舟。”

“不过，我认为我们可以一起划桨。”

“今晚我们先在你的小艇里划桨，明天再到我的小艇里。”

耳边响起了一艘轮船的汽笛声，邦德和林晚才不在乎这些呢。“贝德弗特号”用探照灯仔细搜寻着海面上漂浮着的轮船残骸和油膜。但是，他们要想发现这两条渺小的救生艇还需要很长一段时间。

扬声器里传出了一个声音：“邦德中校！你在吗？长官！如果你听到我们的话，请发出声音。林小姐！你听得到我的声音吗？我们是英国皇家海军……”

探照灯的光束越过了这对恋人的头顶，但却没有发现他们。此刻，两个人正热情地亲吻着。

“嗯，我现在觉得‘银行业’应该非常适合我。”邦德一边说，一边爬进了林晚的救生艇。林晚微笑着把他拉倒在自己身上。

接着，她大笑起来：“你知道吗？我还以为再也不会有这一天了。直到现在，我都不知道，这是不是真的，我不想让它就这么结束了。”

邦德再次亲吻了她，说：“好吧，就让我们都把今天忘掉，记住，明天是属于我们的。”

林晚慢慢地用双腿缠绕着邦德的腰，然后温柔地打开了他的保温潜水服的拉链。她轻轻地叹了口气，说：“这是我听到过的最动人的新闻。”

007
JAMES BOND
黑日危机
[美] 雷蒙德·本森 (Raymond Benson) 著
陕西师范大学出版社

第一章　神秘任务

坐在离开毕尔巴鄂机场的出租车里，詹姆斯·邦德才异常清晰地想起了 M 的命令：帮忙把罗伯特爵士的钱给取回来。

但在此时，邦德心中想的却是另外一个目标，不过那个有些危险。刚开始他相当气愤，因为他自己竟然被派去给一个有钱的石油大亨当差。尽管这人是他的英国同胞，邦德仍旧觉得不可思议。按照任务的要求他必须把罗伯特爵士因在黑市上没达成一笔买卖而要收回的退款取回来。邦德认为让 00 科的人来完成这一类任务简直有些大材小用。这个差事可能会给他带来另一个更有吸引力的机会，考虑到这点他才决定接受这个任务。

他想：我会把钱弄回来，这完全不成问题。我要为一个死去的同事报仇，这才是最重要的事情。

邦德并不怎么了解这个新近被招募到秘密情报局来的同事 0012。不过一个同事因在外面执行任务而被谋杀了之后，00 科里每个人都会把它当作自己的事，因为这就像一个家庭失去了一位成员一样，没有人愿意看到自己的亲人白白牺牲。尽管 M 不止一次警告过邦德，这种复仇的想法可能会给他的行动产生极大的负面影响，可是邦德还是把为 0012 报仇这件事作为自己义不容辞的责任。

事情是从昨天上司召见他开始的。能够中断在两次行动之间的要按照惯例阅读那些成堆情报的任务，邦德感到很高兴，因为阅读任务相当枯燥无味。他希望能被派到其他地方执行或许是有意思的任务，或者随便什么差事，只要让他离开伦敦这个地方就好。乘着电梯，邦德来到 M 的办公室，位于泰晤士河畔的秘密情报局大楼里。玛娜佩妮小姐正在为他飞往西班牙做准备，没有给他任何关于所要接受任务的暗示。

他进门的时候看到 M 正在看一份桌子上的文件。

她头也不抬地说："请坐，007。"在过去的几年里，邦德努力地和这位新上司加强沟通。新 M 赢得了属下的尊重和忠诚。他也希望自己能够获得她的青睐和欣赏。

"罗伯特爵士需要一个跑腿的人，你去一趟。"

"夫人？"邦德简直就不敢相信自己的耳朵，"那个石油大亨？"

"不错。他需要你明天去趟西班牙的毕尔巴鄂，把一个装满钱的箱子

从那里的瑞士银行取出来。原本他想在黑市上买一份秘密情报，付款后发现那并不是他想要的东西。卖主为了长久的信誉同意退款。中间人提出M16派人把钱取回的要求。我决定派你去，007。”

邦德皱起了眉头。虽说他不是非常熟悉伦敦的富豪显贵们，但这位高居于英国名人界榜首的罗伯特·金爵士他还是知道的。

“此外，”M继续道，“这也算是帮我的忙。罗伯特爵士是我交往多年的老朋友。”

对于这点，邦德没有丝毫的怀疑。M的很多朋友都在那些有权有势的部门里工作。在她的领导下，情报局和各界有了更为广泛的交往，和前任相比，M在玩手腕、与政治家斗智斗勇方面更是技高一筹。即便她成了秘密情报局的老板，依旧愿意与英国的精英们打交道。在这个年头，这大概算是一个精明的情报政策吧。

现在，他所知道的关于罗伯特爵士的一切悄悄地进入了脑海之中。现任金工业股份公开有限公司首席执行官兼董事长的罗伯特·金是靠着二十五年以前继承他父亲利润可观的建筑业开始发财的。一家经营不善的石油进出口公司是他的第二任妻子的家族资产。在他们结婚以后，他决定把金工业公司的主要盈利项目转向石油生产。在他妻子去世之后，他用了十年时间使自己的收入和英国的石油供应量同步增长，变为原来的三倍。他因在增加英国本国石油生产量上所做出的努力，被人们称为民族英雄，而且拥有了“爵士”的荣誉。从那时起，金工业公司具有在世界范围内的强大竞争力。金的名字在英国的新闻媒体上随处可见。一个过着富裕生活的还算有魅力的无赖加上一个年纪相当的花花公子，这就是邦德对金的全部印象。

爵士的私生活也成为大众喜欢讨论的话题，其中就有他的女儿……

邦德问道：“艾丽卡·金绑架案进展如何？近来好像没有先前讨论的多了。”

M盯着他，目光冷峻。“那与你现在的任务没有任何关系，007。”

邦德有些疑惑了，难道他进了她的雷区？

绑架案发生在一年多以前。罗伯特爵士的迷人的女儿艾丽卡·金，被人绑架并勒索高额赎金。由于那时邦德在国外执行任务，对案件的细节并不太了解。只知道她在被绑架了两到三个星期后，竟奇迹般地独自逃脱，而且绑架者大多被杀。他记得当时英国报界和BBC对这件轰动一时的案件都作了报道。但是后来由于受害人家庭的干预，相关的报道很快消失了。

他说道：“在落入别人圈套之前，我希望了解这件事的全部真相，尤其是对方正好是一家瑞士银行的话。”

M 并没有因为邦德的这句俏皮话露出一丝笑容。“因为绑架案发生在英国本土，所以这件案子由负责国内情报工作的 M15 接手。我们对此无能为力。”M 说道，“至于媒体，可能真的考虑到受害者家庭的感受，没有再去打扰这个伤心痛苦的家庭。感谢上帝，他们真的那样做了，那个经历了严酷折磨的可怜姑娘没有被骚扰。你的差事并非和我们无关，罗伯特爵士买回的报告正是 0012 原有的物品之一。在他被杀害的时候，他的办公室被洗劫一空。”

“真的？”邦德问道，现在他的兴趣来了。0012 是长期派驻国外工作的少数几个 00 科特工之一，大约一个月前有人发现他在情报局的俄罗斯分部被枪杀。这个消息震撼了整个情报局。

“听着，我并不想让你产生复仇的想法，007。”M 警告道，“它可能影响你行动时的判断力。0012 的案子目前还在调查中，把罗伯特爵士的钱拿回来你的任务就算完成，仅此而已。”他和上司的谈话就这样结束了。

玛娜佩妮小姐告诉他瑞士银行联系人是一个叫做拉歇兹的男子，然后把飞机票、旅行细节交给了他。出发之前，邦德来到 Q 分部，把一些也许会用得着的东西带在身边。

第二天早晨搭乘伊比利亚航空公司的航班，邦德到达了毕尔巴鄂。出租车把他载到了城市的神经中枢——坐落在毕尔巴鄂河右岸老城区。作为大都市标志的现代化写字楼和银行建筑群在这个独特的城市随处可见。

在邦德看来这个城市和法国的一些省会不同。在太阳落山后，这座城市白天所拥有的商业化和某种优雅的气氛就都消失了。这座西班牙城市的人们对彻夜狂欢的迷恋是远近闻名的，关于这点邦德就可以证明。在毕尔巴鄂，他曾与一个热情的小姐度过了极其难忘的美好夜晚和早晨。这个能用“韵律魔力”（这是他所能想出的最贴切的描述）展示拉丁恋人热情的小姐是一个职业的弗拉门科的舞蹈演员。

出租车拉着他在马萨莱多大道上前行。这座由美国加州著名建筑家弗兰克·盖里设计的古根海姆现代艺术博物馆以奇美的造型、特异的结构和崭新的材料成为河边的标志性建筑，甚至在世界上也拥有极大的荣誉。尽管曾经有一位批评家将这座壮观的用钛作外层的建筑形容为“一棵种在金钱上的菜花”，但邦德仍然被这座闪闪发光的、突破传统观念又极具本土特色的建筑所深深折服。如果不是因为这座城市热爱艺术的整体氛围的话，即使再美的博物馆放在这里都会显得有些不伦不类。可惜任务在身的邦德没有时间走进去仔细欣赏博物馆的收藏品，当然他之所以到西班牙也不是出于对艺术的热爱。

出租车在博物馆广场前停了下来。邦德朝古根海姆博物馆附近一座很难形容出外观的写字楼走去。大楼门口挂有刻着：“瑞士工业银行（私

营）”的铜牌，下面分别是西班牙语、英语和德语的译文。进去之前，邦德戴上了那副他从Q行动分部拿来的浅色眼镜并且迅速检查了一遍他的随身物品。换句话说，就是他的“好伙伴”：藏在深蓝色外衣下的那把外形小巧极易隐藏备有的自动装置沃尔特P99手枪和插在腰后的刀鞘中的西克斯·费尔贝恩掷刀。

他走进大楼向一位前台的女接待员通报了姓名。架着一副角质架眼镜、模样像老鼠似的接待员把桌子上的一些按钮按下，对着麦克风说了几句法语，后又用流畅的英语对邦德说道：“拉歇兹先生一会儿就到。”邦德微微一笑，坐到了大厅本就预备好的舒适的大沙发上。透过这里巨大的落地窗户，古根海姆壮观的景色映入眼帘。

终于，从圆柱后面走出三个衣着不伦不类的打手样的人。

“邦德先生？”其中一个咕哝道，在得到肯定的回答后，他做出请的姿势：“这边来。”

邦德跟着他们进了电梯。三个人一声不吭地将他围了起来。一人站在邦德前面，挡住了电梯门；另外两个分别站在了他的身后。

“今天的天气不错。”邦德说，但是没有人回应他。电梯在顶层停下，在三个彪形大汉的陪同下邦德进了走廊，看到一个殷勤的秘书，然后进入一间装饰豪华的办公室。一张巨大的橡木办公桌放在房间的正中间，桌子后面是三扇落地窗户。从窗户里可以看到阳台和远处的高楼街道。

一个坐在办公桌后面的穿着整洁的绅士正在研究打印出来的数据。这位绅士就是拉歇兹。

打手头儿报告：“邦德先生到。”

就在此时，另外两个家伙开始对邦德进行搜身。他们只用了几秒钟就找到了那把沃尔特手枪和刀子，把它们放到办公桌上。

打手头儿向拉歇兹示意来人已经被搜查完毕。

在这一整套手续结束以后，那位拉歇兹才将视线缓缓地离开那堆数据，抬头看着邦德，俨然一副屈尊俯就的样子，轻松地说道：“好。现在我们两个就都舒服了。为什么不坐下来？”随即他向一张皮扶手椅做了个“请”的手势，然后又坐回办公桌后面。“邦德先生，你真是太好了，匆忙间还来看我。”

邦德道：“如果你连一个瑞士银行家都不能相信，不敢想象世界会是什么样子？”

拉歇兹轻轻一笑，按下按钮。邦德也不客气地坐到椅子上。这时走进一位推着小车的浅黑肤色的女人。除了一个银色金属箱外，一个雪茄烟盒也放在这辆推车上。她拿起雪茄烟盒递给邦德，烟盒里整齐地排列着融合了阳光，土壤及超过五世纪卷烟艺术而成的古巴哈瓦那雪茄。邦德摇了摇头，仍旧把注意力集中在银行家身上。于是，她又把烟盒递向拉歇兹，后者拿出了其中的一支，放在桌子的烟灰缸上。

“吉尔列塔，谢谢。”拉歇兹说完，然后转过脸来看着邦德。“这非常不容易，还好不辱使命我把钱要了回来。毫无疑问，罗伯特爵士一定会特别高兴。”那姑娘把那个箱子放到了邦德的腿上。她一边扭动身体，一边打开箱子。整个的过程中她的脸上始终挂着迷人的微笑。一叠叠面值为 50 英镑的钞票整整齐齐地放在箱子里。

“按照当前汇率计算出的结果都在这儿。这是账单。”

吉尔列塔把一张纸递给邦德。他接过来草草一瞥，上面写着一个带零头并且精确到便士的数字：£3,030,003. 03。

“您要不要核对一下我的计算结果？”姑娘问道。

“我坚信这个数字完全没有任何问题。”邦德答道。这位姑娘肯定不是瑞士人，邦德暗暗猜测到。看起来倒很像地中海人，因为她具有地中海人的明显特征：长长的卷发，棕色的大眼睛。抑或西班牙人？也许是意大利南部人也说不定。

她合上箱子，退到一边。拉歇兹说：“我向你保证，全部都在这儿了。”

邦德把账单放进口袋里，然后从容不迫地拿下他那副浅色的眼镜。他看了看拉歇兹，稍微停顿了一下。“我来的目的不只是为了钱。卖方提供给罗伯特爵士的那份报告正好是一个 M16 的特工所拥有的。那个特工也因此被杀害。”

邦德把手放到另外一只口袋，把 0012 的照片掏出来放在银行家面前的桌子上。

“我要知道谋杀他的凶手。”

拉歇兹抬起眉头，试图摆出困惑和惊讶的表情，以表明他对邦德所说的事一概不知。他随意扫了一眼照片，经过一阵显然是事先准备好的沉思之后，他装模作样地点点头，咂咂有声道：“啊，一点不错，对，是，那可真是一场可怕的悲剧。”

邦德紧紧地盯着他，等待着他下面的话。

“但是，”拉歇兹懒懒地伸出一根手指说道，“我用一个不客气的说法，那份文件是你们 M16 特工自己在两个星期以前从一个俄罗斯特工那儿偷来的。”

似乎他认为这就可以成为宽恕那个杀人犯的理由。

“我要知道那个人的姓名。”邦德坚决地说道。

拉歇兹露出了一个过分热情的笑容。“决定权并不在我这里，邦德先生。你应该明白我只是一个瑞士银行家。相信你肯定能够理解我的立场……”

“你的立场？”邦德咬住不放，“中立？还是伪装中立？”

“我只不过是个中间人而已，我的任务仅仅是做些体面的事情，把钱

退还给它的合法所有人。至于其它，我爱莫能助……”

“我们明白那对于瑞士人来说会有多困难。”邦德胸有成竹地说道。

拉歇兹顿时拉下脸来。于是，两人互相瞪着对方。送雪茄的姑娘和三个打手都感到房间里的空气快要凝固了一样。

最后，银行家首先打破了沉默，说道：“我给你带着钱出去的机会！”

邦德也是不依不饶：“我给你活着出去的机会。”

“按照目前的形势，”拉歇兹说道，随后指着邦德身后“矗立”的三个打手，“作为一个银行家，严格地说，我敢说你并没有人数上的优势。相反地，我正好拥有！”

他朝第一个打手点头示意了一下。打手马上把一支威力巨大的勃朗宁9毫米手枪从外衣下抽出，对准邦德。

邦德小心翼翼、不慌不忙地戴上眼镜，抚弄着镜架说：“我想你大概没有将我的隐形财产计算在内。”

当拉歇兹看到邦德的手指触到眼镜腿上的一个微小的凸出物时，一丝疑虑从他脸上一闪而过。那支原本被打手搜出放在桌子上的枪里的火药突然爆炸，发出“轰”的一声巨响，同时射出刺眼的闪光。这时，除邦德外其他人眼睛都失去了作用。不过，这是一个短暂的效应，只够在很短的时间内迷惑那些打手们，给邦德提供合适的机会。邦德迅速地从座位里跳起来，一只手像一支离弦的箭一般直戳向那个枪手的喉咙，同时另一只手抓住他的手枪。此时抢手的手指扣动了勃朗宁的扳机，一发子弹飞射出去，只击中了办公桌后面的一扇窗户。随着玻璃破碎的巨响，枪手向后飞去，然后就失去了知觉。邦德没有浪费一秒钟，转过身来抬腿就踢中了第二个打手的脸部。这时第三个人向邦德冲过来，遗憾的是，他已经迟了。只见邦德一个急转身，双手有力地抓住他的肩膀，借助他的力量，猛地将他远远地扔了出去。那个可怜的家伙飞过扶手椅，撞上了一个矮柜。那个打手还没来得及发出呻吟，邦德已经跳过办公桌。一支手枪已经戳进拉歇兹面颊的凹陷处，这正是银行家用来威胁邦德的那支“威力巨大”的勃朗宁手枪，只不过它换了主人而已。

这一切都发生在6秒钟之内。拉歇兹根本没有思考的时间。

“看起来你的运气发生了点小变化，”邦德说，“告诉我他的姓名。”

现在拉歇兹确实是受到了惊吓，连说话的声音也变得结结巴巴：“我……我不能告诉你。”

“那好，我数到三，”邦德说道，“你会告诉我的，对吗？”邦德咔嗒一声扳起手枪的击铁，一阵战栗沿着银行家的脊柱延伸下去。“一，二……”

拉歇兹叫道：“我说，但你必须保证我的安全！”

“我答应你，现在就说吧。”

但是银行家还没来得及说出一个字母，一把刀向他飞了过来，不偏不倚地插进了银行家的脖子里。他的身体突然变得绷紧，眼睛睁了很大。刀把怪异地撅在他的脖子上。

是那个送雪茄的姑娘，吉尔列塔，动作迅速而且十分内行、老辣。现在她跳过桌子，借力钻过刚才破碎的玻璃窗，就跃上了阳台。邦德放下拉歇兹，立即追到窗口。那个肤色浅黑的姑娘正跟随着一根金属丝摇荡的节奏向下滑动。可见，那根金属丝是她预先就拴在阳台的栏杆上的。她安全地落地后，平稳迅速地越过小巷到达另一座建筑。邦德还没来得及开枪，她的身影就消失在阴影中。这时远处传来警笛的声音。毫无疑问，肯定是办公室外面的那位殷勤的秘书报了警。现在他必须赶快行动。

邦德转身后，注意到第一名打手已经苏醒过来了。那家伙手里拿着枪，挡住了邦德的去路。当他正准备扣动扳机时，邦德发现一个红色光点正好照在那家伙的胸前。只听“哐”的一声，他身后的另一扇窗户粉碎了，几乎是在同一时刻一颗子弹呼啸而来，打手还没有反应过来已经被它穿透了心脏。出于本能的反应，邦德迅速蹲下去，躲到了办公桌后面。他仔细凝视窗外，试图找到那个射击点，但对面楼房的窗户实在太多了，以致根本无法作出正确的判断。

他就地一滚，跳起来就向门口的方向跑去。这时他听到了走廊里熙攘的叫喊声和杂乱的脚步声。邦德退回来闩上门，又迅速扫视了一遍窗户。为什么那个隐藏暗处的狙击手现在没有开枪射击呢？他再次把房间看了一遍，发现那个被踢中的打手也开始动弹起来。

邦德马上意识到不管向窗户里开枪的是谁，他自己并不是射击者的目标。于是，他得出结论：也许最安全的逃跑路线就是阳台。

这时一阵微风吹过，窗帘微微摆动起来。这时邦德发现窗帘原来是被向后拉住，然后用一根长长的装饰绳拴着的。邦德的灵感来了，他抓住绳索猛地把那根长长的装饰绳拉了下来。他把绳子一端绕过破窗户下的暖气管，然后用绳子的另一端在那个趴在地上被打得晕头转向的打手的腿上打了一个活结。

警察也在这时候赶到了，邦德听到他们疯狂地用西班牙语叫喊着，紧接着就是一阵猛烈的砸门声。

邦德敏捷地捡起并收好他的随身物品：沃尔特 P99手枪和掷刀，一把抓住装满钱的手提箱把手，然后将绳索的另一端牢固地缠绕在自己的胳膊上，用眼睛看着窗户判断方位，做好准备动作。在这关键的时刻，他却略微停顿了一下，他要做什么，真为他捏了把冷汗。只见他从放在手推车上的那盒雪茄里取出一支，快速地将它塞进口袋。时间刚刚好，一切就绪。

邦德跑向破碎的窗户，一跃而下。他用一只胳膊抓紧绳索，另一只胳膊抱紧箱子。办公室里，那个头昏眼花、可怜兮兮的家伙刚好清醒过来，当看到拴在脚踝骨上的绳子时，顿时吓得连魂都没了。绳子一拉紧，他立刻

死死地抱住了就近的桌子腿保命。

邦德猛地被拉紧,停止了降落。

由于下坠的力道实在太大,那个打手抱着的桌腿随即断裂。邦德的重量把那家伙拉过了那块东方地毯,朝窗户拖去。那家伙猛地撞到了墙上。刚好这时端着枪的警察们撞开门,如狼似虎地冲了进来。

外面,邦德缓缓地随绳子落到地面。他解开绳子,把剩余的绳子扔到远处。他迂回转过街角,随即混入了午饭时分匆匆的商务人流中,就像是他们之中的一个员:穿着整洁的西装,打着搭配恰当的领带,提着大小适中的手提箱。邦德边走边匆忙地瞥了一眼刚才雪茄姑娘逃进去的大楼。他想不通为什么那楼里的人会让他活着离开那房间呢?

在他反复思考这件事的怪异之处时,他觉得既然已经来到这著名的艺术城市,无论如何都应该顺便领略一下现代艺术的魅力。就在越来越多的警察涌进那座不知是什么形状的银行大楼时,邦德已悄悄溜进古根海姆博物馆前失去了踪影。他在午夜之前已经赶回了伦敦。

瑞士银行对面那座大楼里,一间有着很高天花板的、巨大的房间里,一个男人正站在阳台上俯瞰着这个城市。这个男人个头不大,身子瘦小、单薄,但绝对很结实,一双冰冷的眼睛漆黑如炭,锐利的目光像是要穿透整个世界。毫无疑问,他一定思维敏捷,步伐矫健,动作灵活。或许他也曾一度拥有很英俊的形象,但是右边太阳穴上一块凸起的丑陋而光滑的红色伤疤破坏了这一切。面部表情任何细小的变化都会带动这个伤疤跳动或移动,就像一只生活在皮肤下面不安分的小虫。他右眼部失去知觉,微微下垂,嘴角的右边也向下倾斜,成了一个真正的两面人。一位倒霉的叙利亚医生把称为贝尔麻痹症状。可以猜测到他一定经历了一场前所未有的可怕灾难。相信这个伤疤不仅留在他的脸上也深深地刻在了他的心里,也许同时滋生的还有复仇的种子。吉尔列塔步履缓慢地走进了这个房间,同时她还使劲咽了一口唾沫,因为她太害怕这个男人了。

雪茄姑娘渐渐走近了他,但他没有丝毫移动。门框上,一支带有激光瞄准设备的比利时 FNFAL 气动步枪就斜靠在哪里。旁边一架双筒望远镜支在三角架上,镜头正对准了对面楼顶层的房间。毕尔巴鄂的警察们正在那里极其负责任地检查那扇破碎的办公室窗户,对每一个细微的地方都不放过。

吉尔列塔低声叫着那个男人的名字:“瑞纳德……”

那人似乎陷人沉思。他抚摸着扣扳机的手指,甚至用嘴用力咬住拇指和食指之间。但和往常一样,他感觉不到任何东西。

他转过身来,审视地看着她,像是要把她看穿。终于他开口了:“他叫什么名字?”声音低沉有力。

此时此地,像狐狸一样精明狡猾的瑞纳德能轻而易举地取她的性命。

那姑娘顿时一个字也说不出来。

“我们 M16 的朋友，”他静静地说道，“他的名字是什么？”吉尔列塔咽了一口唾沫，终于找回了自己的声音。“詹姆斯·邦德。”

瑞纳德若有所思地点点头，似乎他对于英国的一切了如指掌。“啊。足智多谋的 M 的锡兵中的一个。”

“他……他也许会认出我。”

瑞纳德伸出手，摸着姑娘的脸颊。瞬时间，他指尖的冰冷传递到她的全身。

他看看面前的姑娘。他感到对她没有需求，尽管她的确很有魅力。她只不过是一个炮灰，一个工具罢了。

“我想一切正在按计划顺利进行。”他说道。然后，他停了足够长的时间，直到她睁大了眼睛，他才松开了手。

“他的死亡，我相信你不会失手，如果时间正确的话。”

她终于可以松口气了。她明白他是在给她另一个机会。瑞纳德踱步离开阳台，从套间的酒吧里取出一瓶葡萄酒，倒了两杯，将其中一杯递给她。

“在那之前，让我们为神通广大的詹姆斯·邦德干杯。”他自信地举起酒杯。“我们现在就指望他了。”两只酒杯碰撞的声音清脆悦耳，看起来，他在享受这个时刻。

第二章　不测风云

经过短途飞行，坐在韦斯特兰·猞猁型直升飞机里的邦德到了伦敦市中心的上空。飞机沿着泰晤士河急速飞行，下面正是宏伟壮观的千年穹圆顶。这个被某些批评家形容为“垃圾筒盖”的建筑是目前世界上最大的圆顶。它建在泰晤士河三面环绕的北格林尼治半岛上，是英国政府专门为迎接新千年而新建的时代标志性建筑。这是个圆球形的张力膜结构的建筑，上面覆盖着镀有一层聚四氯乙烯的玻璃。当邦德从飞机的窗户向下看到这个建筑时，他想起这像极了曾经在科幻电影里出现过的一个装有天线巨大的机器甲虫。圆顶内部很宽敞，足以放得下两个温布利体育场，甚至连高达 51.8 米的纳尔逊圆柱也可以放进去，大得可容纳 4 万观众。这个地方的特殊之处还在于本初子午线正好穿过它的西侧，走 2.5 公里就可以到达格林尼治古天文台。

在邦德看来，泰晤士河风景区还有另外一个丑陋、金玉其外、多层蛋糕似的东西——英国秘密情报局伦敦总部。经过一段弯弯曲曲的飞行以后，飞机降落在秘密情报局大楼的河滨入口处。

邦德拎着钱箱下了直升机，对守卫着秘密入口的警官微微点了点头，以示礼貌，然后就走进了 M16 的秘密的高科技世界。尽管所有保安人员对邦德的容貌凭肉眼就可以认出来，但仍然要严格地执行每一项预防性措施，这是组织规定的标准的操作程序。当他穿过金属探测器时，机器上清晰地显示出他携带了他的惯常武器。一个职员殷勤地接过邦德手中钱箱，放到桌子上。在向外拿出一叠叠钞票的时候，邦德用手指轻轻滑过最后一叠钞票，若有所思，但依然把它和其余的钱扔到一起。随后，每一张钞票都在能发射出蓝光的仪器下经过了彻底的三维扫描。这些钞票全部被装进一个干净的塑料袋里，并且密封起来，然后放进一个托盘，然后通过一系列金属围栏，最后被放进安全室。细心的邦德把空箱子递给一个职员。

他不肯放过任何一个细节，他交待职员："同时把这个也检查一遍，也许能找出些什么。"

"是的，长官。"

这些钞票在交给罗伯特爵士以前，职员都会对每一张进行彻底的检查，以查找指纹和其他线索。由于这箱钞票实在太多，检查起来需要耗费一段时间。

乘着电梯，邦德到了他自己的楼层，走进了那间只属于他的私人办公室。在仔细而又迅速地阅读了信件和相关材料之后，他又走回了电梯里。在楼上，他看到玛娜佩妮小姐正站在一个大文件柜的旁边。邦德对她微微一笑，神秘地把什么东西藏在身后，走了过去。

玛娜佩妮看见邦德略带神秘的样子，她的眼睛一亮："给我带回了什么旅行纪念品？詹姆斯，巧克力？一枚订婚戒指？"

邦德一个漂亮地转身之后，亮出他从毕尔巴鄂银行办公室取来的那支"宝贵"的雪茄。"我想你或许会喜欢这个。"他把它立在她的桌子上。

"真是浪漫啊，"她突然把文件柜抽屉合上，"我想我现在完全知道它应该呆的地方。"

她手一挥，那支可怜的雪茄就出现在垃圾筒里了。

"啊，这就像我们的关系，玛娜佩妮。"邦德叹了口气，"很接近，但没有雪茄。"

她愤怒地看着他。这时，M 的声音从桌子上的内部通话器里传来。

"抱歉，007，你能进来一下吗？我并不想打扰你们谈情说爱。"

"马上就来，夫人。"邦德清了清喉咙，答道。就在他朝 M 办公室的隔音门走过去的时候，"詹姆斯，你确定不想也给她一支雪茄吗？"玛娜佩妮小姐悄声道。

邦德瞪了她一眼，打开门，走进了进去。

令他吃惊的是，室内不只 M 一个人，还有一个看起来身份高贵的男人。邦德很快认出他来。

这时邦德注意到 M 坐在桌子后面，正就他们刚才谈论的话题笑着，在他们中间放着一瓶已经打开的麦芽威士忌和两只高脚玻璃杯。随后，她恢复了平静，向他们俩分别作了个介绍的手势道："罗伯特·金爵士，詹姆斯·邦德。"

带着一贯的轻松的贵族式的微笑，金走过来和邦德握手。在邦德的眼中，他是一个英俊的、衣着整洁的人，年纪在 60 岁左右。

"啊！"他说道，"这是帮我把钱取回来的人。太棒了！非常感谢。"

他的一双干燥但很温暖的手紧紧握住邦德。邦德不禁注意到他佩戴的翻领别针，因为那看起来就像是一条蛇的眼睛，亮闪闪的。

金转向 M，向她开了个小小的玩笑："小心，亲爱的。没准我会把他从你这里偷走的。"

邦德有些厌恶他那傲慢的样子。"我的专长恰好不是建筑。"他略带幽默地说。

"事实上，情况正好相反。"金不禁嘲弄地说，"哦，如今是石油生意推动地球旋转的年代，邦德先生。"说完，他转身走到桌子后面吻了吻 M 的脸颊。

"带我向你家人问好。"金说道，"我敢肯定，我们会很快见面的。"

在离开房间之前，他向两人稍稍弯了弯腰。

邦德问道："你们是老朋友？"

"在牛津大学，我们一起读过法律。"她一边站起身来收拾之前用过的喝酒杯和酒瓶，一边解释。"'征服世界'是他经常挂在嘴边的说法。"在拿开酒杯之前，她又有了一个新的想法。"要一杯吗？"

"谢谢。"

她在桌子后面的架子上重新拿下一只干净的玻璃杯，倒进威士忌，递给邦德，然后又给她自己的杯子添上酒。随后对着邦德举起了酒杯。

"他是一个非常正直的人。"M 说道，"他花了 300 万英镑把那份被偷走的报告买回来了。"她皱了皱眉头，"与你所想的正好相反，007。世界上并没有住满那些能把火山掏空装满大胸脯的女人，以核灭绝来威胁全世界的疯子。"

听到 M 的带有讽刺性的话。邦德微微一笑，走到冰桶边，拿起两块冰块，"扑通"扔进手中的平底酒杯里。

"只要一个就够了。"他说道。

M 对他的双关语没有理会。她围着桌子走动，好像是要在桌边上找

一个相对放松的位置，随后她抬头问道："有狙击手的线索吗？"

"没有，饭店房间打扫得非常干净。看起来很专业。"M思考了一会儿，拿起杯子，抿了一小口威士忌。这时邦德注意到桌子上放了一份盖有奇怪印章的报告。凑近一看，邦德才发现它来自俄罗斯原子能机构。

"这就是那份被偷去的报告吗？"他问。

M点点头表示同意。邦德放下手中的酒杯开始阅读M递过来的那份报告。

"是的，机密文件，是来自俄罗斯原子能部的一份评估因计算机缺陷对前苏联共和国核武库造成的威胁程度的报告。"

邦德酒杯里的冰块开始嘶嘶作响，但是谁也没有注意到。

"金为什么要买来它？"他问道。

"正如我以前所说，这原本不是他想要的那份东西，但他曾经以为是。某些别有用心的人让他相信：根据这份秘密报告，他就可以查明他的公司将要修建的新输油管线所经地区的恐怖分子的名单。包括哈萨克斯坦、阿塞拜疆等世界的另一部分国家和地区。在这之前，他跟一帮当地人之间闹出了些麻烦。他怀疑那帮人拥有爆炸物并且要故意破坏他的修建工程。有了那份报告他就可以掌握准确的信息以便可以和当地有关部门合作。但是，出乎他的意料，这份报告并不是他想要的，而是与核武器有关，于是就立刻把它转交给了我。这样的报告对我们来说并不新鲜，因此可以说它现在变得分文不值。"

现在，依然没人发现冰块发出的嘶嘶声。

"很有意思。"邦德道，"那么就这样，罗伯特·金爵士把他的这份毫无价值的报告交到了这里，然后我就接到一个几乎是浪费时间的关于钱的差事？"

"可以说是这样。"M说道。她有些心绪不宁了，因为邦德对这件事要打破沙锅问到底。"当我们得到罗伯特爵士可以把钱拿回来的消息以后，派人到西班牙把钱从一个瑞士银行家那儿取回来就是我们要做的。于是我们选择了你。"

"这事有些蹊跷，不是吗？除了那个姑娘和我，那个银行家办公室里的人都死了。"

"不要忘记，你是那种先掏枪的人。能够不出任何意外地带着钱回来的只有你。这个月已经失去一个00科的特工了，我不希望再失去另一个。"

邦德想不出任何辩解的话。"但为什么要先把钱给我呢？这也同样解释不了为什么那人让我带着钱……活着离开毕尔巴鄂银行家的那间办公室……"

由于职业的习惯思维，他停顿了一下，捻了捻拇指和食指。此时他看到一些泡沫出现在手触摸冰块的地方。随后他的眼光立即扫向酒杯。一个奇怪的现象：冰在沸腾！

这究竟是怎么回事？他闻了闻手指上的气味，然后就全明白了。他马上把报告扔在桌子上。“金！钞票！M，那是炸弹！”

M 马上按下了内部通话按钮。“拦住金，玛娜佩妮，快！”这时，邦德一脚已经跨出了门。

可是，罗伯特爵士和陪同他的 M16 的副官并不知晓这一切，他们像往常一样往大楼的安全区走去。现在这位爵士的心思都在钱上。那些用塑料布包裹着的钞票，仍旧放在托盘里，被隔在安全防护栏内。一个官员拿出一个包走过去，说道：“对不起，先生，我们的检查还没有结束。”

罗伯特爵士做出挥手的动作示意让开。“我相信钱都在这儿。我敢保证你没有任何人可以相信，如果你不相信 M16。”

那官员经过片刻的犹豫，最后决定不再跟这个英国最有权有势的人争执下去。于是，他把钱全部放进帆布包里，把钞票递给了金。

“谢谢。”他举起包，背到肩上，然后这位石油大亨笑着对副官说道：“挺沉，对吗？”说完就走向走廊，独自朝外面走去。

邦德在大楼里飞奔，选择最近的路穿过 Q 分部实验室。在一只悬在水箱上的、刚建好一半的怪模怪样的船上，Q 和他的技术人员正热火朝天地工作着。看到邦德这样快速地跑，Q 很吃惊。“哪儿着火了，00……”少校还没来得及问完，邦德已经跑远了。

他迅速跑过一个拐角，一步跨三级楼梯，飞奔到安全区，大叫道：

“停下！金！”

但他的声音不可能传到金走路的地方。金根本没有听到翻领上的别针发出的细微的嗡嗡声，因为现在他的精力全部集中在钱上。

当邦德刚跑到底层走廊处敞开着的门口时，“轰隆”一声，整座大楼都被这巨大的爆炸震撼了。一切似乎都要被震垮了。一股火焰从走廊里窜了出来，巨大的热浪把邦德击倒在地。爆炸的力量使楼房底层倒塌下来，在一片烟火中天花板和墙壁坍塌了。

一艘名叫“阳光追逐者·鹰 34 号”的豪华游艇正停泊在泰晤士河边，吉尔列塔，那个送雪茄的姑娘正坐在上面目睹了瑞纳德制造的小玩意所造成的破坏，她的神情似乎是在欣赏一场精彩的表演。M16 的这些自以为是的傻瓜们完完全全地上了当。她利用 FNFAL 狙击步枪上红外线望远镜将枪口瞄准了不断有翻滚黑烟倾泻而出的洞口。

瑞纳德预言不错，在别人都为这突如其来的一切惊慌失措时，詹姆斯·邦德仍保持有冷静理智的头脑。只见，他踉踉跄跄地走出破口，然后环顾四周，试图寻找这场罪恶的制造者。吉尔列塔启动了激光瞄准器，对准

邦德。

因为有烟的关系，邦德咳嗽起来，快速揉去眼睛里的灰尘。幸运的是，他只是受到了爆炸的震动并没有受伤。但是罗伯特爵士和一小部分秘密情报局总部的就没有这份运气了，眨眼之间消失了。根据他的判断，罪犯肯定就在附近欣赏着这一切。

他挥手驱开烟尘，发现一根红色的激光束直指他的胸口。在他本能的俯身躲避之后，只一霎那间，一阵威力凶猛的高速子弹像涨潮的海水一般涌来。他迅速地爬到一堵石墙后面，抽出沃尔特手枪准备还击。他仔细观擦了一下四周的环境，子弹仍不断从他的头顶上飞过。为了看得更清楚，邦德决定用匍匐前进的方式，向前爬行一小段路。

凶手就在一条距岸边约 100 码的豪华的高级快艇上。他立即认出她就是毕尔巴鄂的那个姑娘。

看到这样的情形，吉尔列塔意识到她现在已经无法完成任务，活着离开这儿才是她惟一的目标，也是最明智的选择。她马上扔掉手中的枪，加大快艇油门，沿河而下，飞速逃离。邦德果断地做出决定，只见他一跃而起，即刻跑回支离破碎、混乱不堪的大楼。

已经被放入水池的 Q 分部的快艇，暂时被忘却了。正在忙于拉响警报、封闭通道以及对损坏进行核对工作的 Q 和他的技术员们，没有一个人注意到这时候詹姆斯·邦德冲进房间，跳上了快艇。邦德盯着控制平台上那许多令人摸不着头脑的大大小小的按钮和部件，只得冒险按下一个红色按钮。引擎咆哮起来，快艇立即从水池里飞射了出去。

Q 从来不喜欢这样，但他现在只有一件事情可做。他惊恐地看着水面泛起的阵阵涟漪，叫道："等等，它还没完工呢！"这条结构紧凑、线条细长的单人快艇在从无到有，从设计图变成现实的过程中，凝结了 Q 和他同事们无数的心血和汗水。这时，它却摆脱了主人的控制，迅速地从秘密情报局的残垣断壁中飞出，落进了泰晤士河。快艇重量很轻，它就好像一匹刚冲出牢笼的野马，非常敏感又不太驯服，加之邦德对操作还不很熟练，快艇不断地在水中打转。邦德抓住方向盘使劲把它拉正，还好船拉平了，可是它的力量太大差点把船弄翻。邦德花费了将近 20 秒钟的时间才找到控制船的方法和技巧，这可浪费了不少的时间。他即刻拨转船头，朝着杀手逃跑的方向，加大马力，劈开波浪紧追了上去。

从侧视镜里，吉尔列塔可以观察到邦德的船越来越快了。她随即将自己的引擎放在了极限上，吼叫着的机器将速度又提高了一档。鹰 34 号是一艘速度可达 54 节的豪华快艇。然而吉尔列塔意识到船上的整套带坐椅的遮阳棚，以及小酒吧和冰箱等众多附件此时都成了累赘。实际上这本不是一艘用来逃生的游艇。即使如此，这艘游艇依然以巨大的动力与强度朝前飞奔着。吉尔列塔思考着，也许仅凭船的大小她就可以将优势占尽。

邦德超越了两艘警用巡逻艇。他们立即响起鸣笛，着手追赶这艘奇特的绿色箭头状快艇。警车的鸣笛声早已顺着河堤响成一片。其他警车紧跟在快艇后沿着岸边全速追赶，一些急救车朝秘密情报局大楼驶去。

这时泰晤士河上的船只多得出奇。雪茄姑娘只得迂回穿梭，差一点撞上一只正在行进的小型快艇。眼看邦德快要追不上了，但他不能放弃一定要坚持竭尽全力咬住。他选择了一条令人心惊胆战的近道，从一座桥墩下飞速钻过。在桥墩下邦德的快艇差点失去控制，但所幸当他再出现时，猎物离他更近了。

让这一切结束吧，姑娘想。她关掉马达，一把扯掉船尾部机关枪上的防水雨布，端起枪，对准邦德一阵铺天盖地地扫射。

Q 的秘密武器以接近 70 节的速度继续全速前进。子弹从装备防护设施的装甲板上弹开，子弹根本不能伤到它分毫。他挺着下巴、表情严肃地继续前进，直逼她的船。

雪茄姑娘竭力保持镇静，精确射击。为什么子弹打不穿他的船呢？随着跌入河中的一颗颗子弹邦德离猎物越来越近了。

她惊奇地发现他并没有把船停住的打算。邦德驾船以她的豪华游艇的船体作支撑斜坡，越过她的机关枪和枪架上方。这简直不可思议，她轻轻叫了一声，倒在甲板上。Q 的快艇冲到空中，可是由于控制的力量没有恰到好处，随即头朝下，又落到豪华游艇附近的水面。

邦德驾着他威力无比的小艇再次靠近，伺机发动第二次进攻。她站起身来正好看见这一切，急忙奔向驾驶盘，再次发动引擎，向着伦敦塔桥的方向加速前进。这时塔桥正在打开闸门允许小型货船通过。

水面上成群结队的船只堵塞了他前进的道路，邦德落在了后边。面对她消逝的背影，他只能无助地望着。

绝望的邦德环顾四周，注意到在他的左边不远的岸边有一个鱼市。他咬紧牙关转动方向盘，调转船头沿着滑台上了岸。快艇竟然能在人行道上高速滑行，这全部源自精巧的设计。穿过鱼市后，快艇带着他闯进了一条繁忙喧闹的街道。行人尖叫着跳到路边，无不诧异地看着这个绿色怪物。邦德用尽全力控制着他的船。由于巨大的摩擦力，快艇尾部喷着火像是一条会吐火的飞龙。这条火龙穿过熙攘的街道，面前是一家座无虚席的饭馆。

快艇从饭店的侧面冲了进去，食客们被这突如其来的事情吓得四散奔逃。侍者们对着他愤怒地大声叫嚷。但当他们看清楚是怎么回事时，邦德的快艇已经钻了出去，越过阳台，再次落在泰晤士河中。这样，猎物又回到了精明猎人的视野里。

吉尔列塔转过身来，吃惊地看到邦德正要赶超她，她只得奋力前进。

两艘快艇就这样互相追逐着，把一群群懒懒散散的超载驳船甩在身

后，紧紧咬住对方，掀起的波浪都可以冲到了对方的船上，双方旗鼓相当。吉尔列塔想强行超过，邦德立即把控制台上的一个按钮按下，一组燃烧弹弹射而出。炸弹落到前方，一道猛烈的火墙就出现在他们前面，阻挡了雪茄姑娘的去路。

吉尔列塔被迫把船头转向河岸。她已经意识到这场追逐战就要结束了，她已经输了。这时她看到一个巨大的、色彩鲜艳的热气球赫然耸立在空中。她看到了一次赢的机会。

现在他们的船离千年宫圆顶只有几码的距离了。一群人聚集在一只显然即将要升空的热气球前。她下定决心要抓住这个最后的机会，把快艇滑到附近一个堤坝的顶部停下，迅速爬出来。

一个衣着华丽、显得很富有的知名绅士向人群挥手，脸上挂着笑容面对着照相机的镜头，当他正准备爬进气球吊篮时，一个神情慌张的姑娘却挤了过去，跳进了吊篮。

"嘿！"那人叫道。她猛地把他推开，快速地拧开燃气喷嘴。顷刻间，气球开始以惊人的速度向上窜去。

邦德驶向码头附近一个滑台，按下一个按钮，快艇像火箭一样射向空中，一切都是那么令人难以置信。下面的人群全都张大嘴巴向上望着。快艇在空中恰好从正在不断上升的热气球下面掠过。说时迟，那时快，邦德一把抓住了挂在气球外面的一根绳子。快艇的命运就没有邦德那么幸运了，跌落到地面后，瞬时变成了一团火球。大家可以想象一下Q看到这样情景是时的表情。人群尖叫着，四散逃开。尽管如此，还是没几个人舍得把视线从那个晃晃悠悠地吊在半空中的人身上移开。

气球越飞越高。吉尔列塔抽出一把放在她身体侧面的贝雷塔手枪，站在吊篮边上向邦德射击。这时，在吊篮下像一个钟摆那样前后摇摆的邦德正一边躲避子弹，一边祷告希望他能有足够的运气别被打中。他用尽全力拉住绳子向上爬，在吊篮下面来回摆动时所形成的弧线为他提供了适时的保护。

一阵隆隆声由远而近地传来，她停止射击向空中看去，发现三架试图把她包围的警用直升机正快速地在向她靠近。她顿时感到惊恐万分。

利用她停止射击的时间邦德已经接近了吊篮的底部。

吉尔列塔从脚踝部的刀鞘中拔出匕首，想要把邦德的绳索割断。可是警察的直升机已经出现在她眼前，她目前只有一条路可走。

邦德的胳膊扒在吊篮边上，他正好看到那姑娘正在用刀向燃气橡皮软管猛砍。一声巨大的嘶嘶声淹没了周围的声音。现在气球里不再是热空气而是充满了燃气。当她的手向燃气调节阀伸去时，邦德明白她要干什么。

"停下！"他喊道，"别那样，我能保护你！"

“你斗不过他！”她叫喊着。

浅黑肤色美人直直地看着邦德，送给他一个凄惨的微笑。

随后她用劲拔开调节阀。邦德双手一推，尽量远离吊篮，垂直地往下落。这时4英尺长的火舌射入气球，爆炸随后发生，热气球立即变成了一颗巨大的火球，吞没了那个雪茄姑娘。警察直升机及时闪向一边，避免了这场悲剧的蔓延。

“砰”的一声，邦德重重地砸在千年宫圆顶上。他左肩硬硬着地，失去了对身体的控制力，从圆顶的斜坡向下滑。爆炸散落的气球碎片像雨点一样掉下来，纷纷掉在他的周围。还好一道檐槽挡住了他，没有继续下滑。

他坐了起来，握住受了伤疼痛难忍的肩膀。凝视着爆炸在空中产生的巨大的烟云，他在心里咒骂那个傻姑娘，也咒骂自己没有能够阻止她毁了自己。

邦德也暗暗诅咒那个要在M16地盘上对其进行攻击的躲在幕后的神秘人物。邦德要他付出代价，因为这一次他实在太过分了。

第三章　金的女儿

罗伯特·金的纪念仪式在他洛克·洛蒙德湖边的乡村庄园里举行。位于苏格兰西南海岸附近的洛蒙德湖是英国最大的淡水湖，有“苏格兰湖后”的美称，因守望该湖的洛蒙德山而得名。一首久经传唱的民歌《洛蒙德湖》更为她增加了许多神秘浪漫的色彩。数百年来，这个风景如画的地方吸引了许多文人墨客的到来。

世界各地的吊唁者在这个悲哀的时刻，聚集到了洛蒙德湖畔。这些有权有势的富人一律身着黑色衣服。

肃穆而又隆重的纪念仪式在庄园里一个修建于十九世纪将近有百年历史的的小教堂里举行。从苏格兰风笛伴奏的挽诗到好友亲朋真挚的悼词甚至女王殿下的唁函，一切进行得很顺利。

左手还被绷带吊在胸前的邦德稍迟一步到达现场。他开着他的阿斯顿·马丁DB5以非常危险的时速赶到苏格兰。他经过了小教堂前面戒备森严的检查之后，恰好在吊唁者站满教堂的时刻到达。他快速溜进人群，上前几步站到玛娜佩妮小姐身后。分别担任M参谋长的比尔·坦纳和高级情报分析员的查尔斯·罗宾逊和她站在一起。

这时一个年轻女人出现在教堂的门口，几乎同一时间所有的目光都转向了这个美得惊人的女人身上。高挑而匀称的身材，一头披到肩头的褐色长发，一对动人的棕色眼睛，微微向上撅起的柔软的嘴巴。邦德立刻被她深深地迷住了，她的照片他是见过，但从没有见过她本人。她走进人群，粉颈高扬，像极了被称为"美国最美丽的第一夫人"杰奎琳·肯尼迪年轻时的模样。她礼貌地向周围的人表示感谢，很明显，她成了这场纪念仪式的焦点。

罗宾逊，两年前刚加入M16的年轻黑人，对玛娜佩妮小声说道："这个庄严肃穆的场合，我禁不住要去看她。"

邦德走到他身边道："艾丽卡，金的女儿。"

罗宾逊的表情已经足够证明她的美丽了。

30岁不到的艾丽卡·金，举手投足的神态却宛如一个成熟的40岁的妇人。棕色的眼睛给人这样一种感觉：它似乎要告诉人们她曾经去过地狱现在回来了，她要活着说出这一切。深切的悲哀蕴藏在心里面。邦德明白这不仅仅是因为失去了父亲。

邦德根本无法把眼睛从她身上移开，哪怕一秒钟的时间。她走过一人又一人，亲一下脸颊，接受一个温暖的拥抱……当她拥抱M时，邦德的心里感到了痛楚和一种责任感。

M搂着艾丽卡，和她一起走着，只有她们。因为之前M和罗伯特爵士交往很深，所以对这个已经失去母亲的姑娘，她似乎自然而然地就有了某种保护人和母亲的身份。她的母亲数年前被癌症夺去了生命。

邦德看着往湖边走去的她们，心中某种担忧代替了原先的负罪感，但他不知道怎么会这样。

当天下午，全体M16员工驾车前往秘密情报局在苏格兰的远程行动中心泰恩城堡。这座最初为抵御海盗的城堡由亚历山大二世于1220年建成，随后城堡变成了金泰尔的麦肯齐[①]要塞，麦克雷斯被任命为世袭管理人。

1719年，在他们正代表塞福斯伯爵五世与二世党人作战时，作为西班牙军队的要塞，城堡遭到极大的破坏，在以后过去的两百年里都没能得到修复。在老M退休不久后，城堡的一翼被秘密情报局买下。现在这里则完全成了秘密情报局的私有财产。这里入口处戒备森严，拒绝游客参观。现任的M由于感到她与苏格兰可能有着某种亲族关系，因而在和政府打交道时她一马当先。在M升职为M16最高领导之后的几年里，M不断

---

①后来的塞福斯伯爵。

向当局施加影响，逐渐改变了总部原先诸多的条条框框。最近她所进行的改革其中一项内容就是建立机动能力。伦敦规律的生活使她感到厌倦，因此他她在不断寻找各种借口以便到别处走走。现在有了泰恩城堡，只要高兴，就能够带着她的工作人员随意走动，来去自由。

为了在下午举行的葬礼，M 给大家作了简短的讲话。她很明白，如果秘密情报局要对这件刺杀案件有所作为的话，他们必须动作迅速。现在，每一个能调动的 00 科特工和其他重要成员都在，包括邦德、坦纳、罗宾逊、玛娜佩妮等。一间巨大的石屋，主要摆设是一个闪闪发光的枝形吊灯以及一些电器，这使得它看起来和这个历史上著名的建筑整体风格很不相称。除邦德外，屋子里的所有人面前的桌子上都有一个材料袋。

“经过我们分析员夜以继日的工作，大致可以判断出在伦敦发生的究竟是怎么一回事。爆炸后 M15 的法医小组在现场找到了钱袋上的痕迹，经过化验发现钞票曾放在尿素中浸过，完全干燥后再紧紧包扎。事实上，这就构成了一个高密度的化肥炸弹。”坦纳的声音在屋子里回荡。坦纳对邦德点点头，似乎有赞许的意思：“由于接触过钱，当 007 在 M 办公室拿起冰块后，他手上的水和残留在手上的物质开始发生化学反应。他就明白了炸弹的化学成分。”

邦德随即回想起那奇异的时刻，威士忌在酒杯里沸腾，不断发出嘶嘶的声音。如果他可以早一两分钟注意到那一切，那么……

坦纳继续说道：“我们一直在推测引爆炸弹的方法，直到我们在那女人的游艇上发现了一个发射器。据此，我们认为事情是这样的，即其中一张钞票上用能起雷管作用的镁代替了的金属防伪条。”

然后他拿起金那亮闪闪的翻领别针。现在它已经变成黑色，由于爆炸时产生的高温，外面的金属被熔化了，下面的电子器件暴露了出来。“金一直戴着这件被他取名为‘幽谷之眼’的翻领别针。很明显这应该是某种传世之宝，是一个吉祥符。但是很显然这一件不是原件。有人用这件替换了金的真正的‘幽谷之眼’.。幸运的是，M15 在一片狼藉之中找到了这件重要的证物。据我们的推断，它是一部无线电接收发射器，用来引发爆炸的。也就是说，那个姑娘用我们在她泰晤士河的游艇上找到的被她遗弃的发射器引爆了炸弹，导致金的死亡。那个发射器与这个别针是相互匹配的。她所要做的就是打开发射器的开关，把天线指向情报局大楼。船上发射器的信号激活了翻领别针上的电子元件，然后钞票里的镁条接收到别针发射出电子信号，发生爆炸。”

屏幕上出现了一张雪茄姑娘吉尔列塔的照片。

“她被确认为意大利人吉尔列塔·达·文奇。她就是在地中海地区活动的恐怖分子，同时被列入国际刑警组织的通缉名单。我们现在没有掌握这个女人进一步的信息。我们也不清楚她在为谁工作。”

罗宾逊站在坦纳边上补充道:“现在我们可以确定的是接近过金的某个人换掉了他的别针。但是我们惟一的线索自杀了。考虑到金公司的组织的规模,可以说任何地方的任何人都有嫌疑。”他转向 M,点点头,示意他和坦纳都已经叙述完毕。

M 站起身来,看了她部下片刻时间。在这片刻时间内,屋子里的每一个人甚至都预感到了随之而来的那些严厉的话。

“这是不能容忍的。”她用坚定的语气说道。她让大家理解了她的话,接着说,“那些把我们当作工具、滥杀无辜的懦夫们不会把我们吓住。”

她用眼睛扫视了房间一圈。“在座的每一个人都有任务。我们一定要找出犯下这罪行的人,搜寻他们,追踪他们。如果有必要,我们会一直追到天涯海角。我们要把他们送上法庭,让他们为自己的行为付出代价。”

她停了一下,把头高高地昂起,一转身走出了房间。

其他特工们打开了各自面前的材料袋。邦德环视一周,发现到他自己是多余的。邦德拦住了坦纳。

“比尔……”

坦纳向邦德被吊着的胳膊做了个手势,说道:“很抱歉,詹姆斯。M 说在你的伤痊愈以前,你不在现役名单里。”

邦德的表情似乎在怀疑这个决定是否明智。坦纳耸了耸肩,好像是说他也无能为力,然后在 M 的后面离开了房间。

邦德继续在屋里坐了一会儿,望着正专心致志地阅读材料同伴们。既然如此,那好吧,他想。他正要去找医生换药。他知道自己该做些什么。

邦德很不情愿打趣莫莉·沃姆弗莱士[①]医生的名字。但是这个富有魅力、年轻的的女医官并没有让大家失望。甚至从三个月前刚被雇用开始,她经常成为总部男性雇员口中的笑料。问题是她没有为此感到难堪反而鼓励他们这样做,她卖弄风骚且乐于此道。她曾经在数个场合特意接近邦德并且以谈天说地的方式和他套近乎。很明显,在邦德受伤时,她非常乐意给邦德做比在平常职业环境下更多、更仔细的检查。邦德有段时间怀疑像她这样一个姑娘否在秘密情报局呆得下去,但到目前为止她已向大家证明了自己医疗方面的能力。

沃姆弗莱士医生是一个娇小可人的、线条很美的金发女郎。她的凸出在胸前的听诊器,摇摆着,就像她在某次体育大赛中得到的奖牌。她的蓝色眼睛中永远都充满着活力和自信,令人着迷。

邦德坐在检查台上,脱去衬衫,专心致志于她的这些特征。她先用指头捅了捅、又戳了一下邦德左肩受伤的部位。尽管疼痛难忍,但是邦德尽

---

①warmflesh 按英文字面意思,可以理解为有点色情方面的含义。

力不向后缩。

“脱位锁骨的恢复是需要时间的，詹姆斯。”她说道，“没有见好。如果肌腱再滑开多一点儿……”

她知道他在忍着不表现出疼痛。她用手指又戳了一下特别敏感的地方，好像是为了检验这一点。

“哦！”邦德叫起来，到底还是坚持不住表现了出来。

“我恐怕你几个星期都不能参加行动。”沃姆弗莱士医生摇了摇头说。

“莫莉，”他说，“你必须治好我，让我能参加行动。我需要一张健康证明。”

这一次她把手指小心地放在受伤的地方。“詹姆斯，这真的不……”

邦德用另一只手揽住她的腰。“符合职业道德？”

她看了他一眼。

“我们能不涉及这个问题吗？”他带着微笑问道。

她瞥了一眼他的手，也回报了一个微笑。她的眼睛似乎说明她已经无法抵御这种诱惑。“你要保证给我打电话。”她思考了两秒钟说道。她又一次猛戳他的肩头，邦德顿时痛得缩成一团。

“这一次，”邦德道，“不管医生命令什么……”

她又向他靠近了一些。他可以闻得出她身上香水的味道。“如果你常和我保持联系……”

邦德把这句话算作邀请，他熟练地拉开她裙子旁边的拉链，然后轻轻解开扣子，外衣就顺势滑落到地板上。她穿着白色的丝绸短衬裤，吊袜带和白色袜子。他用手从下开始解开她的衬衣，她从上向下帮他解开。

“如果你能表明你有足够的……精力……”她有些喘不过气来。

衬衫开了，现在他们之间的激情像火山爆发一样变得难以控制了。

邦德离开医生的办公室的时候已经是一个小时之后了。他用了足够长时间拆掉吊带，随手把它挂在一套静静地站在那里的盔甲上，它像是在尽职守卫着走廊。

“坚持住！为了英格兰！”他对它说，也是在鼓励自己。这时一阵苏格兰风笛声从远处飘来，引起了邦德的注意。他很清楚声音来自何方。他悄悄地沿着古朴充满神秘色彩的走廊走过去，下了一段石头台阶。一个全副苏格兰装扮的人出现在他面前，“嘟、嘟”地机械地吹着喇叭，并不成调子。

“继续。”对于这个声音邦德并不陌生。

那个身穿苏格兰方格呢短裙的人从嘴巴里拿下笛子，同时子弹从这根管子里飞射而出，另一根管子里喷出一团杀伤力极强的火焰，袭击的目标是在 20 英尺开外的一个非常形象的假人。它很快就变成一团败絮，千疮百孔，惨不忍睹。

“我想总有一天我们必须付给风笛手工资，对吗，Q？”邦德的话略带

讽刺。

“闭上你的嘴巴，007。”Q 的表情比平时更加严肃。

“是我说错了什么吗？”

“不是。是你毁坏了什么。”此时邦德注意到了放在实验室中央的那艘被他毁坏了神奇 Q 快艇。

“我的渔船，”Q 说道，“退休后我就用得着，在没有你出现的地方。”

“如果我早知道如此，我会把它完璧归赵？”

Q 不寒而栗。“长大成人吧，007。”

Q 分部的人从不休息。在任何时间都会有技术人员在船坞干活。Q 在盼望着退休那一天的来临。他对离开伦敦到遥远的泰恩城堡来感到很厌恶。但是，M 的命令他必须遵守。他很无奈，又气又累。

“到这边来。既然我的就寝时间已经过了就让我们把它做完。”他说道，“我要给你推荐准备接我班的年轻人。”

他按下一张台球桌旁边的按钮，桌子分开了。房间的地板被打开，一个平台正在缓缓上升。平台上是一辆崭新的 BMWZ8 型轿车：战舰灰颜色、带有可折叠式黑色顶篷的。一个人正在把一枚火箭装进侧面的铁格里，他的白色实验服的后摆挂到了门上，但他没有注意到。当他想转动身体把衣服从门上拉出来时，却转错了方向。

邦德和 Q 看了彼此一眼。

“它可以助你一臂之力，如果你想开门的话。”邦德说，他帮忙把他放开。

那人看着邦德，傲慢地说：“请问你是……”

“这是 007。”Q 向他作了介绍。

“如果你是 Q，”邦德开玩笑地说道，“那么他就是 R 了？”邦德当然清楚 Q 代表的是“军需主任”，只是因为在字母表中 R 排在 Q 的后面，暗示他是 Q 的接班人。那副手控制住自己不快的情绪，说道：“啊，对。传奇人物 007 式的幽默……当然我心里偷着乐呢。但是我敢保证这部机器绝对不简单。”

“R”的个头不低，高高的前额，留着小胡子，看起来精神很好。邦德注意到他口袋里有些独特的太阳镜。于是他冒昧地盯着看。

“新款式？性能更突出？”他问道。

“我想你是不在现役名册上的，你似乎受了点伤。”副手说道。

邦德不客气地拿起眼镜，耸耸肩。“等着瞧。”这话有些挑战的意味。他走到汽车旁，“继续下去。”

副手边绕着汽车走动，边介绍道：“正如我刚才所说，最尖端的技术运用在拦截和对抗方面。钛装甲、多任务高灵敏度前方路况显示器、6 个饮料杯托架。总之，一句话，装备相当齐全。”

“完美。我想可以用得上这个词。”Q 说道，“你为什么不把那件外套让007 试穿一下呢？”

稍微犹豫了一下后，副手朝桌子走过去，给邦德穿上一件样式时髦的黑夹克。

Q 指了指太阳镜，说道：“你是对的。最先进的改进，拥有几分 X 光的图像，可以检查到隐藏的武器。”随后他把邦德领导另一张桌子旁边，将一只欧米茄手表递给他。“我猜你是 19 号吧。不要弄丢，好吗？两束激光和一个微型抓钩以及可以承受 800 磅重量的 50 英尺高抗拉强度的细丝。”

邦德对此记忆深刻，他戴上手表。他们转回到副主任身边，他说道：“有些奇怪。”

他低头看看夹克上的什么东西。“是谁忘记把标签拿掉了。”于是他猛地一拉，让人难以置信的事情发生了。夹克“啪”的一声忽然变成一个大气袋，把他紧紧地束缚起来，包在里面。

“这个工作看起来很适合他。”邦德对 Q 说。随后他们走出实验室，邦德问道：“你不会很快就退休，是吗？”

“注意，007，”Q 看着邦德说道，一种恶作剧的神情从他眼睛里流露出来。“我总是想教你两件事。第一，绝对不要让他们见到你流血。”

“那第二呢？”邦德很好奇。

“必须要有一个逃跑计划。”少校说道。突然“呼”的一声，Q 笼罩在一阵烟雾里，同时他身后墙上打开了一扇古代活板门。烟雾渐渐散去后，Q 消失了。

伦敦总部新近安装的影像资料库，可以称得上是一部大规模计算机化的百科全书。苏格兰的研究部可以算是它的远程版。你只要输入一个题目，影像资料库就会马上搜索到每一个与该主题相关的文件，然后把它组织成一份完整详细互相关联的多媒体报告。

艾丽卡·金绑架案的细节正是邦德想要了解的。M 所说不错，相关报道在事件发生不久后迅速地从媒体上消失了。她逃了出来，除了他们的头儿所有的绑架者都被杀了，这就是他所知道的全部内容。

罗伯特·金的发迹史是他首先要了解的内容。显示器出现了关于金的生活和生平的照片、剪报、杂志文章和电视片断。金的工业公司似乎特别能给英国的新闻媒体提供新闻由头，更是各大报纸的金融版面里的常客。好像爵士的一切都被广泛报道，比如他的第二次婚姻和女儿艾丽卡的出生。

在艾丽卡相关的信息中，几乎没有她早期生活的详细资料，偶尔有些她长大成人的报道、16 岁生日的照片以及一篇关于她读大学的文章。还有一段篇幅不大的关于她进入金工业集团并对她继承家族事业给予厚望的报道出现在英国大报《泰晤士报》上。

她几乎游历了全世界。她曾经就读于巴黎的寄宿学校、苏格兰的大学，并且陪同她母亲的家人在中东地区度假，后来又在她父亲在阿塞拜疆的别墅里住过一段时间。她长大了。

一篇题为《艾丽卡·金被绑架！》的报道才是重头戏。这篇报道的标题是以大号字排版，以显示它的重要性。

点击"警察文档"图标后，屏幕上显示出一张宝丽莱照片。那是绑架者寄给罗伯特·金的。照片上的艾丽卡·金鼻青脸肿，头发凌乱，耳朵上缠着绷带，显然她遭到了毒打。她手里还拿着一张印有"绑架！"两个大字的报纸。照片的背面写着一个潦草的赎金数目：500万美金。

据艾丽卡当时对警察的陈述，在早些时候她决定逃走。在他们折磨她时，趁其不备她一脚踢中了一个家伙的腹股沟，那家伙就倒在了地板上。她幸运地拿到他的枪然后打死了他，又击毙了另一个还没反应过来的绑架者，闯出了他们藏身的多塞特乡村小屋。绑架者的头儿因为不在场，逃脱了。艾丽卡跌跌撞撞地摸索上了公路。一个好心的卡车司机把她送到了警察局。

邦德又打开"警察面谈"的视频文件。监视器上的艾丽卡颤抖着，情绪激动，整个人看起来很糟糕。她身体上的伤虽然得到了治疗，但她心灵的伤口并没有愈合，眼泪止不住地流下脸庞。

"能不能再说一遍你得到枪的经过？"讯问者的语气很温和。

"你到底要让我说多少遍？"艾丽卡几乎歇斯底里地叫道，"有一个家伙想要调戏我。他走进我房间……我的囚室……想碰我。"

"是在晚上吗？"

"大清早。太阳正升起，我想。因为我走出房间时，太阳已经出来了。"

"事情的经过是什么？"

"就如我刚才所说过的……"她做了一个深呼吸，开始再次叙述她的故事。"我狠狠地踢了他一脚，他痛得弯腰倒在地上。我从他身上拔出枪，向他开了枪。"

"后来呢？"

"我听到外面有叫喊声和跑步声。其他人听到枪声来看发生了什么事。我把枪对准门。只要门一开，我就扣动扳机。"

"那儿有多少人？"

"两个。我把他们都打死了。"

"绑架你的头儿怎样？"讯问者问道，"那个当天没在场的人，你能否谈谈他的情况？"

"秃头，黑眼睛，喜欢大吼大叫。"艾丽卡呜咽着，"他总是在大喊大叫。"

邦德被深深感动了。邦德按下了暂停键，用手指轻轻地拂过屏幕上艾丽卡的面部，想要抹去她的泪水。如此美丽的姑娘，竟然经历了这么可怕的……

一个想法随即进入邦德脑海。他重新查看那张写有500万美金赎金数字的宝丽莱照片。

还好雪茄姑娘在比尔巴鄂给他的账单还在。在爆炸的一片混乱中邦德几乎把它抛到九霄云外了。看到账单上一串奇怪的数字：£3,030,003.03，邦德有了胆战心惊的感觉。

邦德启动电脑的货币兑换的功能，他输入"3,030,003.03英镑"，按确定键。

屏幕显示出"5,000,000万美元"。他盯着看了一会儿，仔细思考这可能代表的含义。M16的屏幕显示艾丽卡·金卷宗的编号是7634733。他想查看，但是监视器上显示为"拒绝访问"。

邦德皱起眉头。他又试了一次，只是徒劳。

他重新坐回到椅子里，有些不知所措。他用手指反复拨弄那账单，最后得出了惟一可能的结论。

情报室外，邦德来回踱着步子，心里在盘算着是否该去做他认为自己必须做的事。她一定知道内情，但是她会告诉他吗?

邦德把一切顾虑抛到脑后。他一言不发地绕过玛娜佩妮，打开M办公室的门，看到她和坦纳、罗宾逊，另外还有两个政府官员。

"007?"她抬起头来。

"请告诉我关于艾丽卡·金的绑架案的详细情况。"他说道。

M直起身来，尽量表现出若无其事的样子。"我不知道在这个案子里你的任务是什么。"

"是我把钱也就是炸弹带给了死去的金。"

"别加入自己的感情。"

"我没有，你呢?"他停顿了一下，接着说："封存档案，你是惟一可以做到的人。我不认为是M15在处理这个案子。"

她稍微犹豫了一会儿。然后对其他人说："对不起，你们能出去一下吗?"

他们离开以后，她从头到尾打量着他。"你的任务是服从，007。"

他耸耸肩膀没有说话，算是对越线的默认。他计划采用温和路线："能告诉我发生了什么事吗?"

显然M很为难。不过她还是说出了真相。"当艾丽卡被绑架以后，她父亲想要自己处理这件事，但失败了。"

邦德等着她说下去。

"所以他找到了我。"她说道，"你已经知道，我们没有和恐怖分子谈判。这违背了我作为一个母亲甚至是一个单纯的人所有的情感和本能。我

要求他不要付赎金。我认为我们可以解决这件事情。"

"你把那姑娘当作诱饵来钓出幕后的主谋。"

"是的。"

"你认为你有能力查出绑架者。"

"只要我们知道幕后是谁，那么是这样。"

直到这时邦德方才理解了 M 的意思，说道："他女儿赎金和金的提箱里钱的数目相同。这是一个预谋已久的陷阱。先把钱退回来，然后让我活着离开比尔巴鄂那间办公室，因为他要金从 M16 手中接收炸弹。他们这么做是在向 M16 示威：M，你的恐怖分子又回来了。"

她关切地看着他："那么我们就知道杀害 0012……和罗伯特·金的凶手。"

已接近半夜了，他们重新聚集到情报室里。坦纳和罗宾逊快速地搬来要用到的声像设备，以便 M 查看案件的各种资料。

一个瘦小、细长而结实的男人的面孔出现在屏幕上，秃头，眼睛黑而冷峻。

"维克多·佐卡斯，"M 说道。"阿卡……"

"无政府主义者狐狸瑞纳德。"邦德说道。

坦纳开始具体介绍这只狐狸的情况："1996 年他在莫斯科活动，在那之前朝鲜、阿富汗、巴基斯坦、伊拉克、伊朗、黎巴嫩和柬埔寨都有他出现过的记录。"

"这些地方都有浪漫的度假胜地。"邦德注意到这一点。

"制造混乱是他的惟一目标。"参谋长继续说，"他是与俄罗斯黑手党有联系的一个雇佣杀手。"

"他是绑架案的幕后策划人。"M 说道，"在爵士找到我后，我派 009 去除掉他。在 009 完成任务之前，那位姑娘逃出来了。一个星期之后，我们的人在叙利亚找到了瑞纳德，把一颗子弹射进了他脑袋里。"说完这句她停顿了一下好像这样可以加强效果，"子弹显然还留在那里。"

"他是如何活下来的？"邦德比较好奇。

大家在屏幕上看到了一个巨大的、透明的瑞纳德头颅的三维全息图像。

"我们曾以为他已经死了。"坦纳说道，"我们甚至已经为他结了案。曾经有两份报告说在阿富汗和伊朗见到了他，但是我们没有给予足够的重视。在一小时前我们收到了来自土耳其情报站的确认。瑞纳德还活着。"

莫莉·沃姆弗莱士医生走出暗处开始解释："瑞纳德杀了那个救他一命却无法取出子弹的叙利亚医生。"

医生接过控制器，把全息图像换了一个呈现的角度。在 X 光里可以清晰地看到在右边太阳穴内有一颗子弹。

M 接过来说道："爵士死了，M16 受到了羞辱。的确他的仇已经报了。"

"不全是那样。"邦德说道，"在绑架案中瑞纳德有三个敌人：罗伯特·金爵士、M16 和那个被绑架者——艾丽卡。"

M 面对邦德那令人担忧但显然是正确的推论似乎有些畏首畏尾。

"我刚开始意识到所有这件事情还存在另一方面。"她说道。

"什么？"

"艾丽卡·金可以说是世界上最有实力的女人，在她的手里有她父亲庞大的全球石油帝国。"

M 稍稍停顿，接过玛娜佩妮递过来的一份卷宗，周围的人也利用这短短的间歇领会到了她这话的分量。M 先是瞥了一眼文件，又看了一下邦德。

"我猜那位好医生已经让你通过了，"她说道，"'你有超常的精力'。"

玛娜佩妮看了沃姆弗莱士医生的裙子一眼，发现她的衬裙有些露了出来而且有点歪斜。

"非常感谢，玛娜佩妮小姐、沃姆弗莱士医生。"M 说道。在两个女职员离开后，邦德问道："009 在哪儿，我想跟他说几句话。"

"现在他在远东执行任务。我可以保证，他知道的所有事情都在你面前的档案里了。要是他的枪法再准一点儿就好了！"

"0012 的事怎样了？"

"根据我们的推测案子可能与罗伯特爵士谋杀案有关。我会把案子的档案让你熟悉的，007。现在我要求你去艾丽卡身边去，要找出那个换了别针的人。她接手了他父亲所有在里海的输油管建设工程。瑞纳德会再回来的，如果你的直觉是对的，那么艾丽卡将是他的下一个目标。"

"又是一个鱼饵。"邦德说道，"保护姑娘，除掉狐狸？"

M 给了邦德用一个肯定的眼神。

"千万不要告诉艾丽卡是同一个人在幕后。那样会吓坏她的。"

"影子行动。"

"影子可以在后面，或者在前面，但决不能在上边。记住我的话。"M 眯起眼睛看着邦德。

她太了解他了。

第四章　瞬间安宁

驾驶着从土耳其取出了 BMWZ8 型汽车詹姆斯·邦德一路东行，到达了南高加索山脉。这条山脉是土耳其和伊朗以及前苏联成员国格鲁吉亚、亚美尼亚及阿塞拜疆的自然边界。在古今中外的美丽世界中，能被誉为“充满爱和唯美率性”、“拥有喜乐闲情”、“自然景观丰富”、“兼具百般风情，旷世绝美”的区域或景点真是寥若晨星，而高加索地区这片神奇之地却是当之无愧。邦德也不禁在心里赞叹这里旖旎的风光。

Z8 是颇具传奇色彩的 BMW507 的改进版。Q 分部副主任办事效率极高，不仅履行诺言把 Z8 运到土耳其，而且他还为邦德运来了他原来的坐骑阿斯顿·马丁，作为备用车辆。Z8 几乎把跑车的优势发挥到了极致：豪华的发动机舱，两座开放式的整体车身设计，流线型车体外观设计再加上 6 速变速箱和 400 马力 V—8 型发动机。这样的组合让邦德驾驶起来感到生龙活虎，以致于他要不停地提醒自己要降低速度。

一会儿过后，Z8 驶入人烟罕见荒芜偏僻的油田地区。邦德沿着输油管旁边的道路蜿蜒前进，他相信输油管最终会把他带到目的地。由于没有会撞到人的担忧，他把车速提高到极限。可是他仍有一种被监视的感觉，这也许来自他多年的职业敏感。他一直没有放松警惕，不停地检查反光镜和能指示出 10 英里半径内有无其他车辆存在的高灵敏度显示器。到目前为止并没有特殊情况，他可能是这个荒芜凉峡谷里惟一的人。

终于，汽车离开了那片寂静的荒谷，沿着输油管进入一片稠密的松树林。距目的地已经不远了。

显示器上一个图标在闪动，显示上空有一架飞机。过了两分钟，直升飞机的声音才传来。他透过车窗向上看去，辨别出那是一架运输直升机。一只侧面喷涂着金工业公司的标志的巨大的板条箱悬挂在机身下。

直升机超过邦德，朝前飞去，渐渐消失了。显然它和邦德的目的地是相同的。

继续顺着输油管前进，邦德终于看到了森林的尽头。当汽车终于离开这片松树林时，一个斑点出现在广阔无垠的大地上。邦德可以肯定已经有暗藏的，或许是穿着森林伪装服的卫兵向他们的主人报告了他的存在。

金工业公司的输油管建设工地宽广辽阔，现代化的自动机械正辛勤地劳动，不断有从事不同任务的车辆结伴而行，还有一条飞机专用跑道。这确实是一个庞大的石油帝国。罗伯特爵士的意图是修建一条与众不同的输油管线连接里海的高产油田和西方国家。这个项目已经运行了几个年头，但仍有很长的路要走。其中，最困难的部分是向东穿过群山，连接起阿塞拜疆的另一部分。

在一幢标有建设办公室标记的建筑附近邦德停了下来。他钻出汽车，眯着眼看了一下明亮的太阳。

“有什么需要帮忙吗?”一个看起来30岁出头的又瘦又高的男人面带笑容地问道。从他的口音，邦德判断它可能来自乌克兰和莫斯科之间的某地。

“我要找艾丽卡·金。”邦德说道。随后他掏出身份证递给了那人。“我是美国通用出口公司的詹姆斯·邦德。”

那人核对过身份证后，伸出手来。“萨沙·达维多夫，现任保安部负责人。见到你很高兴。”邦德握住对方的手，感受到那是那双手传递出的力量。“我想站在我身后的拿枪的三个打手现在可以走开了。”

达维多夫很佩服邦德的观察力，他笑了笑，做了个退开的手势。果不其然，三个拿有武器的建筑工人走开了。

“请你不要称他们打手。”达维多夫说道，“这会引起他们不快。”

两人相视大笑。这时一阵高音调嘎嘎声从空中传来，这是高级管理人员乘坐的直升机所特有的。

“我知道金小姐在等你来。”

在最后进场飞行后，直升机在树顶上忽然开始降落。这时整个场地摇晃起来。邦德看到相互默契配合的其他直升机正拖着巨大的锯子将一排排树木砍倒，另外有庞大的机器专门负责把树木拖开。这样为输油管的铺设开出一条路来。这真是一个项为之震撼的大行动。

带着板条箱的运输直升机出现在头顶上，开始慢慢下降。工人们一见板条箱接触地面，就马上走到箱子跟前开始工作。箱子上布置了很多的开关和拉杆。慢慢地，邦德明白箱子里装的实际上是一个可展开的移动办公室。他们干起活来就好像在整理自己文件柜的抽屉那么胸有成竹和井然有序。在艾丽卡的直升机在远处的跑道上降落时，这个拉开板墙就可以增加内部空间的移动办公室的已经比原来增加了一倍。办公室已经全部准备就绪，随时可以投入工作。

喷气式直升机刚一停下来，萨沙·达维多夫和他的团队就开始行动。他们立即在直升机处形成了一个包围圈，每个人神情严肃，警惕地扫视四周，拔枪在手。在这种氛围的熏陶下，邦德很快就适应了保护人的角色。他仍然觉得好像有人在暗处注视着这里的一切，但看起来没有任何不寻常的地方。

“有问题吗？”邦德问达维多夫。

“没有。”保安部负责人说话时紧绷着嘴唇。“在以前很长的一段时间以来我们遭遇到很各种破坏活动。这儿还不算多，阿塞拜疆很厉害。这儿他们仅仅以扔石头来发泄心里的不满，阿塞拜疆那些不愿让输油管穿过他们的家园的农民们则选择炸毁建筑材料作为抵抗的方式。罗伯特爵士非常担心此事，把他们当作是恐怖分子。金小姐则比较宽容。不管怎样，我们采取额外的安全措施。目前看来没问题。”

邦德问：“这儿没有破坏活动吗？最近有没有？”

“没有。但自从……罗伯特爵士出了事。我们觉得非常可怕……有责任……”

“因为是你的负责范围内发生的？”

“当然，职责之所在。”

直升机已经降落在停机坪上。舱门打开，梯子放了下来。公司新任执行总裁走了出来。一如既往的美丽端庄。保安人员立即把她团团围了起来。她并没有看邦德一眼，而是大步地走进移动办公室。

“我们……”达维多夫问邦德。

他随同这乌克兰人走进了设备一应俱全的办公室。所有东西看起来都已经用了几个星期了，计算机、电话、厨房包括那幅挂在墙上的输油管的详细地图。艾丽卡在一群工作人员中间和一个领班说话。“穆斯塔法！”她的语调中有些逗弄、温和而又友好的东西，她在表达她的不快。“你的许诺是上周结束清除工作，我想你没有违背我父亲的时间表的打算吧？“

怯懦的领班回答道：“汝安村有一些宗教墓地，我们遇到了些麻烦……”

她愤怒地转过脸去，这次她注意到了达维多夫和邦德。

“金小姐，”达维多夫打断了她和领班的谈话，“邦德先生要见你。”她点点头，然后继续对领班说：“我要一份关于石灰石储量的研究报告，把这些订单发出去，把预算报告递给我。另外准备好吉普车，我计划亲自到汝安去处理宗教墓地的问题。”

“金小姐，我建议你不要……”达维多夫插嘴道。

“萨沙，”她说道，随后宽容地笑了笑。“我知道你的建议是什么。但是我要去汝安，他们是我母亲祖国的人民。准备好吉普车就行了。”她对房间里其他人说，“其他人可以出去继续工作了。我要应付我们神秘的客人。”

她打开门，让大家鱼贯而出。然后她向邦德转过身来。邦德必须承认这女人激起了他的兴趣。他喜欢她说话做事那从容不迫的风格。看似随意的一番对话就让他领接受了她的指示。看来她正成功地适应老板的角色。

“M 告诉我她会派人来。”她关上门，维持她刚才的尊严。

“她对你的感情深厚真挚。”

“在许多方面，她就像是我的母亲。”她停顿了一下，然后说，“如果我没记错的话，在父亲的葬礼上我见过你。”

“是的。发生那样的事情，我感到很遗憾。”

“你见过他吗？”

“一次，很短的一段时间。”

“有些事情很有趣……你一整天也不去想的事情会因为一个声音、一个味道、一张陌生的面孔……这些微小的事情全部涌到心头。你失去过亲人吗，邦德先生？”

“叫我詹姆斯就好。”他没有告诉她全部真相的计划，“我已经不得不献出了亲人。”

他能感觉到她审视的目光，试图对他作出评价。邦德尽他所能不泄露任何事情，“我们担心你处于危险之中，所以 M 才派我来。”

她轻蔑地一笑，指着挂在墙上的地图，说道：“在我的父亲发现无法完成它的时候，我有责任继续。我在试着完成这条路经土耳其，绕过伊拉克、伊朗和叙利亚的输油管线建设工程。这是一项巨大的工程。”她指着地图，“在北边，有三条俄罗斯输油管与我们竞争。那些人会竭尽所能地让我停下来。”她转向他，说道：“而你，亲爱的先生，你跑来告诉我，M16 认为我的处境不安全？”

面对她的冷嘲热讽，尽管他不想透露更多的内容但邦德意识到他自己现在不得不这么做。“进一步地说，我们认为危险来自内部的可能性很大。”

邦德刚说完，有人敲了门。一个高大而又健壮的保镖探头进来，黝黑的皮肤，长发绺式样的头发，这让他看起来既威严又不失亲切。

“对不起打扰您了。金小姐，吉普车准备好了，随时可以出发。”他说道。

“谢谢你。”她说。那人有些好奇看了看邦德，出门之前眼睛又转回到他上司的身上。

“某个在我身边的人？”她问道，“你是指我的保镖吗？”

“你保镖的名字叫加伯尔，斐济人，贝卡岛的武士。”邦德说道，“在绑架案发生以后他一直保护你。”看来邦德在来之前做了充分的调查工作。

当听到邦德说出“绑架”的时候，艾丽卡眼睛闪了一下。她有些恼火，想要摆脱这个叫做詹姆斯·邦德的家伙，因为他知道的太多了。

她转过身，准备离开。“邦德先生，非常感谢你来这里。但是你看到了我已经有一个保镖了。”

邦德并没有就此离开的打算，他扯住艾丽卡的胳膊说道：“请等一下，艾丽卡。”随后他把那枚烧焦了的翻领别针从口袋里掏出递给她看。

“那是我父亲的……”泪水已经涌上了双眼，她有些不知所措。

“不。这只是复制品。里面装有用来引爆炸弹的无线电接收器。你的组织里有人把真的调包了。我到这里来是要保护你，找出那个要对此负责的人。”

她把那个让她伤心的小东西推开。“我的家庭两次把信任投给 M16，可是我们失望了，同样的错误我不想再犯第三次。”

说完，她离开了移动办公室。邦德跟着她走到吉普车跟前，乘客座一侧门已经打开了。她转过来，说道：“邦德先生，我要完成这项工程，为我父亲，也为我自己。”她上了吉普车，看了看仪表板上的记事板。“谢谢你善意的帮助，祝你有个愉快的旅途。”

邦德早已到了司机的位置，迅速地关上车门，留下还有些摸不着头脑的加伯尔站在车外。艾丽卡看着邦德，没有说任何话。

“或许在回家的途中我可以顺道访问汝安。”邦德说道，“扣好安全带，那样会更安全。”

在艾丽卡发表评论以前，车子已经出发了。

他们经过一片油田。那是一座枯萎的、毫无生机的钢铁森林。她除了指路之外没有多余的话。邦德试图打破有些尴尬的气氛，“我看我们选择了一条风景优美的路线。”

“你知道你面前的地方是什么吗？它曾经是世界上最令人垂涎的地方，无数人想把它据为己有。”她的话略微带着侮辱的口气。

邦德点点头，说道：“是。上世纪末，这些油田被发现。1919 年苏联得到了它。希特勒也觊觎它。斯大林和赫鲁晓夫把它作为冷战的筹码。”

她对邦德的一番话印象深刻。“我看得出你做了足够的家庭作业。但你的论述毫无激情，像白开水那样无味。”

邦德等待她的精彩的下文。

“是我母亲祖国的人民发现了油田，”她说道，“苏联用屠杀的方式占领这里。苏联解体后，这里成了他们留给我们的宝贵遗产。有人说石油存在于我家族的血液里，我认为我们的血液在这石油中更准确。”

不久直升机的“隆隆”声从头顶传来。邦德向上看去，发现一架涂有金工业公司的标志的欧洲直升机公司生产的皇太子型直升机①。她说道：“我肯定是加伯尔和萨沙想来密切注意我的行踪。”

经过许多钻塔，吉普进入一块岩石遍布的地区。满眼望去是一片月球景象，像是走进美国亚利桑那遍布岩石的沙漠，还有一些突出在地面上的类似英格兰巨石阵一样的构造点缀其间。很快他们就驶进了有人类远古文明迹象的区域。一排出售纪念品的摊位摆在一组结构古怪的神话一般

① 人们习惯把这类飞机简称为欧直皇太子直升机。

的三个烟囱之间。

他们很快就到了汝安村。修道士曾一度把这个在岩石上凿出来的村子作为隐居所。最能激起邦德兴趣的是形状各异的教堂和修建在悬崖绝壁上粗糙简单的住所。艾丽卡告诉他："考古学家曾在那里发现了极具历史和艺术价值的远古洞穴绘画和其他人工制品。"

她继续说道："按照专家的说法，所有这些都是史前的。按照推测，不远处的一座山上就是诺亚方舟停下的地方。"

在路边一处输油管附近他们停了下来，这里有金工业公司修建的勘探营地。吉普车到的时候，勘探队员们正在一辆全轮驱动越野车后面躲避村子里男人们扔出的石块。村民们大声叫喊着，准备出来袭击勘探队。

邦德没有来得及拦住艾丽卡，她跳出吉普，朝人群走过去。村民们见到她时，停止了扔石头，因为他们认识她。邦德警惕地注视着四周。她用他们的语言和几个首领平静地交谈着。过了一会儿，人群自动让出一条路，一名东正教牧师向她走来。

"过来吧。"

她点点头，跟随他穿过人群，走进一个小教堂里。这座拜占庭教堂是用令人惊叹的建筑技艺在岩石上劈出来的，火光照亮了墙上精美的马赛克和绘画。邦德选择留在阴影里，让艾丽卡来处理这个局面。很显然她颇有做一个公正仲裁人的能力。看到她在与牧师平静地交谈着，邦德走了出来，看着周围。欧直皇太子直升机已经在附近降落了。他们正朝小教堂这边走来。

那种熟悉的感觉又来了，这让邦德变得忐忑不安。他相信他自己在这方面有着足够的经验，第六感很少出错。这种感觉告诉他：有一双眼睛在暗中注视着他们，了解他们的一切。达维多夫和加伯尔也在严密注视这个区域。

"你的位置比较好。有什么发现吗？"邦德问。

达维多夫摇摇头。"没有，我认为一切正常。"他羡慕地摇着脑袋，戴着钦佩的口气说，"她的确在与人相处方面很有办法，起码超过了她父亲。"

"他们父女相处的怎样？"

"他们始终在争吵。"

"是吗？"

"我们认为他们因商业上的问题发生言语上的冲突。"

"大家在公司喜欢罗伯特这位上司吗？"

"根据我的了解，没有人跟他发生过摩擦。我在公司工作了七年，我认为他是一个很不错的雇主，有很多新颖有创意的想法。我认为他的女儿是惟一跟他有争执的人。"

"大家对新雇主有什么看法？"

“每个人都比较喜爱金小姐。你已经看到她与人相处的方式。至于她的管理能力，虽说现在给予肯定还为时过早，但我对她有充足的信心。”

大约10分钟后，艾丽卡和牧师出现了。牧师带着村里的男人们走开了。艾丽卡大步向勘探队的领班走去，脸上带着坚定的神情。

“重新确定附近地区的输油管路线。”她命令道。

“可是这需要花费几星期的时间和几百万的费用，这些都是额外的支出。”他说道，“现在的路线是经过你父亲批准的。”

“那么就是他错了。”她说道，“这是一个宗教坟地。我们必须尊重他们。”

“但是……”

“按照我说的去做就好。”

领班露出惊讶的表情。这是艾丽卡第一次坚决维护她的权威。没有人对她的决定有任何异议。

她转向邦德，说道：“好了，邦德先生，现在你看到了汝安，你可以放心回伦敦，向M报告说我很好，不用担心。现在如果你不介意的话，我要继续工作了，去检查上一段管线。”

“我一直很好奇石油管线的样子。”邦德说道。

“加伯尔会开车送你回去。”

“加伯尔只能管好他自己。”

她说道：“我也能。”随后和加伯尔交换了一下眼色。

“那么我敢肯定加伯尔不会在意。”

她第二次看了她那忠实的保镖一眼。那人做了个并无不快的手势。

“你从不说‘不’，对吗？”她问邦德。

“对。”

她叹了口气。“你瞧，我要工作的地方是在有冰雪的山里。所以我必须在滑雪板上干活儿。”

“听起来不错。”他兴高采烈地说。

起初，她好像要揍他一顿的样子，后来她忍住没发作，对他一笑，说道：“好吧。”看得出很勉强。她向直升飞机做了个起飞的手势。

那种被人注视的感觉并不是他凭空想象出来的。如果他和达维多夫能够找到的话，他们就会发现在一个村子的山顶上的树林里，一个穿着伪装服，手里拿着对讲机的人正坐在树枝上俯瞰着下面的一切。他就是那只狐狸——瑞纳德。

瑞纳德把双筒望远镜架到眼上，望着准备离开汝安的全部随行人员，像是看着一群落入他陷阱的猎物。

是的，一个M16的人，邦德。瑞纳德猜到M会派他来。今天就是他算账的日子……

他的眼睛注视着那个姑娘。她还是和以前一样漂亮。一幅图像浮现在他的脑海里：洒满泪水的面庞，被捆着不得动弹的胳膊……她的哀怨的眼神，绸缎一样光滑的皮肤……真是难以忘怀的记忆，但瑞纳德要用力把它驱出心头，把精力集中在手边任务上。

等到吉普车开出建筑工地，他对着对讲机说道。

"他们向山里出发了吗？"

"是的。"

"那么你知道要做什么了。按计划行事。我等你的汇报。"

"好的。"

"还有……"瑞纳德停了一下以便让对方牢牢记住，"我要山上的雪掩盖住猎物的血迹。"

第五章 险象环生

风在疯狂地怒吼着。

皇太子直升机飞掠过一片片白雪皑皑，地势起伏不定的荒地，一直飞到艾丽卡指定的一座山峰上空。

"风太大！"驾驶员喊道，"我们着陆不了。"

"稳住它！"艾丽卡回答，随后她把风镜拉到脸上。"我们必须跳下去，这是惟一的选择。"她对邦德说，"你会滑雪，对吗？"

"女士优先。"邦德拉下风镜，穿上达维多夫借给他的全山地滑雪板、质地非常轻盈而且拥有良好耐热性和防水性的聚丙烯夹克和既保温又灵活的羊毛手套，带小羊皮衬里的滑雪裤倒像是专门为他定做的，正好适合他的身材。他很高兴自己没忘记把 Q 夹克带过来，他穿在最外面。艾丽卡的装备则是一件带有皮衬里的风雪帽、腋下拉链可以一直通到连指手套的轻便皮大衣，还有羊毛滑雪裤。她的全山地滑雪板是中间部分用轻质和柔性弯曲材料做成的特地为女士定制的。她把皮靴伸进踏脚板，固定好。

她一打开舱门，冷风就跟着灌了进来。她也不在乎邦德是否准备好了，就直接跳了出去，下落到 15 英尺下的冰雪覆盖的荒原。邦德跟着她跳了出去。但她已经滑在前面很远的地方了，并没有要和邦德同行的意思。她可真是大胆无畏。

考虑到这个活动具有一定的挑战性，邦德决定采用他的老教练富希教给他的脚穿滑雪板、手持滑雪杖的越野滑雪比赛方法向前滑去。邦德喜欢再次踏上滑雪板的感觉。空中造型动作让邦德觉得比冲下冰雪覆盖的大陡坡更让他毛骨悚然。他感到体内肾上腺素水平在以很高的速度升高，疾风吹过身体让他顿时感觉精神抖擞，冲劲十足。滑雪板有26米的转弯半径，有由两条肋边和滑雪板的长度完美配合提供的很好的扭转特性。这符合邦德为好的滑雪板所确定的标准：良好的前后弯曲度、最小的左右柔韧度以及能够给人平滑稳定的感觉，这些都是很重要的。

当斜坡开始变得平缓时，邦德恰好赶上了她。她滑到悬崖边停了下来，动作干净利落，恰到好处。不多一会儿邦德也从后面赶了上来。

“不赖，”她赞叹道，“邦德先生，你滑得很好。”

“大概喜欢被追逐是你一贯的喜好吧。”

“没有你想象得那么强烈。”

在悬崖下面闪闪发光的银色峡谷中，一排五颜六色勘探旗沿中间位置延伸下去，也是这片白色的天地之间极妙的装饰物。

“我们正同时从两头修建。”她指着那些勘探旗有点上气不接下气地说道，“距离那个方向400英里的地方是里海的新油田，往那边400英里是交通要道地中海。

“它们将在这里会合。”邦德说道，非常钦佩公司的企业发展战略。

“当波斯湾和所有其他油田不再涌出这些‘黑色血液’的时候，这里将再次成为全世界关注的焦点。按世界对石油需求的飞速增长，这是肯定会发生。这根输油管将成为输送血液的主动脉。”

“你父亲的遗产？”

“我家族的遗产，留给全世界的。”

他们在原地呆了一会儿。她在心里默默计算着距离，研究着排列的勘探旗。他看着她，赞赏她在工作中表现出的那份决心和奉献精神。

现在他有一种想把她搂在怀里的强烈欲望，因为她是那种会倾注自己所有的热情专注于一件事情的姑娘，这正是邦德喜欢的类型。

事先没有任何预兆，她忽然挥动滑雪杖，急速向勘探旗滑去。邦德被这个姑娘逗笑了。看来这个姑娘确实喜欢被追逐，在这一点上他可把她看穿了。对邦德来说，这一切都是一个有益的……考验，没准她正要看看他怎么做。如果这是一个她想得到的结果的话，那么我只有继续奉陪了……

他双手一撑，随她而去，在勘探标记之间毫不费力地穿行。她做“之”字形运动在标记之间快速穿梭，宛如是专业的运动员在一个设施完备的障碍滑雪的训练场上。邦德跟在她后面同步滑行，模仿着她的每一个动作。这时她跳过一个山脊，在空中滑行了将近20英尺，借助下滑的巨大惯性，以一个难度极大的奥林匹克冠军的动作落地。邦德在她后面也跃过山脊，但速度比她稍快，差一点失去平衡摔下来。总算是平稳落地了，谢天谢地，他有点笨拙的跳跃动作躲过了她的眼睛。

在另一个山脊旁她停了下来。他也滑到她身旁停下。

她一边凝视着另一山坡上排列的勘探标志，一边问邦德："累了吗？"

尽管他用比较轻松的口气回答"一点儿也不累"，但是在心里想这真是一个难应付的姑娘啊！这时，她研究着那些标志的位置，并记在心里。她对他表达冷漠的方式吸引了邦德，然而他能察觉到她会不时地从用眼角注视他。根据邦德对女人的了解，他清楚地明白她正在试图掩藏对他的兴趣。

从头顶上传来的声响打断了他的沉思。邦德很快就判断出这并非来自他们搭乘的直升机。他抬头看见一架型号为 Casa212 的轻型空中运输机后面有 4 个正无声无息地垂直向地面下降的黑色物体，接着打开降落伞，下落速度慢了下来。这时艾丽卡也注意到了那些东西。

"伞鹰，"她说道，"上面有 4 个人。"

虽说有人把伞鹰作为一项有益身心的健身活动，但是此时它们绝对是灵巧的死亡机器。"伞鹰"实际上是一种具有动力伞和摩托雪橇两种功能既可以利用伞翼飞行，又可以在雪地行驶的最新型全地形和全季节雪地车。它的主体构架全部由轻质飞机级铝支架焊接而成。它们装备的有能在飞行过程中调节的高性能的降落伞。拇指节流控制器和车把式方向操纵器使得驾驶员在每小时五英里的时速范围内改变速度成为可能。有了六叶片 IVO 螺旋桨和 Rotax582.65 马力的发动机为其提供的动力，它们能够用不可思议的速度、角度完成飞行，跳跃和滑行的动作。

邦德立即环顾四周试图寻找一条逃生路线，注意到一条山谷在山下不远处，一片森林在山谷相反的方向。

"你朝山谷的方向去，我把他们引到树林方向去！"他拔枪在手，指着一边对她说道。艾丽卡没有辩驳，滑开去。迎着越来越近的机器声，邦德转过身去。

那四个可怕的怪物开火了。他边躲避着，边疾驶向那片树林。伞鹰紧追不舍，一边追击一边开火。

他采用旧式阿尔伯格蹲姿，重心落在两脚的脚弓中间，双手伸向皮靴，向坡下滑去。伞鹰在紧咬不放，子弹纷纷落在邦德的身旁。他采用从高山快速下滑，连续转弯，不断穿过障碍的回转滑雪方法滑过一片开阔地，飞速朝下面的树林奔去。

越来越刺耳的噪声说明伞鹰正渐渐逼近了。这时其中一架忽地猛扑下来，试图发动快攻，打乱对手的阵脚。邦德赶忙躲避，他尽力前倾，身体就像一颗射出的子弹在松软的粉状雪上飞速掠过。邦德以为敌人已经被他甩掉了一截，可是忽然一阵可怕的震耳欲聋的声音从地面喷发出来。他

低估了对手的实力，现在容不得丝毫的懈怠。

现在他们用手榴弹作为攻击的武器。

邦德做了一个漂亮的带些卖弄的回转，这样他就有机会突然转身给对手以反击。不幸的是，具有防弹性能的机器把他的子弹一一弹开。

再次转身后，邦德以一个“之”字形的障碍滑雪动作滑进了森林。他不断在林中快速穿梭，两架伞鹰紧跟在后。射击没有片刻停止，子弹纷纷打在离他近在咫尺的雪地上。

一架领头的伞鹰尝试从不同角度攻击邦德。那家伙跟得太紧了，好运迟早会来临的。

滑雪板不断劈开前面的冰雪，产生有规律的刮擦声。在正常情况下，邦德会慢慢享受这些跳动的音符。但此时他必须确保声音的连续性和节奏性，这表明他没有失去速度或者说他的运动节奏没有被破坏。就在这时候因为他左边的滑雪板离树太近，还没来得及躲避就“砰”的一声撞在树上，差点失去平衡摔倒。但另一只滑雪板给了他平稳的力量，安全地绕过两块大石头，滑入了另一片森林。

眼看领头的伞鹰就要追上他了。面前有利的地形给了邦德灵感。邦德在心里盘算着他的计划。如果他能让对手以同样的速度在同一位置保持数秒钟，那么简单的重力定律就会发生作用，巨大的惯性就变成他的最佳拍档。邦德全力冲向他的目标，在极其精确的一刹那，突然一个快速急转弯。

伞鹰却没能即时停住，降落伞被下面一棵大树的树枝挂住，在降落伞巨大拉力的作用下，机器猛撞向后面的那颗大树，在惊天动地的爆炸中消失了。

在另一个方向的山谷里，艾丽卡安全地滑行着。巨大的爆炸声传来，她停了下来。她不禁对邦德的处境有些担忧了。越过树头，她看到两架伞鹰仍在空中飞行。该怎么办呢？她的理智告诉她应该在原地等待。但是现在她的感情占了上风，加上她性格中固执的因素，艾丽卡把一切小心谨慎抛到九霄云外。她决定向邦德的方向滑去。

邦德在树林里继续闪避第二和第三架伞鹰，手榴弹在他身边左右开花。两架伞鹰抛掉降落伞，改为陆地滑行。两挺机关枪在不停地怒吼，邦德周围的雪花被子弹激起到处飞溅。

前面是一块林间的空地，这也许算得上是最糟糕的地方了。他正要推动滑雪杖加速，忽然发现马达声消失了。邦德往后看了一眼，两架伞鹰不见了。这让邦德有些奇怪，但他同时意识到更凌厉的攻势会随之而来。

邦德没有放慢速度，继续向空旷地带的另一边前进，再次进入森林。难道他们这么快就被甩了？

这时两架伞鹰突然跃入视野，着实把他吓了一跳。子弹铺天盖地而来，他甚至感觉到两颗子弹从他脸旁飞过时的热浪。最后一架伞鹰也参入战斗，一面爬高，一面往下扔手榴弹。

离他最近的那架伞鹰从正面对邦德发动致命性的进攻。

邦德及时地发现了正面冲来的敌人，刹那间他做出选择。他以极快的速度正对着伞鹰继续前进，正面撞过去。驾驶员看到邦德这种近乎自杀式的攻击方式顿时就惊呆了，失去了理智的判断力，只是机械地按下了开火的按钮。在驾驶员按下按钮之前，邦德已经借助前面的一个雪堆从伞鹰上面跳了过去，在另一边安然落地。失去控制的伞鹰，撞上了一棵树，发出震耳欲聋的爆炸声。火焰在树木之间迅速蔓延开来，形成了一道火墙，把邦德和另一架伞鹰暂时分开。

邦德匆忙估算一下形势：到目前为止，敌方损失了一半的兵力。这时一架伞鹰仍盘旋在他头顶的上空，不断抛出手榴弹。另一架呢？是不是被火墙挡住了？

没过一会儿，另一架伞鹰就毫发无伤地冲出了火墙，继续猛烈地开火。邦德更加用力滑雪。他想，必须在短时间内结束战斗。膝盖的疼痛难以忍受，体力也在下降，这是滑雪者的弱点。他一边咬紧牙关继续坚持，一边尽力巧妙地躲避着越来越精确的手榴弹。这可有些不妙。

他几乎没有看到前面的悬崖，他竭力在垂直下落之前停住，在一个树桩的帮助下才停了下来，比他预想的多滑出 15 英尺。但伞鹰驾驶员可没树桩的帮忙，飞过邦德的头顶，从悬崖边缘越过，坠入了看起来有 500 英尺的深渊。

“送你回老家。”邦德有些得意了。

原来掉下去的伞鹰依靠机器后部的降落伞竟奇迹般地再次出现在邦德的眼前。经过一次转弯爬升，连同另一架，又冲着邦德笔直地飞了过来。邦德那刚恢复的自信心顿时消失的无影无踪。

邦德立即站起身来，离开悬崖，沿着原来的方向返回，走上了另一条道路。伞鹰在后面穷追不舍。邦德朝一处看起来像是一座横跨在裂谷两边的冰桥方向前进。一个驾驶员知晓了他的行动意图，从深谷上空飞过。这样他就可以在低于邦德的位置穿过冰桥的下方，再从另一边飞起。另一个驾驶员在另一方的上空盘旋，这样他们就可以相互配合从两个不同的方向发动攻击。邦德变成了一块三明治中间的火腿，无处可逃。

看起来是多么天衣无缝的战略，但是他们遇到了邦德。邦德做出了最让他们意想不到的事：没有从冰桥上跨过深谷，而是突然转身，纵身跳过深谷。邦德的滑雪板从半空中距他不远处伞鹰的降落伞上划过。降落伞顿时变成了一无是处的碎布条。邦德直直地在悬崖对面落下，继续前进。

失去战斗力的伞鹰，在空中左右摇摆着，以极快的速度撞向另一架伞鹰。他们拥抱的结果可想而知，顿时化作一团火焰，爆炸声传向四面八方。

邦德终于可以松一口气了，他慢慢地停下来。刚才距离太近了，太冒险了。不过，邦德比较喜欢这种险中求胜的刺激。艾丽卡在哪儿？她到了那安全又稳妥的山谷了吗？还是……那些“忠实”的保镖又在哪儿？说不定，他们正在注视着这一切。

在邦德刚想动身找她之前，艾丽卡就发现了他。滑过冰桥，她在他身边停下。燃烧着的伞鹰再一次爆炸，声音震耳欲聋，几乎撼动了大地。受到惊吓的她一头扎进了邦德的怀抱，出乎意料地愿意接受他的保护。

“他们走了吗？所有人？”她问道。原先那种天不怕地不怕的样子也跟着消失了。

“我想是的。”他回答说。

“当听到第一次爆炸声后，我决定离开山谷，下山来，在山底下赶上你。”

“谢天谢地，你做出了正确的选择。要不然，可能我再也找不到你。”他说道，“在这荒无人烟的高加索山区失踪是我最不愿遇到的。”他低下头去，看到一小块降落伞碎片挂在右边的滑雪板上，上面还有某种图案。他仔细地研究了一下，看到一些缝在上边的俄文字母。邦德皱起了眉头，那些字母他并不陌生。那是俄罗斯原子能部的符号。

邦德把这个重要的证据装进口袋。这时一阵低沉的隆隆声在周围响起，大地也随之晃动起来。“那是什么？”她惊恐地问道。

原本宁静的世界被打破。山坡上巨大的雪体开始向下滑动。不一会儿，一条几乎是直泻而下的白色雪龙，腾云驾雾，呼啸着势不可挡地向他们冲去，像是要把他们吞没。原来是爆炸引发了雪崩。

“过来！”邦德急切地喊道。他已经准备好继续滑行，对着山下急速奔跑是躲避雪崩最好的办法。

在生死攸关的时刻，艾丽卡失去了平衡，摔倒了。邦德扑到她身上。

“把身体弯成一个球！”他喊道。如果一个人团着身体就可以摆脱滑雪板，慢慢地伸展身体，等雪崩结束以后再打洞钻出雪外。这是现在惟一能做的自救措施。

邦德刚来得及拉下夹克衫上的套环，无数的雪就欺到了他们身边。气囊在他们和雪之间形成可以起到保护作用气垫。一瞬间，冰冷刺骨的雪就把他们吞没了。一切都暗了下来。她惊慌失措地不断尖叫。邦德紧紧地抱着她，传递给她力量和温暖，极力让她平静下来。

“会没事的，相信我。”他温柔地安慰她。最终，似乎一切要变成永恒，万物像失去了生命一般宁静。他揭开脚扣，用力推开滑雪板，想要把身体伸直。还好他的掷刀依旧乖乖呆在小腿处的刀鞘里，邦德用力戳破气囊。空气泄完以后，留给他们一个很小的空间，形成了一个冰雪小圆屋，他们安全了。

她气喘吁吁地说道："天哪，我们被活埋了。"

"我们会没事的。"他说道。

面对突如其来的变故，她开始惊慌起来。"我们一定要离开这里。"

"我们一定可以做到。"他用刀在他们周围的雪上挖掘起来。

"不行。会塌下来的。"

"这是我们惟一的出路。"

"哦，上帝，哦，上帝。"她开始哭了，连呼吸也变得急促起来。

"坚持住，相信我，我们会出去的。"邦德不顾一切地工作起来。

"我不能喘气，我不能喘气了。"她几乎窒息。很明显，她得了幽闭恐怖症。

邦德停下来，用劲抓住她。

"看着我，艾丽卡！"她挣试图摆脱他。邦德又说："看着我的眼睛！"艾丽卡用拳头不断打他，于是他轻轻地打了她一记耳光。感受到邦德眼神中的力量和耳光的震动，她终于安静了下来，长长地喘了口气。

"你没事了。"他的语调温柔，"相信我，一切都会好起来。"

她驯服地点了点头。他开始继续工作。

现在邦德对这个姑娘有了更多更深刻的了解。他认为绑架案对她实际的伤害远比她自己愿意承认的要厉害得多。根据她的情况，治愈的最好办法是在能力范围内去专注于一件事，努力忘掉过去可怕的记忆，继续生活。把自己沉浸工作里，这一点她已经做到了。但是留在心灵上的阴影却不是随便可以驱除的，这些看不见的伤疤仍会在不经意间复发。邦德猜想，在过去的一年里她的幽闭恐怖症大概又严重了些。他开始充分体会到她所承受的巨大压力。绑架案过去不久，父亲被谋杀，她不得不负责一个庞大的石油帝国……难怪她有沉着镇静和惊慌失措这么鲜明的两面。M派他来保护她是正确的。他会加倍小心，对瑞纳德在她身后的情况守口如瓶。

大约过了六分钟，覆盖在他们身上的雪堆已经被邦德的拳头打通了。他用胳膊继续扩大战果，站起身来，爬了出去。然后伸手把艾丽卡拉了出去。

正在此时，皇太子直升机那亲切熟悉的声音传来，

"是萨沙！"她叫起来，挥挥手。

看起来这场灾难就要结束了。她很快地进入了自信、乐观的女老板角色，立即开始滔滔不绝地就勘探标记问题和其他人讨论起来，说她要追查是哪些家伙把一些勘探标记移开了。

她真是一个不同寻常的人。他被她克服困难的坚强决心深深折服。

直升机盘旋上升，仍然无法降落。利用飞机放下的绳梯，她们在一块空地着陆。他们在雪中艰难地跋涉着。看他们的样子好像并没有什么糟糕

的事情发生过。但邦德清楚他们之间正在发生一些微妙的变化。她变了，在强硬的、有权威的外在形象下面还有一颗脆弱、柔软、易受伤害的心。

他发现她的魅力非凡。

他看破了她的外表，这会让他的任务容易一些……还是更加艰难？

第六章　天堂地狱

阿塞拜疆人民骄傲地把本国盛产的石油称之为“黑金”，就连国徽上都有石油井架的图案。石油是这个国家最重要的经济支柱。里海是这个国家的主要产油区，在它西岸不远处就是阿塞拜疆的首都——一座名叫巴库的古城。1991 年 8 月 30 日阿塞拜疆正式宣布独立。为了开发里海丰富的石油资源，在其独立不久之后，就与十一家国际石油公司组成的联合体签署了一份巨额的共享石油产品合同。这份合同给这个正处在挣扎中的国家及时注入了一大笔资金，用以新建和完善基础设施。这里所谓的基础设施不过是一些临时性的和试验性的物件。1997 年以来，为振兴经济，阿塞拜疆已同外国公司签订了至少 5 个勘探开发里海石油的“世纪合同”，总投资为 180 亿美元。巴库的生机和活力正在慢慢重现。

苏联解体后，该地区的前加盟共和国纷纷宣布独立，获得了自由。但是自由并没有带来一个光明美好的未来。亚美尼亚、格鲁吉亚等国家愈演愈烈的民族冲突阻碍了美好未来的来临。除石油之外，任何方面急需的外国投资从来没有在关键时刻来临。巴库不仅是这个国家政治、文化中心，而且也是重要的石油基地和经济中心，并且后来发展成为拥有百万以上人口的该地区最大的城市。红红火火的石油生意吸引和助长了有组织犯罪的泛滥。秘密情报局在一段时间以前就已知晓，巴库城外有俄罗斯黑手党在活动。在很多方面，这个城市之于亚洲如同摩洛哥北部古城丹吉尔之于二战期间的地中海那样重要。在短短几年以后，这儿就变成了间谍活动、毒品走私、军火交易的天堂。

这一切没能阻止罗伯特·金爵士在这块利润的大蛋糕上切下属于他自己的一部分。金工业公司在国家独立不久后就向当时的政府伸出了“橄榄枝”。公司在寻找储量高的油田方面取得的成绩令人惊叹。为了让自己和家人在这个国家逗留时有个可以居住的地方，金特意把一座豪华别墅修在了离巴库仅 20 英里处的里海岸边。

这里就是那个危险的早晨金工业公司的随员们所要去的地方。为了工作，艾丽卡坚持继续前进。艾丽卡依旧乘坐她的私人的直升飞机，而邦德则驾驶着他的Z8一路翻山越岭向东前进，加伯尔驾车小心翼翼地跟在他后面，他们之间保持一段适当的距离。

在路上，邦德一直回忆当天在山里所发生的事件。他敢肯定是狐狸瑞纳德在幕后操纵着这一切。极端的做事风格、阴险毒辣的手段以及俄罗斯机构的鼎力支持才能组织起代价那么高昂的行动，而这些只有他这样的人才能做到。邦德可以肯定瑞纳德这只狐狸会不惜一切代价除去艾丽卡和他本人。

邦德可不喜欢把自己作为鱼饵在对手面前摇晃。虚张声势和固执的艾丽卡在整个事件中仍是受害者。尽管还有威严，但是一只翅膀受了伤的小鸟是飞不起来的。他已经看到这个姑娘脆弱、受伤的另一面，这一面大概外人很难看到。设想一下他们的关系将会如何发展是很有趣的，起码可以打发路上枯燥无聊的时间。

太阳正渐渐堕入西边的群山中，金色的大海显得异常宁静。别墅周围有荷枪实弹的保安人员在来回巡逻，道路上也全是警惕的目光，检查一切的可疑情况。极度疲劳的邦德走了进去，迎接他的不是美食美酒，而是一场艾丽卡和他的保安队负责人之间的争执。达维多夫对艾丽卡的固执带来的危险愤怒不已，但他对此无能为力。石油帝国的女继承人一旦回到了自己的领地，她就恢复了作为首席执行官的权威。可邦德明白艾丽卡是被吓坏了，只是她竭力隐藏而已。

在她拒绝吃饭之后，达维多夫坚持让医生给她做一个全面的身体检查。

“我仍不理解你们怎么瞬间就从我的视线内消失了。”达维多夫道，“上一分钟你们还安全地在山顶上，下一分钟……”

“你们最终还是找到了我们，事情就是这样。”邦德道。坐在一张舒适的大木椅里，邦德尽情享受着香味浓郁，口感醇厚绵柔，回味悠长波旁威士忌酒，他已经精疲力尽。一顿味美无比的丰盛晚餐还不足以让他变得精神抖擞。他必须命令自己立刻重新振作起来，因为他不打算一整夜无所事事地坐在那儿。邦德了解从不安分守己的巴库人。

“我认为我们应该跟踪那架轻型运输飞机。”加伯尔说道。

“艾丽卡的安全才是第一位。”达维多夫道。

“我有一个主意，也许能在那儿可以找到一些答案。”邦德道。

达维多夫问道：“我们要去打猎吗？”显然他很有兴趣。

“不是我们，是我。”

他们听到楼上关门的声音，跟着是一串沉重的脚步声。医生是一个来自亚美尼亚的大块头，他正沿着房间里设计独特的螺旋楼梯小心翼翼地、

摇摇晃晃地下来，楼下的人都在担心他会有掉下来的危险。

达维多夫对他的检查结果很是期待。

“她很好，”医生说道，“除了轻微的擦伤和划伤，其他的没有任何问题。”随后这个大块头对男士们作了个手势，“她要见你。”达维多夫就理所当然地向楼梯冲过去，“等一下，不是你，”他指向邦德，“是你！”

邦德和达维多夫互相看了对方一眼，随后邦德走上楼梯。在华丽的卧室的窗子旁边，艾丽卡正坐在那欣赏着海上的落日。在夕阳的衬托下，穿着一件很薄的丝绸蕾丝花边长睡衣的她看起来很美，邦德关上门走了过去。

“你还好吧？”

“我希望你能诚实地回答我的问题，”她说道，“他是谁？是谁想要我的命？”

邦德不想展开这个话题。“我不知道。但是我一定要找到他……”

“那还不够，”她说道。邦德多么想把她搂在怀里，然后把一切都告诉他，但是现在他不能这样做。

她把脸面向窗口，说道：“绑架案之后，我非常害怕。害怕外面的世界，害怕内心的孤独……几乎害怕所有的事情。直到，我明白……”她转过头来，面对着他，泪水已经充满了她的眼睛，“……我明白我不能永远躲在阴影里，我不能让害怕主宰我的生活，我不能。”

邦德慢慢走近她，有些犹豫地抚摸着她的肩膀，想给她带来些许的安慰。“我们找到他之后，你就不用再害怕了。今晚我要去巴库的赌场，去找一些……朋友。也许他们会知道他在哪儿。你要做的就是呆在这儿，这里是最安全的。”

她抬头看着他，似乎在恳求。他能准确地看到她需要的是什么。“别去。”她轻柔地说道，“和我在一起。”

她用手指的背面轻轻地抚摸着他的脸颊，美丽的脸庞进入邦德的眼帘，他读懂了她的许诺和热情的暗示。

“请……”

邦德极力控制自己，僵硬地把手从她的肩膀上移开。“我不能。”

“我先前认为保护我是你的全部工作。”她说。

“你在这儿很安全。”

“我需要的不是安全。”她有些暴躁地说道。她从他身边走开，她被拒绝的回答深深地刺痛了。邦德明白艾丽卡·金是那种习惯了被人像众星捧月般对待的姑娘，而且她认为顺从她是天经地义、理所当然的事情。

邦德看看手表，出发的时间到了。

“我会尽快回来。”他大步向门口走去。

“现在是谁在害怕，邦德先生？”她极力压低嗓门，但声音也足够大了。

他停了下来。

她说的对吗？是他害怕自己会屈从于对她的欲望吗？

邦德没有回头再看她一眼，冷漠地走出去合上了门，没有任何多余的动作。

这座古城不仅以“石油城”闻名于世，而且悠久的历史和深厚的文化积淀为她增添了一种神秘、高雅的色彩。经济的发展更为她注入了许多新鲜的现代化元素，让这座城市越发变得更具魅力和异国情调，人们经常把她比作北非的卡萨布兰卡。根据秘密情报局的情报，一半以上阿塞拜疆的非法活动都发源于巴库的夜总会。其中，勒·奥尼尔赌场就是它的集中代表，那是最受欢迎的地方。当大笔的金钱在这种场合快速地进出的时候，在赌场后面的密室里生意就一个一个做成了。有钱人喜欢在那里炫耀，因为那儿集中了来自世界各地的最有权势的人和美女佳丽。

詹姆斯·邦德穿了一套创始于1945年的意大利定制服装品牌布里奥尼的小礼服，每一分每一寸都恰到好处，使得邦德更显品味和高贵。能够看透人们衣服的Q的X光太阳镜则让邦德可以清楚看到屋子里任何一件隐蔽的武器，外衣底下各种式样的手枪，甚至还有一颗手榴弹。

他环绕了这个房子一圈，发现了他的目的地——用帘子遮起来的小凹室。在他要进去的时候，两个风情万种的女人从他的面前经过，其中一个就像是在演戏，对着邦德笑了笑，她的朋友也转过身来看着他，邦德回报了她们一个微笑并点头致意。他发现一把精致的小手枪藏在第二个女人乳罩里。

掀开帘子，邦德看到里面实际是一个隐蔽的小酒吧。吧台里的男招待在用碎冰锥在柜台下面敲着冰块。在他对面坐着一个穿西装打领带的大块头打手正在灌着一杯威士忌。这个人简直是一个会走路的小型军火库：几支枪、几把刀和一根棍子。

“我要见瓦伦丁·朱可夫斯基。”邦德站到吧台旁边对那大块头冷冷地说。

那打手转过脸来，凶神恶煞地对邦德说道：“这里没有你要找的人，这是私人酒吧。走开！”

“你告诉他詹姆斯·邦德在这儿。”

那家伙眨了眨眼，身体前倾，看来他要站起身来，另一只手却伸到上衣下掏枪。“我告诉过你，这是一个私人酒吧。你是不是非得要我陪……”一副你要是敬酒不吃我就给你吃罚酒的样子，看来他就要发难了。

说时迟，那时快，邦德一脚把他身下的凳子踢开，右手抢过男招待手中的碎冰锥笔直地向那家伙扔过去。只见，碎冰锥不偏不倚地穿过保镖的领带尖，有力地钉到了后面的吧台，冰锥的尾部还在微微抖动。那头畜牲失去平衡跌倒在地，又被自己的领带勒住脖子站不起身来，被吊在吧台

上，大口喘着气。邦德伸手拿出他藏在上衣里的枪，重重地放在吧台上。

“他醉了。”邦德对男招待道。

这时，一双足有那打手两倍大小的手伸了过来，压在邦德的右肩头，并没有想要伤害他的意思。邦德转过来，一个足有七英尺高、肌肉强健的大汉矗立在他面前。

“见到你，朱可夫斯基先生一定会很高兴的。”他说道。那人说话时嘴巴里镶满的金牙闪闪发光。邦德立刻认出他来：莫里斯·乌玛萨，一名来自索马里的杀手，因做出许多惨绝人寰的恶行并且参与有计划的种族屠杀而变得声名狼藉被通缉，人们叫他“公牛”，也因他的满口的金牙叫他“金块先生”。

邦德微微一笑，拿下眼镜，向门口走去。他们一起穿过酒吧的侧门。那个打手把碎冰锥拔出来，解救了自己，再把凳子放好，坐下。

他低声嘟嘟囔囔地说了些什么。男招待再次把他的杯子倒满，倒像是在同情他。

自从几年前的黄金眼事件以后，邦德就没有见过瓦伦丁·朱可夫斯基了。作为前苏联国家安全委员会官员，在俄罗斯黑手党内部他管自己叫作“自由职业者”。他不喜欢别人把他所在的组织称为“黑手党”，但他也无能为力。在苏联解体以前，邦德曾和他短兵相接，把他变成了著名的瘸腿将军。自那以后，两个人像是争着要对方欠自己人情，时不时勉为其难地、不太情愿地互相帮忙。

邦德看到两个漂亮女人在朱可夫斯基腿上坐着。他正粗笨地用汤匙喂她们鱼子酱。他那永远接受酒精和姑娘们刺激的大圆饼状的脸被烧得通红。

“邦德，詹姆斯·邦德！”他热心地招呼道，“进来，见见我的尼娜和沃露什卡。”

“让姑娘们走开，瓦伦丁！”邦德说道，“还有那个不中用的保镖。我们得认真谈谈。”他知道必须跟朱可夫斯基玩点粗的狠的，要不然甭想从他那儿得到任何东西。

大块头开始咕哝起来，对邦德有些不满。对于他这种货色，邦德并不想表现出客气。

“我突然觉着我的保险不够？”朱可夫斯基问道，“别着急。到我的新赌场里试试你的运气，如何？”

“只要用你的膝盖当赌注……我指的是另外那只。”

朱可夫斯基对姑娘们说：“你们都看见了吧？我不得不忍受这些，我已经离开前苏联国家安全委员会 10 年了……”

他还想再说下去，但是邦德冷峻、严肃的表情制止了他。

邦德拔出枪对准朱可夫斯基的膝盖。“如何？那是……”

公牛把枪对准了邦德的脑袋。一个人失去了生命就不会感觉到任何痛苦了，但是一个人如果连惟一可以活动的膝盖也失去的话，那比杀了他还让他难受万倍。邦德的筹码就是这个，所以他一定会赢。

最后，俄罗斯人决定投降了，大声叹了一口气。"好，快滚，女士们。我有正事要谈，退下吧，莫里斯。"

"你答应过让我们玩玩的。"其中一个姑娘抱怨道。

朱可夫斯基做了一个手势。公牛把一卷钞票，高高举起。两个姑娘立即从朱可夫斯基的腿上跳了下来，像饥饿的野猫一样跳起来抓钱，然后尖叫着跑了出去。

"一定让她们全输掉。"朱可夫斯基对公牛说。公牛转过身，张开大嘴笑着，"邦德先生，一会儿见。"他的笑容金光闪闪。

"我知道你把钱都换成了金牙。"邦德说道。公牛再也忍不住了，马上就摆出准备打斗的架势，但朱可夫斯基挥手让他离开。

"因为公牛先生不太信任银行。"他说道。

"你会学会原谅犯过错误的人，他现在是我的司机和……"朱可夫斯基耸了耸他那宽阔结实的肩膀，说道。

"是的，我知道关于他的一切。赤手空拳把人打倒后，送上一个金光闪闪的微笑。不要把来自森林里的野兽们和你的赌场里来回晃荡着的'正直'的公民们——俄罗斯黑手党、歹徒、军阀——混在一起。"

"还有外交官、从事金融业的人们、石油公司老板，以及其他想试图从巨大的石油利润中分一杯羹的人。"朱可夫斯基转向桌子，把鱼子酱用汤匙舀出来放到一个小盘子里。"007，让你失望了，要来点鱼子酱吗？我现在只是一个合法的生意人。鱼子酱是我自己的商标——朱可夫斯基牌精品，试试吧？"

"我要些关于瑞纳德情报。"

"瑞纳德？那只狐狸？"朱可夫斯基皱起眉头。

"像瑞纳德这样的恐怖分子如何能把俄罗斯最新的军事装备弄到手？是最先进的伞鹰。"

"那不可能。"朱可夫斯基觉得太不可思议了。

邦德从口袋里拿出降落伞的碎片，递给他看。"你一定认识这些字母。它们是隶属于俄罗斯原子武器分部的特种服务师的标志。"

"你在哪儿搞到这个的？"朱可夫斯基问道，他果真对这块布片很好奇。

"今天下午试图杀害艾丽卡·金的一架伞鹰上的。我想知道瑞纳德如何得到那些先进的设备。他有内线还是有人卖给他的，或者是俄罗斯政府想要阻止她、金工业公司的输油管线工程。我要在瑞纳德得到杀害她的下一次机会以前找出他。"

突然朱可夫斯基开始吃吃笑了起来。

“怎么这么开心？”邦德问道。

“没什么……只是金小姐对你的关心你似乎并不领情。”

一个在邦德身后的视频监视器里：艾丽卡正走向赌场大厅。

她看起来比以前更加精力充沛、充满活力，当然也更具魅力。她秀发飘逸、目光热烈、野味十足，一件闪闪发光的衣服，就像是身上的又一层皮肤。

两个男人达成默契，决定稍后再继续。邦德来到了赌场主大厅，看到他走来，艾丽卡故意转身离开，走向另一方向的21点牌桌。邦德跟着她，她又赌气从他身边走开，穿过一盏盏闪烁的霓虹灯。赌场内的喧哗、活力和噪音加剧了她内心的兴奋和激情。她穿过赌场限100美元的牌桌，500美元的牌桌、1000美元的牌桌……最后在不限赌金的赌桌旁她停了下来。一群最邪恶、最富有的赌徒已经挤满了桌子。美国人、英国人、土耳其人、南美人、一个痴迷于计算机的呆子和一个珠光宝、香味刺鼻的俄罗斯实业家的太太。

赌场的老板也来了，他让她坐在中央座位上。“金小姐，很高兴见到你。这是你父亲的座位，我们没敢留给别人。”

“我父亲的账号呢？”她问道。

“100万美元，像以前那样。”

一个赌场经理马上殷勤地把一张记账单递过来。她一挥手签了字。

她说道：“伏特加马丁尼。”

“两份，摇匀，不搅。”听到邦德的声音，她有些惊奇。

20张5万美元的彩色筹码堆放在她面前。邦德微笑着探进身来。

“你来这儿干什么？”他问道。

她回眸一笑，对他说：“我宁愿睁着眼睛看着那些想杀我的人的下场。不管是谁在山里袭击我，我肯定此时此刻他正在某个地方注视着我。我要告诉他们我不怕。我的回答还不够吗？”

“詹姆斯，你只玩安全的游戏。我和你不同，你放过了一件确有把握的事情。”她转身对桌边的发牌人说：“我已经准备好了，请发牌。”

她把两个5万美元的筹码扔向桌子的正中央，她的这个举动立即点燃了整张桌子的热情。憋足了劲的赌徒们纷纷开始下注，筹码碰撞的声音让他们兴奋不已，开始发牌了。

邦德想：好吧，她太紧张了，需要放松一下。或许赌桌可以宣泄她的压力。

这样的想法让他倍感轻松。邦德不得不承认，香水味、香烟味、酒精味和汗味是世界上一切赌场的共同特点，这使他兴奋起来。他想看她面对赢和输的态度。

现在她笑了。“我不知道怎么玩，或许在现在你更适合掌握我的命运。来吧，詹姆斯，告诉我游戏的规则。”

她直直盯着他的眼睛。

“好吧。”面向她的美丽和大胆，他作了让步。艾丽卡的明牌是一张黑色 K，下面的牌是一张四。

“我们是打出去，还是停住？”她问道。

“要牌。”

发的牌是一张七，“21 点。”发牌人宣布。他们得意洋洋地互相看了一眼。在没有人叫牌以后，发牌人翻开他的第二张牌，一张八。

发牌人喊道：“18 点，金小姐赢了。”

“我们赌注要更大些吗？”她问道。

“决定权在赢家的手里。”邦德说道。“再来。”她对发牌人说道，随后她把更多的筹码推到睹桌上，她神采飞扬。

那位忠实的保安负责人怎么没有和他的上司在一起呢？他去了哪里……

人们把这个地方叫做“火场”。天然气从烤焦了的土地里渗漏出来，不断发出嘶嘶的声音，形成了一片巨大的、永久性的可怕景象。在夜空下，这地狱般的景象在将近半平方英里的地区蔓延着。

在城外十多英里的一个油田中间，一辆的兰德·罗弗吉普车在一座山头上停下，俯瞰着这恐怖的景色。这辆车性能一流，是特种部队作战使用的车型，右边车身上涂有俄罗斯原子能部的标志。

“阿尔科夫，我们到目的地了。”

金工业公司的保安部负责人和另一个 60 来岁的人从吉普车里钻了出来。

“我现在要申明我这样做是有条件的。”阿尔科夫的话有浓重的俄罗斯口音。他继续说道：“如果我的养老金足够充裕的话我就不会出现在这里。你很幸运，你找到了愿意帮你的人。那些伞鹰的事我不知道该如何解释，那真是不可思议。”在他的工装裤上别着带有他自己照片的身份卡，上面印着俄罗斯国徽。

“他在哪儿？”达维多夫四周看看，截住了阿尔科夫的话。

两人走到山顶，凝视着焦灼的土地。他们感到孤立无助，嘶嘶声让人心神不宁，直到……

“先生们，欢迎来到‘魔鬼喘气’。”从他们背后传来熟悉的声音。瑞纳德和一个全副武装保镖走进光线里。摇曳不定、忽明忽暗的火光在瑞纳德的光头上形成形状恐怖的图案。他嘴角在有毛病的半边脸上被强制下垂，不由自主地拼凑出一副冷笑的表情。当左边眼睛眨动时，右眼却一动不

动，显得冰冷可怕。达维多夫每次见到瑞纳德都有一种胆战心惊、不寒而栗的感觉。

"数千年以来，数以千计的印度香客经过长途跋涉来到这片圣地。"瑞纳德道，少有的敬畏和尊重出现在他的声音里。"为了目睹火焰永不熄灭的奇迹……他们口中念着经文，虔诚地捧着滚烫的石头，以此来检验自己对上帝的热爱。"

瑞纳德从火中捡起一块石头紧紧握在手心。顿时，滚烫的石头在他手中嘶嘶作响，皮肤开始冒烟，瑞纳德竟无动于衷。他把石头抛上抛下，好像一个棒球手在作抛球前的准备动作，接着他走到了达维多夫跟前。

"达维多夫，哦，我要你告诉我，山里面是怎么回事？你曾保证你的人是最棒的，行动一定会万无一失的。阿尔科夫先生为你提供了最先进的武器，你的诺言……"

"但是邦德……"达维多夫开口了，他想辩解。

瑞纳德厌恶地对保镖点点头，达维多夫的后脑勺上就多了一把枪。

"那些不知天高地厚的 M16 特工一直干涉我的行动，对此我有些不耐烦了。"瑞纳德问道，"阿尔科夫先生，明天的行动准备好了吗？"

"我车里有批准书和通行证。"阿尔科夫说道，"今晚我已经安排好了一架飞机。但是……"

"但是什么？"

"我觉得我们应该取消这个任务。我借出的那些伞鹰是要归还的。这样就会出些问题，甚至可能把我扯进去。"阿尔科夫指着达维多夫，"因为他的无能……现在继续行动就会有危险。"

瑞纳德走到达维多夫面前，盯着他。"我知道，"他说，"你是对的，阿尔科夫，他犯了错就应该受到惩罚。"达维多夫继续被那双令他极度恐惧的眼睛盯着。"达维多夫，替我拿着这个。"说着就把燃烧着的石头猛地放进达维多夫的手中。接着就听到一声痛苦的大叫。

"是我错了，我不该对你抱有太高的期望。"瑞纳德说道，享受着达维多夫的痛苦。他对枪手发出冰冷的命令："杀了他。"

但是枪手没有向达维多夫开枪，却把子弹射进了老人的脑袋里。老人不用再为养老金是否充裕发愁了。

"这是上帝对他的惩罚，因为他没能通过考验。"瑞纳德道。他把石头从痛苦呜咽着的达维多夫手中拿出来，然后用两手抛来抛去，没有一丝畏缩。

这是多么奇怪啊，他的感觉越来越迟钝。他甚至希望自己能感觉到灼热的痛苦和折磨。什么都比没有要好……

突然间瑞纳德疯狂地发作起来，他用身体里全部的力量把手中的石头远远地扔入燃烧的旷野。很快他又镇静下来，转向达维多夫。

"好啦！"瑞纳德说道，"你接替他，拿着他的身份卡。记着，不要迟到。"说完，他轻轻拍拍他的肩膀，那可怜的达维多夫被吓出一身冷汗。他闭上眼睛，连连点头称是。他强迫自己睁开眼睛，看清他的手。那手已经被烤焦，变成红一块黑一块的。

一瞬间后，这里只剩下了他自己、阿尔科夫的尸体和那辆兰德·罗弗。

第七章 心灵交流

20 个 5 万美元的筹码现在已经变成两堆了。赌桌上只剩下艾丽卡和邦德。一大群人在注视着这对魅力非凡的男女。没人能说得出来观众到底被他们交上的好运气吸引住了，还是这两人之间发生的化学反应。赌博的魅力已经把这一对人的脸颊吸引到了一起。众人可以闻得出弥漫在空气里性欲的气味。

站在附近的赌场老板皱着眉头。让他感到安慰的是，那姑娘不断向邦德提问分散了他的注意力。一张没人的 21 点牌桌旁，公牛脸上挂着一副超然、轻松的表情。可是当他看到邦德时，总是对他轻蔑地一笑。加伯尔也好奇起来，加入到观众的行列中去。

金钱的游戏继续进行。这次他们俩从发牌人手中得到了一张 K 和一张四。他亮了一张八，在艾丽卡的要求下又要一张牌，是一张最小的二。她犹豫起来，不知道该不该继续下注。尽管这和邦德自己以 16 点或 16 点以上为基础的打法是相悖的，但是邦德还是轻轻碰了下她的腰，建议她继续。

艾丽卡继续加注。发牌人翻开他的另一张牌，是十点。他们又赢了。

她把另一写筹码推到赌注区内。这次她拿到一张 A 和 J，黑 J，21 点。

"赢家是金小姐。"发牌人宣布。

"我们是不是该回……"邦德问道。

"我们该继续玩，"她说道，"我们玩上了手，不是吗？而且好像今天的运气还不错。"她又扔了一个筹码到赌注去，朝发牌人示意开始发牌。

发牌人道："玩家 15 点。"，然后亮出自己的十点。艾丽卡几乎要表示他们要停牌，邦德用手按住她的手上，又要了一张牌，这次是五点。

发牌人说到："20 点。"。

当发牌人要亮出他的第二张牌时，众人都紧张地看着他，每个人都屏住了呼吸。九点。“19 点。”发牌人宣布，“金小姐是这盘的赢家。”桌子周围开始热闹地讨论起来。朱可夫斯基把两颗解酸口嚼药片扔到嘴里。

艾丽卡转向邦德，热情地看着他，说道：“你的运气似乎异乎寻常得好……”

“只是打牌。”他插话道，“我认为现在可以称为深夜了。”

“我可不希望好运气从我们手里溜走。”她看着朱可夫斯基说道，“下面我们下多少注？”

“在邦德先生的帮助下，你的筹码已经是当初的两倍了。”朱可夫斯基有些不高兴了。

“那么，最后玩一局，要么再加倍，要么收手。”她建议道，“只一张牌，比点定输赢，如何？”

众人惊呼她的大胆。这样一来，她只能像掷硬币那样碰运气了。

“艾丽卡，”邦德轻轻地建议道，“为什么你不把账单付清，用刚才赢来的钱来赌这场呢？”

她看着邦德道：“对于我来说，除非我有感觉自己是活着的，否则生命对我没有任何意义。”

朱可夫斯基一把将发牌人推到一边，喊道：“让我来。”然后，他把艾丽卡 100 万美元的账单放在桌子中间。

她笑了笑。俄罗斯人把牌盒递到她面前。艾丽卡轻轻拍了一下牌盒希望能够带来好运气，然后从里面抽出一张。朱可夫斯基自己也从牌盒里抽出一张。她翻过牌来，红桃 K。

“多好啊。”邦德说道。

朱可夫斯基亮出他的牌：梅花 A。

他终于笑了起来。“好像是我的梅花 A 把你们的好运气抢走了。”

“这可不奇怪！”邦德道。

一个发牌人走过来把她面前全部的筹码移走。朱可夫斯基炫耀他的胜利成果，把她的账单慢慢地折起来小心翼翼地放进口袋里。“亲爱的，也许你在爱情上的道路上会更幸运。”他说道。

“也许会的。”艾丽卡道，“赢得快乐。”她站起身来，失败了仍有胜利者的尊严。

“今晚你的运气可不太好。”邦德说道，挽着她的胳膊，一起朝门口走去。直觉告诉他今晚的事情不是那么简单的，但是他又说不清楚是怎么回事。

“谁说今晚已经过去了？”她的语气带有挑战的意味。

加伯尔已经在前面等他们了，站在台阶上等待服务生把邦德的汽车开过来。

“怎么没看到达维多夫？”邦德问道。

“今晚我放了他的假。”艾丽卡道。

“像萨沙·达维多夫这样的人会选择巴库的什么地方来度过这美丽的夜晚？”

“这我就不清楚了。”

邦德心想找到他或许才是明智的选择。他现在可以确定的一点是叛徒如果不是在金工业公司内部的话，也是能够非常接近那个圈子的人。如果时机合适，检查一下保安队办公室是不错的调查方向。

在对面没有一丝光亮的屋顶上，两个身穿黑色衣服的人，还有一把威力巨大的FN—FAL狙击步枪在静静等待着他们的目标出现。枪口已经对准了邦德，枪手正在等待长官的行动信号。邦德和加伯尔谁都没有发现他们。可是信号却迟迟不来，他转向另一个人："怎么办，长官？"

瑞纳德拿起双目望远镜向对面看去，顿时他的身体变得僵硬无比，如同被催眠一般。对面街道上，邦德用手揽住艾丽卡的后腰，两人看起来很亲密。看着邦德踌躇满志、信心满满的样子，瑞纳德感到浑身不自在。但这倒让他有了一个比一枪打死他更好的主意，这意味着计划要发生变化。瑞纳德用一只手拍了枪手的肩膀一下，示意他可以放松了。

“现在还不是时候，我的朋友。”他说道。

尽管叙利亚医生不止一次地告诉过他，他头上受伤的部位已经失去知觉了，但他经常感到里面的子弹在活动，子弹就好像是有它自己的意志和思想的东西。现在他的这种感觉又来了。它不断扭动着身体，不顾一切地向他的脑袋里面钻进去。他甚至把子弹想象成一个土蚣，要在他脑部松软的组织内挖一条直通向他脑袋最深处的地道并且一路产着卵，像要安家落户一样。瑞纳德用一只手搓揉着太阳穴的肉疙瘩，但是没有一点知觉。

枪手卸下了瞄准具和枪托，瑞纳德目不转睛地看着邦德热情地为厄勒克特打开车门。

姑娘的美丽再次以他意料之外的方式影响了他的判断。瑞纳德的心里经历了一场不可言状的情感风浪，妒忌、欲望的潮水不断向他涌来……

记忆的亮光闪现在他的脑海里：一个被捆绑在他面前的可爱漂亮的年轻姑娘。她的眼泪是那么叫人心痛……她的皮肤是那么柔软……

“长官？”

瑞纳德开始清醒过来。“什么？”

“你刚才说的是什么。”

他说话了吗？

“没关系。”他说道，“就让他们相互享受一个美丽的夜晚。计划发生了变化。跟往常一样，那个家伙会把注意力集中在错误的方向上。那么到了

下半夜他就没有时间和精力把他的鼻子伸到他应该去的地方。"他说道,"一到时间我就会把他抓住。过来,我们的计划是……"

在回别墅的路上,他们两个相对无言。忠实的、善解人意的加伯尔在后面和他们保持一段合适的距离。终于,车子开进了大门。他停下车,打开车门。她快速出了车门,走到房间中间的盘旋楼梯,开始上楼。邦德在开着的门口逗留,他的眼睛跟着她的身体向上移动,锁定住她美丽绰约的身姿。

艾丽卡在楼上的走廊停住,深情款款地望着楼下的人,她犹豫着。邦德似乎有些不解风情,在等她先有所表示,他确信她会的。

慢慢地,她向他伸出了手。她的嘴巴微微张开,向他发出无声的召唤。邦德飞速地冲上楼,来到她身边。他们刚遇到一起,就是一阵疾风骤雨般热烈的狂吻。她轻轻呻吟着,爱情的温度把她融化了,身体失去了支撑的力量,任由他摆布。他温柔地把她抱起,急急地走进卧室。

最近几天所有的疲惫和压力在一刹那袭了上来。空气中到处是沉重的呼吸声,他们急切地拉掉彼此的衣服。她把手指全部伸进他的头发里,一面吻他一面轻轻地抚摸着他的脸颊。他的力气太大了以致把她衣服后面的拉链都拉坏了,衣服撕裂的声音让她更加兴奋。

她的声音从柔情的呻吟变成了充满激情的兴奋的喊叫。

火焰燃烧在他们躯体的最深处,并且慢慢向外蔓延,直到他们的皮肤都沁出了密密的汗珠。

第一次高潮过后。她躺在他的臂弯里轻柔地呼吸着,像一只疲惫的小鸟。她的手轻轻沿着他强壮的躯干的轮廓摸索,在他受伤的左边锁骨处停下。

"当我第一次看到你,我就知道会这样的。"她低声说道。

她把手插入床旁边的冰桶里,拿出一块冰。冷气慢慢地向四周渗透,艾丽卡快乐地抖动起来。邦德从没有见过这样的举动。随后她用冰块放在他疼痛受伤的肩部。

"真是让人怜爱啊,"她喃喃低语,"那看起来很疼。"

说着,她深情地吻了吻他发紫强健的肌肉。

"有时候……是不可避免的。"邦德说道。

"这块冰够我受用一整天的了。"邦德说道。他轻轻地把冰块从她手中拿走,随手向房间的另一边扔去。

爱情的火焰又一次把他们结合在一起。

在他们精疲力尽以后,两个人一边慢慢享受着美味的葡萄香槟,一边谈论着各种各样他们感兴趣的话题。他告诉她以前他和恋人之间发生的故事,还有一些能引起她兴趣的琐事。

他们的话题包括世界各地的美食、美酒以及风景胜地,还有彼此钟情的运动项目。他们都喜爱滑雪运动带来的紧张和刺激。他们罗列出对伦敦的热爱和不满。她谈到音乐和建筑，而他用钦佩和赞赏的语气阐述着东方哲学对他的影响。他们讨论了爱情的真谛，并且交换了他们各自所认为的称心如意的东西。此刻，她不得不承认他是她最满意的恋人。

她谈论着她的梦想和目标，以及她如何让她父亲的公司跻身于世界一流队伍的想法。"当我还小的时候，"她说道，"在一些游戏里，我多次扮演'公主'的角色。父亲特别宠爱我，也把我叫作他可爱的小公主。他还告诉我，长大后我就是名符其实的公主。父亲的说法激励我努力工作，我十分想念他。"

"在我的印象里，似乎你和你父亲的关系并不是非常融洽。"邦德道。

她大笑起来。"一定是达维多夫告诉你的吧？我能想象得出来。恐怕他之所以会这么说只是因为他高兴见到我们吵架。我以前说过我父亲善于用争吵的方式来捍卫自己的观点，很明显，我继承了他这个引人注目的特点。因为商业事务上的一些问题我们会发生激烈的争吵，但这并不能成为证明我们不爱对方的证据，我们相互尊重。我依靠自己的努力在金工业公司争取到我现在的位置。我很认真地对待我的学业，父亲认为我有潜力走向成功。"

"M 对你父亲的评价很高。"邦德道。

"亲爱的 M，"艾丽卡道。"她就像亲生母亲一样对待我。"

"可不可以谈谈你的母亲？"邦德道。

"她为人和蔼，很容易亲近，性格内向，安静还有些又害羞。她从不大声说话，她的话像耳语一样很难一次听清楚。她出生在非常有教养的家庭，我想大概我母亲对做生意并不在行。在关键的时刻，是我父亲，哦，令我母亲家族的生意起死回生。也许是因为这个原因，我父亲把生意从他们手里接过来。在我六岁时，母亲就去世了。对于我母亲的病我的记忆很少，那癌症来势汹涌而且扩散很快，我只记得我非常痛苦。说实话，在母亲去世之前，我也没有很多愉快的时光。"

"怎么会这样？"

"在我小时候的记忆里，他们经常争吵。实际上这几乎填满了我关于他们关系的所有记忆。我想起来了，似乎他们大多是因我而争吵。有时我奇怪既然不和他们为什么还要结婚。噢，我肯定，他们彼此相爱，但是性格上和文化背景的差异让他们不合。即使那样，在母亲生病的时期，我父亲经常陪伴着她，她是在医院里握着我父亲的手去世的。"

"我感到非常抱歉。"

"回头想想，我对母亲的记忆并不是很多。毕竟，她那么早就离开了我。她给我唱的一支摇篮曲是我关于她少有的快乐的记忆之一。"

说完，她就开始唱起来，以一种让人记忆深刻的旋律慢慢地，轻柔地

哼唱着，似乎已经沉浸在其中。“开头几个词没有实际的意义，后面的歌词是‘月儿明风儿静，树叶遮窗棱啊。蛐蛐儿叫铮铮，好比那琴弦儿声啊。睡吧，我的宝贝。睡吧，睡吧。月儿那个明风儿那个静，摇篮轻摆动啊！宝宝睡在梦中，微微的露了笑容啊！’现在想来，我不知为什么没有完全真正地了解我母亲。在我的记忆里，她害怕……什么事情。我不知道，大概是在害怕生活。”

经过了短暂的沉思后，她继续说道：“在我长大后，和母亲相反，我不能完全逃避生活。我父亲答应要给他的公主整个世界。在我认为我能得到之前我就得到了它。”

“你在管理公司方面很能干。”

“谢谢你的夸奖。你不了解我对完成输油管建设的热情。这多少有些创造历史的意义。我知道，这算是欠我父亲的，我要完成它而且我有能力完成它。但是你却不知道，我欠我母亲的更多。要不是因为她的家族所拥有的石油公司和这片土地的话，那我父亲事业早期的……我们今天就没有资格站在这里。我母亲的家族牢牢抓住这片石油资源丰富的土地，这是倍感荣耀的事情。”

邦德发现她用语言把她自己身上具有的魅力全部表达出来了。她把她的热情具体化了，无论是对她的工作，还是体育运动中，甚至包括她对双亲的热爱。

当他靠近她的肩膀时，她耳垂上一块别具一格的宝石引起了邦德特别的注意。他在绑架案资料中看到过一张宝丽莱照片上绑着绷带的耳朵。钻石的底座很宽，以便能够掩盖皮肤上的一些东西。

他们的眼睛相遇，她明白他此刻的想法。她没有阻止他伸出手去触摸那块宝石。

“他用钢丝钳夹我的耳朵。”她说道，“他说要把我整个耳朵剪下来，把它作为送给我父亲的礼物。后来不知为什么，他放弃了这个计划。”

“关于他，你能跟我说说吗？”

“他的名字叫瑞纳德。我听到别人叫他狐狸瑞纳德。我是在逃脱那一切之后……从你们的人那儿听说……他……恐怖。他总是大喊大叫。他要我……做事情。他对我用刑，打我，用钢丝钳剪我的耳朵。那三个星期我简直就是在地狱里生活，恐怕我永远也不可能完全摆脱了。”

这时，M的指示浮现在邦德的脑中。他很清楚，在多数情况下艾丽卡表现得很好，能够控制自己。也许她有些大胆鲁莽、不计后果，但她似乎对生意之道已经很熟悉并且运用自如。然而他也看到她易受伤害、脆弱的一面，那场曾经发生在她身上的噩梦的阴云时时刻刻笼罩着她。瑞纳德就是这场噩梦里最大、最邪恶的恶魔。好在她还不知道自己又一次进入了恶魔的视野。

"你是如何活下来的？"他问道。

她闭上眼睛，慢慢地述说着，好像那件事情被她锁在了心灵的最深处。"我用我的身体引诱了一个看守，恰好那时我房间只有一个看守。他的心里充满了占有我的欲望，时机成熟后，我一脚踢中了他的要害部位。我趁机把他的枪抢到手，然后开枪。我打死了……三个人。那时瑞纳德走运，恰好不在，要不然我也同样杀了他。"

她战栗了一会儿。回忆狠狠地敲击着她脆弱的神经。她渐渐靠近了他，紧紧地把脸贴着他的胸膛，闷闷地哭泣着。又一股寒意从脊柱传来，她又颤抖起来。

邦德的心被她痛苦的经历所触动。可是他说不出什么让她感到安慰的话。

"以前我觉得生活中的一切都那么美好，而那时我甚至想到结束自己的生命。"她说，"在随后的几个月里，我几乎是一个植物人，没有任何喜怒哀乐。但是后来一些事就那么突然地来临，我才意识到我必须把自己从痛苦的深渊解救出来。只有我自己才能救我自己。我不想提起它，但我想可能是父亲的被杀一下子把我拉回到现实中来的。总得有人把那副担子承担起来。"她停顿了一下，啜饮了一小口香槟酒。"但是你的生活是怎么样的，你为什么会选择这样的工作？"

真正的答案是他从不回头看，他的眼睛永远盯着前方的道路。既然如此，邦德就不想过多地谈论自己的情况。相反地，他用其他话题把这问题岔开，把全部注意力都放在她身上。

"我很乐意这么做，"他说道，"跟美女在一起。"

那时他们的身体第三次结合了。这一次，他们持续了好久好久……

第八章　黎明旅程

在离日出还有两个小时的时候，邦德离开熟睡着的艾丽卡，悄悄地回到了属于他的房间。他换上一套黑色衣服，拿上了几件他认为可能会有用的装备，一切完成后就快速地溜了出去。邦德耐心地藏身在一个小凹室里，直到两个在房前巡逻的卫士走出他的视线，他才迅速地跑到房子的一侧，借助栅栏旁的一根树枝的力量，轻轻荡过栅栏，安全落到另一边。他跑向侧面的保安大楼，因为保安部负责人的办公室就在那儿。

Q提供给邦德的自动开锁器在这时候正好有了用武之地。他按下按钮，装置向沉重大门的锁内发出声波，"咔嚓"一声，锁轻而易举地被打开了。邦德悄悄地走进屋子关上了门，再锁上。尽管这房间有两扇窗户，但是月光似乎很吝啬，房间里仍是一片漆黑。他把一支钢笔电筒咬在嘴里，细细地搜查办公桌的抽屉和文件柜。邦德没有任何收获，里面尽是些他没兴趣的东西：文件、手枪子弹盒还有一些办公用品。

当他把注意力集中在办公桌子下的大旅行包时，一束汽车前灯的光亮透过窗户射进来，整个房间被这束灯光照得通亮。他朝窗外望去，看见一辆侧面印着俄罗斯原子能部标记的兰德·罗弗吉普车。萨沙·达维多夫从驾驶员的座位上下来，小心地关上车门，然后偷偷摸摸地查看了四周的情况。邦德还注意到达维多夫的双手用绷带缠了起来，手里还拎着一个公文包。

达维多夫向他的办公室走来。邦德必须迅速行动。钥匙插进锁孔里，"咔嗒"一声，门打开了。

达维多夫走进房间，打开灯。办公室和他离开的时候没有任何差别，一丝微风从窗口吹进来。乌克兰人在没有怀疑后，砰地关上窗户。

窗外，邦德悄无声息地从窗下冰冷坚硬的地面站了起来。他轻轻地躲到吉普车的后面，认真地注视着明亮的办公室里的情形。达维多夫坐到书桌旁，把一些东西从拿回的公文包里取出来，然后从抽屉里拿出一件工具，专心致志地对着他手上的什么物件干起活来。

邦德慢慢地走到吉普车的后部，打开车的后箱盖，发现一个被文件塞得满满的信封袋，旁边还有一件用防水雨布覆盖着的庞大笨重的什么东西。邦德把防水雨布往外一拉，一具老人的尸体出现在他面前，他不禁吃了一惊。脑袋上有一个弹洞，被打得血肉模糊。突然保安室有一道闪光射出，邦德的注意力随之转移到窗户里面去。达维多夫正伸出胳膊手捧宝丽莱相机给自己拍照。那道亮光正是相机的闪光灯造成的。一会，相片就被打印出来了。

看到这些，邦德将注意力再次转向吉普车里的死尸。穿着整齐的工作服，袖子上贴着印着俄语徽标，上衣的口袋处被撕破，邦德猜测那儿原先挂着身份卡。

这时，一束亮光突然从路边射了过来，一个巡逻的人正朝这边走来。邦德敏捷地跳进兰德·罗弗，轻轻地拉下后箱盖。

一会过后，车子发动了，向大约8英里外树林里隐藏的一个秘密飞机场驶去。这时达维多夫的神经非常紧张。他不得不承认，瑞纳德把他吓坏了。可怜的阿尔科夫……他只不过是建议停止这次行动。他以后要加倍小心了，说不定也会有一颗子弹射入他的脑袋里。没人能像瑞纳德的脑袋那样。

阿尔科夫还是有功劳的，至少他成功地搞到了一架型号为安东诺夫AN—12Cub的俄罗斯军用运输机。这时，它就在灯火通明的跑道上停着。一群身穿工作服的人忙着在飞机周围干活。他们把俄罗斯原子能部的标志粘贴在机身和机尾部分。机场上不断有探照灯扫过，查找那些不应该出现的人。

达维多夫把车开到一间木屋旁边的废料桶附近停下。这个小木屋平时作为机场办公室在使用。他跳下了车，透过树林看到飞机差不多已经准备就绪。他自己最好也做好准备。

达维多夫的皮靴踏过柏油碎石路面发出嘎吱嘎吱的声音。他打开车子的后盖，要处理掉可怜家伙的尸体。这真是让人恶心的活儿……

他把雨布拉开，用力地抓起尸体。

“起来，我们走。”达维多夫道。

尸体转过头，竟然笑了起来。这出乎意料的动作让达维多夫倒抽了一口冷气。

詹姆斯·邦德迅速挥动手臂趁着达维多夫没反应过来的时候对他反手一击。但这仅仅是为了逼开他，并没有很大的杀伤力。达维多夫立即向后转身避开邦德的攻击，随后拔出上衣里的手枪。但是邦德比他更快，一颗子弹从沃尔特无声手枪射出，“嗖”的一声撕裂了凝结的空气，达维多夫随即瘫倒在地。邦德迅速爬出后备箱，审视着死去的保安队负责人。果然不出他的预料，死去的老人的身份卡出现在他的上衣上。达维多夫用刚拍摄的宝丽莱快照代替了原先主人的照片，但是名字还在，老人叫阿尔科夫。

拽下他的身份卡，邦德放进自己口袋，然后环视周围。接下来他要把尸体藏在一个安全的地方。旁边的废料桶就是这个安全的地方。

邦德正弯腰要去抱起尸体时，达维多夫的随身的移动电话响了。邦德被这突如其来的声音吓了一跳。电话再次响起。如果达维多夫不接电话……

邦德慢慢让自己平静下来，摘下电话，用俄语说道：“喂？”

一个低低的声音从电话的另一边传来：“1—5—8—9—2。记住了吗？”

“是的。”这是瑞纳德吗？

“好的。”电话挂了。邦德把电话挂在自己身上，用力抓起达维多夫的尸体。这时一束光亮沿着跑道隔着树林摇摇晃晃地照了过来。有人来了！

邦德刚把尸体藏进废料箱，一个身穿工作服的俄国大个子就来到他的面前。“我们走吧！”他说道，“就要迟到了！”

当他看到邦德的面孔，并没有发现第二个人时，表情很惊讶。“达维多夫怎么没来？”他一边问，一边准备掏枪。“我是专门被派来接他的。”

“他工作太忙了没有休假的时间。”邦德用俄语说道，“他让我一个人去。”

那人犹豫了一下，还是相信了他的话，于是放松下来，还耸了耸肩膀。“带好你的东西了吗？快走吧。”

邦德走到兰德·罗弗跟前，车里面有早先在办公室里看到的大旅行包还有一个信封和达维多夫的公文包。应该拿什么呢？

“好了吗？”那人问道。

邦德立即抓起大旅行包，把装满文件的信封装进口袋，跟着那人向跑道走去。焦急紧张的空气在人群中间蔓延着，飞机的引擎已经发动了。

“你一定是阿尔科夫，我叫特鲁金。”那人说道，邦德随便咕哝了一声表示同意。工人们已经完成了粘贴标志的工作。现在飞机已经是属于俄罗斯原子能部的了。俄国驾驶员焦急地向邦德走过来。

“你迟到了！”他对他大声地吼着。“联络代码拿到了吗？”邦德眯起眼睛，一脸的迷惑。

“联络代码！我要的是无线电应答代码！如果我们没有正确的代码，我们就要吃炮弹了！”

“1—5—8—9—2。”邦德迟疑了一阵，然后说道。

飞行员这才点点头，然后从上到下打量着他。当他看到邦德的脚上穿着正式的鞋子时，不禁皱起了眉头。他恐吓地瞪了一下邦德。“其他的东西呢？润滑脂你带了吗？”

邦德有些摸不着头脑了。飞行员盯着他，等待着他的回答。邦德只得打开大旅行袋，把手探进袋中，希望能有好运气。他的手摸到一个阿迪达斯运动鞋盒，这让他倍感安慰。

飞行员看到邦德拿出鞋子，笑了起来：“很好！”

飞机朝着太阳升起的方向平稳地飞行，时速达到 482 英里，然后向北折，飞过里海进入中亚西部地区。驾驶舱内穿着工作服和崭新的阿迪达斯运动鞋的飞行员心情很不错，愉快地吹着口哨。

飞机后面有一个空位在两个紧紧固定着的货盘之间，邦德就被安排坐在那里。每一件东西上都有俄文字母的标记。邦德的俄语知识告诉他，那表示“危险—放射性”的意思。飞机的一侧有一个大得足以放下一辆汽车的空货位。特鲁金明确禁止他把任何东西放在那儿。

邦德对于瑞纳德的计划毫不知情，意外地进入其中。他突然想起了艾丽卡，不知道她会不会担心他的安全。

曾经有几次执行秘密任务时他感到特别的紧张和不安，这一次也是如此。对于下了飞机以后的事情他一无所知，只希望他能把这件事的全部真相搞清楚，然后能够继续沐浴阳光的恩泽。

特鲁金出现了。机舱的高度有限，身材高大的他走路时只好低着头弯着腰。他把一件带有俄文标志的风衣扔给邦德。

“做好准备。”他说道，“10 分钟以后，我们就到达哈萨克斯坦，带上自己的身份卡。”

邦德点点头。大个子回到他的座位上。

邦德站起来，走进卫生间，锁紧门。他把阿尔科夫的身份卡从口袋里拿出放到台子上。然后，他弯下腰，把他秘密情报局专门配发的野外工作皮鞋的后跟撬开。一个小型的工具箱出现在眼前，小剪刀、一盘胶带、螺丝刀……。邦德拿出剪刀和胶带，开始专心地工作。

他拿出自己美国通用出口公司的身份卡，小心翼翼地把自己的照片剪下来。把自己的身份卡收好以后，他又用剪刀刮下从达维多夫那里拿来的身份卡上的照片，然后用胶带把自己的照片贴到卡上，再挂到衬衫口袋上。一切准备好了，希望那个地方没人认识真正的阿尔科夫。

邦德回到原来座位上向下看去，哈萨克斯坦的土地已经映入眼帘。这个世界上最大的内陆国家曾经是前苏联的加盟共和国，拥有丰富的煤炭、石油、天然气和稀有金属资源。1990 年宣布独立后，这个国家正在为民族经济的强大而奋斗。几乎是所有的独联体国家都面临着的麻烦就是：在新的资本主义、民族纠纷、经常性的经济和政治动荡下的犯罪猖獗，哈萨克斯坦同样无法避免。在人类航天探索事业中发挥了巨大作用的拜科努尔航天发射基地就位于这个国家中部的半沙漠地区。这是原本属于哈萨克斯坦的财产，现在控制在俄罗斯人的手中。这也是邦德知道最多的。他要搞清楚瑞纳德、达维多夫、俄罗斯原子能机构和以及金工业公司之间的联系。

黎明时分，飞机在西部的一块不毛之地上降落了。在这片崎岖不平的广阔区域里千奇百怪的岩石构造随处可见。太阳恣意地发散着自己的热量。

邦德跟随特鲁金上了另一辆同样印着原子能部标志的兰德·罗弗吉普车。

“第一次来到这个国家？”特鲁金问道。

“是的。”

“这真是一个可爱的地方。”他挖苦道。车子开上了一条杂乱不堪的道路，驶过外观形状各异的岩石峡谷，一座巨大的平顶山出现在面前，山底下参差不齐地排列着一片房子。驶到近处，邦德看到哈萨克斯坦军队的装甲运兵车和一些普通卡车以及正在忙着干活的士兵们和其他穿着工作服的人。

突然一声爆炸传来，两人都大吃一惊。500 码开外的地方，一团黑色的烟云升起。

IDA，有时也被称为国际退役设备局，是由联合国主办专门负责管理

和销毁各国退役的核反应堆和其他具有放射性设备的组织。这些设备被允许用安全和环保的方式进行进一步的研究和开发。看到前面涂有IDA标志的卡车，邦德知道他们已经到了目的地——俄罗斯核试验设备所在地。

出了兰德·罗弗，他们来到了主建筑前。充满空气的保护性气泡室覆盖在入口处。邦德可以辨认出气泡室里有穿着防辐射套服的人们，拿着各式各样的工具在做修补工作。

一个俄罗斯上校站在气泡室入口处。他看到邦德的身份卡时露出钦佩的表情。

"阿尔科夫博士，欢迎来到哈萨克斯坦。"他用俄语说道，"我是阿卡基耶维奇上校。你的研究工作让我很佩服。像你这样有名望的人我们这儿不常见到。"

邦德答道："工作的需要决定我的旅途。"

上校犹豫片刻后说道："你确信有运输文件吗？"

邦德一副信心满满的样子，拍了一下上衣。他把早些时候放在衣服里面的信封递了过去。但愿一切顺利！

阿卡基耶奇上校对着文件草草看了一眼，向气泡室点头示意。"很好。一切应该都准备好了，他们在下面等你。把文件的内容跟IDA的物理学家的数据核对一下。"

这时从气泡室里走出一个穿着白色防护服的人。除去头盔后，一头浅棕色的长发和漂亮精致的女性脸庞露了出来。大汗淋漓的她，拿一块从挂物架上抽下的布擦去前额上沁出的汗水。然后解下繁复的防护服，从里面跨了出来。一条节约布料的牛仔短裤、一条卡其布质地的乳罩和一双看来颇为沉重的工作靴还有一把猎刀是她全部的装备。邦德猜想她来自美国。

她拥有特别优美的身材，褐色双腿光滑匀称。邦德发现附近的每个人都停下手中的工作看着她，就像他自己一样。

只见那姑娘顺手抓起一瓶水，就大口喝起来，任凭液体从嘴角溢出流到胸前。然后她把剩余的水全部倾倒在肩膀上，直到全身都湿透了，原本就不多的衣服乖乖地粘在身上。

上校痛苦地点点头，然后向地上吐了口唾沫。为了让她可以听得懂，他用英语说话，"对男人没有任何兴趣，却钟爱于我的工作。我们今年已经销毁了四个试验场……却仍然不是尽头。"

邦德与上校的目光相遇，邦德对他表示理解。上校走开了。

姑娘向邦德走去，擦了一下她那颇大的嘴巴。邦德猜想她大概25岁左右，同时注意到她充满魅力的绿色眼睛，洁白闪亮的牙齿，还有腰带上的IDA标签和髋部上边一个与她肤色不太协调的和平符号刺青。

"你来这儿一定是有什么原因吧？或者你只是希望一丝'亮光'？"她对

上校作了一个再见的手势，问道。

邦德用英语说话，故意带些俄国口音。“好像核武器在这儿不是惟一要去掉引信的东西。”

姑娘皱了皱眉头，有些好奇了：“说得对，你又是谁？”

“来自俄国原子能部，米哈伊尔·阿尔科夫。”他说道，“小姐你是……？”

“‘小姐’？别开玩笑。我全都听到了。”她说道，“克瑞斯茉丝·琼斯，琼斯博士。”

“我可不认识玩笑博士。”他说道。英语开玩笑一词 jokes 与琼斯 Jones 发音相近，邦德故意将发音混淆，和博士开了个玩笑。

她有些生气了，瞪了他一眼。“你把文件给我。运到什么地方？”

“奔萨第 19 号核设施。”邦德回答。他曾匆忙扫了一眼，这是他惟一知道的内容，他把文件递给她。“对刚才我的同胞们对你说的那些不恭的话，我感到很抱歉。他们不是有意难为你，只是不喜欢 IDA 的人出现在这儿。”

“现在我要请你原谅了，漏气的钛触发器需要我去照料。我刚把氧化钴钚球体从已经腐蚀了的弹头上取下来了。我的生活一向都充满着刺激。”琼斯博士把文件还给邦德，说道。

邦德微笑着点点头，但很明显他不知道该往哪儿去……

“乘电梯下去。你的朋友们已经在下面等你了。”她朝那建筑一指。

“需要做什么……防护措施吗？”邦德问道。尽管姑娘觉得阿尔科夫博士应该比她更清楚，对眼前的这位博士有些怀疑，她还是跟他说：“不用。除非那儿出现我毫不知情的钛触发器泄漏。下面是放射危险性较低的裂变炸弹，武器级钚。上面这儿是你们的实验室造的氢弹。我已经花了整整六个月时间清除泄漏的氚。因此如果你需要的话，我来提供防护设备。”

“不错。”邦德有些局促不安地说：“我原以为相互保证的摧毁原则已经被我们放弃了，非常感谢您善意的提醒。”

魔法没有发挥作用。“那边走。他们正在等着你。”她再次指着升降机道。

路过一个挂满放射性证章的木板，他朝电梯德方向走过去。

“博士？”她叫道。

邦德转过头来看着她。

“你是不是把什么忘记了？”

他意识到自己犯了一个低级的常识性错误。他知道她已经开始对他产生怀疑了。他把一个证章从板上取下来。

“对。谢谢你。”他说道，“那是一次长时间的飞行。”

他继续朝电梯走去。“你的英语很棒，对于一个俄罗斯人来说。”她在

后面用俄语叫道。

“我曾就读于英国的牛津大学。”邦德用俄语答道。

克瑞斯茉丝望着他渐渐消失的背影，再一次擦去眉头上的汗水。

她想，这个可真是不同！嗯……深色的皮肤，英俊挺拔，也许可以换个味道，虽然有点儿迷迷糊糊，有些地方不太对头，但是……

她又拿起一瓶水，继续干活儿去了。

经过了三个层面，电梯把邦德送到最底层。邦德打开门后发现洞内空无一人。在邦德面前的是一条长长的看不到尽头的黑暗圆形走廊和死一般的寂静。

他小心翼翼地向前走去，一阵机器声响和一种不祥的嗡嗡声传来，一个稍大些的有灯光照明的房间出现在面前。

邦德走进去看到这是一个球形试验室，四周环绕着一些被设计用来把核试验产生的巨大能量引导向测量仪器的爆炸冲击波通道。

一个深坑在房间正中央。他正站几个相似的通道其中的一个里面。这些通道呈放射状从房间里向外延伸出去。

邦德带着一颗不安的心走进了这个未知怪异的地方。他慢慢地走向房间中央的深坑，向下望去，看到有四个人正对着一辆运货车里的一个装置干活儿。装置的前面部分已经被卸下，露出了里面的设备。邦德看到这是一颗原子弹。

“它很漂亮，不是吗？”瑞纳德的声音从后面传来。

第九章　一触即发

刚听到瑞纳德的声音，邦德即刻抽出一把沃尔特 P99手枪。伴随着电梯的震动，邦德见瑞纳德身着俄氏军人的服装，乘着电梯降了下来。邦德偷偷地从阴影中溜过去接见这个恐怖分子。瑞纳德下来时，只能看见邦德的头发，因为他一直低着头。瑞纳德迈出电梯，与邦德碰了个正面。邦德微微一笑，将手枪对准瑞纳德的胸口。

“邦德先生！”他很明显地感到很吃惊。

“也许是在这里等达维多夫吧？”邦德问道，“他中了子弹没能赶上飞机。”邦德突然把他从电梯里拽了出来，拉到没人能看见的地方，用力将他按到墙上。“闭嘴，不许动！”

瑞纳德差点笑了出来。“邦德先生，你没必要杀死我。”他说道，“我早已死了。”

“但我看来，你死得还不够！”

面临着应该对暗杀罗伯特·金爵士、0012以及绑架和强奸艾丽卡等人承担责任的人，邦德必须控制自己，在这个时间这种地方不能把瑞纳德杀死。让他下地狱当然是一件令人兴奋的事。然而，他还需要拖延一点时间，让这个凶恶的恐怖分子泄露一些他的阴谋计划。在这种情景下，这类人常常这么做。

瑞纳德耸了耸肩镇定下来，此时他看起来已经相当自信。他看了看邦德，一只眼睛放射着光芒，另一只眼睛——几乎完全是白眼球，直直地盯着前方，冷酷得死一般。瑞纳德的半面脸上展现出一丝笑容，另一面的嘴角往下轻轻一斜，一脸怪相。眼角上面的红色肉瘤散发着闪亮的光，让他看起来更加无比古怪。

“你应该有一丝感激。在银行的办公室里我没有杀掉你。”瑞纳德开始洋洋自得，“噢，但我不杀你是对的！我不杀你，是因为你正在为我干事！我需要你帮我送那笔钱而且杀死罗伯特·金爵士，谢谢你。你干得很棒！如今你又帮我送来了一架飞机。看似我是可以一直依靠M16的。”

邦德勇敢地向那个坑看了一眼，试图看看工人们正在坑里拿那枚炸弹做些什么。

瑞纳德不停地说：“多么的悲哀啊！被人恐吓，而他却不清楚自己在干些什么。你根本没有任何线索，不错吧？”

“对一个像你一样什么都不相信的人来说，急切的复仇心情是很容易理解的。”

瑞纳德大声地笑起来：“你能相信什么？金钱储备？你根本什么也不是。你顶多是你的一个老板所开的一个异想天开的英国贵族俱乐部里的一个四肢发达头脑简单的保镖而已。你总是忙着追求一个成员的千金小姐而不顾你的工作。开枪吧。我求之不得呢。坑里的人一听到枪声他们就会把你杀掉，随后带着炸弹离开。”

“上面一半的士兵会被枪声引到下面来。”

“也许——但要是二十分钟以内某个电话没有人去接……”他对着邦德的脸说，“来呀，开枪啊！你会把艾丽卡害死。”

“你不要拿这话吓唬我。”

“她犹如仙女一般，是吗？”瑞纳德道，“我知道你已经深深地爱上了她。你脸上已经明显地表现出来了。好啦，朋友。你本应该早早地占有她，趁她还是清白之身之时，在她即将成为很多男人的口中之物之前。”

邦德被气得双眼火冒金星。瑞纳德被他又一次把狠狠地按着抵住墙，用枪口抵着他的脑袋。

“感觉如何？”瑞纳德意识到他说中了他的痛处，他接着说道，“你知不知道我在你之前就把她干了？”愤怒的邦德用那支精致的手枪狠狠地朝他的太阳穴砸去。恐怖分子扑倒在地上。他用手摸摸头，惊奇地看了看手指上的血。他根本没有疼痛的感觉。

邦德把消音器安上。“我平时最讨厌杀死手无寸铁之人。冷血谋杀是一件很不干净的行为。然而，对于你，我没有任何感觉，与你毫无差别。”他放低手枪，枪口瞄准瑞纳德的太阳穴。

瑞纳德说：“一个人最讨厌被别人杀死。但是反过来说，要是你感觉不到还活着，那活着还有什么意义？”

邦德正准备开枪，突然狂奔的脚步声制止了他。

“将枪放下。”阿卡基耶维奇上校大声喝道。邦德没有听从。他转身看见阿卡基耶奇上校带着两个全副武装的士兵。克瑞斯茉丝·琼斯博士也是与他们在一起的。

“上校别过来。”邦德道。两个士兵随即举起枪瞄准了邦德。

克瑞斯茉丝道：“他是个冒牌货。”她把一张打印纸拿起，“阿尔科夫博士已经六十三岁了。”

邦德指着瑞纳德道：“这就是你的那个冒牌货，上校，他们与外面飞机上的人一起在偷你的炸弹。”

克瑞斯茉丝听着，邦德口音的改变使她感到诧异，然而阿卡基耶维奇拉了拉扳机。

上校以命令的语气说：“我刚刚说过把枪放下。”

他的意思很明白。邦德迟疑了一秒钟。但已经别无选择。他把枪上的弹夹卸下来，扔到地上。

顷刻间，坑里的机器开动起来，巨大的声响充满了房间。密封在搬运笼里的圆锥形的炸弹升上来了，已经能看清楚。迅速操纵着机械的瑞纳德的人企图将这个超重的装置放入一辆带轮子的手推车里面。尔后他们将搬运笼用粗粗的铁链吊到头顶上面的轨道上，这样能够轻而易举地推着它穿梭隧道。

“干得很棒。”瑞纳德对克瑞斯茉丝说道，“我们都会被他杀掉的。”既而对阿卡基耶维奇说：“我认为是你让他下来的！”

上校看起来显得有些遗憾……

这样看来，邦德想到，瑞纳德与俄国的上校是一起的。然而那个姑娘是什么身份呢？她是恐怖集团的成员吗？从她脸上迷茫的表情看出，邦德的猜想是不可能的。她很可能也是被利用了。琼斯博士正在注视着他，怀疑自己刚才是否犯了一个很大的错误。

邦德注意到其中一个人呈上一份俄文打印纸，与他在M的办公室里看见的那份一模一样，既而从炸弹里取出一个很薄的长方形的金属东西，如同一张信用卡大小。那人将它放进他的衬衣口袋里。

“将他带走。”瑞纳德对上校说，“我们运炸弹时我不想让他在我们身边。”随后他来到邦德身边，轻声说道：“你把我抓住，但我清楚你承担不起这样的责任……”

瑞纳德一边说着一边一只手掐住邦德受伤的锁骨，用力一捏。剧烈疼痛的邦德拼命地挣扎着跪倒在地上。邦德按着肩膀，十分痛苦，但他的大脑却高速转动起来。瑞纳德是如何知道他这受伤部位的呢?

瑞纳德来到克瑞斯茉丝身边，她已经呆若木鸡。“亲爱的，抱歉。但是你务必到我们的另一个朋友那里去。”他说道，“你必须目睹这所发生的一切，这太糟糕了。”他转身面向他的人，“现在没有时间再耽搁，接着干吧！”

那群人将炸弹朝曲折的隧道移去。

“Nyet①，” 阿卡基耶维奇上校说，“在我还没有感到满意之前你们不能把炸弹移走。我要的是报酬，你们欠我的必须偿还我。你们全都到上面去，马上！”

瑞纳德停下，转向上校：“上校，你是正确的。”他对他的两个同伙点头示意。一个人偷偷地躲进了隧道。另一个人若无其事地启开了经过包装的食品盒子。他打开盖子上的薄膜，几支机关枪呈现在眼前。

瑞纳德道：“我们都到上面去。我敬佩你如此热爱事业。”

上校的一个随从用枪对着邦德比划，暗示他站起来。邦德意识到必须抓住时机，他一把手猛地推开他，迅速地从他手中夺过枪，抓起克瑞斯茉丝，跳下坑去。此时此刻，瑞纳德的人开枪了。阿卡基耶维奇上校与她的两个士兵被一串串子弹击穿。子弹在房间内飞来飞去。其中一个人警惕地接近坑边，此时邦德射出的一颗子弹与他擦面而过，他被逼了回去。

“不用管他们！”瑞纳德拿着他的对讲机喝道，“就将他们关在里面。”

另一端拿着对讲机的那个人立在电梯旁，旋转一个开关，带动了两个红色和两个绿色按钮。他按下其中一个绿色按钮，繁重的鸢尾花形状的钢门堵住了所有通道，留下惟一一条路通向电梯。瑞纳德与他的三个随从着手把载着炸弹的手推车推入这条隧道。这是一件稳重而又艰巨的任务。数分钟后，瑞纳德开始暴躁起来。他跑到前面，顺着高架轨道向前拖着炸弹，将手推车停在了后面。三个随从感到特别吃惊，他们三个人力气居然还没他一个人的大。

邦德与克瑞斯茉丝听见了关门时发出的的吱吱声。

克瑞斯茉丝说：“他们想将我们关在这里面。”

“我们能找到一条出路。快点！”

---

① 俄语。汉义：不。

她问："你是谁？"

围着坑看了一遍的邦德想出一个方案："我在为英国政府工作。"

邦德急速将手表对准头顶上面峡窄的天桥，按下其中一个按钮，一个微型吊钩载着细金属线飞了出去。吊钩射中了一根金属梁，钻了进去。邦德试着拉了拉金属线以确保它是牢固的，然后沿坑的一边抓住线索收绳上升，他进入了试验室。他从长剑状的钢门里翻越过去，那门恰巧在其身后咣的一声关上。离他最近的一个随从挥动机关枪扫射过来，而机智的邦德先开一枪，那人随即倒下。邦德跑上前去，一看，他就是从炸弹中拿出那个矩形物体的人。邦德伸手去摸他的衬衫，在里面找到了它，随即装进自己的口袋。

邦德跑到那辆被丢弃的手推车后面，对准隧道里的瑞纳德开了两枪。反击的子弹击破了他身边的墙壁。他躲藏在手推车后面，直到听不见枪声。他平躺在地上，急中生智，举起手枪对准头顶上的工作灯，将它们全都打灭了。他这一端的隧道陷入黑暗之中。瑞纳德与他的随从失去了目标。

此时，在深坑里的克瑞斯茉丝·琼斯已经爬到封闭起来的钢门的一侧。她突然发现钢门旁边有一个控制板。她将它启开，里面呈现出一堆错综复杂的电线。她用她惟一的工具——她的手指着手开始工作。

不再是容易被射中的目标的邦德偷偷地从手推车后移出来，开始对隧道里昏暗灯光下的人开火。一枚子弹击中了瑞纳德的上臂。他紧紧握住伤口，再次看到流出的鲜血，没有一点儿痛觉的他感到不可思议。

剩下两个随从中的其中一个向漆黑的走廊尽头进行扫射，瑞纳德与另一人则顺着轨道不断地投炸弹。从走廊的另一端飞来的子弹一一从他们身边掠过。

"呀！"瑞纳德的随从叫起来。邦德的一枚子弹打中了他的背部。他呻吟着，紧紧地抱住了炸弹，阻止了它的前进。瑞纳德竭尽全力地往前拉。

他对那人大声喊道："把它放开！"受伤的歹徒紧紧地扒在炸弹上，乞求救助。瑞纳德拿出手枪，瞄准了他的脑袋。

"这个兴许能救你的命。"他说着，子弹从枪口飞出去。

两分钟后，瑞纳德与他惟一的伙伴穿过了第二道防爆钢门。他对着对讲机大叫："关闭中门！"

听到命令后的邦德竭尽全力地将手推车朝前面推去，用它来作掩护。中门渐渐关闭。邦德感觉到他已经没时间冲过这道钢门，他竭尽全力猛地将车往前推去。手推车正巧冲到正在关闭的门中间，把门往回弹了一下。这一点儿时间刚好够用。在手推车被钢门压碎、钢门关上之前，邦德一个鱼跃从门里跳过去。

在门的另一边的邦德脚一落地就立刻开枪。他滚到一处寻找掩护，同时扑灭了头顶上的几盏灯，随后停下来立刻装子弹。

在坑里的克瑞斯茉丝把两根不同颜色的电线连接在一起。防爆门敞开了。她向外望了一眼，发现中门依然闭着。她返回到控制板那里接着工作。

边跑边开枪的邦德已经沿隧道行进了四分之三的路程。负责把门的人不断地往回射击，企图压制住邦德。

瑞纳德与他的随从最终顺利地把炸弹运过一堆油桶，把它放进了电梯。

瑞纳德向控制板前面的那个人喊道："走！"那个伙伴对着开关设备激烈扫射，把它们打坏，然后朝电梯跑过去。糟糕的是，他还没来得及进去，透明的聚碳酸脂防弹门关上了。他转身突然看到邦德正向他跑过来，感到手忙脚乱，一时不知所措。邦德的沃尔特手枪射出火焰，他扑倒在地上。

穿过防弹门邦德发现瑞纳德与他的随从站在炸弹旁边。邦德举起手枪向瑞纳德开枪射击，而子弹却从聚碳酸脂防弹门上反弹过来。电梯开始徐徐上升。

瑞纳德大笑着对邦德喊道："邦德先生，我们此时用不着再相互攻击了！我们摆平了。你马上就会什么也不知道了！"他指着地下说。

电梯在矿井上面消失了。在它原先的地方另外一枚炸弹呈现在邦德眼前。其实这不是原子弹，但是它看起来如此可怕。它上面发光的二级管正在倒着读秒：10……9……8……邦德感到十分恐怖，他转过身来，粉碎的钢门控制板呈现在他的眼前。他被困在这里了。此刻他听到了熟悉的吱吱声，钢门在他身后正自动地在打开。是琼斯博士！

邦德抬头向上望去，他发现瑞纳德运送炸弹的滑车挂钩就在头顶上面的轨道上。他一个鱼跃，抓住它朝钢门滑过去。

炸弹立刻在他身后爆炸了，并且引燃了油桶。火球迅速膨胀，甚至要赶上滑车上面的邦德。此时此刻钢门奇迹般地敞开了。邦德在紧急关头恰似一枚子弹飞了过去。他看见另一道钢门也敞开了，克瑞斯茉丝就立在门旁边。

邦德大叫："关门！快点关上！"

瞪大眼睛的克瑞斯茉丝凝视着邦德朝着她迅猛地冲过来，巨大的火球紧紧跟随在他身后。

克瑞斯茉丝迅速转向控制板，将电线接在一起，火花四溅。钢门渐渐关闭，邦德跃身穿过，两个油桶又紧跟着身后飞来。

油桶砰一声砸进坑里，迸发出一团火焰。大火迅速蔓延到坑边，邦德疯狂地寻找一条生路。他注意到自动升降梯的扶手通向天花板顶部的一个古老的矿井，难道那正是遗弃的旧电梯？他只能碰碰运气，也许还能用得上。

"走！上去！"他大声地喊道。他用力托了克瑞斯茉丝一下。她抓住扶

手,越过一些钢梁,爬上去了。邦德随后跳了过去。他们步入一条狭窄的人行道。这时火团已经吞噬了整个试验中心。

“不可以停下,”邦德说着,将她往上拽,“下面的油桶马上就要爆炸。”跑到人行道尽头的他们在那里的确发现了一个破旧的液压升降机。

她的声音在颤抖:“我确定这个旧东西不能用了。”

“只有试一下我们才会知道。”

他们一起进去。邦德按了“向上”的电钮。升降机开始缓缓上升。依照这样的速度,他们将要因为缺氧而死去。邦德注视着装载着液压机的侧面。

他说:“抓紧。”

“嗯。”克瑞斯茉丝道,“我看你是一个英国间谍。你叫什么名字?”

邦德将枪瞄准发出“嗞嗞”声的液压机。他瞧了她一眼:

“我叫邦德……”

他开了一枪。液压系统混乱起来,升降梯在恐怖的矿井里以极其危险的速度火速向上升起。此时此刻整个坑洞在他们的下面轰隆隆地爆炸了。火焰顺着矿井一直往上窜,直到吻到罐笼底部。邦德迅猛地扑过去,掩护住克瑞斯茉丝。过了一小会儿,火焰消失了。

“……詹姆斯·邦德。”他补充了一下。

矿井外面,瑞纳德、特鲁金以及他们的惟一一个亲信将炸弹移到了兰德·罗弗的后面,上了车,火速向机场驶去。

此时,升降机停在旧矿井的顶部,门却怎么也打不开了。

克瑞斯茉丝突然猛烈地咳嗽几声,眼睛已被烟熏得看不清任何东西了,氧气马上就要全部耗尽。邦德用他那散发着光芒的手表照了照电梯箱的顶部,注视着那块密封的盖子。

“马上捂住耳朵!”他大叫道。他对准盖子开了几枪,回荡的枪声震耳欲聋。但是此时已有几束光线射进了电梯箱。

“你能想办法让我上去吗?”他问她。她自信地点点头,然后将两手紧紧地交叉在一起。邦德踩到她的手上,直起身子,尽力去推电梯箱顶部的盖子。克瑞斯茉丝突然叫起来:“我坚持不住了。”

盖子推开了,弹洞使其松脱开来。邦德屈身向上,爬了出去,然后帮克瑞斯茉丝脱离电梯。他们处于一股烟尘之中,距离主建筑大约50英尺。太阳的光芒使气温已经升了很高。

邦德很清楚人们为什么惶恐不安、到处奔跑。地上到处是士兵的尸体。他们闻到了飞机的启动声。

“快过来!”他高声喊道并拉着她向跑道奔去。不幸的是他们迟了一步,瑞纳德的直升机轰隆隆地从他们身旁飞驰而去,飞入了云层。邦德不禁跟着跑了几步,然后很无奈地地停了下来。

她追上邦德，说："噢，很抱歉，是我拖累了你。我一点儿也不清楚他们所干的一切。我本以为他们是俄国原子能部的。"

"你知道他们要飞到哪里吗？"

"不知道。但他们不会飞得太远。"克瑞斯茉丝道，"每一枚弹头都有都含有一个 GPS[①]定位卡。我们可以跟随它的信号。"

邦德掏出来他从那死人身上拿到的东西给她看："你的意思是说这个东西？"

她惊愕道："该死！"

第十章　锁定目标

M 刚上早班不久，比尔·坦纳闯入泰恩城堡内 M16 总部的情报办公室。

"我有一些事要说，"他说道，"或许它没有任何意义，但是我们需要仔细调查一下。"

M 正和罗宾逊以及其他分析员站在一块，审视国际刑警组织递来的打印材料。很明显，至少有六个不同国家在同一时间发现了这个名叫瑞纳德的恐怖分子，他们不得不把可信的情报挑选出来——要是有的话。M 抬起头来道："是吗？"

"我们一直不断地监视俄罗斯的军用频率。俄国军队汇报说他们的一架运输机于两天前在鄂木斯克机场被盗窃。"

"真的吗？"

"除此之外，俄国原子能部正在寻找和搜救一些失踪了的伞鹰和一名下落不明的核物理学家，一个名叫阿尔科夫的伙计。"

"这些都与瑞纳德有何关系？"M 有点不耐烦地问。

坦纳拿起罗伯特·金的汇报资料，他说道："俄国原子能部宣布阿尔科夫博士被派遣到哈萨克斯坦执行推毁一项试验设备的任务。情报称该试验场今天早晨被销毁。有人亲眼目睹一架与被盗飞机一样的俄国运输机离开了那个场地。最糟糕的是他们居然承认一枚炸弹消失了。"

"一枚炸弹？"

① 全球卫星定位系统。

“钚芯弹头。俄国军方发布了一则内容周全的对阿卡基耶维奇上校的追捕令，这位军官负责试验设施。很明显他也失踪了，他们相信他也许参与了此案。这是一次极为风险的赌博。但是看起来恰巧特别像是瑞纳德卷入的案子。”

M精神有些恍惚，她自己居然没去涉及到这么简单的推理。“对，”她转身面向罗宾逊，“我们有办法跟踪那架飞机吗？”

罗宾逊几乎笑起来。他指点着地图道：“它大概在这个圈圈之内的任意地方。伊朗、伊拉克、巴基斯坦、叙利亚、阿富汗……”

她高兴地说：“太棒了！”

玛娜佩妮进入房间。她的话勾起了全场人的注意：“艾丽卡从巴库那里打电话来找M。”

M感到特别吃惊，她朝电话走去。然而玛娜佩妮提醒道：“这是可视电话。”

“将她投射到宽荧光屏上。”

玛娜佩妮连接好线路。艾丽卡的面容瞬时呈现在宽大的墙式屏幕上。她看起来很虚弱，眼睛肿肿的。

“你好，”她说道，“对不起，我根本不可能给你打电话，除非……你的人邦德消失了。他……深夜离开了我的住所。”

M扭头看了一眼坦纳。

“他出去整整一天都没回来。我感觉应该让你明白这些。曾经有人试图要把我杀死。我的……保安队长在飞机跑道周围被发现，不幸被杀死了……”

M靠在她身边的控制台上。“我马上再让另一个人去。”

艾丽卡愁眉不展：“你……你能不能来？”M没料到这个。这样的要求让她觉得忐忑不安，以至于不知道此刻说些什么好。然后她审视一下姑娘的面孔，她与她的一个女儿很像。艾丽卡·金左顾右看，还是那样不知所措。

“我不能自禁地想……我很可能就是下一个。”艾丽卡道。M盯着屏幕上的姑娘。她的全部悲惨的往事在她载满恳求的眼睛里显现出来。M离开面前的屏幕，对坦纳说：“把我送到那儿去。”

坦纳非常吃惊，反驳道：“夫人，我不想……”

“按我说的做！”她转向艾丽卡，“我会尽快到达那里。你不要离开住所。”

艾丽卡稍感欣慰，她点了点头，止住泪水。“谢谢你。”线路断开了。

M问道：“该死的007会在哪里？”

“我来试试。”罗宾逊道。他走到自己的位置……

“M，”坦纳刚开始说话，M打断他。

“参谋长，我明白你想说什么。但我不想听。”她说，“我要带着我的随从和罗宾逊。玛娜佩妮小姐，希望你尽快为出发作必要的准备。在明天以前我必须赶到巴库。坦纳，我走后这儿的一切就交给你管理。看看你能否搜索到那架飞机。你要是发现 007，转告他我会亲自与他谈话。”

一朵朵乌黑色和深蓝色的风暴云聚集在波涛汹涌的里海海岸上空。狂风呼叫着，住所的椽子吱吱作响，给原本就沉寂的氛围增添了几许恐惧。

艾丽卡独自在她父亲的书房里坐着。写字台上放置着一盏台灯，她就在迷茫的灯光下工作。风暴即将来临，房间里显得愈昏暗。她从来自土耳其的最新的地质报告中抬起头来，缓解一下眼睛的过度疲劳。写字台旁边墙上她父亲的画像正看着她，外面狂风咆哮使她感到一丝寒意。一面窗户被狂风吹开，纸片到处乱飞。艾丽卡站起来去把窗户关上并锁好。她立在窗口旁，注视着黑暗的天空和波涛汹涌的海洋。

艾丽卡突然地想起了她的母亲。有时就是这样，尤其是当她独自在世界的这一部分时。当记忆在脑海里游荡时，艾丽卡常常能模糊地听到她母亲在她还是一个小姑娘时在她耳边轻唱的那首摇篮曲。那凄凉的、铭记于心的旋律让她回想起冰冷的、昏暗的过去。稍微迷信的人也许会认为那是鬼在唱歌，但是艾丽卡很明白不是。

其实，艾丽卡敢发誓曾经她躺在床上的时候偶尔能听到她母亲在哭泣。

隔壁的图书馆里的一声巨响惊醒了她的沉思。她倾心地听着，但没有听到任何声音。

“加伯尔？”她喊道。

她迟疑了一会儿，然后走近书房门并打开。门铰链哗啦啦作响。她步入宽敞的图书馆，里面一片漆黑，死一般地沉寂。通向阳台的三扇法式窗子里射进来的几缕苍白的灯光很难照亮房间。艾丽卡向一盏灯走近几步，但是门在她身后重重地关上了。她迅速转身，看见加伯尔倚在门后，直瞪瞪地睁大眼睛。瞬时他像一个芭比娃娃一样摔倒在地板上。那个位置上立着一个黑黑的身影。

她问道：“谁在那里？”

那人向前走了几步，直到外面幽暗的灯光照到了他的面孔。是詹姆斯·邦德。

“詹姆斯！”她呼叫出来。她无法掩饰叫喊声中固有的震惊与犹豫。

“你好象很吃惊。”他说道。

她朝加伯尔走去。他后脑因遭到一下猛击后已醒了过来，开始呻吟。

“发生什么事了。你是不是疯了？”她问邦德。

“也许。”邦德说道，“有关系吗？毕竟，‘要是你感觉不到还活着，那活着还有什么意义？’对吗，艾丽卡？那是不是你的箴言？”

“你究竟在说些什么？”

“也许这是你从你的老朋友瑞纳德那儿拿来的？”

艾丽卡无可否定她听错了……“什么？”

“他和我谈过一次。他清楚我们的一切事情。他清楚我肩膀的伤。他精确地知道什么地方我以前……”邦德说道。

艾丽卡立在那里，开始发抖。“你的意思是……瑞纳德是那个要杀掉我的人？他还没有死？”

“你应该停止表演了，艾丽卡。已经结束了。”

“我不明白你在讲些什么！”

“我想你明白。”他朝她走过去。他的语气带着威胁。“在M16，我们把它称为斯德哥尔摩综合症，这在绑架案中是很常见的。一个是很容易受影响的年轻受害者，根本没受到过坏影响，毫无性经验。一个是强有力的绑架者，有折磨人的手段，会控制人、影响人，能在一定程度上抓住受害人心理。被捕者迷恋上了捕获者。”

说到“迷恋”，艾丽卡暴躁起来。她狠狠地给了邦德一记耳光。

“你胆大妄为！”她吐了一口唾沫。“你竟胆大妄为！那个无赖？那个恶魔？他令我恶心！你令我恶心！他是不是知道在哪里伤害你？在葬礼上你的胳膊上挂着一条吊带。我不必通过和你睡觉来发现它。”

“他与你说了完全相同的话。”

“你自从离开我让我一个人时还知道了些什么？”

“你的朋友达维多夫和他是一路的。”

“他已经死了，毫无置疑你是知道的，也许是你杀了他。”她摇了摇头，“你真的认为我和……瑞纳德？”

邦德允许她接着发泄她的火气。“你晓得，”她说道，“你晓得他一直都在那里，他是冲着我来的。你撒了谎。等以后……我一切都很清楚了。与往常一样，你在利用我。你和M16拿我作诱饵，甚至更精确地看法很可能是一块肉。正和那时我被绑架一样。M16派了一个随从保护我，其实那时你们盼望瑞纳德能离得更近，以至于你们能轻易抓住他。你甚至和我做爱，来消耗时间等着瑞纳德开始袭击！”。

他拒绝回答，但不能否认它。

邦德咬了咬牙。如果他错了会如何呢？她说的会不会是真话？在由哈萨克斯坦到巴库的漫长旅途上，他乘坐着克瑞斯茉丝的车开始多疑起来。旅途上，只要是关于邦德与瑞纳德遭遇的事就让他烦恼。在他的脑海中一遍又一遍让故事重演。就是瑞纳德曾经说过的某件事情……

当他将故事都联系起来时，邦德感得就像谁在他腹部猛击了一掌。一股恐怖袭来，差不多就要使他病趴下了。克瑞斯茉丝望着他，问："你怎么了？你感觉还好吗？"邦德轻轻地点了点头，说："我刚着手把故事理得更清楚些，就这么多。"旅途中剩余的时间里，他总是绞尽脑汁消除他对艾丽卡·金的感情。他确定她跟瑞纳德的阴谋存在着某种关系。他下定决心，在心里筑起一面的坚固如石的围墙。这是痛心的，但并不代表他从未做过这样的事。

现在邦德注视着艾丽卡，开始对他自己的推断怀疑。假如她真的是瑞纳德的盟友，她则是一个极其可怕的演员。她令人折服。至于他的肩膀，她是正确的。瑞纳德可以经过其他手段了解。难道那些话真的是巧台吗？要是你感觉不到还活着，那活着还有什么意义？

邦德也许不能以为那是巧合。

图书馆书桌上的电话突然响了起来，缓解了这紧张的氛围。她注视着他，电话铃又响了一下，随后是第三下。最终，她接起电话：

"喂？"

她听了片刻后，说："我马上就去。"她挂断电话，以凶狠的目光敌视着邦德，"他又开始了袭击。在输油管建设工地，五个人已经被杀死了。"

她转身跑了出去。他也随从她出去了。"我和你一起去。"他说道。

"随便你。我要给 M 打个电话，告诉她不要到这里来。她应该在那里等我。"

"什么？"

"噢，我没说过吗？我跟 M 交谈过。她要来安排工作。"

邦德停下了脚步。艾丽卡离开了房间，邦德和加伯尔停留在那里。加伯尔拼命地坐了起来。邦德叹了口气，随后帮助他站了起来。

M 从伦敦来到伊斯坦布尔，然后利用英国部队欧直 ECl35 直升机将她运到输油管控制中心。第二天清早，恰在邦德和克瑞斯茉丝从巴库来到这里时她也赶到了这里。飞机降落时，M 板着脸，通过窗户注视着工地。

毋庸置疑，这里是一个灾区。5 个运尸箱排列在这个化工厂外面的地面上。三幢高楼被推毁，四处输油管道被击破。科学家、武装和警车停在四周。

士兵和警察以及金工业公司里的工人们正在打扫这个区域。可笑的是，瑞纳德偷走的运输机依然停靠在机场上。

邦德立在建筑的入口处，距克瑞斯茉丝很近，她从事参与侦察任务。M 和罗宾逊及其保镖全都大步向他走来。邦德不喜爱她脸上流露的神情。

"欢迎你加入我们队伍，007。"她说道。

邦德没有在意她的嘲弄，诠释道："我们依旧不清楚他们用炸弹在这

里干了什么。那边有一名从国际退役设备局来的科学家，琼斯博士。她正在检验，看能不能发现些什么。”

他们脱离明媚的阳光，进入了控制中心。里面一片混乱。应急的照明设备已经启动，直到供电设备恢复工作。技工人员正在修理已经坏掉的设备。艾丽卡·金正和两个警察站在一块，她对M点头示意。自从经历了在巴库的图书馆里的遭遇以后，她就不再理会邦德了。

“007，我要对你说点事。”M把他拉到一旁。她向罗宾逊和保镖投去目光，向他们示意这是秘密，不可以公开。

“我要最新情报，”她简单地说，“我们进展得如何？”

“瑞纳德行贿了俄国原子能部和俄国军队的人，他得到一架运输机和一枚炸弹，我一直不清楚他打算用它来做什么。但是很明显，他们昨晚在这里着陆。瑞纳德和他的随从杀了几个工人和保安，随后他们着手击坏设备，和你见到的一样。他的目的还不明显。他们将那架偷来的直升机停留在机场上。它已经空空如也。以我看来炸弹还在他手里。”

邦德从他的衣服里取出定位卡，把它递到她手中。“这是瑞纳德的一个随从从炸弹里取出的这个定位器，因此我们没办法跟踪它了。”

她看了一眼，把它翻转过来。

“M……”他犹豫道。

“什么？”

“我特别尊重你，”邦德说道，“但我以为你不应该在这里。”

一丝愤怒浮在她的面部。“需要我告诉你是由于你的缘故才让我在这里的吗，007？你不服从管理，让那姑娘独自一人呆在这里。”

“假如不是我让她独自一人，我们就不晓得瑞纳德拥有一枚炸弹。也许那个‘姑娘’也不是像你想象的那样单纯。”

“你想说什么？”’邦德把声音压得特别低，他偷偷瞥了一眼艾丽卡：“假定换走了金的领结别针的人被证明是个女的呢？”

M迟疑地眨了眨眼。“她起初杀了她父亲，随后炸了她自己的输油管道。为什么？她要做什么？”

“我还不晓得，”邦德认同，他的言辞在M听来显得荒谬无比。

“那么让我们审视一下我们所清楚的。我们发现一个奄奄一息的恐怖分子，口袋里装着一枚核炸弹。我们不晓得他的目的，或者他从哪里得到了炸弹。”

“是的。但是这若是报仇，完成他在伦敦所开始的任务，那么他就会在他打算要你在的地方得到你的。”

电灯忽然亮起来了。工人们顺利地恢复了电力供应。房间里排列着的监控器闪亮起来。庞大的输油管道卫星图也呈现在像整面墙一样大的屏幕上。技工员们迅速跑回自己的岗位上查看机器能不能工作。

"M……"艾丽卡在喊她,她正在查看输油管图。"这个我们等会再谈,007。"M说道,然后朝艾丽卡走去。

"瞧这个,"艾丽卡指着光芒四射的红灯道,"感觉那东西不对劲,它不应该在那里。"

罗宾逊问:"那是什么?"

"检测器。"艾丽卡回答,"在输油管道里运行,检验密封处破坏情况。它能够执行全部任务,特别像一个机器人。它自动工作,但是现在它根本没有预定任务……"

"关掉它。"邦德道。

一个技工员轻轻敲了敲两个按钮,但红灯一直闪亮。他迷惑地试了试其它按钮,丝毫没有变化。"我真不明白,"他说,"它不灵敏。"

克瑞斯茉丝出走到他身旁,说道:"那里特别干净,没留下任何迹象……"

"炸弹就在输油管道里。"邦德插话。

"我的天那!"艾丽卡道。

全部的眼睛都随着闪亮的红灯移向地图东头的大片以假乱真的钻塔群。

罗宾逊叙述了大家不约而同地感觉到了的情况。"它正在朝油田中心区移动。"

"在那里它的破坏性可以尽致的发挥。"邦德道,"艾丽卡,你的人有没有撤出中心区?"

她极其愤怒地对着邦德:"你现在应该相信我了吧?"从邦德的表情可以看出他内心的斗争。她是正确的吗?

艾丽卡转向技工员:"快让他们疏散,然后离开这个地方。"那人立刻抓起电话。

邦德看了看M:"他是冲石油而来的。"

"很明显,"M一边钻研地图,一边说,"我们指望这一根通向西方输油管道为我们的新世纪供应能源。"

邦德内心的疑虑依然令他苦恼。"但是为什么?他究竟要怎么办?"

M耸了耸肩。"报仇,正如你说的那样。有谁晓得,像瑞纳德这样的个人,他在哪里,哪里就是……一片狼籍。你有办法吗?"

"也许,"他分析着地图。他转向另一个技工员:"从检测器到油田中心区还有多远?知不知道检测器速度?"

技工员搜集了资料,答道:"距终点106英里,速度是每小时70英里。"

"我们还有不足90分钟的时间。"邦德说。他快速思索着。假如他能在载着炸弹的检测器之前进入输油管道,他或许正巧能跳上检测器,卸掉

那枚炸弹。“还有别的检测器吗？”

“共有 7 个检测器任意放置在整条输油管道内的不同地方。”技工员轻轻触动一个按钮，输油管图上另一盏灯亮了起来。

“其中一个停留在同一个管道里，在它之前。”

“太棒了。”邦德转向罗宾逊道，“你能不能把我送到那里？要尽快。”

在罗宾逊答应以前，克瑞斯茉丝打断了他，“等等，你想不想去做我觉得你应该做的事？”

“要除掉一枚核炸弹的导火线，我需要怎么样？”邦德问。

“我——”她得意洋洋地说道。

第十一章 危急时刻

直升机顺着输油管道疾飞，直至它抵达距停放检测器最近的入舱口才着陆。邦德、克瑞斯茉丝和罗宾逊从飞机里跳出来。邦德和罗宾逊旋转入舱口的转轮，把它打开。克瑞斯茉丝背着装满工具的背包，率先进入输油管道，邦德也随后进去了。

“我等你的好消息，”罗宾逊对邦德说，同时递给他一部对讲机，“祝你好运。”

从敞开的舱口射入的几束光线照亮了圆形管道，恰恰足够使邦德与克瑞斯茉丝发现几米以外的检测器。那是一个红色的环形物体，简直像安装在轮子上面的油炸圈饼，其上有两个座位和一处存放设施和重物的空地。检测器肮脏的可以，上面布满了油渍和污垢。

“你来操作。”邦德说。他们蹒跚而上。“我们务必在另一个检测器追上我们之前将速度提到最高。”他看了一下手表，“我猜测我们仅有几分钟的时间。你知道怎样操控这东西吗？”

她检验了一下简单的控制面板，上面仅有两组切换按钮：“开—关”与“前进—后退”。

“它根本没必要用核物理学的知识。”她回答道。她用指尖按下“开”的按钮，检测器开始前进。开始是慢慢地向前移动，然后自动地渐渐提高速度。前灯照亮了前面漆黑的管道，坐在检测器上面旅行简直是在狂欢节的鬼室里游玩。邦德倒希望有个假骷髅跑出来吓吓他们。

“有没有办法使它开得再快些？”邦德问。

“我想不出什么好办法。”她答道，“它自己一直在加速。除非有人迫使它让它在控制中心停下来，我们还可以动手把它放在后退档，我认为它很快就能达到每小时 60 甚至 70 英里。”

邦德回头望去，但除了漆黑一片什么也看不到。检测器上没有安装尾灯。

“等不了多长时间我们就能听见它了，”她说道，“你能不能听见什么动静？”

“还不能。”

他们全部无意识地抓紧了嘀嗒嘀嗒作响的检测器，呆呆地坐着。他们盯着速度表以每小时 30 英里提高到 40 英里。此时，克瑞斯茉丝看了一眼邦德，在幽暗的灯光下端详他的面孔。她想，毋庸置疑，他的确很英俊。

在输油管道操控室里的艾丽卡和 M 站在一起，急切地注视着墙上的地图。M 的保镖加伯尔和艾丽卡的保镖两个人小心地在保持的距离外踱步。

“邦德还在输油管道里。”一个技工员汇报，“罗宾逊先生正在返回的途中。”

他们注视着两个发光点沿着管道线挪动。装有炸弹的那架速度更快了，花不了多久就能追上另一架。

M 认为她刚刚对 007 过度严厉了。即使他违抗命令留下艾丽卡独自一人，但他发现了情况，拯救了他们的生命。此时他又铤而走险来遏制一场恐怖的灾难。他确实有勇气……除非……当然，也许他只是在试着挽回因怀疑艾丽卡杀死父亲而丢失的面子。

她注视着这位年轻的女人，看看她在重大压力之下怎样应对。艾丽卡立在地图前，口里含着大拇指，邦德离开之后她表现得十分安静。

恰在他们等待的时刻，掌握调查案件的警官对艾丽卡作了初步汇报，瑞纳德的偷袭造成巨大的损失。

“由我们能掌握的情况来看，”他说，“四到五个带着自动武器的人袭击了此地，这很明显是经过精心设计的。这帮人执行攻击策略用了不足一小时。在这段时间内他们杀死了两个保安和三位技师，塑料炸药切断了电力来源，销毁了车辆，他们还得到了一架检测器。”

“他们连接好电路，这样从操纵中心就无法把它关掉。”一个技师说。

“嗯——”警官接着道，“很明显他们将炸弹安装在检测器上，将它送到目的地。出发时，他们又对操控室放火。”

“谢谢你，警官。”艾丽卡道，“要是你的人能允许我们独自呆着，我定会很感激，我们正处于紧急时刻。我们尽快再联系，好吗？”

“好的，小姐，”警官道。艾丽卡明显地有相当高的权利，甚至高于当地警察。他立刻把他的人集合在一起，离开了操控室。

现在 M 独自与她的保镖、艾丽卡、加伯尔和他的人以及几位技师站在一起。M 丝毫没有防备地走到艾丽卡身旁，带着内疚解释道：“哪怕仅有一丝机会，邦德也会成功。”她停顿了一会儿，补充道：“他是我们最出色的人。”

艾丽卡闪烁其词地答道：“但愿你是正确的。”

M 接着注视着地图上的发光点，一个她没来得及考虑的想法浮现在脑海里。瑞纳德和他的随从是怎么知道怎样使用检测器的呢？也许是他由金工业公司某个人的帮助……

她向操控室的四周瞧了瞧，试图了解站在旁边的人中很有可能有把金的领结别针替换掉的内谋。艾丽卡的随从？技师中的某一个？

M 忽然感到紧张起来。她期望罗宾逊尽快回来。

与此同时，M16 最出色的人和克瑞斯茉丝·琼斯正盼望着另一个检测器赶上他们。速度计标明他们的检测器的速度是每小时 50 英里。终于，快速运动的嗖嗖声打破了紧张的沉寂。灯光由转角处反射过来。他们望见装载着炸弹的东西在他们身后沿管道急速驶来。

“赶快！”邦德叫道，“把我们的速度再提快一些！”

克瑞斯茉丝的上身尽力前倾，好象趴在控制板上就能让检测器跑得更快一些。

“我无论什么事情都不会做！”她喊道。邦德移动到机器尾部，朝正在追赶的检测器伸出腿。愈来愈响亮的声音在管道内荡漾，灯光越来越近，几乎能连接在一起——

当另一台检测器碰过来时他们的机器震荡起来，邦德对后面的检测器奋力踢了一脚，随后用腿直直地抵住机器的前部，企图让它减速前进。他停了一段时间直至它在后面以平稳的速度行驶，然后他坐在了它的上面。

“把手给我！”他对克瑞斯茉丝大声喊道。他帮助她跨过去。但正当她将重心移向后面的检测器时，她的脚滑了一下，差点掉到两个检测器之间，邦德迅速地抓住了她的肩膀，将她拉了上来。

“噢，谢谢。”她客气地说。一旦他们顺利地到了第二个检测器上，两个检测器便在一起以相同的速度行驶起来。但是他们的旅途是非常颠簸的。

克瑞斯茉丝直接向炸弹移过去。它恰恰放在检测器的底座上，看起来让人不寒而栗。她卸下背包，取出一些工具，对炸弹进行检验。她把一个晶体管收音机大小的精致的计算机安装在爆炸装置发光二极管面板的接线处，快速作了一些计算。

“这是一个特殊的裂变设备。”她解释道。

“我们如何让它停下来？”

“我们，阿尔科夫博士？往那一点。紧紧抓着我。”

“你已经成功拆卸了数百枚炸弹了，对吗？”

“对，但它们差不多都是静静站在那儿的。”

邦德嘲笑似地笑了一笑，诙谐地说：“生活中处处存在小挑战。”

她狠狠地瞪了他一眼，随后开始工作。邦德用一只手抱着她的腰部，以致稳住她的身体，对此她没有反对。炸弹上的计时器倒计时呈现出 1 分 45 秒。时间正在一秒一秒地划去。

“不足两分钟？”邦德惊恐地问道，“这东西在抵达油田中心区前将会爆炸。他们会不会在设置时间时弄错了？”

克瑞斯茉丝用一个螺丝刀启开金属面板。

……1 分 30 秒……

“我不清楚……”她全神贯注，“但是我确实不想让它炸到我们的头部，你说对吗？”

她剪断弹头里面的电丝。

……1 分 20 秒……

“你瞧，”邦德指着装载芯体的球状物，“那些螺丝，弹头都被拿掉了。”

“有人曾经动过炸弹。”她表示同意，“芯体过去被拿出，又被放回来了。简直不可思议。”

她的手伸到包里拿拆除芯体的工具，然而检测器沿管线骤然下滑，克里斯茉丝差点飞了出去。邦德救了她，他迅速用力拽住她手中的工具，把她拉了回来。他们俩都松了一口气，然后她转头继续她的工作。

“这东西上面应该有安全带。”她说。

检测器迅速在管道中前进。克瑞斯茉丝熟练地使用拆卸工具，轻轻地从球状物中取出了钚芯，花费的时间比邦德所盼望的要长些。

……55 秒……

“瞧这个！”她惊奇地说。事情看起来不好。“钚芯的一半消失了。”

邦德拿出一个塑料袋，她把钚芯放在了里面。

“这样它会不会发生核爆炸？”

“不会，”她说道，“然而它依然有充足的爆炸力把我们全炸死，假如爆炸药爆炸的话。”他封闭塑料袋，把它放在背包里。

……44 秒……

“别害怕，我能尽快把它拆除。”她说。邦德环顾着阴森森的管道，思维火速运转起来。克瑞斯茉丝不停地工作。

……40 秒……

真是特别奇怪……计时器被预定在到达油田之前爆炸……一半的钚

芯消失,如此以来炸弹只能对输油管道造成最小的破坏……

“让它爆炸!”他不假思索地说道。

她正准备剪断一根电丝,抬起头来惊诧地说:“可我有办法把它停下来。”

“我告诉过你让它爆炸。”

她几乎不敢相信他所说的话。他的眼神一下溜到前边一盏被管道灯照亮的检测舱口。

“不用怀疑,随它去吧。”他拽住她突然把她从炸弹上扳开,“准备跳下去。”

“跳下去?跳到哪里?”

当机器嗖嗖地驶过检测舱出口时,邦德拉着她跳了下去。他们顺着输油管道滚动着,一时在两个检测器留下的烟雾中透不过气来。邦德站起来,把她扶起来,立即向舱口奔去。

……10 秒……

舱口的转轮不能转动了。邦德竭尽全力转动它。赶快,该死的!他内心深处呐喊道。

……5 秒……

转轮咯吱咯吱地运转起来。他们打开舱口,逃了出去。此时此刻炸弹爆炸了。一段输油管道被破坏,碎片到处乱飞。他们从舱口爬出去,脸朝下,双手捂住头部,感觉到身下地面在震动。

返回到输油管操控中心。地图上红色同心圆圈由冲击点朝外搏动地扩展着,单调的叮叮声在宽敞的房间里回荡着。所有人全被惊呆了。加伯尔将对讲机放在耳边,全神贯注地倾听罗宾逊说话,他正飞越爆炸现场。其他人全用期待的眼神注视着他。最后,他点了点头。

“炸弹是一枚哑弹,”他说道,“但引爆炸药炸破了一段 50 码长的输油管道。”

艾丽卡问道:“破坏程度如何?”

他耸了耸肩:“目前还说不清楚。”

“邦德怎么样?”M 问道。

警报声吱吱响起来又消失了。

“毫无消息。”加伯尔回答。

M 掩藏不住脸上失落的表情。过了一段时间,艾丽卡向她走来,说:“我非常遗憾。”

M 轻轻地点了点头。

随后,艾丽卡微微一笑接着道:“但是我有一件礼物送给你。”

M 眨了眨眼睛,感觉这事好象有点离谱。

艾丽卡说："这本属于我父亲的东西，但他要让它属于你。"

"感觉这个时间不怎么……"M张口说道。

"请。"

她把一个小盒子放在M的手中，帮她解开缎带。

"他常常提到……在我遭遇绑架时你如何同情地帮他采取最佳方案。"她说道。

M打开礼品盒，里面正是那件幽谷之眼领结别针的原件。

"它特别贵重，你明白，"艾丽卡道，"我不会将它与其他的东西一起被炸毁。"

M感到惧怕。

艾丽卡向加伯尔微微点了点头，他取出枪瞄准M的随从近距离开了枪。随从的胸部炸开了，露出一股红色液体。其他人把M包围了，用枪对准了她。

M惟一的动作就是向艾丽卡射去一个令人不寒而栗的凶恶目光。邦德的直觉是非常正确的。艾丽卡的举止言谈简直是换了个人。她不再是那个饱受恐吓的受害者、孤独无助的女孩……此时她恢复了自制，骤然成为一个眼睛里淌血的凶恶贪婪的女魔头。

"你劝阻我父亲付赎金。"她说道，"M16……自由世界伟大的保护人。我感觉你们简直是一家人，M。你居然对捕捉恐怖分子比对营救我更热情。但我的父亲却就那样做了！"

"若再有一点时间我们就会把你解救出来。"M说道。

"噢，那相当的荒谬。"艾丽卡喷了一口唾沫，"在我被俘虏、像牲口一样被凌虐的三个星期之后——我对钱币炸弹没能把你们两人都杀死感到特别懊恼。"她对M说，"我从未想到我还会有一次机会，你的人——邦德。轻而易举地利用他把你引诱到这里来，就与你在绑架我的时候利用我一样。你的感觉如何？当你清楚他对我的判断是对的以后感觉如何？正如你所说的，他是你的最出色的人。我是不是该说，曾经是？"

M狠狠地赏给了她一记耳光。几个人跑了过来阻止了她。艾丽卡轻柔地摸了摸脸颊，毫无声色。

"将她拉到直升飞机那里去。"她命令她的随从。加伯尔和另一个人支起M的胳膊，她却粗暴地从他们手中争脱。依然怒视着背叛了她的女孩，M高高仰起头，跟着逮捕她的人走出了屋子。

瑞纳德于特鲁金驾驶的兰德·罗弗车上通上了电话。他正行驶在去伊斯坦布尔的途中。

"顺利完成，"艾丽卡说道，"你的方案太棒了。"

他轻松地吸了口气，能听到她的声音太好了。"邦德如何？"

“你再也听不到他的声音了。他在企图拆除你的炸弹时不幸被炸死在输油管道里了。”

“这是一个特别好的情报。”他说道。

“等我们见面的时候，我还会再送给你一个惊喜，”她说道，“你何时抵达伊斯坦布尔？”他觉得特别高兴，她听起来这么开心。

“会很快的。”他说，“尽快。我想见到你。”

“我们现在在路上了。”

瑞纳德挂断电话，朝向特鲁金。“你确定清楚怎么处理我们带来的钚芯吗？”

“当然，绝对没问题。”俄国人自信地说道，“我们用挤压机将它压进一个棒状的模子内。我将利用你的部下提供的大小。”

“需要多久？”

“只要我们有了挤压机，仅仅需要几分钟。一到伊斯坦布尔，我就着手工作。你确定能找到挤压机吗？”

“不必担心，正运送着呢！”瑞纳德说。

他觉得特别满意。特鲁金驾驶着车时，他想轻松一下。他向后看了一眼那个严紧防护着的装着半个钚芯的箱子，那里面主宰着世界的未来，他想道。最后他将成为它的一部分，他一生都在试着制造一种不同……为他所憧憬的事业而战斗，劝告别人以他的姓名制造暴力事件，逼迫政府听令于他……

瑞纳德将会在两天之中死去，他却感到欣慰，因为他清楚他的爱将经过那个女人继续下去，他正在做的全部都是为了她。或许有人会说，是仇恨让他对即将采取的行动所造成的损害和生命的消失负责。

让他们的思想见鬼去吧。

这是因为爱。

邦德与克瑞斯茉丝蹲在尘埃中，大口呼吸。太阳光照射到他们身上，被炸裂的、正在剧烈燃烧着的输油管道断口就在前方不远处。

“你能说明为什么要那样做吗？”她问，“我原本可以制止炸弹爆炸的。你差不多把我们都炸死了。”

“你的确把我们炸死了，”邦德说，“她以为我们死了。她以为她拿着它逃掉了。”

“你是不是在用英语说话？对我们中间决不说‘间谍’这两个字的人来讲，‘她’是谁？”

“艾丽卡·金。”

“艾丽卡·金？这可是她的输油管道！究竟为什么她要炸掉它？”

“让她看起来简直是无辜的。”邦德耸了耸肩。他清楚他是对的，但他还不清楚整个故事。他开始自言自语:“这只是某项计划的其中一部分。他们得到炸弹后,将它放入输油管道……”

她拿起装着半个葡萄似的钚芯的背包问道:“究竟为什么一半的钚芯要被留下?”

邦德的大脑开始转动起来。“爆炸朝四周扩张能足够将他们偷走另一半钚芯这一事实掩盖起来。”

“他们这样做究竟是为了什么?”

“应该由你这位核物理学家来告诉我答案。”

“我不清楚。”她思忖着回答,“它不足以制造一枚炸弹,但是……无论如何,我们不得不把钚芯找回来。我执行哈萨克斯坦那个试验中心的任务,有人为了这个要找我的麻烦。”

“先做最重要的事情。”邦德拿着对讲机,“邦德呼叫罗宾逊,听到了吗?”

无线电除了哧哧地干扰声以外毫无反应。克瑞斯茉丝随机问道:“随便问问……你跟艾丽卡……像是……”

邦德反对地瞥了她一眼。但是她接着道:“我是想,在我们继续下去之前,我仅仅想知道,你们两个是怎么回事?”

邦德不准备回答。“邦德呼叫罗宾逊,请回答!”一会儿,为了尽快扭转对克瑞斯茉丝的不利,他问:“你的故事呢?你在哈萨克斯坦干了些什么——”

她打断了他,答道:“和你一样,无可奉告。”

邦德正想说“言之有理”,此时他的无线电吱吱地响了。“我已听到,007。”罗宾逊说,“红色警报。M 失踪。她的随从死了。输油管道操控中心完全撤空。金工业公司的直升飞机消失。艾丽卡不知去向。我们找不到他们。等待指示。完毕。”

邦德闭上合拢双眼。原本就很糟糕的形势变得更恶劣了。克瑞斯茉丝觉得恐惧。邦德的面部神情变得冰冷起来。为了掩饰感情,他向输油管道那边望去。她了解的已经非常多了,无需再问。

“我们现在应该怎么办?”她问道。

一个想法冲进了邦德的脑袋。“有一个关键部分也许我没有注意到。我们必须继续跟踪。”

“什么?还有钚芯?”

“不,”邦德说,“白鲸。鱼子酱。”

第十二章　硝烟四起

黑海和马尔马拉海由20英里长的博斯普鲁斯海峡连接在一起，很多传说都是从这里诞生的。希腊传说中的伊阿宋驾驶阿尔戈号轮船由爱琴海出发，穿越博斯普鲁斯海峡驶进黑海寻找金羊毛。由于它是黑海的惟一出口，这条水道自有历史记载开始就成为欧洲人和亚洲人迁徙和入侵的路线。在连接着两个大陆的发达城市伊斯坦布尔市内，它一直就是战略上的中心。它的西岸是欧洲，东岸就是亚洲。两岸起伏的丘陵上点缀着很多城堡和金碧辉煌的别墅。它们是历历如画的历史遗迹，甚至为更时尚的、更为闲暇的伊斯坦布尔市民提供食宿的度假胜地。

基兹·库来斯，或称少女塔，就是这样一个古迹。它坐落在靠近亚洲一旁的一个小小海岛上，也被称为利安得塔。这个名字源于一些神话。一个土耳其公主曾经被她父亲软禁在这座岛上，由于他从预言中得知他心爱的孩子即将被毒蛇咬死。然而公主恰恰就在这个岛上丧了命，一条被由大陆偷偷运送到岛上的毒蛇最终还是将她咬死。而英文名字利安得，则来自人们误认为利安得在试着游过海峡与他的情人幽会时被淹死于此地。

其实，这是一个拜占庭君主于十二世纪筑建了这座塔。一条铁链正巧在水线以下由古塔伸向萨拉布尔努或者闺房岬，皇帝可以从那里关闭博斯普鲁斯。

日落时分，一条小船游近了少女塔。金工业公司租赁了这座古迹作为驻伊斯坦布尔办事处。几乎没有人晓得这个古老的地方已经被人占用。向游客开放的方案正在拟定。但在眼前，少女塔看似一座无人照管的颓唐建筑。

老奸巨滑的瑞纳德下船跳上了岸，身后跟随着几个背着沉甸甸的箱子和背包的随从。他们步入少女塔。这是一个相当别致的地方。五颜六色的玻璃窗在精心铺设的瓷砖与大理石地面上呈现出各式各样的画面。宽敞的房间里盛满了梁柱、铁格架以及天鹅绒布帘，而且还摆满了鲜花，来到这里恰似进入了一座博物馆。

“终于见到你了！”艾丽卡·金飞奔过去冲入瑞纳德的怀抱。他主动热情地拥抱住她。

他紧紧地拥抱着她。“嗯……”她突然把他推开，“你弄痛我了，你知不知道你自己的力量？”

瑞纳德料想不到会受到冷遇。他松开双臂，审视起她的面孔，此时感觉到了他们之间的某些不同。她企图把它掩饰起来，调戏地说：“给我带来了什么？”

他微微一笑，从一个随从手里拿来箱子，打开。

“改造世界的能量。”他说道。

他取出一个钴蓝金属球。她以谨慎而又迷恋的神情端详着它。

“来吧，”他说，“它还算安全。触摸它，能为你带来好运气。”

她用一个手指在金属球上抚摸了一圈。

“有温度。”她用惊奇的表情看着它。

“是吗？”一片阴云浮过他的面部。半边笑容退却了。一阵尴尬过后，他说道：“我必须将它交给那些家伙。他们能把它改造成一根棒。”

“我也有礼物要送给你。”艾丽卡道，为了对他埋藏在心底的挫折感表示关心，“还记得我曾经说要送给你一个惊喜吗？”

她启开一扇繁重的门，指引瑞纳德穿越一条通道，进入一个小房间。房间一边摆满了古代陶器、雕像以及其他古艺术品，一排铁栅栏将它们与房间的其余部分划分开，构成一间小小的监狱，里面关押着目中无人的M。

“你的礼物，”她说，“承蒙去世的邦德先生的好意。”瑞纳德走上前去，眼睛穿过铁栏杆看了看那个女人。她显得有点疲倦，但除此之外身体很憔悴。

“好啊，好啊。我的刽子手。”他说道。

“恐怕你过奖了，”M 说道，“但是我的人定会完成任务。”

“你的人？”艾丽卡问，“你的人将会让你呆在这里腐烂，恰似你丢下我一样。你和我的父亲……认为我的性命根本不值他在赌场里一个失意的夜晚输掉的钱。”

“你的父亲不是……”

艾丽卡以一种极其异常的刺耳的声音宣布：“我的父亲一文不值！”M知道艾丽卡显然已经渡过了难关。此时化装舞会已经完毕了。这个令人怜悯的姑娘已经完全逃脱了真实的世界。

“我父亲的财产是从我母亲那里偷来的！”她说道，“我要用合法的手段收回这些财产。”语毕，她脚跟一扭，走出了房间，剩下和 M 瑞纳德在一起。

他说道：“我希望你能为她所作的全部而感到自豪。”

“我倒觉得你就是那个值得赞扬的人。”他企图再笑一笑，但令人不寒而栗的半边脸在监狱阴暗的灯光下显得更像是意大利 16 世纪即兴喜剧里的面具。“当我捉住她的时候，她是盼望……你把她交给像我这样的一

个人来支配。三个星期是相当长的时间。她父亲也许会支付赎金而她根本不会……堕落。是你把她毁了。目的是什么？为了捕获我？她能顶替50个我。”

“我这次赞同你所说的。”M说。她的目光冷酷无比。

他轻轻摇了摇头，被她的勇气逗得笑起来了。“不错。此时我们也将共享同样的命运。”

他的手伸进口袋里，然后取出一个旅行闹钟，同他的手表校对了一下时间，调整了闹钟。“我知道你派人来杀我，所以我一直注意时间在渐渐地消失，走向我自己的死亡。此时，你也将体会到相同的乐趣。M，看看这些指针吧！明天中午就到了你的时辰。我敢保证：我不会有错，你很快会死去，和这城里的所有人一起，以及光辉灿烂的石油所驱动的西方世界的未来。”

他将闹钟放在一把高高的凳子上，正巧从铁栅栏里够不着。随后他用眼光上下扫射了M一番，走出了房间。

M惊诧地看着闹钟，此时已是晚上八点。

一个小时之后，艾丽卡和瑞纳德在少女塔里她的房间内。她裸着身子，背朝上躺着，他轻轻地爱抚着她。瑞纳德特别欣赏她的肌肤，刚开始时感觉到的紧张依然存在。她几乎对他沉默不语。

“太美了，”他轻轻地说道，“既光滑又温暖。”

“你是如何知道的？”她凶狠地问道。因为这样的话伤害了她，于是他把手缩了回去。

“你怎么会这样？”他问道，“出什么事啦？”

“我不知道。”

“对我不要撒谎。是因为邦德，对不对？”

“你说什么？”

“是不是因为邦德的死？”

她毫无表情，继续沉默着。

瑞纳德感到特别紧张。“那都是你想那样做的！”

艾丽卡继而迟疑起来。此时瑞纳德愤怒了，他跳了起来，在房间里来回踱步。她起身坐起来，抓住一条丝绸长袍裹住了自己。

“当然，是我要这么做的。”她说，为了能缓和他的情绪。

他却与她对抗起来。“他是一个……很不错的情人！”

“无论你怎么想，我什么也感觉不到。”

瑞纳德倚在她的书桌上，双眼紧闭着，企图把阴影挤压出去。一会儿，他突然一拳把一个手工制做的木器砸穿。她深吸一口冷气，注视着他的手。一块很大的碎木片扎入他的手中，他惊奇地看了看它。

“没关系，”他说道，“一切该死的东西我都感觉不到。”那声音甚至是在哭泣。

艾丽卡走到他面前，拉着他的胳膊，将他拉到床前。她慢慢地拔出碎木片，然后伸手从地板上的冰桶里拿出一个冰块，顺着伤口轻轻擦拭。

"有没有感觉好点？"她问道。

她将冰块放在他的脸旁，他痛苦地直摇头。

"毫无感觉。"

然后她拿着冰块顺着自己的脖子擦拭下去，水从她的乳房中间滴下来。"但是确实……"

此时她的手指湿了，她被一股冰冷的液体触动和惊醒。"……你能感觉到这个？"

她将冰块放的更往下一点。她张开了嘴唇，很明显，她喜欢这样的感觉。当她接着做出其它事情时，瑞纳德半面笑脸颤动了起来。

"是否还记得……欢乐？"她调戏地问。

假如人们可以把它叫做爱，他们做爱。不能否认，瑞纳德得到了自己的乐趣，即使那不是任何传统意义上的乐趣。对艾丽卡来说，她忍受了她对那个一度让她经历过痛苦的男人的欲望，她曾经是她自己的俘虏。曾经有一次，她却是能够自我控制的人。

然后他们平静下来，裸体躺在对方的怀抱里。这时电话铃响了，她从不适应的性生活中爬起身来接听电话。

"你好！"她听着。瑞纳德睁开了一只闭着的眼睛。"谢谢！我知道了。"她挂断电话道："邦德没有死，他现在巴库。"

靠近海岸的海面上拔高筑造的由平台和木板路构成的交通网络就是巴库的人行通道城。这是一座特别的建筑，它向船只提供了进港水域和储藏设施。这里除了商店、酒吧以外还有供海员、渔民以及石油工人娱乐的妓院。它是螺旋状方形的，恰似多层停车场，斜桥把上下层连接在一起。刚看上去，这个地方就特别像是M．C埃歇尔的一幅画，走廊和桥梁处处相接，莫名其妙，巧夺天工。其实，木板路既可以作为支撑物又可以作为人行通道，如此设计实用而精巧。如今人行通道上摆满了装鲜鱼的柳条筐、被人遗忘了的机器和汽油桶，以及其他臭气熏天的物品，空气中最浓的气味当然还是石油味。

瓦伦丁·朱可夫斯基在罗尔斯·罗伊斯经营了一个专用港口，最高一层就是他的鱼子酱工厂。警卫从后面走出来帮他打开了车门，朱可夫斯基身着小礼服，从汽车里钻了出来，环顾了一下四周的情况。

他对那人说："在这里等着。"

朱可夫斯基拄着一根银手杖，一瘸一拐地朝那通向他加工厂的、由木板建成的通道走过去。工头德米特里坚持让他马上到工厂来，这究竟为什

么呢？有什么生死攸关的事情？"一直有事，"他噘着嘴着自言自语，"赌场第一，工厂第二。其实我就被奴役在一个自由市场经济里。"

公牛——朱可夫斯基的司机，坐在车里注视着他的老板向建筑走近。他锐利的目光继续洞察四周，寻找着任何异样的情况。他昂首看见BMWZ8停放在一个广告牌后面，很显然，是要把它藏起来，躲开人们的视野。

公牛要给伊斯坦布尔的艾丽卡·金打电话，然后在他的移动电话上按了几个号码。结束通话后，他看了一眼手表，时间到了。他从座位底下取出一支很精致的步枪，装进上衣里面，从汽车里出来。

朱可夫斯基在他自己的工厂门前停了下来，用欣赏的目光注视着门上的标牌，那上面写道："全球总部——朱可夫斯基精品"。他扶正标牌，打开大门，随后走了进去，突然发现一支精致的手枪正面对准了自己。

德米特里的衣领被詹姆斯·邦德紧紧地抓着。德米特里不是一个高大魁梧的男人，身着鱼子酱工厂的制服，他看起来孤苦伶仃的，有一种歉意总是挂在脸上。克瑞斯茉丝在旁边站着，充满兴趣地注视着。

"难道你不能打个招呼？"朱可夫斯基叹了口气说。

邦德释放了工头并说："出去，滚出去。"德米特里离开了，剩下邦德用枪对着朱可夫斯基那又大又圆的鼻子。

"哎，"邦德说，"你和艾丽卡·金做的是什么买卖？"

"我倒觉得你才是那个真正和她做买卖的人。"语毕，他对克瑞斯茉丝笑了笑。这让她觉得有点意外。

"在你的赌场里她支付100万美元，你的眼睛连眨都不眨一下。她留给你的究竟是什么钱？"邦德接着说道。

"詹姆斯·邦德，我根本不明白你在说些什么。"

"你仅用一个装有机关的牌桌就轻而易举地得到100万美元，这是你应该得到的报酬，但这究竟是什么服务？"

"假如我是你……就不会和这个家伙有联系。"朱可夫斯基斜视了一眼克瑞斯茉丝说。

邦德用他那一只闲着的胳膊猛地把朱可夫斯基击倒在一大桶鱼子酱上。木头裂开后鱼子流了出来，满地皆是。

"这是价值5000美元的白鲸！全没了！"朱可夫斯基非常愤怒。

"这根本比不上2000万吨的核弹所造成的危害。"

"你在说什么？"

此时外面传来飞机的隆隆声，越来越近，邦德用枪抵住朱可夫斯基的太阳穴，不动声色。

"我在国际退役设备局工作，我们有一枚核弹不见了。"克瑞斯茉丝说。

“瑞纳德和艾丽卡是一起的？”邦德打住了她。

“我不知道！”朱可夫斯基坦白。他受到了些震惊，看起来的确很惊恐。

“除了这个你知道什么？”

此时，一阵巨大的粉碎声，阻止了朱可夫斯基的回答。粉碎的木片到处乱飞，墙和房顶在他们身后断裂开来。朱可夫斯基大为吃惊，他们望见他的厂房正被一架装载着庞大的垂直悬挂式圆锯的直升飞机扯开。

克瑞斯茉丝和俄罗斯人被邦德指引到安全地带，但旋转的锯齿紧追着他们不放。刀片切碎了房顶，鱼子酱向周围喷射。

朱可夫斯基和克瑞斯茉丝被邦德迅速推到屋子外面，朱可夫斯基的警卫已经对着直升飞机射击。此时，朱可夫斯基从外套里取出一支精致的半自动手枪，举起手枪向空中扫射。出乎意料的是，直升机不停地飞过来，它把所能看到的一切物体彻底切碎，并发出震耳欲聋的声响。

公牛手持自动步枪，同样摆出对直升飞机射击的姿势，但是特意不击中目标。

邦德对克瑞斯茉丝和朱可夫斯基大声喊："回到房子里！"因为他们呆在外面并不比呆在屋里好。他们跑回已被销毁的工厂，而邦德则向 BMW 跑过去。他跨越一段楼梯来到下面一层的人行道。在他抵达楼梯平台之前，第二架直升飞机从他正上方投下了一枚手榴弹。这架飞机下面也吊着那种罕见的圆锯。手榴弹在他的前面爆炸，人行道的销毁使邦德翻倒在地。

邦德被困在浓烟和烈火之中，能逃出去的惟一出口就是顺着管道前进。他来到一段狭窄管道旁，由那里跨到另一条人行道上。此时管道位于邦德的上面，不幸的是第二架直升飞机上的圆锯无情地把管道切开，汽油随即泄漏出来，邦德猛地跳在一段楼梯上，逃了出去。

朱可夫斯基和克瑞斯茉丝在工厂里恐惧地盯着他们头上的房顶被第一架直升飞机不停地一块块削成薄片。他们拼命地寻找掩护："我告诉过你他只是一个能带来晦气的人！"朱可夫斯基对她大声说。

邦德清楚自己呆在一个斜坡上，停放着 BMW 的平台与这斜坡相通。他从上衣里取出遥控器并按下按钮，BMW 伴随着声响发动起来，由广告牌后开出后向他驶过来，没有人驾驶。邦德向它跑了过去，此时第二架直飞升机追了过来，割断了他身后的人行道。他跳入乘客座，这时直升飞机正巧转弯离开。

此时，邦德感到时机降临，他拉开了导弹，盯着直升飞机飞到工厂后面。一阵恐惧的、带刺的声音突然传来，顷刻间汽车倾斜下来。过了一会得知是第一架直升飞机的锯片锯开了 BMW 的车顶，把汽车割成两半。

“你们应该为此对 Q 负责。”邦德低声说，同时按下导弹发射按钮。汽车一侧的一个格子启开了，一颗一英尺长短的热跟踪导弹进入发射轨。导

弹的尾翼散开，朝目标击去。

击中目标，第一架直升飞机爆炸了。人行道上布满了飞机的碎片，整个地区因汽油输油管道的破裂而成了一片火海。

朱可夫斯基和克瑞斯茉丝从工厂后面走出来，此时从第二架直升飞机里下来的四个全副武装的人进入了他们的视野——他们落在了人行道上。他们边朝工厂跑边向朱可夫斯基的警卫开枪。朱可夫斯基掩护着克瑞斯茉丝并开始反击。

克瑞斯茉丝叫道："把你所了解的告诉我！"

"朋友，以后告诉你！"他叫着回答，"我是为资本主义而战斗！"

邦德跳出销毁了的汽车，转身向工厂跑去。他看见其他人正在遭受着攻击，第二架直升机紧紧追踪着他，工厂里的人也开火了。邦德顺人行道呈"S"形跑着，这让他们不容易找准目标。他刚逃出枪林弹雨，但一颗手榴弹在他前面炸开，销毁了人行道，他猛地被甩进了水里。

朱可夫斯基的警卫被武装分子们顺利地干掉了，他们更加接近了朱可夫斯基和克瑞斯茉丝。

朱可夫斯基喊道："走！现在！回去！"同时把克瑞斯茉丝推到了工厂里。

他们被杀手中的两人紧紧跟随着。在工厂里公牛用他自己的枪猛烈向外扫射。朱可夫斯基将克瑞斯茉丝按在桌子底下，子弹穿越空气并从他头顶划过。战斗仍在激烈进行，没有人意识到，现在根本没有枪对着公牛射击。

邦德从地面上的一个门里猛地冲了出来，在他们两人和两个杀手之间现身。在那两个杀手还不知道怎么回事之前，邦德消灭了他们。

大火把整个地方包围了。邦德向他的朋友们叫道："出去！"他意识到第三个杀手正隐藏在地下室里对他射击。克瑞斯茉丝被朱可夫斯基拉着离开房间，跑了出去。

两人顺利地逃到罗尔斯车旁，钻了进去。朱可夫斯基突然倒车，他们后面的木板路这时正好被直升机切成碎片。克瑞斯茉丝大叫起来，此时汽车向后冲入水中。

燃烧着的工厂里，邦德正同剩余的枪手进行着激烈的战斗。他不得不停下来装上子弹，枪战的中止为对方提供了一个胜利的假象。其中一人从隐蔽处直起身子看看邦德是否已经死掉，此时他的眉心被邦德一枪击中。最后一个人在进行弹雨扫射，邦德从燃烧着的余烬上滚过去，那人闯入邦德的视野，邦德仅用两颗子弹把他送入了地狱。离开这片废墟之前，墙上的一支闪光信号枪进入了邦德的视野。他一手将枪抓起来，跑了出来。

他朝四周望了望，焦急地寻找克瑞斯茉丝和朱可夫斯基，终于听到他们正在水中的声响，他们正在向安全地带游去，然而，直升飞机却正在他们头顶上周旋，并朝他们开枪。邦德纵身跳到紧连水面的一层木板路上，打开了汽油喷嘴。他在木版上，对飞行员挥手，英勇地把直升飞机引到自己这边来，用信号枪随即开了一枪，点燃汽油，火焰腾空而起，庞大的火团湮没了直升飞机，飞机的碎片到处乱飞。

爬上人行道的朱可夫斯基，向工厂跑去，但是两个锯片从推毁后的直升飞机上飞出来并冲着他飞了过去。他本想趴下躲避，却径直掉入鱼子酱池，锯片冲入他身后的小屋。

此时，鱼子酱池如同散沙一般。朱可夫斯基开始渐渐下沉，他想攀附在被爆炸气团冲过来的一个柳条筐上。

浑身湿透的邦德和克瑞斯茉丝露面了。

邦德问道："现在……我们刚刚说到哪里了？"

扒着柳条筐的朱可夫斯基，正处于被鱼子酱吞噬的紧急关头。"绳子，谢谢！"

"不，事实真相！"邦德冰冷地说道，"朱可夫斯基，那些锯片是对着你来的，你知不知道她为什么要杀死你？"

"我快淹死了，需要你帮忙！"

"鱼子酱的原子量是多少？"邦德问克瑞斯茉丝。

她回答："差不多接近于铯——它的浮力指数好像是负数。"

"所以他会被淹死。"

"还需等一会儿。"

朱可夫斯基大叫："闭嘴！把我从这里救出去！"

邦德说："太糟糕了，我们没有了香槟。"

"酸奶油也可以。"她说着，哈哈笑得上气不接下气。

俄罗斯人大叫："我说！我说——我偶尔为她买些机器装备、俄罗斯原料。"

"在赌桌上支付的那些钱呢？"

"一个特殊的任务：我侄子在海军部队，他帮她运送一些设备。"

"在哪里？"

"不！把我救出去！"

"还不到时间！目的地在哪里？"

朱可夫斯基狡辩道："这是他自己的事，尼科莱万一有危险，我们就按我的计划做，要么就不做。"

邦德不动声色，俄罗斯人又向下沉了一些。他大叫道："可以！詹姆斯·邦德，把我拉出去！"邦德考虑了一下，然后拿起朱可夫斯基的手杖，用力把一头伸进鱼子酱里让他抓住。邦德的衣服上溅了一些鱼子酱，他用食指抹掉，品尝了一下。

"质量很好。我恭喜你，瓦伦丁！"他说。

公牛冲入房间，打算开枪。当他注意到仅有三个人时，便放松了警惕，帮助邦德将朱可夫斯基拽出鱼子酱池。朱可夫斯基啪的一声摔在地上，大口地呼吸。

邦德说道："我们现在就去找你侄子。"

第十三章　计谋得逞

此时，正好是刚过午夜。

立在少女塔阳台上的瑞纳德，用双筒望远镜遥望着博斯普鲁斯海峡。这里是世界上最令人流连忘返的景观之一——除了楼梯的铁栏杆扶手之外。一边是平静如镜的金角湾，另一边是一览无余、波涛汹涌的博斯普鲁斯海峡，中间是杂乱无章的房顶、高耸入云的伊斯兰寺院尖塔以及佩拉区低矮的清真寺。

此时，一艘不同寻常的油轮正驶入海峡，朝向欧洲那边的一个码头平稳地行驶。另一只不易被察觉的小船也跟随在紧挨着油轮腹部下方的阴影里，溜进了波斯布鲁斯海峡。

这是一艘被官方称为SSGN核动力巡航导弹潜水艇的俄罗斯查理II级核潜艇，这样的舰艇也许是该种型号中最悠久的，而俄罗斯人依然使用，和新型潜艇相比，它的噪声显得更大。然而，人们明白，它所装载的武器的威力是无以伦比的：一组8颗SS—N—9海妖式反舰导弹、六支533毫米的鱼雷发射管，载有12件武器。潜水时行驶速度24节，它的动力来源于一台压水反应堆，还有一台被蒸汽轮机推动的五叶片螺旋桨以及15000马力的转动轴。

这就是瑞纳德所迎接的。

"它就在这儿。"瑞纳德打开对讲机，等她回答后说道。

艾丽卡回答道："准时到达。"

"乘务组会由我作出合理的支配。"

"亲爱的，由你来安排。"

关掉对讲机的瑞纳德，再拿望远镜向里望去。随后他觉得有什么东西在太阳穴上的伤疤里。那枚子弹又在蠕动了，除了有点不舒服的压迫感外，没有什么。该死的东西还是没有死，他不高兴地想。

医生曾告诉他，一旦他感到蠕动在那个地方多起来，也许那就意味着他的时间不多了。瑞纳德明白他必须马上去看医生，然而他肩负的任务太重要了，只能听天由命了。

他仅仅希望他的计划在他的时间用完之前完成。

M 在少女塔深处的监狱里踱步。她还有 12 个小时的时间——这是她从牢房外边的闹钟看到的。她下定决心无论怎样也不同抓住她的人合作，只要她能有办法来帮助坦纳和罗宾逊，她坚信秘密情报局肯定能找到她。

原本潮湿的地牢变得寒冷起来，她因为徘徊而出了一身汗。毫无疑问在这个过程中她消耗了一些能量，此时感到了冷。她拿起挂在室内一张现代木头椅子上的外衣穿上。除此之外，还有一张小石床、一只锡脸盆、一只水罐、一条毛巾、一只水桶以及数十件无用的古董留给了她。经过仔细审查后，他们允许把她的手提包留下，其余一切可能被用作武器的东西都已被拿走，留给她的仅有一串钥匙、几片卫生纸、一支口红，以及她的护照。她一直绞尽脑汁地想如何才能利用其中任意一件或几件物品：如陶器和小雕像可以把什么人的脑袋砸碎；毛巾可以用来勒死什么人；脸盆和水罐太轻，不能作为有效的武器使用——假如事情到了那种程度，她当然会勇往直前地为生命而战斗……

将双手放入口袋，她发现右手口袋里有一件很特别的物体，是一个扁平的长方形的东西，恰似一张信用卡。这是什么呢？

她将它取出来看了看，想起来了：定位卡，这是邦德给她的。她觉得很吃惊，艾丽卡的人居然没有发现，不过他们检查时她并没有穿这件外衣。他们没有去检查一下的意识！

她端详着定位卡，这是一个一端有两个铜接线柱的平滑，并且是银白色的东西。她思索着这也许是象征着什么，基本上这是一件带有正负极的电子设备……

她看了一眼闹钟。

下午 12 点 14 分。

她将一只高跟鞋脱掉，跪在地上，拿着鞋从铁栏中伸出，尽力伸长胳膊，目的是用鞋跟勾住最近的一条凳子腿。这样的动作很费力气。她能做的只是用鞋跟不停地敲着凳子腿。

她想，我这样可以减去一磅体重以致前进半英寸……

M 尽力将肩膀挤进铁栏杆里。这是一项特别痛苦的工作，但此时她能够得到一个相对于凳子腿来说更好的位置。她不停地敲着，这次她把凳子敲得离她稍微近了一点；她继续敲着，尽力地敲着，她希望凳子腿离她更近一些……

她终于能够用鞋跟全部勾住凳子腿。她将凳子腿向她面前拉，凳子却

晃晃荡荡地碰到地板上一块凸出的部分而翻倒了。掉到地上的闹钟朝她这边滑过来，随即一阵难听的响声在石屋里荡起。

门外拖脚走路的脚步声闯入M的耳朵，她匆忙起身走到小石床上躺下。

伴随着钥匙在门上的响声，加伯尔探进头来。他没有注意到凳子，只是看了一下俘虏和监狱里的情况，双目紧闭的M沉重地喘着气。看来没什么异情发生，他满意地把门关上并锁好。

片刻后，M起身向前伸手抓起闹钟并启开后盖，找到两节AA型（五号）电池，她将电池拿了出来并放在了石床上。然后，她将手提包里的那串钥匙拿出来，在一节电池的顶端插入了一把最薄的钥匙，着手撬起来，直至接线柱被除去。她不停地又对另一节电池重复这一过程，不过这一次是把电池的另一端撬开了。

将电池和定位卡上的铜接线柱连接起来就是她现在所要做的事情，这些活儿也许正好是她能干的……

艾丽卡·金感觉稍微有点儿发抖，于是她把丝绸睡袍穿上，无法入睡的她也许觉得该起床了。

偶尔停下来望望窗外天空的塔中少女在她的卧室里徘徊。她想，再过不足24小时一切都会过去，她将顺利地返回英格兰，向媒体作一个痛苦欲绝的、充满同情及怜悯的声明。她将承诺在她的权力范围内绞尽脑汁让世界灾后的重建工作在金工业公司的帮助下起到举足轻重的作用。

灾难！

她带着邪恶的微笑想，这是用来描述即将发生的事情的一个十分精确的词。这是一个很周密的方案！根本没人能让这场大灾难追加到她头上，即将死去的M对她自己的人民是忠诚的，非常不幸的瑞纳德做出了这样的选择，他要目睹计划进行到最后一刻。无论如何他不会活得太长的时间，她会想念他的，然而他在这个宏大的计划中却是无关紧要的，假如她被这个可怜的傻瓜爱上，这也不能怪她，他是在为他的目标服务。有他在身旁相当不错，而他那没有知觉的脑袋……他此时不能像邦德那样……令她满意……艾丽卡在情感上对瑞纳德是矛盾的：一方面，是他绑架了她；另一方面，他们一起卷入了一种前所未有的……

詹姆斯·邦德究竟怎样了？在这件事上，惟一的未知因素就是他，他也许正在去伊斯坦布尔的途中。她干得很英明的一件事就是把公牛买了过来，无论谁都可以用钱买得来，他也不例外。这个镶着金牙的男人已经接到了命令，这样这个M16特工的事情就尽可能被她抛到脑后，她决不可能及时地被詹姆斯·邦德发现，邦德将与其他数百万人一同死去。

艾丽卡又把这个想法深思了片刻，数百万人即将死去，这是一件令人恐惧的事情。几个世纪以来，已有数百万人因各种各样的原因而死亡——艾丽卡攥紧拳头对她自己重复道。

除此之外，她能够用今后十年积累的财富彻底重建这个国家。

也许她会被他们拥戴成为他们的统治者……

她仰望着天上的繁星，想起了她的双亲——她默默地问道："父亲，你如今如何看待你的'小公主'呢？你有自豪感吗？我表现出创造性了吗？倘若你能在这里目睹被你女儿支配下的全球新秩序多好啊！"她喜欢这样的感觉：艾丽卡·金——世界女王……

一会儿，她母亲的摇篮曲又回荡在她的耳边……它在远处飘荡，在博斯普鲁斯海峡的水面上轻柔地漂荡。艾丽卡开始伴随着音乐来回摇摆起来，为她自己唱起了那首歌。

她想道：这完全都是为了你——母亲。我为你做了这事，你为你的女儿而感到骄傲吗？你的女儿爱你。笑吧，母亲。

此时，黑暗的天空被清晨第一缕银色的阳光刺穿了。

几个人被瑞纳德带到了码头。一座里面有一个古老的拱形结构的水边建筑依少女塔而建，码头就建在它的下面，许多世纪就已经存在这种结构了，它是为了保护停靠在岛上的船只而设计的，自金工业公司控制了这份地产开始，安装电灯、修建一座带有平台和台阶的码头就是他们所要做的，这样船或潜艇停靠就有了一个泊位。

他看一眼手表：12:30。虽有点儿晚了但还不算太糟……

从波涛下可以看见 SSGN 长长的黑影，大量泡沫在巨大的船支开始浮起时浮了上来。最终，潜艇在指挥操纵塔划开水面后停了下来。

下了台阶的瑞纳德和他的人来到平台上等待。片刻之后，舱门打开，眼前呈现出一个年轻的艇长。

瑞纳德道："尼柯莱艇长……"

艇长说："长官，我们已经为装运你的货物做好了准备，我们在被发现消失之前仅有几个小时。"

"你的船员们都瘦得可以。"

"这些都是如今我们养得起的人！"

"这是为你们的人准备的白兰地和点心。"

尼柯莱微笑着，提着几篮货物的瑞纳德的两个随从向他走来。

瑞纳德相当高兴，艾丽卡兑现了与艇长的叔叔谈成的生意，由他所了解的情况看，艇长与瓦伦丁·朱可夫斯基简直是同一个模子刻出来的。这位年轻的俄罗斯人与他叔叔一样视财如命。所以，无须花很多的时间就能说服他把这艘潜艇从他海军那里偷来用上几个小时。毕竟，没有人来阻止

一个决定进行静默航行的核潜艇艇长，在一段时间里失去联系对一艘核潜艇来说并没什么异常之处。

事实会证明尼柯莱和他的船员们的确是特别有用的，身体强壮的他们充满热心和渴望，毋庸置疑，他们会听从安排。

不幸的是他们都必须死去。

艾斯基·伊斯坦布尔，又被称为老城。日出时分，一如既往的老城，在街头商贩拥挤和喧闹声中醒来。推着手推车的小贩们步入了大市场，就是在此处，绚丽多彩的土耳其的历史古迹集中展示在一块方寸之地上。很多个世纪以前艾斯基是古拜占庭——君士坦丁堡——伊斯坦布尔的过去。庞大的宫殿、清真寺、教堂以及竞技的场巨大圆柱和市场也全分布在这里。

一个特别破旧的发电厂在距大市场不远处，虽说二战时被关闭，但从未被推倒。也许因为历史的缘故，当地人差不多都忘记了它的存在，像它根本就不存在似的。历史的真相是，像瓦伦丁·朱可夫斯基在途中对詹姆斯·邦德和克瑞斯莱丝·琼斯所讲述的一样，这地方在冷战时期是前苏联国家安全委员会的安全屋，经过一整夜旅行的三个人从巴库来到这里。

“此时这是 FSS，联邦安全服务局，只是那个非常热情的旧服务机构的新名称。”他说。

服务局里放满了前苏联的发电机、旧的计算机、电动打字机、复印机以及已经使用了 10 至 40 年的监听系统。在各种各样的机器终端前忙碌的工人们，就感觉冷战从未停下来过。

两人被朱可夫斯基带到一个无线电报务员面前。拎着一个棕色公文箱的公牛，在后面不远处跟随着。

朱可夫斯基问道："联系上他了吗？"

报务员回答："还没有。"

邦德建议道："用扫描应急频率试试。"

克瑞斯莱丝问道："你确定对你侄子答应运送的是什么货物毫无线索吗？"

朱可大斯基说道："我发誓没有。我只是知道要付给他 100 万美金，当然要扣掉我的佣金，借一艘俄国海军潜艇，从黑海来到伊斯坦布尔，装上某种材料后他能把它带走，但我不清楚是什么。因为他是船长，这你是知道的。"

他们来到一幅巨大的、扎满了各种颜色的，大头针的博斯普鲁斯海峡与黑海地图前。

“真是个悲剧，曾经我们有数百个潜艇浮出水面不会被发现的地方。”朱可夫斯基叹了口气说。

“潜艇！你为什么没有告诉我们?”邦德将一只手搭在朱可夫斯基的胳膊上说。

“我没告诉你吗？我想你是知道的，我侄子是潜艇艇长。”朱可夫斯基耸了耸肩说。

“你侄子驾驶的潜艇是哪个级的？”

“查理级……”

全部情况都凑到了一起。“核潜艇。瓦伦丁，你侄子不是在借船运货。瑞纳德想得到的是潜艇本身。”他注视着克瑞斯茉丝，“他们想用核反应堆。”

克瑞斯茉丝赞同道：“那就对了！你将武器级钚置入潜艇的核反应堆，就会立刻发生灾难性的熔化，潜艇将会变成一枚核炸弹。”

邦德说道：“那会被弄得瞧起来恰似是一起偶然事故。”

朱可夫斯基问道：“但这是为什么？”

“由于全部通往北面的现有里海的输油管道全到这里，石油从这里装船，经过黑海运向伊斯坦布尔，伊斯坦布尔将被核炸弹销毁，博斯普鲁斯海峡将被污染几十年。那时仅有一条路能将石油运出里海。”他指着地图说。

克瑞斯茉丝说：“通过南线的输油管道——艾丽卡的输油管。”

“我们必须找到尼柯莱并警告他！”情急之中，击中了朱可夫斯基的要害。

无线电报务员喊道：“我发现了情况。”邦德拿着一张纸迅速跑了过来，想听报务员汇报的公牛也探身凑过来。

“处于应急频率：两组，六位数。每15秒钟一个周期。”

“GPS信号。”克瑞斯茉丝解释道，能精确地标出一个物体的位置的全球定位系统在大多数情况下在公海上的作导航。“那可能是什么？”

邦德瞬间脑子一亮：“有了——是M！定位卡！我在工地上给了她。那肯定是她！”他抓起那张纸与地图作比对。他指着坐标。

“这里。”

“基兹·库来斯，少女塔。”朱可夫斯基说。

邦德问：“你知不知道那个地方？”

面向朱可夫斯基的邦德，从眼角却察觉到公牛溜出了房子，他总是提着的那个公文箱就留在了椅子上。

“在阿富汗战争期间我们用过它……”朱可夫斯基开始说，但邦德感觉到什么地方将出大问题。

朱可夫斯基接着说：“那是一个极其古老的地方，我认为它建于……”

“炸弹！”并没有让他说完的邦德喊道，他一手抓住克瑞斯茉丝并把她拉到几台旧发电机后面躲藏起来。一阵巨大的爆炸把那里炸得面目全非，

顷刻间浓烟滚滚，尘土飞扬。

拨开碎片残骸的邦德咳嗽着站了起来。虽然感到有点头晕的克瑞斯茉丝却安然无事。房间内其余的人都死了，包括朱可大斯基在内的另一些人被震得失去了知觉。

邦德说道："我们出去。"于是，他拉着她的手朝外面冲去。

从屋子里涌出来的烟雾弥漫着畅通无阻的街道。警笛声从远处传来。跑到街角的他们转个弯走出来，恰恰跟加伯尔以及其他全副武装的人了碰了个正面，邦德条件反射般拿出手枪，但子弹上膛的声音从他身后传了过来。

一个熟悉的声音命令道："把枪放下。"

邦德转身看到手持一支半自动步枪的公牛冷笑着说了一句："我坚持。"

邦德说："你当然坚持。"加伯尔与另一个人拍了拍他和那姑娘，盯着邦德的克瑞斯茉丝似乎在问："现在怎么办？"邦德镇静地注视着她。

一辆尖叫着的黑色轿车转过街角停了下来，加伯尔道："我们现在上车，我保证金小姐想见你。"他举手与公牛击掌庆祝，既而迅速将枪口抵在邦德的腰间。

邦德对公牛说："你的老板最讨厌被人出卖。"他那张露出闪闪发光的金牙的大嘴咧开笑了笑，相当于回答。

公牛说："朱可夫斯基?他是一个非常吝啬的老板，干活时间很长但报酬很少。我如今有了一份新工作，责任越大薪水就越高。进去吧。"

邦德与克瑞斯茉丝跨进车里，他们被两个保镖夹在中间离开了这里。

第十四章 皮肉之苦

一艘看起来特别简朴的游艇抵达少女塔，停在了码头。防水帆布被提了起来，双手被绑着的邦德和克瑞斯茉丝被公牛和加伯尔带着进入了他们的牢狱。

公牛命令道："走！"他的枪口抵着邦德的后背。

邦德在进入牢狱之前悄悄环视了一下四周，附近却没有其余船员看见他们。

慢慢来，他思考着。

他们进入那座古建筑，立在华丽的大厅内。经过彩色玻璃窗里投进来的光线构成一种幽暗的气氛，这使邦德的恐惧感倍增，毫无疑问要在这里进行最后摊牌。

阶梯上的叮叮脚步声让他们感到了她的存在。艾丽卡飘然而至，高兴地接见了他们。

“詹姆斯，欢迎你到伊斯坦布尔来！旅途舒适吗？我还不希望你受到虐待。”她说道。她看了看克瑞斯茉丝，又说：“我知道你交了一个特别可爱的新朋友，我们会务必做到让她与你一样受到最佳的待遇。”

邦德说：“你太好心了。”

她冰冷地对两个俘虏笑了一下，并对加伯尔说：“带他们到楼上去！”转身又对邦德说：“詹姆斯，不要担心。我必须先去参加些其它活动，一会儿就来给你一个合适的欢迎。”

邦德只能怒视着她。他们被打手们狠狠地向前推去。在古塔里面的另一处，瑞纳德对了对手表，随后对他的随从点了点头说：“时间应该足够了。我们走。”

他们沿着通道来到隐蔽的码头后，跨上平台，登上潜艇的舰桥，然后进入已经打开的舱门，来到阴森漆黑的船舱里。这里恰似一座坟墓，绿荧荧的灯光无精打采地照射着，一切沉寂得令人不寒而栗。

走进狼藉之中的瑞纳德发现尼柯莱艇长和几个船员弯腰驼背地趴在桌子上或是躺在地上。被吃掉一些的三明治和喝干了的白兰地酒杯凌乱地扔在周围，一个曾呕吐过的船员倒在恶臭之中，他们全部瞪大眼睛，僵硬的面部呈现出惧怕的神色。

瑞纳德的一个随从说：“毒药果然很见效。”

瑞纳德命令道：“将他们拉上去扔到大海里，然后搜查整个潜艇，我们不想让任何人逃掉。”

尼柯莱被拖动时，他的船长帽掉在了地上。瑞纳德把它捡起来并戴在头上，相当合适。

他告诉他的随从：“用近两个小时的时间考虑一下你们将会多么富有，之后我们就要起锚……”

那只沉重的铅箱子被其中一人递给了瑞纳德。

“先生，钚。”他特别用力地说。

瑞纳德不费吹灰之力地接了过来，他显得比以往任何时候都强壮。他将它递给了特鲁金，特鲁金尽量表现得不很重的样子。

瑞纳德说：“你能在反应堆外面的舱室里发现挤压机，最好此时就开始行动。”

唠叨着的特鲁金由舱口钻了过去。

瑞纳德在船舱被他们冲洗了以后上了岸，看见艾丽卡在码头上等着。

他命令随从到塔里把他们的东西取来，十分钟内务必回来。

他告诉艾丽卡："反应堆很安全，全部按计划准备好了。你把直升飞机准备好了吗？"

她答道："半小时内会来接我。"

他向房子四周扫视了一下，确定他们是单独相处。于是他靠近她，注视着她的眼睛，这是他几个星期以来总是惧怕的时刻。他举起手去爱抚她的秀发。

他轻轻地说："结局就是这样的。"

"不——这仅仅是开始，世界决不会是现在的样子。"

"我希望我能和你一起看到它。"

"我……我也一样。"她迟疑了一下，但随即说。

他能感觉得到她不想对他表现出任何感情。他希望能将她拥入怀中亲吻，但是他也要控制住强烈的欲望与冲动。倘若她想使用清高冷漠的方式待他，那只能如此了！

取下艇长帽的瑞纳德尽管毫无表情的脸僵直呆板，但却掩饰不住他的伤痛。试图抚摸她面颊的瑞纳德克制住了他自己，把手停在了半空中，用挥手与她告别：

"未来属于你，但愿你开心。"

瑞纳德将帽子递给她后，转身向潜水艇走去。

带着复杂情感的艾丽卡望着他走去。她既想痛骂他一顿，又想让他在她的胳膊弯里躺着。即将钻进舱口的他停了下来，满怀热望地又望了她一眼。她敢肯定他的眼睛里布满了泪水，她觉得胸口像有一块东西堵着似的，在恐怖的的几秒钟内，她不停地与自己抗争着以致于没有向他投怀送抱。

瑞纳德无声地吐出"再见"两个字，随后消失在潜水艇里。艾丽卡似乎情不自禁地哭出来，她几乎感到她灵魂的一部分正在撕开她的身体夺体而出。该死！她想道，她不能这样！此时不能软弱！她此时用不着"感情"！

艾丽卡绝情地丢掉她灵魂之中存有的任意温情。自那刻起，她的心结成了一个冰块，这是一种令人百思不得其解的痛苦感觉。经历了这些强烈情感的她感到愤怒，她必须在愤怒将她毁掉之前将它挪开，她正巧清楚她能把它引向什么地方。

加伯尔服从了艾丽卡的命令，于是把邦德和克瑞斯茉丝带进她的卧室，命令邦德坐在一张有精美雕刻的直靠背木椅上，他的双手被牢牢地固定在座位两旁的手铐里。他的两手挣扎起来，但是手铐限制止了他，双手被缚在前面的克瑞斯茉丝站在旁边。她的一举一动被一个看守监视着。

邦德问："会有什么事情发生？是否依旧是那种老一套例行公事？"

正在这时，艾丽卡走了进来。她丢掉艇长帽，走进房间，边用眼睛望着克瑞斯茉丝边在邦德脸颊上吻了一下。

她非常温柔地说："詹姆斯·邦德！倘若你我距离很遥远，或许几年后我们再次相会，还将再次成为情人。"

皱着眉头的克瑞斯茉丝目睹着这一切。艾丽卡对着她说："对了，亲爱的，我说的只是情人。你别告诉我你想过要把詹姆斯据为己有，你有没有听到过，詹姆斯·邦德是世界上最蠢的猪，他是一头性感的蠢猪，我要将他转交给你，然而他依然是一头蠢猪。"她向加伯尔点了点头："将她带到瑞纳德那里，让我们单独呆在一起。我确定他能想办法让她在生命的最后一秒高高兴兴的。亲爱的，说一路平安吧。"

克瑞斯茉丝被他们带走时，她的表情显得非常恐惧。门被重重地关上以后，邦德看到他们的影子顺着五颜六色的窗玻璃前进，听到他们的脚步声在楼梯上回荡。

艾丽卡来到一扇弧形大窗户前，这时整个伊斯坦布尔呈现在她的眼前。

"真是个大美女，你同样得到她了吗？"

对于她的问题邦德不理不睬。

"詹姆斯，你以前决不应该把我拒之门外，我也许已经将世界给了你。"她凶恶地说。

他厌倦地回答："世界远远不够。"

"想法真愚蠢！"

他解释道："家族的格言。"

皱起眉头的她轻轻地向邦德走去。她静静地向他俯下身，用手指梳理着他的头发。她身上散发出一种香味浓烈的麝香味道。

"其实这就是一个可爱的古迹！我父亲费了九牛二虎之力才将它租下。不想让他得到它的土耳其政府在相信他们的石油比他们的历史更重要后，他们把它给了他。"

她靠他更近了，以至于她轻轻地咬住了他的耳朵。

"噢，詹姆斯，你真好吃。糟糕的是，我们的对立存在每一个方面。"

他建议道："改变主意还为时不晚。"

"詹姆斯，别和自己开玩笑了，你很清楚你的末日到了。"

她用指甲沿着他的右脸颊上伤疤的模模糊糊的轮廓划过。

"在这附近挖掘的他们发现了许多极其漂亮的花瓶，这把椅子也是他们发现的……"她顺手将手伸到他的脖子后面，把椅子后面的一条皮带解开，那条带有一个木螺杆的皮带把椅子连在了一起。"我觉得我们过去忽略了处死人的一些老办法，你觉得呢？"

她将邦德脖子上的绞具旋紧，亲切地注视着他，随即把木螺杆拧紧一

格。摆动着的螺栓抵进他的脖子后面，迫使邦德脑袋不得不立刻向后仰。这样不仅是要勒死他，还要刺穿他的脊髓。

“M 在哪里？”他瞪着她问。

“她很快就会无处不在了。”

“所有这一切都是因为你爱上了瑞纳德！”邦德镇静地说道。

“我再拧七下，你的脖子就会断掉。”走到椅子后面的她将木螺杆又拧了一格。此时他更疼痛了。

“是瑞纳德爱上了我，我没有爱上他。自从我小时侯起，我就一直有着超过男人的力量。当我感觉到我父亲不准备从绑架者手里把我救出来时，我意识到我必须建立一个新的联盟。”

他理解她真正所指的是：“瑞纳德被你改变了。”

她微笑着说：“恰恰和你一样，惟一不同的是，对付你更容易些。”

她从耳朵上取下珠宝，耳垂上露出了丑陋的把耳垂分开了的伤疤。

“我让他必须把我弄伤，让他必须将它搞得像真的一样。他不赞同时，我告诉他我自己也能干，我就干了。”

她将手伸到他身后，将木螺杆又拧紧了一格。

前额上开始冒汗的邦德眯起了他的眼睛。“那么，那是真的，你杀了你父亲。”他吐了一口唾沫说道。

“他杀了我！起初，他因照顾不周把我母亲杀了，掠夺了她家族的油田，随后抛弃了她，作为一个孤独和不幸的她死去了，最终他在拒绝为我付赎金时把我杀了！”这是一场情感的大爆发，邦德激怒了她，使她已经不能再掩饰下去。

此时，他明白了。瑞纳德绑架了她是企图得到 500 万美元的赎金。罗伯特爵士不为她付赎金时，她觉得被出卖了，于是决定反击。使出迷人魅力的她说服了瑞纳德加入她罪恶的联盟：杀死她父亲，将公司接管过来。

她承认道：“我被绑架时，我就在策划如何摆脱我父亲了。最初，我被吓住了——被人绑架、堵住嘴巴、蒙上眼睛、违背我的意愿。然而到头来我却时来运转，我能够如你所说得那样，改变可怜的瑞纳德，很快我就有了让他献身的机会，所有的脏活我都让他干。他是一个很难控制的杀手，但是我却能够抓住他的弱点并加以利用。瑞纳德像其他人一样，所需要的只是一点儿爱情。一个男人甚至可以为爱情做任何事情，你是否同意？”

“所有这一切全是为了石油？”

“这石油是我的！是我和我母亲的！它在我的血管中流动——比血还浓！”她的眼睛明亮起来。她向窗口走去，注视着文明摇篮的壮观景色。邦德一直在焦急地尽力挣脱卡在手腕上的扣环。

“艾丽卡，它已经属于你了，你为什么还要这样做呢？”

“当我完成之后，我要将地图重画。我的名字、我母亲的名字、我的人民的光荣被整个世界都将知道。”

“说‘反应堆熔化是一次偶然事故’没人会相信。”

因为他搞清楚了她的计划，所以她转过来用钦佩的目光面对着他，一甩手的她又拧紧一格。此时他呼吸困难，脖子后面的骨头正被木螺杆的尖头抵了进去。

她以令人震撼的自信说道：“他们会相信的，他们完全会相信的。”

又紧了一格，感到极其痛苦的邦德的汗水像雨水般从脸上撒下。挣扎着的他尽力保持头脑清醒。

“没人能与我对抗，你明白吗？”把珠宝戴回到耳朵上的她跨坐在他的双腿上，“哪怕你也不行，知道被绞死的人是什么样的吗？”她得意地哼哼着。

邦德艰难地说：“现在还不算太迟，艾丽卡，800 万人民不能死。”

微笑着的她再次拧紧木螺杆。令人厌烦的吱吱声响起，疼痛的邦德缩成一团。闭上双眼的他强迫自己尽力保持清醒的意识。他意识到她用舌尖正在柔柔地吮吸着从他眉头上淌下的汗水。

她轻声地说：“有机会时你本来应该把我杀死，而你却不能。不是为我，而是为你所爱的女人。”

将自己的骨盆朝他的骨盆推过去的她能感觉到他在下面。她前后摇摆，沉重地喘息着。

她说道：“詹姆斯，再拧紧两格就结束了……”

她旋转螺杆。这次遭受着极度疼痛的他将面部斜着向上抬起，但依然能设法吐出唾沫。“对我……来说，你……什么也不是。”

将手指触到了螺栓的她准备最后一次旋动，他的手用力拉着扣环。

“旋动……最后……一次……”他窒息了。

她吻着他的耳朵。当她着手旋动螺杆时，她简直是悲哀地呻吟道：“噢，詹姆斯……”

外面枪击声把就要失去知觉的邦德带回到现实中来。

惊呆了的艾丽卡屏住呼吸倾听，随后她突然起身朝窗口走去。

外面，下了船的瓦伦丁·朱可夫斯基带着三个人越过岩礁，朝入口处走来。身材高大的他伤痕累累，浑身是血。四人同时用自动武器开火，射杀看得见的每一个人。艾丽卡的两个警卫躺在朱可夫斯基的身后，死了。显然决定要走入塔的他没有什么能把他阻止得了。

枪声此时在楼里响起，甚至正在向楼上转移。把手伸到书桌上的艾丽

卡拿起一把勃朗宁9毫米手枪，与此同时彩色窗玻璃被粉碎了。浑身全是枪眼的加伯尔从窗户跌了进来，倒在血泊中，鲜血喷射到石头上。她的两个随从退进屋内，在楼梯上向敌人射击，然而朱可夫斯基的火力过猛，在弹雨中的那两人一直后退。

随即肩部受伤、脸部表情呆滞的朱可夫斯基哗啦一声撞碎窗玻璃闯了进来。他一手持枪，一手拄着手杖。他看见了被绑在椅子上的邦德，又看了看持一支手枪的手藏在艾丽卡的背后。

房间外面的枪声更浓密了。朱可夫斯基转身看见了端着一支AK—47走进屋来的公牛。

公牛说："我很高兴你还活着，老板！这些人欺骗我……"根本没眨眼的朱可夫斯基直接对他开了枪。嘟哝一声的公牛射出一颗子弹，但是没有击中目标。他摔倒在地上，发出一阵沉闷的呻吟。

"我在寻找一艘很大的黑色潜艇，驾驶员是我的一位朋友。"朱可夫斯基转向艾丽卡并告诉她。

然后将目光落到了地上艇长帽子上的他立刻明白了是怎么回事。"把它递给我。"他用枪瞄准她命令道。

艾丽卡点了点头，捡起了帽子，随后悄悄地把勃朗宁手枪藏到帽子下面。

"真可惜，你刚好与他错过。"她递过帽子说道。

艾丽卡从帽子下面连开三枪，击中了朱可夫斯基的胸部，猛地将他向后抛到了墙上。他困惑不解地看着，直挺挺地摔倒在地上。

走到他面前的艾丽卡用脚尖将他的手枪从他身旁踢开。

死亡正向他逼近，用尽他最后一点能量的朱可夫斯基把手杖从地面上掀起了一毫米。他将手柄抵在胸部，手杖尖指向邦德。艾丽卡好奇地盯着。朱可夫斯基抓住手杖中部，凝视着受刑椅子上的人。

邦德同样凝视着他，然后眯着眼睛的朱可夫斯基将手杖往回拉，似乎那是一支手动连发式散弹猎枪。

一个单发射击将邦德身后的椅子木头打碎了。艾丽卡没有注意到子弹不偏不倚地刺穿了绑架邦德的扣环。这一枪很漂亮！

两个男人无声地传递着谢意，两个战友，罕为人知的微笑。须臾，朱可夫斯基眼神黯淡了下去。

困惑地凝视着俄国人的艾丽卡没有注意到子弹打到了什么地方，只是知道它没有击中邦德。

叹了口气的她转身对着邦德说："请原谅。"拿起步话机的她对着它说了起来。

"你准备好了吗？这里的一切都在控制之中。"

瑞纳德的声音传来："是的。我担心你……"

“我没事，你最好接着进行下去。”

“很好。Au rei’oir.①”

沉重地呼吸着的艾丽卡一时不知所措：“再见。”她将步话机扔掉，看了看朱可夫斯基的尸体，随后回到邦德身边。

她稍稍有点儿疑惑地说：“朱可夫斯基非常恨你，对不对？”既而她来到椅子跟前，再次以同样的姿势坐在他的腿上：“你祈祷的时候到了——”她用力久久地吻着他，同时把手伸到椅子后面作最后一次致命的旋转。

突然把手挣脱开的邦德闪电般紧紧掐住了她的喉咙。他扼住她，他们的脸紧贴在了一起，他的眼睛里布满了蔑视的目光，他立刻将她向后扔了出去。她被抛出去时，她的指甲划破了邦德的脸。

她一时晕了过去。邦德火速伸手把另一只手松开，然后用力扳动绞具，将它放开，从中摆脱出来。艾丽卡在他刚站住脚时已苏醒过来。她逃出房间，跑上楼梯，来到朱可夫斯基身旁，试了试他的脉搏，随即捡起沾满鲜血的手枪。

拿起对讲机的邦德，迟疑了片刻：他应该马上到潜艇那里去，还是去追艾丽卡？

他决定追那条母狗——她太过分了……

外面码头上，潜水艇随着引擎的吼叫声发动了起来。

第十五章　往事非烟

整个潜水艇响起了巨大的引擎发出的隆隆声。那颗在维克多·佐卡斯·阿卡·狐狸瑞纳德头颅里的子弹振动了起来。其实，他清楚那种“感觉”不是真实的，因为那里的神经已经完全坏死，这是叙利亚医生警告过他的，一位病人在被做牙科手术用到奴弗卡因时所体会到的感觉，牙医总是说：“你只是感觉到了一点儿压力……”压力——恰恰就是瑞纳德此时所感觉到的。

过去24小时里身体上所发生的变化他已经意识到了，他没有对艾丽卡提到这些。他的力气随着对疼痛的忍耐力时刻都在增加，他的嗅觉、味觉以及触觉都在急速消失。他已经从那个傻瓜医生那里得知：他的感觉能

① 法语：再见。

力在他的生命结束之前肯定会衰竭。瑞纳德勒死了那个不能将子弹取出而且狂妄下了那个他不喜欢听的结论的白痴医生。

瑞纳德环视潜艇的控制舱，看到他的骨干船员们都已就位。控制舱有两个人，水柜舱有一个人，鱼雷舱有一个人。他们相信他们将要大发横财，然后衣锦还乡，然而，他们却不清楚他们正在与命运背道而驰。潜艇即将启航，没法使它停下来，所有一切都按原来的计划进行。毫无异常！

为何他感觉如此糟糕呢？那是不是将要在他身上发生的？他是不是要即将死去？他的末日是不是已经到来？

他将他的生理反射测试了一下，于是他用手和手指做了几个简练的动作。它们好象还能很好地工作，眼睛彻底能看得很清晰，听力也丝毫没受到影响，不知何故，他仅仅觉得……他走出了自己的身体，恰似他摆脱了自己的肉身的束缚，正在俯瞰世界，所有的一切看起来都不是真实的。也好，他想，假如这就是终结，那么他打算在看到任务完成之后发生。倘若那意味着要将预定计划加速完成，那就加速好了。塔里是什么情况？他通过无线电听到艾丽卡在有些气喘吁吁，既然如此她还坚持说一切全在控制之中。邦德逃脱了吗？当然不会。艾丽卡总是期望让那个 M16 特工渐渐地、痛苦地死去，也许只不过是由于距离目标完成越来越近时她感到特别兴奋的缘故。

回想起过去的一年里的瑞纳德，作为一个人他是如何发生了那些变化。在还没有遇到艾丽卡时，他一直是一个痛苦的缺少爱情的人，他除了无法无天的暴力行动以外，其余什么也不关心。他与女人在一起从未有过胜利的经历，一个监狱里的心理医生曾经对他说过，他那些恶毒的嗜好是由于他小时侯缺乏某种影响所造成的。

瑞纳德想起了他那莫斯科一个酒吧的妓女母亲。他和他的三个姐姐从来没有被她留在家里照看过，每一个同胞兄妹都各有一个不同的父亲，并且他们都可以这样毫不掩饰地宣称。瑞纳德从不清楚谁是他自己的父亲。

经常深夜回家的母亲烂醉如泥，动不动就发脾气。记忆犹新的瑞纳德能记起那间狭窄的、潮湿的公寓套房里散发着酒精与香烟的气味。他们都居住在那里，他的母亲总是能够找出一些事情来大喊大叫一通：他的一个姐姐没有洗衣服，另一个姐姐忘了打扫卫生间，他没有擦地板等等。

有时候因为一个小小的过失他会被他的姐姐责骂一顿，他就会遭受他母亲的痛打，而他的姐姐则会发出哈哈的笑声在一旁观看。天啦！他是那么恨她们每一个人。

即使不是精神病学家的瑞纳德也清楚他为什么与女人在一起时可能就会有问题出现。

他的脑海突然像被洪水一样的一个记忆涌进：

14 岁时，他决定离家出走自己去谋求生路，偷偷地溜进了她母亲的卧室，他觉得她在那里因喝醉而酣睡得不省人事了。然而，正在他从手提包里向外偷钱时，她醒了过来并把他抓住了。他被她在后面追着，但是他跑到外面去了，什么衣物也没有带，哪怕是一件外套也没带。自那以后，他从未回去过，那是他最后一次与他的母亲见面。

两年后她的大姐与他见过一次面，她一直在找他，甚至找遍了莫斯科。那纯粹是一次巧遇，她的大姐与他在一个给穷人分发食物的庇护所内碰见。她告诉他，他们的母亲在一家酒楼里被一个喝醉了的海员杀死了。三个姑娘已经各自离家出走去谋生了，其中有两个做了妓女，设法找到一份工作的她当了女裁缝。她们囊空如洗，他的姐姐乞求他回来帮助她们。

在他的成长过程中，瑞纳德无法将他的姐姐们对待他的残酷事实忘掉。他不想帮助她们，他走出家门，没有再回头。

十八岁时，他成为前苏联军队的一员。让人感到意外的是他痴迷于严谨的常规军事训练，刻苦学习各个方面的军事生活。他对灵活使用各种枪支非常精通，并且掌握了怎样制造爆炸物和进行空拳搏斗，他酷爱训练演习，他两次把“模拟”行动几乎变成危险的真实战斗，因此而受到了惩戒。一次，两个新兵被他杀掉，它再被他弄成像是一次事故。那是一次兴奋的经历，他懂得了他能以那种方式主宰着生与死。在许多方面，对苏联军队来说他都是一个问题，具有爱寻衅倾向的他经常具有扰乱性和破坏性。他孤僻、没有朋友，而且内心卑鄙，但长官们一旦发掘他们手里拥有了一名冷血杀手以后，就将他由常规军队调到军事情报部门一个特殊的分支机构中去了。

瑞纳德的性格和胃口与这个位置特别相符。作为暗杀与爆破专家的他一直工作到苏联垮台，他立了许多功劳，他至少将三个 M16 特工、四个美国中央情报局的人和七个摩萨德成员杀死了。在莫斯科兵营他房间的墙上他贴了一张图，记录着他所参与的谋杀。

他在苏联解体之后开小差离开了俄罗斯，他意识到他的名声早已比他提前到达了几乎任何他将要去的地方。从未想到找一份惟利是图的雇佣军工作竟是如此的容易。他非常乐意为反对资本主义的组织工作，这些组织盼望着共产主义东山再起的那一天。至少这是某种信仰，是自由的。每当干下一桩暴行时的他就会更加公开地、毫无顾忌地发表重要声明和言论。

在伊朗非常顺利地执行了一个间谍行动任务的瑞纳德得到了一个他不喜欢的绰号：狐狸。人们认为他有秘密行动的超长技能，无孔不入的他能够以各种方式执行暴力活动及秘密行动而不留下丝毫踪迹。自那以后不久美国联邦调查局向世界范围恐怖分子和无政府主义分子通缉要犯的名单上就有他的名字。每月被逮捕一次的他先是在朝鲜，后来被引渡到俄

罗斯，他就是在那里与那个精神病医生相遇，医生告诉他和女人在一起时会有问题。

十八岁的瑞纳德有了第一次性经历，依照大部分人的标准来说这算是晚的了。那不是一次幸福的经历：那个奚落他的妓女拿他稀疏的毛发取笑，并在他不能操作时以羞辱他来取乐。

一次强奸是第二次性经历，同时也是一次犯罪，对他来说幸运的是这个案子没有被破解。那是在华沙，瑞纳德从一个面包店跟踪着一个回家的姑娘，并把她逼进一个胡同里，瑞纳德以他的方式残忍地对待了她。

他对这次感到极其不满意。

有着第三者性经历的他深信：他就是跟女人合不来。他不得不接受这一现实。她比他大 10 岁，是他的雇佣兵同事，同时是空想共产主义的拥护者。她的面部留有一道很长很丑陋的被弹片划伤的伤疤，要不是如此，她还是算有魅力的。那个女人好像喜欢他，总是引诱他，然而做起爱来既笨拙又难为情，以争吵结束了这次经历。他把她杀了。

自那时起，瑞纳德不再企图把女人当作性对象，然而他却感到他比以往任何时候对她们都充满更强烈的渴望。他会对超级模特的照片爱不释手，对销魂夺魄的女电影明星如痴如醉，他幻想某一天能有一个美丽的女人听从他的控制。

当他发现一个富有的石油大亨罗伯特·金有一个女儿时，他意识到他的幻想能够实现了。

在一份英国金融杂志上，一篇关于金工业公司的文章中他第一次见到了她。文章介绍了艾丽卡是如何接管她父亲公司的。照片上的她身着一件西服和一条短裙，立在一群工人中间，她所具有的自信和威严一眼就看得出来。他对她一见钟情，并且深深地爱上了她。

从对罗伯特·金的进一步调查中得知，他也许是一个值得花费精力去索取金钱的目标。雇用了四个人当打手的瑞纳德搬进了多塞特一座废弃的小房子内，着手执行从大亨那里勒索 500 万美金的方案。

亲自见见艾丽卡·金本人是瑞纳德另一个别有用心的目的，他想要触摸她的皮肤，亲吻她的秀发……

他注视着她出入在伦敦的金工业公司的办公室。那时的她住在伦敦西区上层社会居住区的一套小公寓里，他无须花费很长时间就掌握了她的每一个例行活动，她的行踪很少改变。一天上午在她离开公寓时，瑞纳德和他的打手们在光天化日之下把她劫持了。他们尽快赶往多塞特，一路上在运用货车后面的她又踢又挣扎。他情非得已地打了她几次，但是后来她安静了下来，到达多塞特后，被锁在冰冷潮湿的小屋里的她已经变得极其害怕和脆弱。

噢，她是这般的美丽……

起初，瑞纳德试图和她谈话，而她不理不睬。曾有一次她对他吐了口水，于是他打了她耳光，随后离开房间。

他们在她被劫持的第二天讲明了赎金要求。罗伯特·金爵士需要更多时间的反应让艾丽卡知道后，使她感到无比震惊。

她问道："更多的时间？为什么？他并不缺这些钱花！"

自那时起，她的态度发生了转变。给她送饭时，她提出让瑞纳德亲自送来。有时她在吃饭时让瑞纳德坐在她旁边陪她说话，她看起来不再惧怕他了。

喜欢注视着她、听她说话的瑞纳德并不在意，他很清楚他爱上了他的俘虏，但他谨慎地不让它泄露出来。此时他知道艾丽卡能够将他识破，懂得如何利用他的弱点控制他。

他所见过的最聪明的女人就是她了。

在她被劫持的第七天，传来罗伯特爵士依然需要更多的时间来支付赎金的消息。很显然他是在拖延时间，从街上传来消息说罗伯特爵士已经同 M16 联系，要求他们帮忙解决此事，听到消息后的艾丽卡变得愤怒不已。

"那点钱对他来说算不了什么！难道我就不值那微不足道的 500 万美元？"

那天夜晚，发生了令他终身难忘的某种不寻常的事情。

要求见他的艾丽卡特别强调他拿来一瓶香槟酒和一桶冰块。走进她的房间的他看见躺在床上被单下的她浑身一丝不挂。

在艾丽卡感官引诱下的瑞纳德起初精神紧张，忐忑不安，惧怕再有一次不幸的经历，艾丽卡尽力减轻他的恐惧感，她并不是那种清纯的女人，她在肉体娱乐方面表现得极其熟练。

她惟一要做的就是用冰让他放松下来。她拿出一块碎冰，让他注视着她用它将全身擦遍，让水顺着她那光滑而又柔软的皮肤流下。被她的举动催眠了的瑞纳德发现他自己被诱惑得急不可耐，这使他一生中第一次与一个女人有了正常的性关系。

他从那时起就成了奴隶，而她却成了主人。毫不犹豫的他保证为她两肋插刀，答应去做她心里想做的每一件事。

恰恰在那时她对他提出了一项交易的策略。

她问道："你愿意把我的父亲杀掉吗？"

她诠释道她自己想独占金工业公司，如此以来她就可以收回她母亲的石油，创建世界石油垄断事业是她的一个远大理想。

瑞纳德将这个计划考虑了两天。在那段时间里，艾丽卡娴熟地为他勾勒出她的许多计划，如他如何与她的生活相适应，他们如何做情人。

她和他将"世界新秩序"进行了讨论，他们将是新世界的主人。为了达

到这个目标，他们将把伊斯坦布尔和博斯普鲁斯销毁，将关闭现有的通向西方的输油管道，仅剩下金工业公司成为惟一的石油发源地。她将成为世界上最有权势的女人。

瑞纳德被艾丽卡允许给一个让他成为她的得力助手的机会，倘若他帮助她策划出一个方案去实现它的话。

筹划她的逃跑是第一步。被俘的三个星期后，艾丽卡觉得最令人信任的方案是看守被她侥幸地制服了。并不害怕说用身体引诱了一个看守的她踢中了他的腹股沟，夺去了他的枪。那时的瑞纳德将很容易地逃掉，从而让他再活上一段时间。其实，是瑞纳德把他自己的人杀了，他被她迷得太深了。只要她要他做的事情，他都会去做。

除了打手们离开时，他们表现得特别有节制。

为了表现出她好像被殴打过，艾丽卡拿出了很大的勇气。她逼迫他朝她的面部打了三次，结果把她打得鼻孔流血，眼睛青紫。

她告诉他："瑞纳德，我必须有受过折磨的痕迹。否则没人会相信我。那过于简单了。"

拿出一只钢丝钳的她命令他剪她的耳朵。瑞纳德不同意再一次虐待她。

她嘲弄他道："过来。你总是在对别人做这样的事情。"但是他依然逃避这个念头。

他告诉她："我不能伤害你头上的一根头发。"这个使他神魂颠倒的女人让他毫不在意地这样承认。多少次，他梦想着在伦敦的大街上奔跑，大声呼喊他在恋爱，他也想让他的校友们看看，他拥有了一个这样的恋人。倘若他的现在能被他那愚蠢的母亲和姐姐看到……

她说道："要是你不干，我就自己干！"

他心疼地说："我会把你弄伤的。"

她答道："要是你感觉不到还活着，那活着还有什么意义？"

丝毫没有畏缩的艾丽卡站到一面镜子前，将钢丝钳夹在耳垂边，用力猛地剪了下去。鲜血射了出来，到处都是。她并没有哭泣，看到到处是血时的她甚至几乎笑了起来。

她被他们用绷带包扎起来，她确实看起来像她所扮演的角色，随后告辞。瑞纳德去了俄罗斯。她迈出了小屋，三具尸体被留在了里面。在附近的公路上招手的她拦住一辆卡车。

除掉她的父亲是第二步。以瑞纳德及其在俄罗斯的关系作假对罗伯特爵士出售了一份俄罗斯原子能机构报告，安排了一次"退还款"。他在钱币装上了炸药。他们赞同在一年后实施犯罪，那是个相当安全的办法，糟糕的是，在那期间 M16 驻叙利亚的特工把瑞纳德的脑袋打伤了。尽管如此，谋杀罗伯特爵士的计划还在顺利执行。

然后是要弄到一件武器，以便他们可以偷到一些钚。他成功劫持了一架俄国军队的运输机，既而在军队和国际退役设备局的眼睛下面偷到了一枚原子弹，他的“狐狸”声望此时此刻派上了用场。运用她自己影响的艾丽卡弄到了一艘俄罗斯潜水艇。所有的事情都干得特别顺利。

假如他的脑袋没被那该死的 M16 特工射中，假如他依然有意识，假如他没有走在通向地狱的独木桥上该有多好啊！否则，一旦这一切全过去之后，他也许能够与艾丽卡一起坐在她的权力宝座上，也许他能够将他们的爱进行下去。他根本没有必要让那邦德杂种随心所欲地与她在一起，即使如此，瑞纳德依然把那段故事看作象征着他对她的同情，看作是对她的一种馈赠。由于他不能够把更多的快乐给她，为什么他不答应她的需求呢?他知道她是一个被那个英国特工迷住了的极其物质化的人。赌场之后的那个夜晚……那时的她在那个地方本来可以杀掉邦德，但是他对艾丽卡的爱使她不那样做，即使是与敌人在一起的他要给她一夜之欢。

此时，坐在潜艇里的他准备下潜，将他们一年多以前开始的计划完成。压倒一切的悲哀是他惟一的感觉，他们，艾丽卡对他已经说过再见了。将和潜艇一起沉下去的他再也不会见到她了，倘若计划完成，他就不再会因那枚一直留在大脑里的子弹而痛苦地死掉，这是最大的牺牲，他所做的一切都是为了爱情。

也许这就是他一生中所做过的最高尚的事情了。某一天，度过长久而又富有的物质生活以后，她将会在地狱里恢复她与他的爱情联盟。

第十六章　死生存亡

被邦德追赶着的艾丽卡一直跑到了通往尖塔阳台的旋转楼梯的第三层上。

她的声音在石头房子里回荡：“你不能杀我，詹姆斯，你不能残酷无情。”

毫不犹豫的邦德紧紧地握住沾着朱可夫斯基鲜血的手枪，在昏暗中朝上爬去。他绕到一个楼梯平台的拐角处，听到了一种意料之外而且很熟悉的声音。

“邦德！”

他站住，用脚把门踢开。除了一间是用铁栅栏围起来的小囚室外，房

间里空空如也。看起来很疲倦的M松了一口气。

邦德瞄准囚室门上的锁开枪，将它击碎。

他问她："你有没有事？"

她说："没事。"随后离开了她的牢房。"我只是……"

但是已经转身的邦德跟在了艾丽卡后面，往上追去。

M在他后面喊道："去追潜水艇！邦德！不要管那姑娘！"

爬到了最高一层阳台的艾丽卡由此处可以看到博斯普鲁斯海峡以及远处城市的美丽景色。她望着大海，立在那里，潜艇正在离开码头。邦德来到她身后，她并没有逃。

他把对讲机递给她说："让他停下来。"

转过身来的艾丽卡面对着他。

"让他停下来！我不会再重复。"

她困惑地注视着他。他的意思真的是这样吗？她优柔寡断地将对讲机放在嘴边。

邦德想道：拯救这座城市，也拯救你自己，这是你最后的机会。

她对着对讲机道："瑞纳德……"

邦德只能等待。

她对邦德低声说道："你不会杀死我，你会想念我的。"

既而她的面容突然变成凶狠的狞笑。她对着对讲机大喊："下潜！邦德——下潜！"她被子弹的力量撞了回去，摔倒在阳台的栏杆上。丢掉对讲机的她凝视着邦德——她不相信他居然真的会对她开枪。

邦德道："我决不会想念你！"

猛地跌倒在地板上的艾丽卡·金为她难免一死而感到震惊。边颤抖边喘息着的她抬眼望着邦德。她好象要说些什么，邦德蹲在她身边听着，然而他什么也听不懂。不知她在说话还是——唱歌，对，她在唱歌！耳语般地唱着，听起来好似一首摇篮曲。

半分钟后的她呼吸困难，痉挛起来。也许，在她布满泪水的眼睛里稍许有些悔恨，然而它很快就消失了，面部浮现出一片阴冷的阴影。一直折磨着她的恶魔此时已离她而去，试图唱完摇篮曲的她只是呼出了最后一口气。

邦德看着她那可爱的、放松了的安静脸庞，他伸手去抚摸她的脸颊，仅仅一次……

在他身后的M站在门口目睹了这一切。当她面对这备受折磨的可怜姑娘时，一种理不清的情感思绪在她的心中出现，她想为她痛哭一场，但她还是铁了心肠。邦德履行了他的职责，但是M仍情不自禁地为艾丽卡的灵魂默默祈祷。

邦德立在那里，越过栏杆看到半潜着的潜艇，舱口依然敞开着，船头朝向博斯普鲁斯海峡。来到阳台边缘邦德做好了准备。一秒钟也没有多想的他以一个无以伦比的优美跳水动作，从 100 英尺高的阳台跳下，恰似一把尖刀插入水中。他感觉水异常的冷，在潜艇附近浮出水面的他抓住扶梯向上爬。水已经漫上了栏杆，他迅速游过去，猝不及防地出现在水手面前，那人正准备把舱盖关上，但邦德猛地将舱盖砸在他的头上，立即进了潜艇。关上舱盖的他在舱口还没入水之前的几秒钟将它拧紧。

邦德溜进漆黑的潜艇里，艇内各处分布着瑞纳德的乘务组，故而邦德明白保持安静就是此时最佳的战术。他朝控制舱里望去，望见正在不同的岗位上工作的瑞纳德和其他几个人，在他们的另一边是机炉舱与反应堆舱的外间。

他向船头走过去，下了楼梯来到一个看似居住舱的地方。他看见一个正在一台无线电旁边工作边抽烟的人。邦德将枪口抵住了他的脑袋。

他说："听着，想选择哪个死法？那个？"他指指香烟，"还是这个？"他将枪口更加用力地抵住他的太阳穴，"敢吭一声就让你的脑袋开花。现在，带我去找被他们带上船的那个姑娘。"

那人从嘴里将香烟丢掉，顺从地点了点头。他带着邦德向前走，下了另一层台阶，来到一个乘务员舱。他朝一扇坚固的金属门指了指。

邦德问："她在那里吗？"他点头示意。

"你有没有钥匙？"

那人将钥匙递给他。

"谢谢。现在我们敲门，可以吗？"那人再次点点头。

那人的脑袋被邦德抓住并用力猛地向门上撞去，他没有了知觉。

随即，他打开门，发现了坐在一张行军床上的克瑞斯莱丝·琼斯。

她目瞪口呆地看着他："詹姆斯！"

将一只手指放在她嘴唇上的邦德把捆绑她的绳索解开，随即带着她从阴暗处向控制舱走去。他们迅速来到了水柜舱，看见一个人正在操作。

从内部通话器里传出来瑞纳德的声音："把第四、第五号水柜注满。"

那人对着桌子上的无线电说道："把第四、第五号水柜注满。"并按命令进行操作。操作刚一结束，他就被邦德用枪柄打昏了过去。

邦德说："我们必须到控制舱另一头的反应堆舱去，但是瑞纳德跟他的帮手都在那里。"

她问道："有通过去的路吗？"

"我们向下走到鱼雷舱去。"

他们还没来得及迈步，此时从舱口走过来一个人。邦德举手突然用力打去，然而那人反应极其敏捷。躲过邦德的一击的他反身朝邦德胸膛踢了致命的一脚，邦德的枪从手中滑了下去，落在地板的另一边。束手无策的克瑞斯莱丝看着两人在进行着激烈的无声博斗，那人取出枪，而邦德一脚

将它从他手中踢掉，紧接着一记重拳朝他脸上结结实实地打去，把他打得四肢朝天地躺在放着无线电的桌子上。那人将伸手去拿火警报警器，邦德却拽住了他的双腿将他从桌子上拉下来，邦德的腹部被他借力扭转了的手肘猛撞了一下。

瑞纳德的声音在内部通话器里响起:“把水柜打开。”弓腰向前冲去的邦德把那人撞倒在桌子上，他抓起听筒，用电线缠着并勒住了他的脖子。

瑞纳德的声音再次响起:“把水柜打开，听到了没有？”

邦德拉紧电线，那人的眼睛快要掉了出来。将麦克风上的发送键按下的邦德假着嗓音说:“水柜已经打开。”

那人最终跌倒在地板上，克瑞斯茉丝不禁抖起来。找回自己枪的邦德拉着她的手，带着她朝前面走去。

并不清楚潜艇另一边情况的瑞纳德此时离开控制舱走到机炉舱——特鲁金工作的地方。正在挤压机旁边的特鲁金努力地工作着。这是一台与V8 引擎相似的庞大机器。他谨慎地把半个葡萄大小的钚芯从金属盒子内举起并放入挤压机，它将被挤压机压缩成反应堆控制棒的形状。瑞纳德非常满意这里的工作进展情况，留下特鲁金继续干活的瑞纳德回到了控制舱。

邦德和克瑞斯茉丝注意到一个舱口带有一扇小窗户，从这里可以看到控制舱。邦德由窗口向里面望去，看见五个坐在不同控制台前的船员，瑞纳德正在他们中间徘徊。

他命令道:“拉平到 100 英尺上，将她稳定住。”

浮力控制系统正在一个紧挨着邦德的乘务员的操控下，引擎的推力被房间另一端的舵手降低了，感觉到潜艇位置变化的瑞纳德点了点头，转身穿过舱门，朝反应堆舱走去。

“倘若我们能将他们升到海面上，它就能被间谍卫星观测到，海军那样就会被引来，在这里等着。”邦德对克瑞斯茉丝切切私语。

她睁大了双眼问道:“你要去哪里？”

“那里。”

瑞纳德再次来到特鲁金的机炉舱，恰巧看到从挤压机一端露出来的钚棒。

邦德把舱门打开进入了控制舱，用他那精致的枪管猛敲浮力控制员的头部。其他反应过来的乘务员要去取枪，但邦德的动作更快些。

他用枪对准他们说道:“根本别想。”

扫视着身边控制器的他看到了四个应急手柄，牵制这些手柄就会打开浮力水柜。邦德握住前面两个水柜的手柄，将它们拉了下来。

全艇响起了警报声，杂乱的空气嘶嘶声到处都可以听见。前面主压载水柜立刻盛满了水，邦德没有把船尾的压载水柜打开，这样潜艇头部就不会最先沉下去，而潜艇确实猛地下沉了。

诅咒着的瑞纳德拿出枪跑回控制舱，看见他的船员们都呆若木鸡地立在自己的位置上。

瑞纳德见到邦德后大声喊道：“把他杀死！”

当瑞纳德和邦德搏斗时，船员们都趴下躲藏起来，然而潜艇的倾斜使他们的平衡消失了。子弹打中控制板又反弹起来，把它们击成了碎片。瑞纳德自己侧身从通向反应堆舱的门道挤进去，但是其他站不稳的那些人全都跌倒在地上。被两个乘务员射击的邦德恰巧来得及跳起躲开子弹，浮力控制仪表板被子弹击碎了，邦德和克瑞斯茉丝被迫使退回到走廊上。

她问道：“你清楚你在那里做了些什么吗？”

他回答：“恰似骑自行车。”

她接着问道：“你骑的自行车是什么样的呢？”

“就是要将他的阵脚打乱……”

他们开始顺着原路返回，然而在通道的另一头出现的两个新到的乘务员向他们开了枪。将克瑞斯茉丝推倒在地板上的邦德举枪对他们射击，糟糕的是他的手枪没有了子弹。大脑高速运转的他猛地扑到克瑞斯茉丝身上、紧紧地把她抱住一起滚进了左边一个敞开的舱门。一进到里面，邦德立即起身把舱门砰地一声关上了。他们环视四周，邦德发现他们此时位于船前部鱼雷舱里。

潜艇头部继续向下沉着。邦德与克瑞斯茉丝挪到房间一侧，没有被螺丝固定住的物体开始滑动，他们抓住离身边最近的东西。他们被鱼雷舱翻转 90 度时吊了起来。

瑞纳德对控制舱里的一个乘务员喊道：“给我拉平！”那人牵动浮力控制器，但是毫无反应。在交战时机械设备已经完全地破坏了。

他喊叫着回答：“不中用了。”

潜艇不停地倾斜，直至整个潜艇垂直地荡漾在水中。

又一次咒骂起来的瑞纳德立刻爬了上去，返回机炉舱，关上门。此时他站稳了。当乘务员们准备重新站稳脚跟时，引擎控制器不小心被舵手碰到并将它推到了全速前进状态。潜艇猛地冲向海底，他和其他乘务员一起突然撞到了墙上。

邦德与克瑞斯茉丝摔倒在鱼雷架上。引擎声响震耳欲聋。邦德抱住尖叫起来的克瑞斯茉丝并环视房间，发现一张网在距他们不远处的防水隔墙上，里面放置着应急设施。他尽力拉开带子，将网内的物件清空，既而将克瑞斯茉丝推了进去。

他喊道：“马上！”然后跟在她后面一起钻进了网里。

潜艇撞到了多沙的博斯普鲁斯海底。他们自己是安全的。

像经历了地震似的潜艇震荡起来，瑞纳德突然撞在了机炉舱的墙上。

没有那么幸运的控制舱乘务员们与桌子及椅子一起突然飞起来，冲到已经被损坏了的设施上，击得粉碎。

顷刻间，一切全都过去了。除了在压力下的船体偶尔发出吱吱响声和警报器的哀号外，到处是一片寂静，可怕极了。

迷茫的瑞纳德向上望去，因挤压机砸在身上，特鲁金死了……然而已经完成的钚控制棒还在他紧紧攥住的拳头里。瑞纳德站起身，用力把它拉了出来，以致他确定通向控制舱的门早已被关死。

邦德与克瑞斯茉丝从网里爬出来了，可怕的嘎吱声还在阴森的室内回荡。鱼雷架末端墙面上有一处裂口，海水以令人吃惊的速度朝他们袭来。

克瑞斯茉丝被他向上拉了去。“向上爬。”他喊道，“别停下！”他们朝控制舱攀沿过去。

当他们在被破坏的控制舱内出现时，海水已经涌进舱门，朝他们的脚冲来了。他们一起尽力迅速关闭舱门，但是等舱门被关好时，他们的膝盖已经被海水漫过了。

爬到了反应堆舱的瑞纳德毫不畏惧地启开了光彩夺目的反应堆盖，全身被这幽灵般的蓝光包围着。

不是核物理学家的瑞纳德要完成此项任务，已经对反应堆有了足够的了解。他清楚，产生热量就是一个反应堆真正的目的，将水加热使其沸腾并成为饱和蒸汽。集中在反应堆堆芯里核燃料能量的大小和它完全不需要空气就是它与任何类型的蒸汽轮机发电厂的惟一区别。

其实核裂变的过程非常简单。两个中子是由一个原子分裂后释放出来的，通过热的形式产生能量。当两个中子再和另外两个原子碰撞时，将放射出四个中子。原子爆炸就是中子不断被放射出来直到结果变得不能控制，产生超临界裂变反应。

但是瑞纳德清楚，在潜水艇里，由中子吸收材料如镉或者铪制成的控制棒能控制分裂原子所释放出的能量。

这些控制棒被用来吸收适量的中子，以便核反应能得到控制。这种核反应依然将产生巨大的热量，将水加热到沸腾，形成饱和水蒸汽，以致为潜艇提供动力。然而这一过程可以安全地进行许多年。

注视着耀眼的反应堆堆芯的瑞纳德一时被它具有的能量震惊了。经过认真钻研的他找到了他所需要的那些被做成金属板的铀燃料元件，由元件做成的金属板能够使热量尽可能多地被转入一次冷却环路中去。一个组件里安装着这些彼此平行的元件，在反应堆容器底座支撑结构的顶部就安装了这个组件，控制棒便放在这些燃料元件之间。如果反应堆发生故障，这些控制棒就会自动落入其中发挥控制的作用，围绕着堆芯循环的一次冷却环路就会把已经被加热的冷却剂送到里一个蒸汽发生器，蒸汽再被导入二次冷却环路用来向机炉舱的一两个高压涡轮机供气。在高压涡轮机内蒸汽在此受冷凝结成水,水会被再次送回蒸汽发生器。主螺旋桨轴在涡轮机的带动下迅速旋转,同时把电力提供给潜艇和相关的设备。

拿着钚控制棒的瑞纳德准备去做他务必做的事情。这件事情要比预定时间稍微提前一点儿进行……

潜水艇不停地倾斜,将他抛了下去。挣扎着要爬回到反应堆那里的瑞纳德意识到自己已筋疲力尽。不知为什么,他意识到存着那颗子弹的那半边脑袋的确疼了起来。他很惊奇,这么久以后他居然意识到了那里有某件东西,是那颗在移动的颗子吗?是他已经用完了那个医生给的时间吗?不!他将要把艾丽卡的计划完成!

他盯着那蓝紫色的热源——他被它的美丽迷住了，它几乎与她一样美丽……

他把一个按钮按下,从反应堆中缓缓升起一个吸收中子的控制棒。他伸手将它从其所在的巢穴中抽出,扔到房间的另一边。瑞纳德谨慎地拿起钚棒,准备将它插入他扔掉的那根控制棒留下的巢穴。

他笑了笑,然而头痛使他无法忍受。

"我们回到控制舱。"克瑞斯茉丝注视着仪表板上的灯说。

"噢,天啦!他打开了反应堆。"克瑞斯茉丝给研究着仪表板的邦德一一介绍板上的许多指示灯,"他将自己关在了里面。"

"而我们被他关在了外面。"

"他已经取出一根控制棒,如果他要将钚棒插进去,我们该怎么力?"

邦德急速想了想,来到水柜附近的控制器旁。研究它们他花了四秒钟时间,然后发现了开关。他检查了用俄文做的标记的控制仪表板,上面写着"前后应急舱"。他环视四周,发现前应急出口就在那里,墙上安装着一个厨柜。

他说:"在那里找一找水下呼吸器。"她打开厨柜,看见它们早已被撕成了碎片。

她说道:"全被破坏了,没人打算活着离开这潜艇。"

"反正我也从不喜欢这些东西。"他边说着边按下了仪表板上的一个按钮。

潜艇高处的后应急出口被打开了,海水冲进了船尾的应急舱,然而一道内门挡住了海水,使它不能灌进潜艇里面。

她忽然明白了他想干什么,于是她疑惑地望着他。

他厉声说道:"难道你有更妙的想法?" 他打开了通往前应急舱的内门,说道:"你数到 20——数到 20 时按下这个按钮,后应急出口的内门就会被它打开。但只能敞开几秒钟,否则我们就要沉下去。"

"但是假如……"

“数到20时我就会在那里。再等5秒钟，按下‘清除’按钮，舱内的水就会被排光。”

他向应急出口走进。她在他身后把门关上了。扳下拉杆，海水立刻冲进他所在的舱内。当海水涌进来时，邦德屏住呼吸，这是一种极其恐怖的情景，但是这样困难的处境对邦德来说并不是第一次经历。

控制仪表板上的一个绿灯亮了起来，克瑞斯茉丝迅速按下一个按钮，前应急出口的外门敞开了。冲进外面漆黑海水中的邦德在潜艇外面开始了漫长而又痛苦的上游经历。

“一，一千，二，一千”克瑞斯茉丝认真地开始记数。

在那种情况下游泳是特别容易让人迷失方向的。周围几乎没有一丝光线，在庞大的、垂直倒立着的黑色大鲸鱼旁的邦德辨认起方位来感到极其困难。幸亏他认出了那座向一旁突出来的指挥塔，否则他或许已经迷失方向了。

“十四，一千，十五，一千……”

感到肺部要爆炸了的他也许应该到了！那该死的东西会在哪里呢？

“十七，一千……”

就是那里。船尾的应急舱出口打开了，他游了进去，立即用力拉动拉杆将舱门关闭。

正处于不断上升的海水中的克瑞斯茉丝不停地发抖。

“二十，一千。”她按下了按钮。

内舱门敞开了，邦德朝潜水艇游了进去……然而此时室内涌满了海水。此时此刻克瑞斯茉丝要做的惟一事情就是：按下“清除”按钮。

然而，在她还没有按下按钮时，通向上面甲板的舱口伴随着刺耳的巨大响声裂开了，猛地倾注进来的海水把她冲倒了。

在上面应急舱里的邦德快要憋不住气了。她究竟在哪里？为何还不按下“清除”按钮！

奋力回到控制器前的克瑞斯茉丝却被一个海员尸体绊倒了。惧怕的她退了回来，但后来她意识到那人不能再伤害她。海水急剧上升，此时已经把她的头顶淹没了，她钻入水中，摸索到控制器并按下了按钮。

邦德翻滚着来到走廊里，恰在此时克瑞斯茉丝关上了门。花费了几秒钟才喘过气来的邦德随后开始向下朝反应堆舱走去。他用了四分钟时间抵达那里后，却发现门已经被封闭。

此时该怎么办？他思索着。边诅咒自己边环顾房间的他发现一块写着“仅供紧急情况下使用”的牌子，上面还有长长的说明，说明在紧急情况下何时及怎样打开舱门，牌子上还清晰地显示着危险警告的标志。邦德牵动拉杆，炸破了通向反应堆室舱门的铁链。

爬进室内的邦德看到已经失去知觉的瑞纳德横躺在那里，恰似一堆皱巴巴的衣物。他的身旁放着钚棒，腰带上挂着闪光信号枪。邦德取下信号枪，将它挂在自己的腰带上，接着朝控制器走去。他意识到温度计显示着4000度，但仍继续上升。脚下浑浊的撞击声勾起了他的注意，原来水已经漫到了控制舱的顶部，随时都可能被淹死的克瑞斯茉丝就在门上的窗口边。迅速跳到门旁的邦德将门打开。

邦德叫了一声“克瑞斯茉丝”，并伸下一只胳膊将她拉上来，随后把门关上。他们一同来到反应堆前，凝视着堆里的变化。

气喘吁吁的克瑞斯茉丝说："冷却剂一旦爆炸，我们就会遭到辐射，倘若他已经将钚棒放入了反应堆，这个城市就可以被你勾掉了。”

意想不到的是，一只胳膊突然勾住了邦德的脖子，并掐住了他的喉咙。

原来，恢复了知觉的瑞纳德就在他们身后。集中了浑身所有力量的他对邦德进行突然袭击。克瑞斯茉丝突然抓住瑞纳德，但是她却被他抛到了后面。差一点就从舱口掉下去的她设法紧紧地抓住了一根管子，恰似抓住了一根生命稻草。

用其肘部猛击瑞纳德胸口的邦德简直像打在一堵石头墙上一样，他紧跟着扑过去把瑞纳德仰面摔倒，控制仪表板哗啦一声被瑞纳德撞碎了。邦德跳到瑞纳德身上，举起拳头狠狠地打他的脸，一拳接着一拳、不给他留任何防卫机会地打着。他用自己的愤怒战胜了瑞纳德，邦德的愤怒来自瑞纳德对M16的所作所为以及对艾丽卡所做的一切。他毫无置疑地打伤了他。

一阵战斗之后，邦德突然从拳击中醒悟过来。邦德把晕倒的瑞纳德推到旁边，然后返回到了反应堆旁。然而很快又苏醒过来的瑞纳德一把抓住邦德，简直像扔一个玩具一般将他抛到房间的另一端。瑞纳德转身反手一击，把无效进攻的克瑞斯茉丝打到栏杆之外。她被推倒在墙上，然而此时的墙已经变成了地板。她的知觉消失了。

“既然你已决定加入我的历史性航程，欢迎你到我的家里来！邦德！”瑞纳德喊道。

感到头晕眼花的邦德摇了摇头，然后看到地上的钚棒，正好在他够不着的地方。

他问道："你真的准备为她自杀？”

瑞纳德答道："你忘了——我已经死了。”

邦德唾弃道："她也已经死了！你没有听到消息？”

瑞纳德的脸因悲痛而变成了一副古怪的面具，而他永远都感觉不到皮肤上的疼痛。他尖叫起来，随后声音在整个潜艇里回荡，恰似一只受伤的野兽在深舱里嗥叫。

气喘吁吁的瑞纳德颤抖了片刻说："你在撒谎。”

抓起钚棒的邦德站住脚，将钚棒抡起来，向瑞纳德的头击去。但这似

乎对他来说不起任何作用。

他拽住邦德的肩膀，将他来回地向地板上的铁网板上猛摔，迫使他将手里的钚棒丢掉。既而瑞纳德将邦德从网板的一个划破口扔了过去。邦德落了下去，摔得头昏目眩。瑞纳德把网板拉过来，关上并栓好。邦德失落地望着狐狸瑞纳德又取回了钚棒。

邦德环视周围，企图寻找一个能让他们逃生的方法。他意识到一根连着冷却环路的送气管断开了。它在旁边剧烈地摇摆着，蒸汽以极大动力冲出来。确切地说，加热到数百度的蒸汽拥有极大的运动能量。

瑞纳德轻轻地将钚棒插入反应堆。他四周令人恐怖的蓝光颜色随即变得更深了，这是一种让人不寒而栗的冷光。环绕着反应堆堆芯的冷却水开始急剧地沸腾起来。

温度计上的数字变成了4500度。

邦德能够看见钚棒的一头被从反应堆的另一端挤了进去。此时他惟一能做的就是：他扯住一块布从他的衬衫上撕下，包在手上，随后抓住来回摇摆的气管，将它与靠他这一侧的反应堆连接在一起。压力开始迅速上升。

瑞纳德一直尽力将钚棒朝反应堆里推去，温度已经接近5000度的红色标线。

高压蒸汽最终以极大的动力推动钚棒，将它从反应堆中发射出来，并将瑞纳德的心脏刺穿。

邦德被瑞纳德惊愕地盯着，钚棒似一支锋利的箭刺在他的胸口。“她在等着你。”邦德平静地说道。

垮下来的瑞纳德瘫倒在克瑞斯茉丝身边。刚开始恢复知觉的她看到瑞纳德，吓得不停地往后缩。立即镇定下来的她起身打开钢网板，放出了邦德，随后找到丢在反应堆附近的原先的那支控制棒，慢慢捡起来，再将它插进反应堆里。

温度立即下降，然而墙上的氢气计量器已指示着黄色，并正在朝红色上升。克瑞斯茉丝边凝望着指针边抓住了邦德的胳膊……

第十七章　烟花风月

位于泰晤士河上的秘密情报局总部对已破坏的大楼一侧的修复工作正在顺利进行。自从去了泰恩城堡的M既而又去了土耳其以后，这里的工作依然按部就班地进行，而且从未间断。留下来比尔·坦纳监管工作。自从他的上司被绑架以后，他不得不留在办公室里，并且忙得他不可开交。秘密情报局的头子已经不是第一次处于危险的状态了，然而这对于M来说却是第一次。不幸的是他毫无能力操纵这一切，直至那个定位卡毫无误差地显示出她在伊斯坦布尔的确切位置。

在潜艇爆炸之后少女塔被M16的特工们攻占了。被救出来的M立刻被送上飞回伦敦的飞机。最初她不同意离开，要等到他们把邦德找到，然而首相迫使她立刻返回，不得延迟。

在她抵达之前，坦纳两天来第一次有时间美美地睡了十个小时，感觉精神抖擞。他居然顺利地将情报室整理得看起来好似在这期间没发生过任何事情。

最终走进来的M看起来与以往一样利索与坚强，她被全部的眼睛都温顺地望着。看了一眼所有人的她非常简单地点了一下头，她的情感也就被允许显示出这么多。工作从头开始。

走近坦纳的她问道："有没有消息？"

他回答道："还没有。我们所清楚的是一艘游船把邦德与琼斯博士救了，此时却不清楚他们在哪里。"

詹姆斯·邦德试图劝告游船船长让他们俩与其他游客一同下船，如此以来他与克瑞斯茉丝就可以不必去应对详细的审问而偷偷地溜走。乘坐着出租汽车的他们来到停放阿斯顿·马丁汽车的地方，这地方是Q分部副主任为邦德准备的，这的确证明他为邦德提供一辆备用汽车是很有先见之明的。开着汽车的邦德来到一家他所了解的别墅造型的旅馆，付了两天的房租，逗留时间还可再延长。他们确实是疲惫不堪了，在对方的胳膊上睡了一整天的他们醒来之后来到旁边的一家餐馆里共享了一顿奢侈的美味佳肴——用羔羊肉与茄子做成的晚餐。

此时，他把矜持的琼斯博士拥得更近一点。立在华丽的别墅花园房顶栏杆旁的他们从这里能够望见伊斯坦布尔夜空的点点灯火，这景色极其美丽，浪漫，邦德可不会枉费这段美好时光。

远处的烟花出乎意料地腾飞起来。克瑞斯茉丝问道："今天是什么节日？"

邦德道："不知道。但是，它的确很美丽。"

"我不清楚现在是几月，月份的数字好象与星期差不多。"邦德将一瓶保林杰香槟打开，斟了两杯。

他说道："我总是想在土耳其过圣诞节。①"

---

① 双关语。克瑞斯茉丝的名字含义即为圣诞节。此句亦可理解为：邦德想在土耳其得到克瑞斯茉丝。

“是在开圣诞节的玩笑吗？”她迷茫地望着他。

“不，我从来不开玩笑。”他们举杯共饮，香槟的泡沫翻腾着，恰似他们的心情。

“如此说来，打开你礼物的时间是不是到了？”她脸上挂着调皮的微笑，斜靠在早已铺放在房顶平台上的枕头上。

坦纳问Q分部副主任：“找到了什么了没有？”这位个子高高的男子已在监视器旁坐了半个小时了。奇特的颜色和形状在屏幕上显示出来，直至最后才辨别出来图像。

他解释道：“伊斯坦布尔的卫星热像，一根具有放射性的细丝在007的阿斯顿·马丁车里，我正试图将图像锁定在这里。”

站在他们身后的M正期待着。

副主任将摄像机对准停在金角湾附近某处的汽车。

坦纳说道：“他肯定就在离这里不远处。”

M问：“哪里？”

副主任将图像从DB5转移到别墅旅馆，汽车恰恰停在其前面。摄相机朝此处进行扫描，直至将焦点锁定在花园阳台上，立刻又转移到一块看似垫子一样的东西上。

他对那块区域进行搜寻：“此仪器能够探测到人体温度，人类应该是橙色的。”然后指着说，“就在那里。”

屋顶上正躺着一个橙色的身影。

M问坦纳：“我感觉你曾说过他与琼斯博士在一起。”

图像的颜色在有节奏地变深。

M审视道：“它变红了。”她立即意识到——那显然是一人在另一个人身上的图像。

将监视器关掉的副主任清了清咽喉：“哦，也许这是计算机早期形态的千年虫。”

在一千英里以外的欧亚之间的那片历史文明的土地上，一个男人和一个女人根本就不会意识到此时他们正在被别人监视着。恰恰相反，此时的他们彼此陶醉在对方的激情里，他们释放出了过去几天里积压在他们心中的紧张与恐惧。

邦德说道：“我感觉我对你的看法错了。”

“怎么会呢？”她轻柔地呻吟着问道。

“我原以为，圣诞节克瑞丝茉丝一年仅有一次。”

他们被夜空中烟花的爆炸声激励着，在优美的旋律律中他们的身体再一次结合在一起。

图书在版编目(CIP)数据

明日帝国:黑日危机/(美)本森著;江南译. —西安:陕西师范大学出版社,2008.9

(007 谍海系列)

ISBN 978-7-5613-4427-9

Ⅰ.①明… ②黑… Ⅱ.①本…②江… Ⅲ.长篇小说-作品集-美国-现代 Ⅳ.I561.45

中国版本图书馆 CIP 数据核字(2008)第 131317 号

图书代号:SK8N0832

责任编辑: 周 宏
版型设计: 姚维青
出版发行: 陕西师范大学出版社
(西安市陕西师大 120 信箱)
邮 编: 710062
印 刷: 北京温林源印刷有限公司
开 本: 787×1092 1/16
印 张: 18
字 数: 330 千字
版 次: 2008 年 10 月第 1 版 2008 年 10 月第 1 次印刷
书 号: ISBN 978-7-5613-4427-9
定 价: 26.80 元

注:如有印、装质量问题,请与印刷厂联系